뱀파이어의
꽃

뱀파이어의 꽃 ①

신지은 장편소설

Terrace Book

|CONTENTS|

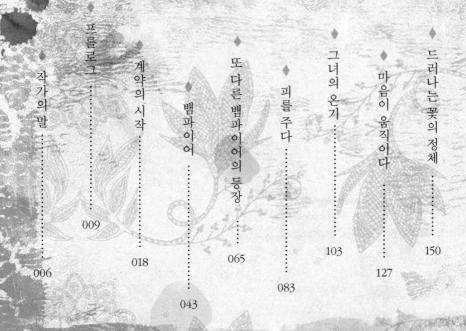

작가의 말

    2013년 봄, 설레는 마음으로 네이버 챌린지 리그에 '뱀파이어의 꽃'을 선보인 게 엊그제 같은데 벌써 몇 년의 세월이 흘러 웹툰에 이어 개정판을 내는 단계까지 왔습니다.

    이 모든 게 독자님들이 사랑해주신 덕분입니다. 이 자리를 빌려 무한한 감사의 인사를 드립니다.

    '뱀파이어의 꽃'은 제 첫 작품인 만큼 개정하는 내내 감회가 새로웠습니다. 이런 글을 썼던 저 스스로가 다양한 의미로 대단하게 느껴졌고, 재미있었습니다. 특히 오랜만에 루이와 서영, 레카와 에리샤 등 여러 등장인물들을 다시 만날 수 있어서 무척 기뻤습니다.

    루이는 제가 지금까지 썼던 여러 남자 주인공 중 가장 애정하는 남자 주인공이라서 더욱 좋았습니다. 앞으로 어떤 소설을 쓰더라도 루이는 영원히 제

마음속 남자 주인공 1순위일 겁니다. (웃음)

 독자님들이 쉽게 이해할 수 있도록 최대한 글을 정리하고, 기존의 책에선 보여주지 않았던 루이와 레카의 어린 시절 내용을 담았습니다. 부디 재미있게 읽어주시면 감사하겠습니다.

 소설부터 시작해서 웹툰, 그리고 개정판까지 꾸준히 저와 함께해주시는 테라스북 관계자분들, 그리고 여전히 제 소설을 사랑해주시는 수많은 독자님들께 다시 한 번 감사의 인사를 드리며 부디 앞으로도 항상 기쁜 일이 함께하길 바라겠습니다.

감사합니다.

꽃잎은 핏빛보다 붉고,
그 향기는 어떤 뱀파이어도
유혹할 만큼 치명적이다.
그 꽃을 조금이라도 맛보면
어떤 상처라도 치유되고,
그 꽃을 가지면
뱀파이어들의 위에 군림하게 된다.

프롤로그

태양과 마늘을 싫어하고 인간의 피를 빨아먹고 사는 괴물.

'괴물'이라 불리지만 너무나 아름다운 외모 덕분에 사람들은 그 괴물에게 쉽게 매료된다고 한다.

창백한 피부와 붉은 눈이 특징인 그들은 인간들의 상상으로 만들어진 판타지 영화나 소설, 그리고 만화에서만 등장했었다.

[뱀파이어의 등장으로 살인 사건이 또 일어나면서…….]

하지만 뱀파이어는 더 이상 상상 속의 존재가 아니었다.

인간보다 모든 것이 우월하지만 종족의 개체 수가 극도로 적어 몸을 감추고 살았던 그들은 어떤 이유에서인지 갑자기 어둠에서 기어 나와 인간들에게 전쟁을 선포했고, 현재 인간들에게는 공포의 대상이 되어버렸다.

[정부에서는 뱀파이어에 대한 대책을…… 뱀파이어와 또다시 협상을 할 것으로 보이며…….]

"웃기고 있네."

라디오 뉴스를 듣던 서영은 앵커가 하는 말에 코웃음을 쳤다. 정부는 뱀파이어로부터 사람들을 지키기 위해 최선을 다하고 있다는 말을 매일 앵무새처럼 반복하고 있었다. 그러나 그들의 말과는 다르게 뱀파이어에게 당하는 사람들은 날이 갈수록 늘어났고, 정부에 대한 사람들의 불신은 높아져

만 갔다.

드르륵ㅡ.

라디오를 듣던 서영은 심각한 표정을 한 담임이 교실 문을 거칠게 열고 들어오자 황급히 이어폰을 빼고 MP3의 전원을 껐다. 웅성대며 떠들던 반 아이들 역시 담임의 등장에 각자 자리에 가서 앉아 하나같이 초롱초롱한 눈으로 담임을 쳐다봤다.

담임은 깊게 한숨을 내쉬며 천천히 입을 열었다.

"오늘 수업은…… 여기까지다."

"우와!"

담임의 표정이 어두운 걸로 보아, 좋은 의미로 수업을 일찍 끝내는 게 아닌 것 같았지만 철없는 학생들은 그저 수업이 일찍 끝난다는 사실에 기뻐하며 환호성을 질렀다.

담임은 소란스러운 아이들을 진정시키고자 출석부로 교탁을 탁, 내리쳤다.

"밤에 돌아다니지 마라! 일찍 집에 들어가고!"

그러나 교실 안에 있는 그 누구도 담임의 말을 귀 기울여 듣지 않았다. 모두 수업을 일찍 마친다는 사실에 흥분하여 마구 날뛰고 있었다. 담임은 포기했다는 듯 고개를 저으며 교실을 나갔다.

"오늘 뭐 할 거야?"

"글쎄, 뭐 하지?"

아이들은 삼삼오오 모여 뭘 할지 이야기를 나누며 교실을 바삐 벗어났다. 서영 역시 가방을 챙겨 들고 일어섰다.

"서영아! 집에 바로 가는 거야?"

곧바로 나가려는데 누군가 그녀를 불렀다. 같은 반 친구, 민아였다.

"왜? 무슨 일 있어?"

서영의 질문에 민아는 새치름하게 눈웃음을 치며 주변을 살폈다. 곧 듣는 귀가 없다는 것을 확인하고 서영에게 자그마한 목소리로 말했다.

"있지. 얼마 전에 망한 술집이 있는데, 아직 안에 술이 그대로 있대. 그거 같이 마시러 가자. 성하고 애들도 오기로 했어."

학생이 술이라니. 민아가 들으면 꼰대 같다고 비웃겠지만, 서영은 진심으로 마음에 들지 않았다. 게다가 술을 먹는다는 건 밤늦게까지 논다는 의미가 아니던가.

"밤은 위험해. 뱀파이어가 활동하는 시간이잖아."

"괜찮아. 밤에 자주 돌아다녀 봤는데, 뱀파이어는 한 번도 못 봤어."

'그래도 위험한데.'

서영은 뭐라고 거절해야 민아가 납득할지 잠시 고민했다.

그런 그녀의 침묵을 승낙으로 알아들었는지, 민아는 "저녁 6시에 학교 정문에서 보자."라는 말을 남기고 저만치 뛰어가버렸다.

"이런, 큰일이네."

제대로 거절했어야 했는데 그러지 못했다. 서영은 이 상황을 어떻게 해야하나 고민해봤지만, 아무리 고민해도 답은 한 가지뿐이었다. 직접 거절의 말을 하는 수밖에.

서영은 민아에게 문자를 보내고자 주머니에서 핸드폰을 꺼냈다.

"음……."

전화번호부를 살피던 서영은 민아의 번호가 저장되어 있지 않다는 사실을 깨닫고 눈살을 찌푸렸다. 며칠 전 실수로 핸드폰을 초기화한 후 귀찮다는 이유로 번호 저장을 미룬 것이 원인이었다.

"어쩔 수 없이 기다려야 하네."

번호가 없으니 전화도, 문자도 할 수가 없었다. 서영은 일단 시간부터 확인했다.

현재 시각, 5시 10분.

집이 학교에서 그리 먼 것은 아니었지만, 집까지 갔다가 다시 돌아오기엔 시간이 너무 애매했다. 교실에서 기다리다가 약속 시간이 되면 민아에게 말하고 집에 돌아갈 생각으로 그녀는 모두가 가고 없는 텅 빈 교실의 책상에 걸터앉아 핸드폰을 만지작거렸다.

"……."

그러다 문득 누군가의 시선을 느낀 서영은 주변을 둘러봤다.

"아무도 없는데."

혹시 복도에서 누가 자신을 보고 간 건가 싶어 서영은 창문을 통해 복도를 확인했다. 복도 역시 텅 비어 있었다.

'혹시 귀신은 아닐까?'

그리 생각하니 소름이 돋아 서영은 팔을 감싸 안으며 몸을 부르르 떨었다.

"엇, 벌써 6시가 다 됐네."

시간이 언제 이렇게 흘렀지. 서영은 가방을 챙겨 들고 다급하게 교실을 나왔다.

선생님들도 모두 집에 간 건지 인기척이 조금도 느껴지지 않았다. 텅 빈 복도를 지나 공허한 모래바람을 일으키는 운동장을 가로질러 나오는데, 교실에서부터 느껴졌던 시선이 계속 자신을 따라오는 것 같았다.

'대체 뭐지?'

서영은 고개를 돌려 뒤를 확인했지만, 흙먼지만 뽀얗게 일어날 뿐 사람의 그림자도 보이지 않았다. 괜히 자신이 민감하게 반응하는 건가 싶어 서영은 머리를 긁적이며 걸음을 옮겼다.

정문에 도착했을 때, 시곗바늘은 정확하게 6시를 가리켰다. 하지만 민아는 보이지 않았다.

"아직 안 온 건가."

그것보다 너무 추운데. 살을 스치는 바람에 서영은 코트의 단추를 잠 갔다.

날이 어두워지자 바람은 더욱 차가워졌다.

"그냥 집에 가야겠다."

나중에 민아가 왜 안 나왔냐고 하면, 네가 늦어서 그냥 돌아갔다고 하면 될 일이었다.

그렇게 집으로 돌아가기 위해 발걸음을 돌렸을 때였다.

타앗―.

누군가 뒤에서 갑자기 어깨를 확 잡아당겼다. 서영은 화들짝 놀라며 손 을 뿌리치려고 했지만, 얼마나 세게 잡고 있는지, 도저히 뿌리칠 수가 없었 다. 서영은 어깨에서 느껴지는 고통에 인상을 쓰며 뒤를 돌아봤다.

"어디 가?"

상대는 민아였다.

'오는 소리를 전혀 듣지 못했는데 도대체 어디서 나타난 거지?'

궁금했지만, 그보다 더 중요한 건 어깨에 느껴지는 통증이었다. 뼈를 부 러뜨릴 것만 같은 엄청난 힘에 서영은 미약한 신음을 내며 말했다.

"이, 이 손 좀 내려줘."

"아, 미안. 네 온기가 따뜻해서."

민아가 웃으며 손을 치웠다. 그런데도 어깨가 계속 욱신거려 서영은 얼굴 을 구기며 어깨를 주물렀다.

"많이 아파?"

"조금."

"정말 미안."

민아는 재차 사과하며 서영의 손을 덥석 잡았다.

"……!"

얼음을 잡아도 이보다는 따뜻할 것 같았다. 순간적으로 차갑다 못해 시린 기운이 피부를 타고 느껴지자 서영은 화들짝 놀라 민아의 손을 뿌리쳤다. 그러자 뭔가 아쉽다는 표정을 지으며 민아는 입맛을 다셨다.

"너……."

"응?"

민아는 계속 웃고 있었다. 너무나도 해맑은 웃음이었지만, 그 웃음에서 묘한 이질감이 느껴져 서영은 살짝 주춤했다. 눈앞에 있는 사람은 분명 자신이 알던 민아가 맞는데 뭔가 잘못됐다는 생각이 머릿속을 가득 메웠다.

"너…… 누구야."

증거는 없지만, 본능과 모든 감각이 눈앞에 있는 소녀가 자신이 알던 민아가 아니라는 사실을 알려주고 있었다.

"누구야…… 대체."

서영이 계속해서 뒷걸음질 치며 경계하자, 생글생글 웃던 민아의 얼굴이 삽시간에 굳어졌다.

"금방 들켰네. 인간치고는 직감이 매우 좋구나."

파삭—.

갑자기 민아의 몸이 한 줌의 모래로 변하더니, 이내 바람에 흔적도 없이 흩어졌다. 사람이 모래가 되는 기괴한 장면을 직접 목격한 서영은 후들거리는 다리를 감당하지 못하고 그대로 바닥에 주저앉았다.

"하……하……."

이런 짓을 인간이 할 수 있을 리가 없었다. 그렇다면 이런 짓을 할 만한 자는…….

서영은 덜덜 떨면서 낮게 중얼거렸다.

"뱀……파이어."

"내 정체까지 알아챘네?"

작게 웃는 소리가 귀에 내리꽂혔다. 역시 상대는 뱀파이어였다. 당장 도망을 가야 한다는 생각이 머릿속을 가득 메웠지만, 의지와 다르게 굳어버린 다리는 좀처럼 움직이지 않았다.

하지만 이런 곳에서 죽을 수는 없다는 의지 하나로 서영은 억지로 다리를 움직이며 겨우 자리에서 일어섰다.

"도망……가야 해."

서영은 이를 악물고 한 발짝 내디뎠다. 그러나 공포감에 뻣뻣하게 굳어진 다리는 좀처럼 움직이지 않았다. 결국 넘어질 뻔한 서영은 손으로 벽을 짚고 섰다.

"이야기 좀 할까?"

그 순간 바람을 타고 매혹적인 목소리가 귓가에 들려왔다. 한 번 들으면 절대로 잊을 수 없을 만큼 감미롭고 매혹적이었지만, 지금 서영에게는 그저 두렵기만 한 목소리였다.

비명을 질러 다른 이에게 도움을 청하고 싶었으나 너무 무서워 비명조차 입 밖으로 나오지 않았다. 공포감에 몸은 더욱 굳어버렸고, 다리에 힘까지 풀려 서영은 그만 자리에 주저앉고 말았다.

"누, 누구……."

해가 지면서 짙은 어둠이 거리를 채웠다. 하필이면 교문 바로 앞 가로등은 전구가 나간 건지 불이 들어오지 않아 어둠은 더욱 깊어졌다.

형체가 없는 목소리는 어둠을 방패 삼아 서영에게 점점 다가왔다. 서영은 두 손을 마주 잡은 채 벌벌 떨면서 몸을 움츠렸다.

"살려줄까?"

'네'라고 대답하고 싶었으나 짙은 두려움에 목이 메어 서영은 아무 말도 하지 못했다. 그녀가 아무 대답도 하지 않고 불안한 눈으로 벌벌 떨고 있자,

의문의 목소리는 짜증스레 협박했다.

"대답하지 않으면 이 자리에서 죽여주지."

"사, 살려주세요!"

이대로 있다간 죽을지도 모른다는 생각에 정신이 번쩍 든 서영은 세차게 소리쳤다. 그러자 의문의 목소리가 흥미롭다는 듯 웃었다.

"살고 싶다면 나를 도와줘."

'도와달라니, 이게 무슨 소리지?'

뜬금없는 말에 아까와는 다른 의미로 머릿속이 하얗게 되어버린 서영이 눈만 껌뻑이며 멍하니 목소리가 들려오는 방향을 쳐다봤다.

"대답해."

"아…… 네!"

뭘 도와달라는 건지는 모르겠지만, 다그치는 목소리 때문에 얼떨결에 대답한 서영은 뒤늦게 자신이 한 말을 깨닫고 손으로 입을 틀어막았다. 하지만 이미 승낙의 말을 뱉어버렸고, 한 번 뱉은 말은 다시 주워 담을 수가 없었다.

"약속한 거다."

"어, 그게……."

"이제 와서 아니라고 할 참인가?"

서영이 머뭇거리자, 매혹적으로 속삭이던 목소리는 한순간에 날카롭게 변했다. 너무 무서워서 순간적으로 또 '네'라는 말을 할 뻔한 서영은 입을 꾹 틀어막은 채 고개를 절레절레 저었다.

도대체 뱀파이어가 인간인 자신에게 도움을 요청할 일이 뭐가 있느냐고 묻고 싶었지만 서영은 애써 말을 다시 삼켰다. 혹시 그 말이 그의 심기를 건드린다면 그가 당장이라도 자신을 죽일 것 같은 공포감이 엄습했기 때문이었다.

"날 배신하거나, 도망치거나, 나에 대해 떠들고 다니면 그 자리에서 네 목숨은 없어."

그 순간 그녀의 주변 바닥에 어지러운 문양들이 그려지더니 찬란한 보랏빛이 나타났다. 눈이 현혹될 정도로 화려한 보라색 빛의 향연에 서영은 정신이 점점 혼미해지는 것을 느꼈다.

"계약 성립이다."

그것이 서영이 그 자리에서 들은 마지막 목소리였다. 그 후 새카만 어둠이 눈앞을 덮치면서 서영은 들리지도 보이지도 않는 어둠 속으로 빨려 들어갔다.

계약의 시작

앞이 하나도 보이지 않았다. 너무 캄캄해서 자신이 어디에 있는지조차 분간이 되지 않아 서영은 두리번거리며 주변을 살폈다. 하지만 눈에 보이는 것은 시커먼 어둠뿐.

아무것도 보이지 않는 이곳이 너무 무서워 서영은 몸을 덜덜 떨면서도 얼른 빠져나가고 싶다는 일념으로 무작정 어둠 속을 달렸다. 그러다 뒤에서 무언가가 쫓아온다는 느낌이 들어 뒤를 돌아본 서영은 바로 후회했다. 검은 물체가 자신을 쫓고 있었던 것이다.

서영은 비명을 지르며 더욱 속도를 내서 달렸다. 심장이 쿵쾅거렸고 숨이 차서 욕지기가 목구멍까지 치솟았다. 다리가 후들거려서 발을 내딛는 것조차 힘들었지만, 서영은 속도를 늦추지 않고 혼신의 힘을 다해서 달렸다.

"악!"

얼마 가지 못해 서영은 검은 물체에 잡히고 말았다. 뚜렷한 형체가 없는 어둠이 그녀의 다리를 잡고 놓아주지 않았기 때문에 서영은 그대로 자리에 넘어지고 말았다. 눈물이 핑 돌 정도로 아팠지만, 그 아픔이 두려움을 없애주지는 않았다.

살고 싶다.

이런 곳에서 죽고 싶지 않았다.

서영은 얼굴을 두 손으로 가린 채 벌벌 떨면서 누구든지 상관없으니 제발 자신을 구하러 와주길 바라고 있었다.

『살려줄까…….』

매혹적인 목소리가 들려오자 서영은 고개를 살짝 들었다. 어둠 속에서 들려오는 매혹적인 목소리는 몸을 타고 기어올라 그대로 목을 졸랐다. 공포심에 혀가 마비되기도 했지만, 숨이 막혀 말이 제대로 나오지 않았다.

서영은 소리를 내려고 노력했지만, 생각처럼 되지 않았다. 하지만 대답하지 않으면 이 매혹적인 목소리의 주인이 금방이라도 자신을 죽일 것 같아 젖 먹던 힘을 다해 소리쳤다.

"사, 살려……!"

쿠웅―!

"윽."

침대에서 떨어지면서 바닥에 등을 세게 부딪힌 서영은 등과 허리에서 느껴지는 고통에 인상을 쓰며 자리에서 일어섰다. 곧 자신이 있는 곳이 집이라는 사실에 눈을 크게 떴다.

"언제 돌아온 거지……?"

분명 학교 교문 앞에 있었는데 정신을 차리고 보니 교문 앞이 아니라 자신의 방이었다. 서영은 혹시 자신이 겪은 일이 꿈인가 싶어 서둘러 자신의 몸을 살폈다.

"아무 이상 없어!"

몸에 아무런 이상이 없다는 것을 확인한 서영은 눈에 띄게 안도하면서 손을 하늘로 뻗은 채 크게 소리를 질렀다.

"모든 것이 꿈이었구나!"

자신이 겪은 일이 꿈이라는 사실에 서영의 얼굴에는 함박 미소가 번졌다. 괜히 개꿈을 꿔서 아침부터 침대에서 떨어진 것에 대해 불평하며 거실로 나오다가 시계를 본 서영의 얼굴은 점점 경악으로 물들어갔다.

"여, 여덟 시?"

서영은 눈을 비비며 시계를 다시 확인했지만, 시곗바늘은 여전히 8시를 가리키고 있었다. 그녀가 다니는 학교의 등교 시간은 7시 50분까지였기 때문에 저 시계가 고장 난 게 아니라면 지각이라는 소리였다.

서영은 거실로 나가자마자 소리부터 질렀다.

"할머니! 왜 안 깨워줬…… 아, 맞아. 안 계시지, 참."

그녀의 할머니는 이미 이 세상 사람이 아니었다. 벌써 돌아가신 지 한 달이나 되었거늘, 아침마다 그녀는 습관적으로 할머니를 찾고 있었다.

인기척이 전혀 없어 한기가 도는 거실 풍경에 눈물이 핑 돌아 서영은 눈물을 거칠게 훔치며 세차게 고개를 저었다.

"이러지 말자."

매일같이 죽은 사람을 생각하는 자신이 바보 같아서 서영은 나지막하게 중얼거리며 머리를 콩 쥐어박았다.

"혼자서도 잘할 수 있어, 강서영."

서영에게는 태어날 때부터 부모님이 없었다. 그녀를 키운 것은 할머니와 삼촌이었다. 더구나 삼촌은 조카인 서영과 늙은 어머니를 부양하기 위해 일찍이 타지로 나가 일을 하고 있었기 때문에, 아주 어릴 적을 빼고는 삼촌의 얼굴을 거의 보지 못했다. 그래서인지 서영은 삼촌에 대한 애정이 적은 편이었다.

추운 겨울이었지만 잡생각을 떨치기 위해 서영은 찬물에 머리를 감고 세수를 한 뒤 빠르게 등교 준비를 했다.

첫 수업이 8시 30분인 걸 고려했을 때 택시를 타고 간다면 수업 시작 전에는 들어갈 수 있었다. 서영은 초인적인 힘으로 준비를 하고 서둘러 택시에 올라탔다.

"서영아, 여기!"

오늘따라 운이 따르는 건지 조회 때문에 수많은 학생들이 운동장에 기립해 있었다. 얼른 줄을 서라는 반 친구의 말에 서영은 서둘러 자신의 반 맨 뒤에 가서 담임 몰래 줄을 섰다.

지각한 걸 들키지 않았다는 사실에 가슴을 쓸어내리고 있던 그 순간, 교장 선생님의 말씀이 귀에 와 박혔다.

"유감스럽게도 우리 학교 학생이 뱀파이어에게 당했기 때문에……."

정확하게 누구라고 이름을 말한 것은 아니었지만 서영은 교장 선생님이 말하는 우리 학교 학생이 '민아'라는 사실을 어렵지 않게 짐작할 수 있었다.

"꿈이 아니었어……."

서영은 허탈하게 웃었다. 민아가 죽은 것도 자신이 겪은 것도 모두 꿈이라고 생각했는데, 교장 선생님의 말 한마디로 자신이 겪은 일이 모두 꿈이 아니었음을 확인하고 말았다.

'사실이라면…… 정말로 내가 겪은 것이 사실이라면, 뱀파이어랑 계약한 것도 사실이라는 거잖아! 미쳤어. 정신이 나간 거지.'

서영은 머리채를 꽉 쥐며 바닥에 웅크려 앉았다. 아무리 목숨의 위협을 받았다지만, 인간을 잡아먹는 괴물을 돕기로 한 것이 아무래도 마음에 걸렸다.

"서영아, 선생님이랑 좀 볼까?"

쭈그려 앉아 혼자 자책하고 있는 서영을 부른 것은 그녀의 담임이었다. 다른 이는 부르지 않고 자신만 불렀기 때문에, 서영은 담임이 뭔가 알고 있다는 생각이 들어 초조한 기색을 숨기지 못한 채 담임을 따라갔다.

담임이 서영을 데리고 간 곳은 학교의 상담실이었다. 담임은 서영에게 자리에 앉으라는 말을 한 뒤 그녀에게 차를 건넸다.

"어제 네가 민아랑 만나기로 약속했다며? 혹시 민아랑 무슨 일이 있었는지 이야기해줄 수 있니?"

부드럽게 회유하는 담임의 목소리에 울컥해서 모든 것을 털어놓을 뻔한 서영은 화들짝 놀라 손으로 입을 틀어막았다. 어제의 그 목소리는 그에 대해서 다른 이에게 발설하면 그녀를 죽여버리겠다고 했다.

비록 이 자리에 그 목소리의 주인은 없었지만 언제 어떻게 등장할지 모르는 것이 뱀파이어이기 때문에 서영은 조개처럼 입을 꾹 다물고 침묵으로 일관했다.

그러자 담임은 그녀의 어깨를 토닥이면서 재차 말을 건넸다.

"혼자 고민한다고 뭐가 달라지니? 여기 우리 둘밖에 없어. 선생님한테 속 시원하게 털어놓아 보렴."

"서, 선생님……."

평소에 담임을 좋아했던 건 아니었지만, 자신을 부드럽게 위로해주는 그녀의 말과 행동에 눈물이 샘솟았다. 그녀에게 모든 것을 털어놓고 어떻게 하면 좋겠냐고 묻고 싶었지만 그럴 수 없다는 사실에 목이 메어왔다.

담임은 선생님에게 못 할 말이 뭐가 있냐면서 뭐든지 이야기해보라며 달콤한 말로 유혹했다. 하지만 마음속에 어제 느꼈던 공포감이 더 크게 자리 잡고 있었기 때문에 서영은 눈을 질끈 감고 담임의 달콤한 말을 무시했다.

계속해서 회유하려고 노력했지만, 그녀가 끝끝내 대답하지 않자 답답했는지 담임은 가슴을 치며 차를 들이켰다. 담임마저 입을 다물자 상담실 내에는 재깍거리는 시계 소리만 가득 울려 퍼졌다.

일정한 속도로 들리는 소리를 깬 것은 서영의 눈에서 흐르는 눈물이었다. 서영의 눈에 맺힌 투명한 물방울은 시계 소리에 맞춰 일정하게 뚝뚝 떨어져 그녀의 손등을 적시고 있었다.

울음소리를 내지 않으려고 입술을 피나도록 깨물고 있는 서영의 모습을 본 담임은 깊은 한숨을 쉬며 그녀의 어깨를 부드럽게 감싸 줘었다.

"서영아."

담임은 나지막한 목소리로 그녀의 이름을 불렀다. 자신이 우는 모습을 보이고 싶지 않아 서영은 다급하게 눈가에 흐르는 눈물을 닦으며 고개를 들었다.

"무슨 일이 생기면 반드시 선생님에게 와라. 선생님은 서영이 편이니까."

"선생님……."

담임의 따스한 말에 마치 수도꼭지가 고장 난 것처럼 서영의 눈에서 눈물이 폭포수처럼 떨어졌다. 담임은 인자한 미소를 지으며 그녀의 어깨를 두어 번 토닥이며 말을 이었다.

"진정되면 나오렴."

상담실에 혼자 남게 된 서영은 울어서 빨갛게 변한 눈을 손등으로 쓱쓱 비볐다. 담임의 말대로 혼자 고민한다고 해결될 일은 아니었지만, 그렇다고 다른 이에게 말할 수도 없는 내용이었다. 담임은 아무것도 모르기 때문에 자신에게 저런 말을 할 수 있는 것이다.

만약 자신이 뱀파이어를 도와준다는 계약을 했다는 것을 담임이 알게 되면, 제아무리 그녀의 편이라고 외치던 담임이라도 자신을 멀리할 것이 분명했다.

"그렇다고 이렇게 울고만 있을 수는 없어."

만약 울어서 해결된다면 하루 종일 눈물만 흘리고 있었을 것이다. 서영은 주먹을 꽉 움켜쥔 채 파이팅 자세를 취했다.

"아자, 아자! 힘내자, 강서……."

"뭐 하는 거지?"

상담실에 혼자 남아 있다고 생각했던 서영은 갑자기 뒤에서 사람의 목소리가 들려오자 깜짝 놀라 로봇처럼 뻣뻣하게 고개만 돌려 뒤를 쳐다봤다.

"안녕?"

뒤를 돌아본 곳에는 매혹적인 소년이 서 있었다.

밤하늘을 녹여놓은 것 같은 새카만 머리칼과 그에 상반되는 피부를 가진 소년.

잡티 하나 존재하지 않는 깨끗한 피부에 도드라진 붉은 입술이 매끄럽게 호선을 그린 얼굴.

분명 소년은 웃고 있었는데, 그 웃는 얼굴에서 나오는 분위기는 너무 위압적이라 몸이 저절로 움츠러들었다.

"나에 대해서는 말하지 않아도 알고 있겠지?"

소년은 서영을 쳐다보며 천천히 그녀를 향해 걸어왔다. 그 움직임은 우아하고 부드러웠지만, 마치 사냥감을 노리는 육식동물처럼 사나운 그의 붉은 눈빛 때문에 서영은 움찔거리면서 그의 시선을 피했다.

"뱀……파이어."

"그래. 뱀파이어다. 너희, 인간들이 그렇게 무서워하는 뱀파이어."

어린 외모와는 다르게 몇백 년은 산 애늙은이 같은 말투로 말하는 것이 묘하게 웃겨서 긴장이 살짝 풀린 서영은 설핏 웃었다.

저렇게 어린 소년이 전 세계의 인간들을 공포에 떨게 한 뱀파이어라는 사실이 믿기지 않았다.

"어린 소년이라니, 어려 보여도 너보다 500년은 더 살았는데?"

서영은 자신의 속마음이 들키자 흠칫 놀라면서 고개를 돌렸다.

'어떻게 내 마음을 아는 걸까? 소설이나 영화 속에 등장하는 뱀파이어들은 보통 특수한 능력을 가지고 있던데, 혹시 이 소년도 그런 뱀파이어들처럼 마음을 읽는 특수한 능력을 가지고 있는 건가?'

"어떻게 인간들이 우리의 특수 능력에 대해 알고 있지?"

역시 특별한 능력이 있는 모양이었다. 서영은 자신의 짐작이 맞았다는 사실에 기뻐하며 속으로 '나이스!'를 외쳤다. 그러자 소년이 눈을 초승달처럼 휘며 낮게 웃음 지었다.

'헉! 이것도 읽은 거야?'

자신의 주책맞은 생각을 그가 읽었다는 사실이 부끄러워 서영은 얼굴을 빨갛게 물들였다.

'내 이름은 루베르이. 너는 내 계약자이니 간편하게 루이라고 불러도 된다."

어느새 루이는 그녀의 바로 앞까지 와 있었다. 서영은 바로 앞에 선 루이의 수려한 외모에 그만 넋을 잃고 말았다. 자신의 모습이 가득 담길 정도로 보석처럼 맑고 반짝이는 붉은 눈동자를 보자 심장이 마비될 것만 같아 서영은 조심스레 두 손을 마주 잡고 가슴 쪽으로 끌어당겼다.

"내 얼굴에 뭐가 묻은 건가?"

그의 말에 정신이 번쩍 든 서영은 혹시나 자신이 빤히 쳐다본 것을 그가 기분 나빠할까 봐 루이의 눈치를 살폈다. 하지만 다행히 기분 나빠하지는 않는 것 같아 안도의 한숨을 쉬며 가슴을 쓸어내리던 서영은 곧 그가 자신에게 온 목적을 생각했다.

분명 그는 자신에게 도와달라는 말을 했다.

뱀파이어인 그가 인간인 자신에게 무엇을 도와달라는 건지 알 턱이 없는 서영은 조심스레 그에게 물었다.

"제가 뭘 도와주면⋯⋯."

"말 놔. 네가 내 계약자로 날 도와준다고 한 이상, 모든 것이 나와 동등하니까."

뱀파이어와 인간이 동등하다니, 말도 안 되는 소리였다. 황당해하며 루이를 빤히 쳐다보던 서영은 그의 붉은 눈과 마주치자 화들짝 놀라며 고개를 숙였다.

'이렇게 어린 소년이 뱀파이어일 줄은 상상도 못 했는데.'

자신이 알고 있던 뱀파이어는 수려한 외모에 여자의 마음을 단번에 홀릴 정도로 매력적인 남자였다. 보통 뱀파이어를 본 여자들은 그에게 매료되어 그의 사랑을 받고 싶어 안달이 난다고 했다.

루베르이라는 이 소년도 한눈에 이목을 사로잡을 만큼 매력적이긴 했지만, 사귀고 싶다거나 사랑받고 싶다는 생각은 들지 않았다. 그저 잘 만들어진 인형을 보는 느낌이 들었다.

'내가 지금 뱀파이어를 앞에 두고 무슨 생각을!'

서영은 고개를 절레절레 저으며 머릿속의 잡생각을 지웠다. 자신이 이렇게 매료된 것도 그가 뱀파이어이기 때문일 것이다. 서영은 루이에게 눈길을 주지 않으려고 했지만, 저절로 시선이 가는 것은 어쩔 수가 없었다.

"그래서 내가 도와줄 수 있는 게 정확히 뭔데?"

뱀파이어에게 반말을 하는 것이 적응되지 않았지만, 서영은 뒤에 '요'라는 말을 삼키며 물었다. 루이는 고운 미간을 살짝 찌푸리며 깊은 한숨을 내쉬더니 붉은 입술을 천천히 열었다.

"나는 꽃을 찾고 있다."

"꽃?"

그의 말이 이해가 되지 않아 서영은 큰 눈을 껌뻑이며 루이를 쳐다봤다. 그런 서영의 생각을 읽었는지 루이는 서영이 놀라는 것이 당연하다는 듯 웃어 보였다.

"어떻게 생겼는지도 모르고, 어떻게 존재했는지도 모른다. 그저 꽃이라는 이름만 알 뿐. 그렇기 때문에 네 도움이 필요하다. 도무지 나 혼자서는 찾을 수가 없어."

어떻게 생겼는지도, 어떻게 존재했는지도 모르는데 인간에게 손을 벌리면서까지 찾으려고 하는 걸 보면, 그 꽃이라는 것이 뱀파이어인 그에게는 아주 중요한 물건인 모양이었다.

서영은 뱀파이어가 찾을 만한 꽃이 무엇일지 생각하며 자신이 알고 있는 식물의 이름을 모조리 떠올렸지만, 마땅히 떠오르는 것이 없었다. 하긴, 이렇게 쉽게 찾을 수 있는 거였다면 자신에게 도움을 청하지 않았을 것이다.

"혹시 꽃 때문에 인간을 공격한 거야?"

루이는 분명하게 그렇다는 말은 하지 않았지만, 그가 부정하지 않고 침묵하는 것만으로도 충분한 대답이 되었다. 꽃 때문에 인간을 공격했다면, 그들이 찾는 꽃을 인간이 훔쳐 갔다는 말도 된다. 그렇기에 그는 같은 인간인 자신에게 도움을 청하는 것이고.

'어라, 그런데 어떻게 인간이 꽃을 훔쳐간 거지?'

뱀파이어는 인간들에게 모습을 드러내기 전까지는 환상의 존재였다. 한데 뱀파이어에게 중요한 물건인 꽃을 가져간 인간은 어떻게 뱀파이어의 존재를 알고 꽃을 훔쳐간 걸까.

'그리고 과연 루이의 말이 사실일까?'

정부는 뱀파이어의 습격이 어느 날 갑자기 시작되었다고 발표했다. 하지만 이 소년, 루이의 말이 맞다면, 뱀파이어가 먼저 인간을 습격한 것이 아니라 인간들이 먼저 뱀파이어를 공격한 것이었다.

도대체 누구의 말이 진실이고 누구의 말이 거짓인지 알 도리가 없는 서영은 난감한 표정을 지었다. 갑작스러운 상황에 마음속에는 의문의 소용돌이가 생겼고, 그 소용돌이는 점차 영역을 확장해갔다.

꼬리에 꼬리를 물고 생기는 의문에 서영이 고개를 갸웃거리고 있을 때 갑자기 매우 기분 나쁘다는 투의 목소리가 들려왔다.

"내가 어째서 너 같은 인간을 속여야 하는 거지?"

뭔가 매우 비꼬는 말투였지만 맞는 말인지라 서영은 반박할 수 없었다.

그렇다고 뱀파이어를 무턱대고 믿을 수도 없었다.

"내가 찾는 뱀파이어 꽃은……."

어떻게 하면 좋을지 고민하고 있는데 루이가 불쑥 말을 꺼냈다.

"꽃잎은 핏빛보다 붉고, 그 향기는 어떤 뱀파이어도 유혹할 만큼 치명적이다. 그 꽃을 조금이라도 맛보면 어떤 상처라도 치유되고, 그 꽃을 가지면 뱀파이어들의 위에 군림하게 된다."

그가 지금 말하고 있는 꽃이 그가 찾고 있는 뱀파이어 꽃이라는 것을 어렵지 않게 눈치챈 서영은 잠자코 서서 루이의 다음 말을 기다렸다.

"뱀파이어 꽃은 로드를 선택하는 중요한 물건이다. 그래서 전대 로드가 애지중지하며 가장 깊숙한 곳에 보관하고 있었다고 하더군."

"전대라는 말은 지금은 로드가 아니라는 소리네."

"그래, 지금은 공석이다. 꽃이 없으면 로드가 존재할 수 없으니까."

그의 말을 듣고 서영은 그 '뱀파이어 꽃'이라는 것이 뱀파이어인 그에게 얼마나 중요한 물건인지 확실하게 깨달을 수 있었다. 그의 말대로 뱀파이어 꽃이라는 것이 뱀파이어 일족의 로드를 선택하는 중요한 물건이었다면 그 꽃을 가져간 인간을 잡기 위해 뱀파이어들이 날뛰는 것도 이해가 되었다.

"먼저 잘못한 건…… 우리였네."

서영은 한탄 섞인 목소리로 나지막하게 말했다.

분명 뱀파이어들은 인간들을 마구잡이로 공격하고 있었다. 하지만 그러는 데는 모두 이유가 있었고, 그 원인을 제공한 것은 인간이었다. 누가 그 꽃을 가져갔는지는 몰라도 하루빨리 뱀파이어들에게 돌려주고 이 사태를 진정시켜줬으면 하는 바람이었다.

"너희 기록에도 적혀 있듯 우리는 낮에 활동할 수 있는 것이 제한되어 있다."

"햇빛을 보면 안 되는 거야?"

"아예 못 보는 것은 아니지만, 그렇다고 너희처럼 대놓고 돌아다니는 것은 불가능하다."

그리고 보니 지금 루이가 서 있는 장소도 햇빛이 닿지 않는 어두운 곳이었다. 그는 창문을 통해 들어오는 따사로운 햇빛을 경계하며 인상을 찌푸리고 있었다.

"해가 떠 있는 동안에는 내 시종을 붙여주마. 인간들이 가져간 꽃을 찾아줘."

어떻게 생긴 꽃인지도 모르고 누가 가져갔는지도 모르는데 대뜸 자신보고 찾아달라는 루이의 말에 서영은 말도 안 된다는 표정으로 그를 쳐다봤다.

"그건⋯⋯."

똑똑—.

"서영아? 상담실에 누가 있니?"

"아, 아니요! 나, 나갈게요!"

선생님이 루이를 발견하면 사달이 날 것 같아 서영은 황급히 문을 잠갔지만, 쓸데없는 짓이었다.

문을 잠그고 뒤돌아섰을 땐 이미 창문이 열린 채 커튼이 펄럭이고 있었고, 루이의 모습은 보이지 않았다.

"빠, 빠르다."

『인간들의 눈에 띄는 것은 사양하지. 서영이라고 했나? 밤에 찾아갈 테니 기다리도록.』

서영은 머릿속에서 그의 말이 들리자 혹시나 아직 밖에 있는 건가 싶어 창문을 통해 운동장을 내려다 봤지만 뿌얀 먼지만 가득한 운동장에는 아무도 없었다. 그사이에 도망친 모양이었다.

"어우, 추워."

창문으로 들어오는 한기에 문을 닫은 서영은 지금 상황이 어떻게 돌아가고 있는 건지 생각했다. 수많은 생각이 스쳐 지나가고, 의문이 꼬리에 꼬리를 물고 늘어졌지만 한 가지만큼은 확실했다.

"망했어."

조용하게만 흘러가던 자신의 앞날이 엉망진창이 될 것만 같은 불길한 예감이 들어 서영은 깊게 한숨을 쉬었다.

무지한 인간들은 자신들이 사는 세계가 전부인 줄 알고 살아가고 있었다. 하나, 인간들이 사는 '지구'라는 공간에는 또 다른 세계가 숨어 있었다.

뱀파이어들의 영원한 안식처인 이곳. 새카만 어둠이 존재하는 이곳에 누군가의 발소리가 가득 울려 퍼졌다.

루이의 발소리였다.

루이는 칠흑 같은 어둠이 존재하는 복도를 천천히 걷고 있었다. 그를 본이들은 그에게 인사를 하고 사라졌고, 아롱거리며 복도를 밝히고 있던 촛불들은 스스로 빛을 삼켰다.

"……."

간만에 따가운 햇살 아래에서 다녀서 그런지 피곤함이 몰려와 루이는 눈두덩을 손끝으로 꾹꾹 눌렀다. 당장이라도 주변을 얼릴 것만 같은 시리고 차가운 표정을 지으며 걷고 있던 그의 앞에 갑자기 손 하나가 불쑥 튀어나왔다.

공허한 어둠 속에서 손 외에는 그 어떠한 것도 보이지 않아 호러물 같은 장면이 연출되었지만, 루이는 놀란 기색 하나 없이 발걸음을 멈춘 채 무표정하게 그 손을 응시했다.

"레카."

루이는 한숨을 쉬며 그의 이름을 불렀다. 이런 시답잖은 장난을 칠 사람은 자신이 알기로는 딱 한 명뿐이었다.

"좀 놀라주면 안 돼?"

손 뒤로 사람의 형체가 서서히 드러났다. 어둠 속에서도 빛을 잃지 않는 외모를 가진 붉은 머리 남자의 얼굴에는 장난기가 가득 서려 있었다.

"뭔가 찾았나 봐? 어둠이 내리지 않는 곳을 활보하는 거 보면."

레카의 질문에 대답할 필요를 느끼지 못한 루이는 그를 무시하고 계속 걸었다. 루이가 걷고 있는 이곳은 '요새'라는 곳이었다. 지구에 존재하는 또 다른 세계인 요괴의 숲에 존재하는 이 요새는 뱀파이어들의 안식처이자 이 세상에 존재하는 모든 뱀파이어들이 살아가는 집이었다.

"설마 꼬맹아, 너도 로드의 자리를 노리는 거냐?"

루이가 깡그리 무시했지만, 레카는 포기하지 않고 루이의 뒤를 계속 쫓아다니며 말을 걸었다.

"그냥 내 밑으로 들어오라니까. 내가 로드가 된다면, 너를 7인의 자리에 올려주지."

7인의 자리. 뱀파이어의 세계에서 뱀파이어 로드를 보좌하는 7명의 고위 뱀파이어를 이야기하는 것이다. 로드의 총애를 받는 직속 부하이며, 로드 다음으로 권위가 높은 자리였기에 수많은 뱀파이어들이 7인의 자리에 오르고 싶어 했다.

끈질기게 따라오면서 자신의 밑으로 들어오라는 레카의 말에 짜증이 난 건지 루이가 고운 미간을 찌푸리며 손으로 머리를 짚었다.

"꺼져."

그 말을 마지막으로 루이는 모습을 감췄다. 따라가려고 마음만 먹으면 따라갈 수 있겠지만 그렇게 하면 정말로 루이가 화를 낼 것 같은 분위기라 레카는 어깨를 한 번 으쓱이고는 더 이상 루이를 따라가지 않았다.

"뭔가 있어."

인간 세상에 가는 것을 극도로 싫어하는 그가 저렇게 다니는 걸로 보아 뭔가 발견한 듯했다.

레카는 자신의 붉은 머리를 배배 꼬며 그 자리에 서서 한참이나 무언가를 생각했다.

"역시 직접 알아봐야겠지."

고민한다고 해결될 문제가 아니었으니까. 레카는 아무도 없는 허공에 대고 누군가의 이름을 불렀다.

"레이첼."

레카의 부름에 한 소녀가 일그러진 어둠의 공간에서 툭 튀어나와 레카의 앞에 공손히 무릎을 꿇었다.

"네, 주군."

"루이가 무슨 짓을 하는지 알아보도록."

"존명."

핸드폰의 시계는 자정이 지났음을 알리고 있었다.

달이 하늘 꼭대기에 걸려 자신의 존재를 세상에 은은하게 밝히는 시간.

시간 탓도 있지만, 너무 많은 일을 겪은 하루인지라 졸음이 쏟아져 서영은 소파에 앉아 꾸벅꾸벅 졸고 있었다.

탁—.

"아야."

소파 등받이에 머리를 부딪친 서영은 작게 비명을 지르면서 머리를 문질렀다. 다행인지 불행인지 그 덕분에 잠이 싹 달아났다. 서영은 늘어지게 하품을 하며 이 늦은 밤 오겠다고 선언한 어린 소년을 기다렸다.

"근데 정말 올까?"

루이가 밤에 찾아온다고 말하긴 했지만, 그에게 집을 알려준 적이 없었기에 서영은 그가 자신의 집을 어떻게 알고 찾아올지 궁금했다.

"혹시 그때 나를 집에 데려다준 것도 루이인가?"

루이와 처음 만나 계약을 한 날, 분명 자신은 학교 교문 앞에서 정신을 잃고 쓰러졌었다. 한데 눈을 뜨니 자신의 집이었다. 그 말인즉, 누군가 자신을 집에 데려다줬다는 의미인데 그 사람이 루이일 가능성이 매우 컸다.

"처음 봤을 때부터 추태를 보였네."

자신보다 어려 보이는 루이의 품에 안겨서 집에 돌아왔다는 사실이 부끄러워 그녀의 볼이 약간 상기되었다.

"근데 뱀파이어는 어린아이밖에 없나?"

자신이 본 영화나 소설 속에 등장하는 뱀파이어들은 대부분 어른이었다. 섹시하고 매혹적이고, 뇌쇄적인 남자. 하지만 루이는 도무지 뇌쇄적이라는 말이나 섹시하다는 말과는 매치가 되지 않는 그냥 어린 소년이었다.

"그리고 정말로 예쁜 아이였지."

가냘프다는 말과는 거리가 멀었지만, 외모만큼은 웬만한 여자 저리 가라 할 정도로 예뻤기 때문에 여장을 해도 잘 어울릴 것 같았다. 문득 제복 같은 옷을 입고 있던 루이가 나풀나풀한 원피스를 입고 머리를 길게 기른 모습을 상상한 서영은 작게 웃었다.

"그런데 정말 그를 믿어도 되는 걸까."

그는 자신의 친구를 죽인 살인자였다.

그의 말대로 뱀파이어 꽃을 가져간 것이 인간이라면 먼저 잘못한 것은 분명 인간이었지만, 그것이 모든 결론을 정당화시켜주지는 않았다. 그래서 서영은 아직도 그를 믿어야 할지 말아야 할지 고민됐다.

한참 고민하다 보니 달이 조금씩 기울면서 밤이 깊어졌다. 벌써 시간은 새벽을 달리고 있었고, 조금 있으면 해가 뜰 시간이었다.

여태까지 오지 않는 걸 보니 안 올 모양이네.

그냥 들어가서 자야겠다고 생각하며 자리에서 일어서는 순간……

"기다렸나?"

"왜—!"

고요한 집 안에 갑자기 다른 사람의 목소리가 들리자 소스라치게 놀란 서영은 소파에서 떨어져 엉덩방아를 찧었다.

루이는 그런 그녀를 이상하게 쳐다봤다.

"뭘 그리 놀라지?"

"아니, 뭐…… 근데, 어디서 들어오는 거야?"

루이는 말없이 열려 있는 창문을 가리켰다. 서영이 사는 집은 다세대 빌라로, 5층짜리 건물이었다. 더구나 서영의 집은 5층. 뱀파이어일지라도 창문으로 들어오는 건 불가능해 보였다.

"뱀파이어는 날 수도 있는 거야?"

혹시나 해서 물어봤는데 루이가 고개를 끄덕이며 허공에 손을 휘 내저었다. 그러자 공간이 '쩍' 하고 갈라지면서 시커먼 어둠들이 공간 사이를 비집고 새어 나왔다.

"윽."

혐오스러운 장면에 서영은 눈살을 찌푸렸지만, 루이는 아무렇지 않다는 듯 공간으로 손을 불쑥 집어넣었다.

"뭐, 뭐야?"

루이가 공간에서 꺼낸 것은 하얀 털옷을 입은 작은 솜뭉치였다. 루이의 한 손에 올라갈 정도로 몸집이 작은 솜뭉치는 엄청난 점프 실력을 보이면서 펄쩍펄쩍 뛰어다녔다. 그러다 서영의 손바닥에 착, 올라타 귀여운 소리를 내며 그녀의 손에 제 몸을 비비적거렸다.

큐우웅―.

"귀, 귀여워."

귀여운 외모에 어울리는 애교까지 만점인 솜뭉치를 보며 서영이 입을 다물지 못하자, 루이의 입가에 희미한 미소가 걸렸다.

"내 시종인 켄이다. 지금은 마력을 봉인해 그 모습이지만, 원래 모습은 웨어울프다."

"웨어울프면…… 늑대?"

"그래. 위험할 때 너를 지켜줄 것이다."

이 두루뭉술하게 생긴 것이 웨어울프라고? 믿을 수가 없어 서영이 고개를 갸웃거리자, 켄이라는 이름을 가진 솜뭉치는 날카로운 이빨을 드러내며 씨익 웃었다.

'헉, 뭐야.'

깜찍한 외모와 달리 이빨은 손을 대기만 해도 베일 것같이 날카로워 서영은 흠칫 놀라며 기이한 눈으로 켄을 쳐다봤다.

"그럼 낮에 못 한 이야기를 계속할까?"

소파에 앉은 루이는 서영에게 자신의 옆자리로 오라는 손짓을 했다. 서영이 켄을 품에 안은 채 조심스레 그의 곁에 앉자, 루이가 다시 허공에 손을 휘저었다.

"재생."

파앗―.

그의 손에서 회색 안개가 나오더니 벽에 달라붙어 영상을 그렸다.

"마술……?"

"뭐?"

"아니, 뭐……."

사람들은 보통 이런 걸 마술이라고 부르기는 하지만, 뱀파이어가 속임수가 있는 마술 따위를 쓸 리가 없었다.

그럼 이건 마법이겠지.

마법을 쓰는 뱀파이어라니, 몹시 신기했다.

"저기 적혀 있는 것이 내가 알고 있는 전부다."

그 말에 서영은 영상에 적힌 내용들을 처음부터 끝까지 정독했다. 이해가 되지 않는 말이 많았지만, 서영은 그중에서 가장 이해가 안 되는 걸 읽었다.

"꽃의 형태가 아닐 수도 있다? 이게 무슨 의미야?"

"뱀파이어 꽃에 관한 자세한 정보는 로드와 로드를 보좌하는 7인의 고위 뱀파이어에게만 알려져 있다. 혹시나 헛된 마음을 품어 꽃을 훔쳐서 로드가 되려고 하면 큰일이니까. 그 외의 일반적인 정보들은 서열이 높은 뱀파이어라면 누구나 알고 있어."

"그럼 넌 어떻게 안 거야?"

어림잡아도 12살 내외로밖에 보이지 않는 그가 로드를 보좌하는 7인의 고위 뱀파이어일 리는 없는데. 궁금해서 묻자 루이가 작게 웃으며 대답했다.

"내가 서열 1위니까."

"뭐?"

"뱀파이어는 총 5개의 계급이 있다. 하급, 중급, 상급, 그리고 고위 뱀파이어와 로드. 이렇게 5개의 계급으로 나누지. 고위 뱀파이어와 로드는 서열이 매겨지지 않지만, 그 밑으로는 서열이 매겨진다."

루이의 말을 정리하자면, 그가 상급 뱀파이어 중 가장 강한 힘을 가진 뱀파이어라는 소리였다. 이렇게 작고 아담한 몸을 가진 소년이 그렇게 강한 힘을 가졌다는 사실이 믿기지 않아 서영은 루이를 빤히 쳐다봤다.

그러다 루이와 눈이 마주치자 헛기침을 하며 고개를 돌렸다. 옆얼굴에 루이의 집요한 시선이 느껴졌다. 서영은 괜히 루이가 가져온 정보를 다시 읽으며 딴청을 피웠다.

영상에는 뱀파이어 꽃에 대한 전반적인 설명이 있긴 했지만, 정작 꽃이 어떤 종류인지는 적혀 있지 않았다. 그렇다는 건 무작정 모든 꽃을 다 뒤지며 찾아봐야 한다는 의미.

'그게 가능한가?'

자신이 알고 있는 꽃의 종류만 해도 수십 가지가 넘었고, 백과사전에 나온 꽃의 종류를 모두 생각하자면 수백 가지는 될 것이었다. 더구나 꽃의 형태가 아닐 수도 있다는 가정도 무시하지 못하니, 더욱 찾기가 어려웠다.

"그래서 내가 도울 일은 구체적으로 어떤 거야?"

서영의 질문에 루이가 지도를 보여주었다.

지도에는 곳곳에 붉은 표시들이 있었다.

"내가 아는 정보를 토대로 꽃이 존재할 만한 곳을 표시해두었다. 나도 이곳을 가보겠지만, 지켜보는 눈 때문에 자유롭게 움직일 수가 없다."

"그 말은 다른 뱀파이어들은 네가 로드가 되는 걸 달가워하지 않는다는 거야?"

거기까지 파악했을 줄이야. 루이는 살짝 놀라며 서영을 쳐다봤다.

"내가 널 선택한 것이 정말 다행이라는 생각이 드는군."

"하하……."

저보다 능력 있는 뱀파이어에게 칭찬을 들은 게 쑥스러워서 서영은 긴 머리를 배배 꼬며 이야기의 화제를 돌렸다.

"저기 있는 곳을 가봐달라는 거지?"

루이가 말없이 고개를 끄덕였다.

"그런데 전에 인간이 들고 갔다고 하지 않았어?"

"그 역시도 확실치가 않아. 전대 로드가 그렇게 말했지만, 인간 주제에 뱀파이어 중 가장 강한 뱀파이어 로드에게서 꽃을 빼앗는 것은 불가능해."

"거기다 그 꽃이 있는 방은 로드만 아는 방이라며?"

"그러니까 더 이상하다는 거다."

루이가 심각한 얼굴로 중얼거리듯 말을 이었다.

"로드만이 아는 방에 어떻게 인간이 들어간 건지."

"그럼 로드가 거짓말을 했을 가능성도 있네?"

"그건 모르겠지만 로드와 고위 뱀파이어들이 전부 소멸했으니 뱀파이어 꽃이 사라진 건 확실해."

"그렇구나."

서영은 고개를 끄덕이며 지도를 다시 쳐다봤다. 지도에 표시된 붉은 점은 어림잡아도 스무 개가 넘어 보였다.

'저걸 다 돌아봐야 한다니.'

벌써부터 눈앞이 캄캄했다.

'아니, 돌아보는 건 그렇다 쳐도 과연 저곳에 뱀파이어 꽃이 있을까? 만약 정말 있다면 자신이 과연 그 꽃을 알아볼 수 있을까?'

그것도 궁금했지만 루이가 왜 굳이 꽃을 찾아서 로드가 되려는 건지도 궁금했다. 단순히 뱀파이어들의 위에 군림하기 위해 로드의 자리를 원하는 거라면 차라리 꽃이 없는 지금의 기회를 잡아 서열 1위라는 직위로 다른 뱀파이어들을 누르는 것이 더 빠를 텐데. 그리고…….

"민아…… 네가 죽였어?"

"아니."

루이는 단호하게 부정했지만, 서영은 그의 말을 믿을 수가 없었다. 그는 민아를 조종하고 있었으니까.

"그럼…… 왜 네가 민아를 조종하고 있었어?"

"나는 그날 거기에 있던 네 기억을 읽고, 그걸 실체화했을 뿐이다. 그 아이를 죽이진 않았어."

"정말로?"

"그래. 내가 이런 거로 네게 거짓말을 할 이유는 없지."

여전히 미심쩍은 부분이 많았지만, 다른 방도가 없으니 서영은 일단 그를 믿기로 했다.

"왜 하필 나를 선택한 거야? 나보다 더 능력 있는 인간들도 많을 텐데?"

"……모르겠다."

"응?"

"그냥 너를 본 순간, 네가 필요하다는 느낌이 강하게 들었어."

루이가 서영을 선택한 것은 단지 그녀를 처음 본 순간 이상하게 그녀에게 끌렸기 때문이었다.

그날 뱀파이어 꽃을 찾기 위해 인간들의 마을을 수색하던 루이는 똑같은 옷을 입은 무리가 대거 이동하는 것을 보고 의아함을 감추지 못했다.

대체 뭐 하는 인간들이기에 같은 옷을 입고 다니는 건지 궁금해진 루이는 똑같은 옷을 입은 인간들이 대량으로 쏟아져 나오는 건물로 들어갔고, 그곳에서 처음 서영을 봤다.

오랜 세월을 살아온 만큼 수많은 인간들을 봤지만, 워낙 인간에게 관심이 없던 터라 그렇게 인상에 남는 이는 없었다. 더구나 이 한국이라는 나라의 인간들은 대부분 검은 머리카락에 검은 눈동자 등 비슷비슷하게 생겼기 때문에 강한 인상을 주지 못했다.

하지만 서영은 처음 본 그 순간부터 눈을 뗄 수 없을 정도로 인상적이었다. 서영 자체도 그렇지만 그녀가 품고 있는 기운이 뭔가 다른 인간들과는 다르다는 느낌이 들어 더더욱 강하게 끌렸다.

'내 편으로 만들어야 한다.'

갑작스럽게 든 생각에 루이의 표정이 살짝 굳었다.

'인간을 내 편으로 데리고 온다고? 말도 안 된다.'

기본적으로 인간이라는 종족은 너무나 약했기 때문에 쓸모가 없었다. 더구나 그 인간이 여자라면 더욱 거부감이 들었다.

하지만 저기 있는 소녀를 놓치면 안 될 것 같다는 예감이 강하게 들었다. 인간이 약하긴 하지만 저 정도의 인간 하나 지켜주지 못할 만큼 자신이 약한 것도 아니었고, 후회할 일을 만들고 싶지 않아 루이는 재빠르게 몸을 놀렸다.

협박해서 강제로 자신의 편으로 만드는 것보다, 스스로 오는 편이 서로 간에도 좋기 때문에 루이는 어떻게 하면 저 소녀를 자신의 편으로 데리고 올 수 있을지 심각하게 고민했다. 그러다 루이는 자신의 특수 능력인 '마음을 읽는 능력'을 사용해서 소녀의 마음을 들여다봤다.

루이가 가진 뱀파이어의 고유 능력인 마음을 읽는 능력은 다른 이가 보기엔 편해 보이지만, 그렇게 편한 것도 아니었다. 그가 능력을 사용하는 그 순간, 생각을 읽고자 하는 상대의 마음이 몇 개의 단어로 나열될 뿐 뚜렷한 문장을 만들어주지는 않는다.

'민아. 약속. 친구.'

서영의 마음속에서 나온 세 개의 단어를 보며 루이는 턱을 쓰다듬었다.

'친구의 이름이 민아이고, 그 아이와 약속을 한 것인가?'

보아하니 민아라는 아이를 이용하면 저 아이에게 쉽게 접근할 수 있을 것 같았다. 거기까지 생각이 미친 루이는 민아라는 아이가 누구인지 알아보기 위해 혹시 다른 인간이 근처에 있는지 살펴봤다.

그러던 와중 누군가의 시체를 발견했다. 체내에서 피가 빠져나가 미라처럼 삐쩍 말라 길에 쓰러져 있는 소녀는 이 건물에서 나온 인간들과 같은 옷을 입고 있었다.

'시체 처리도 하지 않은 걸 보니 하급 뱀파이어군.'

하급 뱀파이어들은 가끔 자신이 먹은 먹이의 뒤처리를 하지 않아 곤란한 경우를 만들곤 했다. 루이는 혀를 차며 자신의 동족이 한 짓에 대한 뒤처리를 하기 위해 그 시체의 곁으로 갔다.

'음……?'

죽기 직전까지 반항을 한 건지 시체의 주변에는 물건들이 너저분하게 널려 있었다.

한율고등학교 유민아

그중 루이의 눈에 띈 것은 사진이 있는 네모난 카드였다. 그 카드에 적힌 이름을 보고 혹시 죽은 이 인간이 저기 있는 소녀가 기다리는 인간이 아닌가 싶어 루이는 뭔가 단서가 될 만한 것을 더 찾아다녔다.

'찾았다!'

작은 수첩에 끼워져 있던 여러 명의 인간을 찍은 사진 중에서 서영의 얼굴을 발견한 루이는 희미한 미소를 지었다. 이 여자는 분명 서영이 찾는 민아라는 인간일 것이다.

루이는 시체가 살았을 적의 모습을 재생시켜 서영에게로 보냈다. 하지만 제법 눈치가 빠른 서영은 민아가 가짜라는 것을 너무 빨리 눈치채버렸고, 그 때문에 더 이상 친구를 이용하여 그녀를 자신의 편으로 만드는 것은 불가능했다. 하여 루이는 최후의 수단으로 그녀의 목숨을 가지고 그녀를 협박한 것이다.

"협박한 것은 미안하지만 난 후회하지 않는다."

"에?"

"지금도 널 내 편으로 데려온 것에 대해 잘했다는 생각밖에 들지 않거든. 난 역시 네가 필요하다."

왠지 사랑 고백을 받은 것 같은 기분이 들어 서영은 얼굴을 붉혔다. '네가 필요하다'는 그 한마디가 그에 대해 가지고 있던 모든 의심을 단번에 날릴 정도로 그녀의 마음을 강하게 사로잡았다.

도와주고 싶다. 자신을 필요로 하는 이 어린 뱀파이어를 도와주고 싶다는 마음이 머릿속을 가득 채우면서 서영은 루이에게 손을 내밀었다.

"앞으로 잘 부탁해! 얼마나 도움이 될지는 모르겠지만."

뱀파이어에게 잘 부탁한다니. 이 얼마나 황당한 인간이란 말인가.

당황스러웠지만 루이는 이내 옅게 웃으며 서영이 내민 손을 잡았다.

"잘 부탁한다, 서영."

뱀파이어

　루이가 떠난 뒤에도 서영은 소파에 앉아 그가 남기고 간 자료를 몇 번이고 다시 훑었다. 그러는 동안 해가 뜨고, 오전이라는 시간이 거의 다 지나갔다.

　"흐음, 정말 모르겠네."

　서영은 탁자 위에 자료를 올려놓고 머리를 긁적였다. 루이가 가져온 자료만으로 모든 것을 파악하기엔 자료가 너무나도 부족했다. 게다가 뱀파이어 꽃은 뱀파이어인 루이도 모르는 미지의 물건이었다. 뱀파이어도 모르는 내용을 인간인 자신이 알 턱이 없었다.

　"소설과 현실은 다르구나."

　서영은 깊게 한숨을 쉬고 소파에 드러누웠다. 자신이 뱀파이어에 대해 아는 거라곤 그들이 인간의 피를 먹는다는 것밖에 없었다. 뱀파이어가 인간과 다르다는 것은 어렴풋이 알고 있었지만, 어떤 점이 어떻게 다른지는 정확히 몰랐고, 뱀파이어 꽃이라는 존재에 대해서는 더더욱 알지 못했다.

　뀨웅―.

　혼자 놀고 있던 켄이 서영의 손에 솜털을 비비면서 놀아달라는 신호를 보냈다. 손에 느껴지는 부드러운 감촉에 저절로 웃음이 났다.

　"너 정말 웨어울프야?"

이렇게 귀여운 생물이 웨어울프라는 사실이 아이러니해서 서영은 켄을 쿡쿡 찔렀다. 그러자 켄이 간지럽다는 듯 몸을 배배 꼬았고, 너무나도 사랑스러운 켄의 모습에 서영의 얼굴에 미소가 사르륵 번졌다.

"조금만 쉬자."

이대로 계속 서류를 보다간 아무것도 눈에 들어오지 않을 것 같아 서영은 켄을 품에 안은 채 TV의 전원을 켰다. TV를 켜자마자 보이는 화면은 뉴스였다.

[오늘부터 대부분의 학교들이 무기한 휴교에 돌입하면서…… 날이 갈수록 뱀파이어들의 범죄율이 증가하는 추세에 따라, 정부는…….]

'죽이지 않았다.'

서영의 머릿속에서 뉴스의 내용과 루이의 말이 매치가 되면서 과연 저 뉴스에 나오는 모든 사건들이 뱀파이어가 저지른 것이 확실할까 하는 생각이 들었다.

뱀파이어가 등장하기 전에도 수많은 살인 사건이 있었고, 모두 사람이 범인이었다. 하지만 뱀파이어가 등장한 후부터는 모든 살인 사건의 범인이 뱀파이어로 지목되고 있었기 때문에 서영은 괜히 정부가 뱀파이어에 대한 경계심을 심어주려고 거짓 보도를 하는 건 아닌가 하는 의심을 했다.

따르르릉—.

처음에는 TV에서 나는 소리인 줄 알았다가, 뒤늦게 탁자 위에 두었던 핸드폰 소리임을 알게 된 서영은 전화를 받았다.

"여보세요."

[서영이냐? 잘 지내고 있지?]

서영에게 전화를 건 것은 타지에 있는 서영의 삼촌이었다. 그 타지가 어디인지는 몰랐다. 삼촌에 대해서 모르는 건 이것뿐만이 아니었다. 무슨 일을 하는지, 어떻게 사는지도 몰랐다. 삼촌이 서영에게 자신에 대해서 일절 이야기를 해주지 않았기 때문이다.

처음에는 그런 삼촌의 행동을 섭섭하게 여기며 '과연 삼촌과 내가 가족이긴 한 걸까?' 하고 의심했지만, 이제는 그러려니 하면서 살아가고 있었다. 그만큼 삼촌에 대한 애정도 거의 남아 있지 않았다.

"잘 지내죠. 삼촌은요."

하지만 가족의 피라는 것은 물보다 짙었다. 간만에 걸려온 삼촌의 전화가 반가워서 서영은 활짝 웃으며 삼촌의 안부를 물었다.

[나야 뭐 늘 일에 치여 살지. ……너희 학교 휴교했다며?]

서영은 알려준 적도 없는 사실을 삼촌이 알고 있다는 것에 놀라며 입을 꾹 다물었다. 그러고 보니 삼촌은 이상하게도 서영의 주변에 일어나는 일에 대해 잘 알고 있었다. 처음에는 할머니가 알려주는 건가 싶었는데, 할머니가 돌아가신 뒤에도 다 아는 걸 보니 그건 아닌 모양이었다.

그럼 도대체 어떻게 아는 거지? 누가 알려주는 걸까. 혹시 삼촌이 제게 사람이라도 붙여둔 걸까? ……지금 누굴 의심하는 거야.

어릴 때부터 부모 없는 자신을 먹여 살리고 키워준 고마운 분이었다. 그런 사람을 의심하는 자신이 한심하게 느껴져 머리를 콩 때렸다.

"아니에요. 언제 한번 집에 오세요. 저 이제 혼자잖아요."

그를 마지막으로 본 건 한 달 전, 할머니의 장례식에서였다. 삼촌은 뭐가 그리 바쁜지 할머니의 장례식이 거의 끝나갈 때 나타났고, 장례식이 끝나자마자 곧바로 자리를 떴다. 그런 삼촌을 원망했지만 뭐라고 할 수는 없었다. 그는 어린 조카와 늙은 어머니를 부양하기 위해 최선을 다하고 있었으니까.

"안 오실 건가요?"

[아니야. 가야지. 근데, 서영아…… 정말 아무 일 없지?]

그 말에 서영의 얼굴이 삽시간에 굳었다. 설마 자신과 루이 사이에 있었던 일을 알고 있는 건 아니겠지. 아니, 그럴 리가 없다. 아무리 삼촌이 자신에 대해서 잘 안다고 해도 그것까지 알 리는 없었다.

'그러니 진정하자.'

서영은 크게 심호흡한 뒤, 아무렇지 않게 대답했다.

"무슨 말씀이세요? 제가 무슨 일이 있었으면 좋겠어요?"

[하하, 그럴 리가 있겠냐? 아무 일 없으면 됐다. 이크, 나를 찾는구나. 나중에 또 전화할게.]

다급하게 전화가 끊겼다. 전화를 끊고 나서도 그가 뭔가를 알고 있다는 의심이 뇌리에서 지워지지 않았다.

한참의 시간이 흐른 후에야 폰을 탁자에 내려놓은 서영은 자신을 빤히 쳐다보고 있는 켄을 쓰다듬었다.

뀨웃―.

켄은 서영의 기분이 좋지 않다는 것을 알아챈 건지 고개를 갸웃거리며 애교를 부렸다. 서영은 희미하게 웃으며 켄을 쓰다듬었다.

"삼촌이 알 리가 없을 거야. 그렇지, 켄?"

"비 내리는 호남선~."

뱀파이어의 등장으로 인해 밤에 활동하는 사람들이 줄긴 했지만, 어쩔 수 없이 늦은 귀가를 하거나 술이 고파 밤을 헤매는 사람은 존재했다.

"눈물이 흐르고~."

술에 잔뜩 취한 남자가 비틀거리면서 골목길을 지나가고 있었다. 가로등조차 희미한 골목. 모두 잠이 든 건지 주택가에서는 한 줌의 불빛도 새어 나오지 않았다. 더구나 골목에는 사람의 그림자 하나 보이지 않아 을씨년스러운 분위기를 풍겼다.

휘잉―.

찬바람이 불자 남자는 옷깃을 여몄다. 뼛속까지 파고드는 한기와 더불어 등골이 오싹해졌다. 누군가 쳐다보고 있는 듯한 느낌이 들었다. 남자는 불안한 기색이 역력한 얼굴로 주변을 둘러봤다. 하지만 어두운 골목길에는 아무것도 보이지 않았다.

'괜한 기우인가?'

고개를 갸웃거리며 다시 앞을 돌아보는 순간…….

카앙―.

"으악!"

갑자기 검은 물체가 툭 튀어나왔다. 남자는 화들짝 놀라며 뒷걸음질을 쳤다. 얼큰하게 취했던 술이 다 깨는 순간이었다. 검은 물체는 황금빛 눈동자를 빛내며 바닥에 주저앉은 남자를 이상한 눈으로 쳐다봤다.

냐옹―.

남자를 놀래킨 건 고양이였다. 고양이한테 쫄았다는 사실에 괜히 뻘쭘해진 남자는 바닥에 침을 뱉으며 자리에서 일어섰다.

"에라이, 재수가 없으려……."

자리에서 완전히 일어서기도 전에 남자는 다시 쓰러졌고, 약간의 발작을 끝으로 남자는 다시 일어서지 못했다.

[또 뱀파이어 사건이 일어났습니다. 40대 중반의 남성이 술을 먹고 늦은 귀가를 하던 중…….]

"또 일어났네."

TV를 켜놓고 아침밥을 먹고 있던 서영은 '뱀파이어'라는 소리에 TV를 쳐다봤다.

[목에는 두 개의 송곳니 자국과 함께, 체내의 피가 70% 이상 빠져나간 것으로……]

"저건 확실하게 인간이 한 짓이 아니겠지."

저런 짓을 할 수 있는 것은 뱀파이어밖에 없었다. 뱀파이어를 생각하니 자연스럽게 루이가 떠올랐다.

"뱀파이어가 했다고 해도 루이가 한 짓은 아니겠지."

비록 루이가 뱀파이어일지라도 그가 저런 짓을 할 리는 없다고 생각한 서영은 먹고 있던 토스트를 입 안에 구겨 넣듯 집어넣고 가방을 챙겨 들었다. 오늘부터 본격적으로 뱀파이어 꽃에 대해 알아볼 생각이었다. 서영은 신발을 챙겨 신고 현관문을 열었다.

"가자, 켄!"

서영이 힘차게 소리치자 켄이 그녀의 어깨에 사뿐히 올라탔다. 켄을 가방에 넣을까 생각도 했지만 켄의 모습이 일반 사람들의 눈에는 보이지 않기 때문에 답답하게 가방에 넣는 것보다 이쪽이 나을 것 같아 서영은 켄을 어깨에 올려둔 채 밖으로 나왔다.

"일단 도서관부터 가볼까?"

꽃을 찾기 전에 뱀파이어에 대해서 공부하는 게 좋을 것 같아 서영은 시립 도서관을 방문했다. 아직 아침이라 그런지 도서관에는 사람이 그다지 많지 않았다.

서영은 컴퓨터로 뱀파이어에 관한 자료를 찾아봤지만, 소설 같은 것 외에는 아무것도 없었다.

역시 이런 시립 도서관에는 아무것도 없는 건가. 하긴 뱀파이어에 대한 정보가 이런 평범한 도서관에 있다면 세상 누구나 뱀파이어에 대해 자세히 알 수 있겠지.

쉽게 찾을 수 없을 거라는 생각을 하긴 했지만, 아무것도 찾을 수 없자 의기소침해진 서영은 어깨를 축 내렸다. 그런 서영에게 한 여성이 다가와 상냥하게 물었다.

"컴퓨터 다 쓰셨으면 제가 써도 될까요?"

"아, 쓰세요."

서영은 냉큼 자리를 비켜주었다. 모니터에는 서영이 검색한 자료가 그대로 남아 있었고, 그것들을 본 여성은 서영에게 다시 말을 걸었다.

"학생은 뱀파이어에 대해 어떻게 생각하세요?"

갑자기 저런 건 왜 묻는 거지?

서영이 경계하며 입을 꾹 다물자 여성이 웃으며 명함을 내밀었다.

"경계하지 마세요. 저 이런 사람이에요."

여성은 웃으며 서영에게 명함을 하나 내밀었다.

> XX대학교
> 서양사학과 교수
>
> 김한주
> 010-XXXX-XXXX

'아직 젊어 보이는데, 교수님이라니.'

서영은 약간 놀라며 명함과 여자를 번갈아 쳐다봤다.

"뱀파이어는 문헌에 따르면 마늘을 싫어하고 빛을 싫어하고, 그리고 사람의 피를 빨아먹는 괴물로 존재하죠. 인간에게 해만 되는 악당……."

"아니에요!"

한주의 말에 순간적으로 격분한 서영은 크게 소리를 질렀다. 조용한 도서관에 그녀의 목소리가 울려 퍼지면서 이목이 한순간에 집중됐다.

서영은 얼굴을 붉게 물들인 채 고개를 푹 숙였다. 그러면서도 뱀파이어를 변호했다.

"뱀파이어가 모두 그렇지는 않아요. 인간도 착한 사람이 있으면 나쁜 사람이 있듯, 뱀파이어 또한……."

처음에는 호기 있게 소리쳤지만, 정작 자신이 뱀파이어에 대해 아는 것이 없다는 사실을 자각한 서영의 목소리는 점점 기어들어갔다.

애초에 변호를 할 거라면 확실하게 알고 해야지, 이렇게 어정쩡한 변호는 하지 않는 것만 못하다.

끝내 할 말이 없어진 서영은 다급하게 말을 마무리 지었다.

"아무튼, 교수님이 생각하시는 것과 다를 수도 있어요."

"재미있네요."

'뭐가 재미있다는 거지? 모두가 공공의 적이라고 지목하는 뱀파이어를 변호하는 게 재미있다는 건가?'

한주의 말을 이해하지 못한 서영이 큰 눈을 껌뻑이며 한주를 가만히 쳐다보자, 한주가 웃으며 물었다.

"학생 이름이?"

"강서영……이요."

"지금 제가 시간이 얼마 없어서 그런데 내일 저한테 연락 주실 수 있나요?"

"네?"

"서영 학생에게 꼭 하고 싶은 말이 있어서 그래요. 명함에 적힌 번호로 내일이 아니라도 언제든 연락 주세요!"

그 말만 남기고 한주는 홀연히 자료실을 나가버렸다.

"대체 뭐지?"

너무 순식간에 벌어진 일이라 서영은 못이 박힌 듯 그 자리에 한참 동안 서서 한주가 주고 간 명함을 쳐다봤다.

문도 창문도 존재하지 않는 완전하게 밀폐된 방.

불빛 하나 없기 때문에 칠흑 같은 어둠이 내린 방은 아늑한 느낌이 들면서도 답답하게 느껴졌다.

"아직 안 돼."

그 어떠한 가구도 존재하지 않는 방에는 커다란 거울만 덩그러니 놓여 있었다. 거울 앞에는 루이가 서 있었고, 그는 초점 없는 눈으로 거울 속에 비친 누군가를 쳐다봤다.

『힘을 줄게.』

거울이라면 앞에 서 있는 물체를 똑같이 비춰야 하거늘, 거울 속에 있는 남자는 그 앞에 서 있는 루이보다 한층 성숙해 보였다.

남자 역시 루이와 마찬가지로 검은 머리와 창백한 피부를 가졌지만, 그는 루이보다 더 거친 야성미와 섹시미, 그리고 더욱 강한 기운을 가지고 있었다.

남자는 초점 없이 멍하게 자신을 쳐다보고 있는 루이를 쳐다보며 붉은 입술을 혀로 쓱, 한 번 핥았다.

『이제 그만 받아들이는 게 어때?』

남자의 말에 정신이 든 건지, 루이는 천천히 눈동자를 움직여 남자를 노려봤다.

"거절하겠어."

절대로 받아들이지 않겠다는 강력한 거부 반응을 보이는 루이의 모습에 남자는 눈을 초승달처럼 휘며 웃었다.

『그렇게 거부한다고, 거부할 수 있을 거 같아?』

"닥쳐!"

욱신—.

소리를 지르는 순간 심장이 아파 루이는 미간을 일그러뜨리며 오른손으로 가슴을 움켜쥐었다. 심장의 고통은 점점 심해졌고, 루이가 괴로워하면 할수록 거울 속 남자의 미소는 더욱 짙어졌다.

『나를 받아들여.』

"시……끄러워."

『너도 끈질기구나. 어차피 끝날 일인데.』

"내가……."

거울 속 남자의 말에 루이가 붉은 눈을 번뜩이며 고개를 추켜올렸다.

"너 따위에게 질 것 같아?"

쨍그랑—.

루이의 손에 깨진 거울 조각들이 사방으로 퍼지면서 방 안을 어지럽혔다. 루이의 주먹에 박힌 깨끗한 거울 조각 위로 피가 뚝뚝 흘러내렸다.

『아직 어리구나, 루베르이. 그런다고 날 피할 수 있을 것 같아?』

거울이 깨지면서 남자의 모습이 방 안에서 사라졌지만, 남자의 목소리는 계속 들려왔다.

『나는 너, 너는 나. 절대로 너는…… 나한테서 못 벗어나.』

콰직—.

루이는 거울 조각을 가루가 될 때까지 잘근잘근 밟았다. 그래도 성에 안 차는지 가루가 된 거울 조각을 노려보며 천천히 입을 열었다.

"나는 절대로 그렇게 되지 않을 거야."

"큭……."

지독한 악몽. 날이 갈수록 점점 윤곽이 뚜렷해지는 악몽에 루이는 이를 악물며 눈을 떴다.

그대로 몸을 일으켜 침대 밖으로 나오던 루이는 손에서 미약하게 느껴지는 고통에 인상을 찌푸렸다. 이미 상처는 저절로 치료되어 피는 나오지 않았지만, 거울 조각은 여전히 손에 박혀 있었다.

루이가 손에 박힌 거울 조각을 거칠게 뽑아내자 또다시 상처가 나면서 피가 흘러내렸지만, 얼마 지나지 않아 새로 생긴 상처도 치료가 되었다.

"루이 님, 일어나셨습니까."

시종은 셔츠와 기본 바지만 입고 있는 루이에게 제복을 입혀주며 그에게 오늘 해야 할 일을 알려주었다.

"오늘은 회의가 있습니다. 제 시간에 일어나셔서 다행입니다."

벌써 시간이 그렇게 된 건가. 또 시답잖은 늙은이들이 떠들어대는 소리를 들어야 한다는 사실에 기분이 급추락하면서 루이의 입술이 비틀어졌다.

뱀파이어 의회. 뱀파이어 로드의 급작스러운 죽음으로 인해 혼란이 온 뱀파이어 사회의 안정을 위해 서열 1위부터 12위 안에 드는 12명의 상급 뱀파이어들이 모인 집단을 말하는 것이었다.

좋은 의미로 만들어진 의회였지만 말이 좋아 뱀파이어 사회의 균형과 안정을 위해 만든 것이지, 사실상 로드의 자리를 차지하기 위해 서로를 견제하려고 만든 것이나 다름없었다. 그래서 루이는 이 의회가 마음에 들지 않았지만, 어쩔 수 없이 참석했다.

"다 모인 건가."

뱀파이어 사회에서는 힘이 곧 계급이었다. 그렇기에 뱀파이어 의회의 의회장 자리는 가장 힘이 있는 뱀파이어가 맡는 것이 원칙이었다.

지금 서열 1위는 루베르이였기 때문에 모두들 루이에게 의회장 자리를 맡아달라고 했다. 하지만 루이는 귀찮다는 이유로 의회장 자리를 거부했고,

그 탓에 서열 2위인 아쉘에게 넘어가게 되었다.

　원형 탁자 앞에 놓인 의자에는 12명의 뱀파이어들이 앉아 있었다. 의회장인 아쉘을 제외하고 모두 검은 로브로 눈까지 가린 상태라서 누가 누구인지 구분하기 힘들었지만, 로브 사이로 언뜻 드러나는 붉은 눈은 섬뜩하기 그지없었다.

　"그럼 회의를 시작하지."

　12명의 검은 로브를 쓰고 있는 뱀파이어 중 루이는 단연 돋보였다. 보통 서열이 높은 뱀파이어들은 성년식을 치른 경우가 대부분이었다. 그런데 아직 성년식을 치르지 않은 유년기 뱀파이어인 루이가 이미 성년식을 치르고 모든 힘을 깨친 성년 뱀파이어들을 누르고 가장 높은 서열인 것이 아이러니한 상황이었다.

　500년이라는 세월이 흘렀지만 여전히 자신을 신기하다는 듯 쳐다보는 시선에 짜증이 난 루이는 인상을 구겼다.

　보통 유년기의 뱀파이어가 성년식을 치르는 나이는 600살 전후. 미처 다 깨어나지 못하고 몸에 잠들어 있던 힘이 깨어나면서 작은 육체가 견디지 못하고 깨지는 것을 방지하기 위해 성년식이라는 것을 치르고 힘을 담을 육체를 키운다. 그것이 뱀파이어의 성년식이었다.

　그러나 루이는 아직 500살 초반으로, 성년식을 치르지 않았음에도 여기 모인 이들 중 가장 강했다. 그래서 모두 신기한 눈으로 루이를 바라보고 있었다.

　'어른이 된 것이 무슨 대수라고.'

　성년식을 치른 놈들이 유년기의 뱀파이어보다 강한 것은 잠들어 있던 힘이 모두 깨어났기 때문이었다. 그러니 성년 뱀파이어가 유년기 뱀파이어보다 강한 것은 당연한 사실이었다. 하지만 개구리가 올챙이 시절 생각 못 한다고 성년기를 치른 뱀파이어들은 하나같이 유년기의 뱀파이어들을 무시했다.

'하지만 그것도 약한 놈들에게만 통하는 짓이지.'

루이는 자신과 눈이 마주친 자들이 시선을 피하면서 몸을 가늘게 떠는 것을 보고 입꼬리를 한쪽으로 씩 올리며 냉소를 지었다.

"뱀파이어 꽃의 행방을 알아보고 있는 건가?"

뱀파이어 꽃에 대한 이야기가 나오자 조용하던 의회가 순식간에 소란스러워졌다. 뱀파이어 사회를 안정시키기 위해 서열이 높은 12명의 상급 뱀파이어가 뭉쳐 의회를 만들었다지만, 그건 단지 그럴싸한 말로 포장된 거짓된 모습이었다.

여기 앉아 있는 대부분의 뱀파이어들은 로드의 자리를 원하고 있거나, 강한 이를 뱀파이어 로드로 추대하고 고위 뱀파이어 로드의 자리를 차지하려는 속셈을 가진 자들이었다.

"앞으로 어떻게 해야 할지……."

"얼른 로드를 찾아야 하는데……."

다른 이들이 떠들든 말든 루이는 입을 꾹 다문 채 앉아 있었다. 굳게 닫힌 그의 입과는 다르게, 붉은 눈은 매섭게 빛나며 혹시나 늙은 뱀파이어들이 정보를 흘리는 것이 없는지 세세히 체크하고 있었다.

그러던 와중 루이는 레카와 눈이 마주쳤다. 레카의 눈이 초승달처럼 예쁘게 접혔다. 왜 저렇게 웃는 거지. 불길한 느낌이 들어 루이는 살짝 눈살을 찌푸렸다.

"요즘 루이가 자주 돌아다니던데?"

레카의 발언에 분산되었던 시선과 웅성거림이 한순간 루이에게로 집중되었다. 루이는 매섭게 레카를 노려봤지만, 그는 싱글벙글 웃으면서 루이가 곤란해하는 상황을 즐기고 있었다. 어릴 때부터 알던 사이였지만 루이는 도무지 저런 행동을 하는 레카가 마음에 들지 않았다.

"루베르이, 그 말이 사실인가?"

"……사실입니다."

거짓말을 해봤자 통하지 않을 테니 루이는 사실대로 대답했다. 먹이를 문 사자는 절대로 입에 들어간 먹이를 놓치지 않는다. 설사 그 사자가 이빨 빠진 늙은 사자라 해도 맹수는 맹수. 아쉘은 눈동자를 빛내며 루이에게 정보를 뜯어내려고 사나운 이를 드러냈다.

상황이 귀찮게 돌아가자 뒷골이 당겨서 루이는 뒷목을 잡은 채 이리저리 움직였다. 그러고는 자신의 대답에 아쉘의 눈이 가늘어지는 것을 보고 로브에 얼굴을 숨긴 채 웃음을 지었다.

인간들의 소설 속에 등장하는 뱀파이어와 다르게 실존하는 뱀파이어는 죽지 않는 불멸의 존재가 아니었다. 인간보다 수명이 길긴 하지만, 엄연히 그들도 생명의 한계가 있었다. 문헌에 따르면 뱀파이어의 수명은 천 년. 보통 천 살에 가까워지면 소멸이라는 이름의 죽음을 맞이한다.

하지만 로드라는 존재는 달랐다. 얼마나 사는지는 알 수 없지만 로드는 적어도 2천 년 이상을 사는 것으로 확인되었다.

'그것 때문에 저 늙은 사자가 발악하고 있는 거지.'

루이는 비웃음을 지으며 아쉘을 쳐다봤다. 아쉘은 의회를 구성하는 뱀파이어 중에서도 가장 나이가 많았다. 곧 천 살이 된다고 하니 언제 소멸해도 이상하지 않은 고령의 뱀파이어였다. 그래서 아쉘은 로드의 자리를 노리는 것이다. 소멸하지 않기 위해서. 좀 더 길게 살기 위해서.

"말하라! 네가 알고 있는 정보를!"

"내가 당신의 명령을 들어야 할 이유가 있습니까?"

아쉘은 로드도 아니고, 자신보다 서열이 높은 뱀파이어도 아니었다. 단지 자신이 걷어찬 의회장이라는 자리를 차지하고 있는 하찮고 늙은 뱀파이어일 뿐이었다. 직위는 높을지라도 그것 외에 아쉘에게 자신보다 나은 점은 없었다. 루이가 그 점을 지적하자 아쉘이 파르르 떨었다.

"루베르이!"

"아쉘 경, 천 년 가까운 세월을 살았으면 그저 고이 눈을 감으십시오."

루이의 말에 아쉘은 황소처럼 벌떡 일어나 원탁을 주먹으로 강하게 내리쳤다.

쿠웅—.

뱀파이어의 힘을 이기지 못한 원탁은 육중한 소리를 내며 그 자리에서 박살났다. 이에 모두가 움찔하며 아쉘의 눈치를 살폈지만, 루이는 담담하게 아쉘을 쳐다봤다.

"새파랗게 어린놈이! 네가 뭘 안다고 지껄이는 거지?"

상대가 자신보다 나이가 많다는 걸 고려해서 예의를 갖췄건만, 상대가 걷어차 버렸다. 그렇다면 더는 예의를 차릴 필요가 없었다.

"이런, 새파랗게 어린놈보다 힘 약한 당신이 할 말은 아닌 거 같은데."

루이는 입꼬리를 비틀며 말을 놓았다. 그러자 아쉘이 주먹을 부르르 떨면서 이를 갈기 시작했다.

"뭣이!"

"나는, 그날의 일을 저지른 범인이 당신이라고 생각해. 그걸 잊지 마."

루이의 말에 아쉘의 안색이 삽시간에 굳었다. 아직 몸을 부들부들 떨면서 루이를 매섭게 노려보고 있었지만, 그는 더 이상 루이에게 어떤 말도 하지 못했다. 루이는 그런 아쉘을 비웃으며 유유히 의회장을 빠져나왔다.

"다 늙어버린 구렁이가 쓸데없이 발악하기는."

"그러게 말이야."

'뭐야, 이 녀석. 언제부터 날 따라온 거지?'

루이는 우뚝 멈춰 서서 레카를 노려봤다. 사태가 이렇게 된 것도 레카가 쓸데없는 말을 했기 때문인데 정작 본인은 어떠한 양심의 가책도 느끼지 않는다는 얼굴로 루이의 어깨를 토닥이고 있었다.

"아쉘을 적으로 돌리다니, 무모했어. 아무리 네가 아쉘보다 강하다고 하지만, 대부분의 의회 놈들이 아쉘 편이야. 그놈들이 합심해서 덤비면 아무리 너라도 힘들어."

"지금 상황에 내부에서 서로를 죽이겠다고 덤비는 건 멍청한 짓이지. 그들에게 뇌가 있다면 그런 짓은 하지 않을 거다."

현재 뱀파이어 사회는 로드도 없는 상황인 데다가 인간들과 전쟁도 선포한 상태였다. 아무리 인간들이 자신들보다 약하고 버러지 같다 해도 얕볼상대는 아니었다.

인간들의 생화학 무기가 언제 자신들을 공격할지 모르는데, 같은 동족끼리 칼을 겨누며 싸우자고 덤빈다면 스스로 자멸하는 길밖에 되지 않는다.

"그거야 그렇지만…… 아, 참고로 말하는데 난 네 편이다?"

"내가 그 말을 믿을 거라고 생각하는 건가?"

"큭, 어릴 때부터 키워줬건만 배은망덕한 놈이네."

레카의 말을 더 이상 들을 가치도 없다는 듯 루이는 자신의 어깨에 올려져 있는 레카의 팔을 떨쳐버리고 어둠 속으로 사라졌다. 레카는 어쩔 수 없다는 듯 혀를 찼다.

그 누구보다 강한 힘을 가진 루이는 자신보다 약한 다른 이들을 무시하는 경향이 있었다.

뱀파이어 사회에서는 힘이 곧 모든 것이기 때문에 루이의 행동이 당연하게도 보였지만, 힘만 있다고 모든 것이 다 되는 것이 아니었다.

"특히 로드의 자리는 힘으로 되는 자리가 아니야, 루이."

로드는 다른 뱀파이어들을 지휘하고 뱀파이어 사회의 안정을 위해 희생하는 자리였다. 그렇게 따지면 자신밖에 모르는 루이는 그 자리에 어울리는 뱀파이어가 아니었다.

"이제 그만 현실을 직시하면 좋을 텐데."

레카는 이미 가버린 루이의 빈자리를 보며 안타까운 음성으로 말했다.

———— ❖ ————

"흐음, 어떡하지."

서영은 명함을 쳐다보며 고민에 빠졌다. 도서관에서 만난 의문의 교수에게 명함을 받은 지 벌써 이틀이 지났다. 루이가 오면 상의해보려고 했지만, 그날 밤 이후 루이의 모습은 보이지 않았다.

'네 주인은 왜 오지 않는 거니?'

루이가 오지 않아 섭섭한 기분이 든 서영은 괜히 켄을 쿡쿡 찔러보았다. 하지만 그저 간지럽다는 듯 몸을 움츠리는 켄의 모습에 약한 동물을 괴롭히는 나쁜 사람이 된 것 같은 기분이 들어 손을 거두었다.

"전화해볼까."

이틀 동안 뱀파이어에 대한 자료를 찾기 위해 인터넷, 책, 도서관 등등…… 할 수 있는 건 다 해봤지만, 정작 얻은 자료는 아무것도 없었다.

"그 교수님…… 뭔가를 알고 있는 눈빛이었어."

이틀간의 고민 끝에 서영은 드디어 마음을 굳히고, 명함에 적힌 번호를 꾹꾹 눌렀다. 짧은 컬러링이 들렸고, 컬러링이 끝날 즈음 상대방의 목소리가 들려왔다.

[여보세요.]

"여보세요. 김한주 교수님."

[아, 서영 학생이죠.]

이름밖에 부르지 않았는데도 교수는 전화를 건 상대가 서영이라는 것을 단박에 알아챘다.

"아, 네."

서영이 얼떨결에 대답하자, 교수는 직접 만나서 이야기하고 싶다며 자신이 있는 학교로 와달라고 부탁했다. 특별히 할 일도 없었고 자신도 직접 만나서 이야기하는 편이 나을 것 같아 서영은 순순히 가겠다고 했다.

"여기인가."

한주가 교수로 있는 대학교는 자신의 집에서 그다지 먼 곳이 아니었기 때문에 서영은 금세 캠퍼스 앞에 도착할 수 있었다.

생각보다 넓은 캠퍼스라 이리저리 길을 헤매던 서영은 지나가던 사람을 붙잡고 서양사학과 김한주 교수님이 있는 곳을 물었다. 다행히도 친절한 사람이었는지, 그 사람은 서영을 교수실 앞까지 데려다주었다.

고동색의 사각 나무 문에 '서양사학과 교수 김한주'라는 팻말이 걸려 있었다. 이름을 재차 확인한 서영은 조심스레 노크했다.

똑똑—.

"들어와요."

허락의 말이 떨어지자 서영은 조심스레 문을 열었다. 어지럽게 널린 책 속에 파묻혀 있던 교수는 서영을 발견하고는 반가운 웃음을 지으며 손을 까딱였다.

"소파에 앉아요."

서영이 소파에 앉자 이번엔 커피와 녹차 중 무엇을 마실 건지 물었다. 딱히 뭔가를 마시고 싶은 생각이 없었던 서영은 고개를 저었다.

"저는 괜찮아요."

"그래요, 그럼."

한주는 찻잔을 한 개만 준비한 후 서영이 앉은 맞은편 소파에 앉았다. 올 때까지는 아무 생각이 없었는데, 당사자를 마주하니 괜히 긴장되어 서영은 손을 꼼지락거리며 애꿎은 바닥만 쳐다봤다.

"뭐부터 말해야 할까. 솔직히 지금 서영 학생의 어깨에 앉은 거……."

한주가 가리키는 것은 켄이었다. 보통 인간의 눈엔 보이지 않는 켄을 볼 수 있다는 건 그녀가 평범한 인간이 아니라는 증거이기에 서영은 날을 잔뜩 세우며 한주를 경계했다.

"혹시 교수님도 뱀파이어인가요?"

"하하, 그럴 리가요. 전 인간이에요."

"……그럼 어떻게 켄을 볼 수 있는 거죠?"

"우리 할아버지가 뱀파이어죠. 말하자면, 저는 쿼터예요."

서영은 그녀의 할아버지가 뱀파이어라는 사실에 놀라기도 했지만, 그런 말을 쉽게 하는 그녀의 용기에 더욱 놀랐다. 만약 자신의 가족 중에 인간이 아닌 자가 있다면, 그것도 인간의 피를 먹는 뱀파이어가 있다면 자신은 그 사실을 절대 숨기려고 했을 것이다.

"저를 뱀파이어라고 의심하는 걸 보니, 학생은 뱀파이어에 대해 안 지 얼마 안 되었나 보네요."

"예……."

"원래 여자 뱀파이어는 존재하지 않아요. 모든 뱀파이어들은 인간 여성의 배를 빌려 태어나죠."

서영은 처음 듣는 말이었다. 그렇다면 자신이 아는 루이 역시 인간 어머니를 두었다는 말인데, 그렇게 아름다운 아이를 낳은 어머니라면 얼마나 아름다운 분이었을까 하는 생각이 들었다.

"하지만 뱀파이어가 태어날 확률은 거의 기적에 가까워요. 백 명 중 한 명이 가지면 다행이라고나 할까. 보통 뱀파이어와 인간 사이에서는 인간이 태어나요. 하지만 아주 기적적인 확률로 뱀파이어가 태어나기도 하지요."

"교수님 가족 중에는 뱀파이어가 태어난 적이 있나요?"

"아니요. 아직은 없어요. 저희 할아버지가 뱀파이어라는 사실을 안 지도 몇 년 안 됐어요. 처음에는 그저 사촌 오빠라고 생각했는데…… 알고 보니 할아버지더군요. 처음에는 많이 놀랐지만, 할아버지가 평소에 저에게 매우 잘해주셨기 때문에 그냥 받아들였어요. 이런 종족도 존재한다는 걸."

"그럼 저한테 뱀파이어 이야기를 한 것도……."

"할아버지가 시종으로 부리던 녀석 중에 지금 학생 어깨 위에 앉은 것과 똑같은 것이 있었어요. 그걸 도서관에서 봤고, 저는 학생도 저처럼 뱀파이어를 가족으로 둔 사람으로 알았는데 지금 보니 당신은 계약자이군요."

무심결에 고개를 끄덕이던 서영은 루이와 계약한 사실을 누설하고 있다는 걸 뒤늦게 자각하고 멈칫했다.

"어떤 계약을 했죠?"

"……더는 말할 수 없어요."

"계약에 대한 비밀은 지킨다, 이건가요? 뭐, 그럼 더 묻지 않도록 하죠."

더 캐물었으면 곤란했을 텐데 다행이었다. 서영은 진심으로 안도하며 가슴을 쓸어내렸다.

"그럼 학생, 그러니까 서영 씨는 지금 뱀파이어들이 왜 저러는지도 알고 있나요?"

"교수님은 아시나요?"

서영은 은근슬쩍 한주를 떠봤다. 그 사실을 알아채지 못한 건지 한주는 웃으며 고개를 저었다.

"저는 아는 게 없어요. 뱀파이어 세계에도 계급이라는 것이 존재한다고 하던데, 저희 할아버지는 그 계급으로 치자면 아주 하층이라고 하더군요. 그래서…… 상급 뱀파이어들이 시키는 것만 할 뿐 자세한 건 알지 못한다고 해요."

한주의 말에 서영은 새삼 루이가 서열이 높은 뱀파이어라는 것을 확인하고, 자신의 계약자가 정말 강하다는 사실에 마음이 몹시 든든해졌다.

"서영 학생은 무언가를 알고 있군요."

"그렇게 보이세요?"

"글쎄요. 그냥 한번 떠본 건데, 반응이 바로 오네요."

서영은 아차 싶어 혀를 깨물었다. 한주가 자신을 떠보고 있다는 사실을 순간 망각하고 생각 없이 대답해버렸다. 서영은 혹시 한주가 이 일에 대해 떠들고 다니지 않을까 싶어 걱정하며 그녀의 눈치를 살폈다. 그러자 한주가 깊은 웃음을 지으며 고개를 설레설레 저었다.

"아무에게도 말하지 않을게요."

그래도 믿음이 가지 않아 서영은 좀처럼 걱정스러운 얼굴빛을 지우지 못했다. 하지만 이미 엎질러진 물. 이왕 이렇게 된 거, 자신이 정보를 유출한 만큼 그녀에게서 얻을 수 있는 것을 얻어야겠다고 생각한 서영은 본격적으로 자세를 잡고 한주에게 물었다.

"서양사학을 공부하셨죠?"

"그렇죠."

"그럼 혹시 고대 서양에 상처를 치료하는 꽃이라던지……."

"약초를 이야기하는 건가요?"

"뭐든요."

"으음, 글쎄요. 약초는 제 전공이 아닌데."

한주는 잠시 고민하다가 말을 이었다.

"상처를 치료하는 약초라면 동양에도 많잖아요. 예를 들면 불로초라던 가……."

불로초!

서영의 눈이 반짝였다. 불로초는 상상 속의 풀이지만, 뱀파이어도 존재하는데 불로초가 존재하지 않으리라는 법은 없었다.

  "약초를 찾고 있는 건가 봐요? 누가 다쳤어요?"

  "아니요. 오, 오늘은 이만 가볼게요. 감사해요!"

  더 있다간 뱀파이어 꽃에 대해 유출할 것 같아 서영은 허겁지겁 밖으로 나왔다.

또 다른 뱀파이어의 등장

어두운 커튼에 장식처럼 걸린 달 조각이 너무나 아름다운 밤.

드르륵―.

사람들이 잠들어 주변이 고요한 탓인지 창문 소리가 유난히 크게 들렸다. 시끄러운 창문 소리에 루이는 더욱 인상을 쓰며 서영의 집 안으로 들어갔다.

"젠장, 이빨 빠진 늙은 구렁이가."

로드의 자리에 대한 집착 때문인지 아쉘은 생각보다 질겼다. 하루라도 빨리 인간계로 가야 하거늘, 자신이 조금이라도 움직이려고 하면 귀신같이 나타나 방해를 하거나 감시를 붙였다.

그에게 자신보다 서열이 낮은 아쉘 따위는 문제가 안 되었지만 그를 건드렸다가 아쉘을 지지하는 세력이 날뛰기라도 하면 골치가 아파질 것이었기 때문에 루이는 되도록 그와의 싸움을 피하고 있었다.

"하……."

그래서 최대한 아쉘과 마주치지 않으려고 몸을 사리며 때를 기다리다가 겨우 요새를 빠져나온 루이는 짜증이 가득 담긴 한숨을 쉬며 머리를 쓸어 올렸다. 지금 당장은 들키지 않았을지 몰라도 자신이 요새를 빠져나간 것이 알려지는 건 시간문제였다.

한시라도 빨리 요새로 돌아가야 한다는 생각에 마음이 조급해진 루이는 집에 들어가자마자 서영을 찾았다.

"자는 건가?"

이미 잠자리에 든 건지 거실의 불이 꺼져 있었다. 루이는 서영을 찾기 위해 그녀의 방 쪽으로 성큼성큼 발걸음을 옮겼다. 서영의 방문 앞에 도착한 그는 문 손잡이에 손을 올리다가 푹신한 무언가가 자신의 다리에 몸을 비비는 것을 느끼고 아래를 쳐다봤다.

퓨웃―.

늦은 시간임에도 불구하고 켄은 또랑또랑한 눈으로 루이의 다리에 온몸을 비비고 있었다. 뽀송뽀송하게 난 솜털을 비비면서 애교를 피우는 켄의 모습에 일그러진 루이의 얼굴이 조금이나마 풀렸다.

"그동안 응석이 더 늘었구나, 켄."

켄은 루이의 말을 알아들었는지 몸을 갸웃거리며 그의 손을 타고 어깨에 올라타 그의 얼굴에 몸을 비벼댔다.

푹신한 감각이 얼굴에 느껴지니 기분이 썩 괜찮았기에 루이는 살짝 미소를 지으며 켄을 쓰다듬었다. 루이는 애교 부리는 켄을 어깨에 올려둔 채 서영의 방문을 열었다.

침대 옆에 놓인 작은 탁자 위 램프가 환한 빛을 발하고 있었다. 밤인데도 방 안은 낮인 듯한 느낌이 들었다.

서영은 램프를 환하게 켜놓은 채 침대에서 자고 있었다. 그녀의 손에는 종잇장이 꼭 쥐어져 있었고, 이불 위에는 종이들이 어지럽게 놓여 있었다.

루이는 서영이 쥐고 있는 종이들을 쳐다보며 설핏 미소 지었다.

"열심히 해주고 있나 보네."

분명 그녀의 목숨을 가지고 협박해서 한 계약이었다. 그럼에도 불구하고 서영은 자신을 위해 열심히 해주고 있었다.

그런 서영의 행동이 의아하기도 했지만 고마운 마음도 들어, 루이는 그녀를 깨워 이때까지의 일을 묻기보다는 더 자게 내버려두기로 했다.

루이는 서영이 잠에서 깨지 않도록 조심하며 그녀의 곁으로 다가갔다. 그는 환한 빛을 뿜어내고 있는 램프를 끄고 그녀의 무릎에 걸쳐져 있는 이불을 들어 그녀의 가슴께까지 끌어올렸다.

"으음……."

최대한 조심스럽게 한다고 했건만, 인기척을 느낀 건지 서영이 낮은 소리를 내며 살며시 눈을 떴다.

서영은 눈을 뜨자마자 자신 앞에 이불을 든 채 굳어 있는 루이를 보고 아직 꿈에서 깨지 못한 건가 싶어 재차 눈을 비볐다. 하지만 아무리 눈을 비벼도 눈앞의 소년은 사라지지 않았다.

"루, 루이!"

그가 왔다는 사실에 깜짝 놀란 서영이 벌떡 일어났다. 그녀의 움직임과 함께 그녀의 손에 있던 종이들이 팔랑거리며 공중으로 날아올라 사방으로 퍼지기 시작했다.

종이가 사방으로 날리자 더욱 당황한 서영은 허둥지둥대며 황급히 침대에서 내려왔다.

"그동안 열심히 해줬나 보군."

루이의 칭찬에 쑥스러운지 서영은 얼굴을 푹 숙인 채 바닥에 널브러진 종이들을 정리하기 시작했다. 루이 역시 그녀를 도와주기 위해 자신의 발밑에 떨어진 종잇장을 집어 들었다.

그가 집어 든 종이에는 검붉은 버섯 모양의 사진이 덩그러니 있었고, 빨간색의 별표가 여러 개 그려져 있었다.

"이건 뭐지?"

"아, 불로초라는 거야. 인간들의 전설 속에 나오는 건데, 먹으면 영생을 가진다고 전해지는 식물이야. 꽃은 아니지만 혹시나 해서 보고 있었어."

서영의 말에 루이는 사진 속의 불로초라는 식물을 유심히 보며 입을 열었다.

"자세하게 설명해줄 수 있나?"

"잠시만. 너무 어두워서 나는 잘 안 보이는데."

서영의 말에 루이가 한 손을 가볍게 들어 불덩이 하나를 생성해냈다. 은은하게 빛을 발하는 불덩이는 방 안을 가득 비췄다.

"우와."

서영은 눈을 휘둥그레 뜨고 불덩이를 쳐다봤다. 평소에는 루이가 뱀파이어라는 사실을 자각하지 못했지만 그가 이런 능력을 구사할 때면 새삼 인간과 다르다는 것이 가슴에 와 닿았다.

"설명."

"아, 나도 아직 자세하게 알아본 건 없어. 그저 신선들이 먹는다고 전해지는 불로초가 뱀파이어 꽃과 비슷한 성질을 가지고 있기 때문에 조사하기 시작한 거야."

하지만 불로초 또한 전설 속의 풀이었다. 뱀파이어처럼 소설이나 상상 속에 등장하는 풀.

소설 속의 인물이라고 생각했던 뱀파이어가 실존하는 것처럼 불로초 또한 실존할지도 모르지만, 오랜 시간 불로초는 인간들이 지어낸 상상 속의 식물이라고 알려져서인지 관련 자료가 너무나 부족했다.

"그래? 근데 서영…… 너 누굴 만난 거지?"

"응?"

종이를 보다 말고 루이는 그녀에게로 시선을 돌렸다. 붉은 불빛 속에서 루이의 붉은 눈이 더욱 붉게 빛나고 있어 위험스럽게 느껴졌다. 괜히 무서워진 서영은 말을 더듬었다.

"그, 그 이틀 전에…… 뱀파이어의 손녀분을 만났어."

"뱀파이어의 손녀? 여자?"

"응. 할아버지가…… 뱀파이어라고 하던데?"

루이는 서영의 말에 인상을 팍 찌푸리며 생각에 잠겼다. 그의 행동이 심상치 않아 서영은 괜히 자신이 뭔가 잘못한 건 아닌가 싶어 끙끙거리며 그가 생각에서 깨어나길 기다렸다.

그렇게 몇 분이나 흘렀을까. 여전히 말을 하지 않는 그를 기다리다 지친 서영은 용기를 내어 먼저 그에게 말을 건넸다.

"왜 그래? 뭐가 잘못됐어?"

"……뱀파이어 후손은 여자가 태어날 수 없어. 설령 그것이 인간이라도 여자는 태어날 수 없다."

루이는 이어서 계속 설명했다.

뱀파이어는 인간이나 요괴와 달리 여자가 존재하지 않는 종족이다. 그렇기 때문에 그들은 인간의 배를 빌려 아이를 가졌고, 여아는 태어나기도 전에 어미의 뱃속에서 사산되어버린다.

루이의 설명을 모두 들은 서영은 소스라치게 놀라며 소리쳤다.

"그럴 리가 없어! 그 여자는 분명 자신이 뱀파이어의 손녀라고 했단 말이야. 그 여자가 나한테 거짓말을 할 이유는 없잖아. 거기다 그 여자도 켄을 볼 수 있었어! 그건 뱀파이어랑 관련 있다는 의미 아니야?"

"맞아. 그 여자가 너랑 같은 뱀파이어의 계약자라는 의미지."

루이의 말에 서영의 안색이 창백하게 질렸다. 어쩐지 계속 정보를 캐내려고 하더니 다 이유가 있었던 것이다.

"나는 아무 말도 안 했어!"

서영은 루이가 혹시 오해할까 봐 다급하게 손을 휘저으며 변명했다.

"정말이야, 루이! 너에 대해서 아무것도 언급하지 않았어. 그저……."

서영의 목소리가 자신감을 잃고 점점 기어들어갔다. 그런 서영을 무표정한 얼굴로 빤히 쳐다보던 루이는 한숨을 내쉬며 말했다.

"당분간은 켄을 통해서만 만나야겠다."

"루이……."

"전에도 말했지만 나는 밖을 쉽게 돌아다닐 수 없다."

루이는 말을 하면서 몸을 천천히 서영 쪽으로 기울였다. 얼굴이 점점 자신 쪽으로 가까워지자 상황과 맞지 않게 설레는 가슴을 어떻게 할 수가 없어 서영은 고개를 푹 숙였다.

상대가 평범하게 생겼다면 이렇게 설레지 않았겠지만, 루이는 너무나도 아름다운 미소년이었다. 바라보는 것만으로도 심장이 쿵쿵 뛰는 그런 루이의 숨소리가 점점 가까워질 때마다 서영은 심장이 밖으로 튀어나올 것 같아 눈을 질끈 감았다.

파삭ㅡ.

하지만 루이는 그녀에게 어떠한 짓도 하지 않고 그저 그녀의 뒤에 있는 벽을 짚었다. 그 순간 이상한 소리와 함께 누군가의 괴성이 들린 것 같았다. 서영은 자신에게 다가온 기척이 멀어지자 슬그머니 눈을 떴다.

루이는 인상을 팍 쓰며 그녀의 손을 짜증스럽게 쳐다보고 있었다. 주먹을 꽉 쥔 손에선 매캐한 연기가 피어올랐다.

"당분간 몸을 사려라. 네 목숨이 위험할 수도 있으니까."

그 말을 마지막으로 루이는 손을 탁탁 털고 자리에서 일어섰다. 그리고 켄에게 서영을 잘 지키라는 말을 한 뒤, 다시 서영을 쳐다봤다.

"네가 위험할 때 켄을 통해 반드시 나에게 말해라."

"……."

"나는 언제든지 너를 지켜줄 것이다. 그리고 나 외에는 아무도 믿지 마."

루이는 그 말을 남기고 어둠 속으로 모습을 감추었다.

콰앙―.

"깜짝이야."

갑작스럽게 문이 열리는 소리에 책장 사이에 있던 남자가 머리를 쑥 내밀었다. 곧 루이를 발견한 남자는 안경을 추켜올리며 신경질적인 목소리로 말했다.

"넌 노크도 모르냐?"

"불로초가 뭔지 아십니까, 잭 경?"

루이가 인사도 없이 질문부터 던지자, 잭은 불쾌하다는 듯 인상을 찌푸렸다가 원래 그런 아이려니 하며 손을 휘저었다. 그러자 그의 손사래에 맞춰 책 한 권이 루이 앞에 등장하더니 자동으로 페이지가 펼쳐졌다.

"인간들이 찾는 불로불사의 풀을 말하는 거지? 거기 자세히 적혀 있어."

"필요 없습니다."

문헌에 자세하게 기록되어 있는 풀이라면, 뱀파이어 꽃일 리가 없었다. 뱀파이어 꽃은 뱀파이어 로드가 오랜 시간 꼭꼭 숨겨둔 만큼 그 어떠한 책에도 상세하게 적혀 있지 않았다.

루이는 다시 원점으로 돌아왔다는 생각에 인상을 찌푸렸다. 불로초라는 것이 뱀파이어 꽃이 아닐 수도 있다는 생각은 했었지만, 막상 아니라는 것이 확인되자 기대한 만큼 실망감이 몰려왔다.

"뭐야, 갑자기 불로초는 왜?"

"아닙니다."

"흐응, 말하기 싫으면 하지 마. 근데, 너 아셀한테 한바탕했다며?"

책 속에나 처박혀 있는 노인네가 그걸 어떻게 알았느냐는 듯한 얼굴로 루이가 쳐다보자 잭은 낄낄 웃으며 손을 한 번 휘저었다. 그러자 루이 앞에 있던 책이 날개가 달린 듯 허공으로 홀홀 날아가면서 원래 있던 자리로 되돌아갔다.

"아쉘이 얼굴이 시뻘게져서 요새 안의 시종들을 쥐 잡듯이 잡았다는데?"

"다 늙은 놈의 헛짓거리군요."

"푸핫!"

루이의 과감한 말에도 잭은 포복절도했다. 한참이나 바닥에 굴러다니며 웃던 잭은 루이가 아무 감정 없이 쳐다보는 것을 보고 '쳇!' 하며 일어났다.

"아직도 그 일 때문에 이러는 거냐? 네가 이렇게 난리를 부려봤자 죽은 자는 돌아오지 않는다."

"잭 경은…… 아무것도 모릅니다."

"루이, 겨우 그 일 때문에 이런 짓을 한다면……."

쾅―!

루이는 잭의 말을 뚝 끊으며 벽을 내리쳤다.

방 안을 가득 울리는 소리와 함께 방 안에 있던 책장들이 흔들거리더니 하나둘씩 바닥으로 '쿵' 하고 쓰러지면서 꽂혀 있던 책들을 모두 토해냈다.

책들이 난잡하게 바닥에 널브러지면서 뽀얀 먼지가 일었지만 정작 이 소동을 벌인 당사자는 그저 분노한 얼굴로 잭을 노려볼 뿐이었다.

"쉽게 이야기하지 마십시오, 잭 경."

"루이……."

"저에게는…… 겨우 그 일이 아닙니다!"

아무리 어리다 해도 루이는 서열 1위의 강한 힘을 가진 뱀파이어. 현재 로드와 고위 뱀파이어가 없는 상황에서 순수하게 힘만으로 루이와 일대일로 겨룬다면 그를 이길 뱀파이어는 아무도 없었다.

"알았다, 알았어."

그렇기에 일단 잭은 한 발 뒤로 물러서기로 했다. 그는 두 손을 머리 위로 들고 자신이 잘못했다며 루이에게 진정하라고 했다. 그래도 쉽게 진정되지 않는지 루이는 잔뜩 인상을 쓰고 있었다.

"오랜만에 왔으니 차라도 한 잔 마시고 가라."

루이는 잭의 말을 무시하고 휙, 방을 나가버렸다. 잭은 안타깝게 루이가 있던 곳을 바라봤다.

"루이……."

아직 어린 뱀파이어의 몸을 하고 있기는 하나, 그 몸 안에 있는 힘을 본다면 이미 유년기의 모습을 벗어야 마땅했다. 하지만 루이는 스스로 어른이 되는 것을 거부하고 있었다.

"하지만 억지로 억누른 힘은 언젠가 폭발하기 마련이지."

루이가 가진 힘은 저렇게 작은 그릇에 담을 수 없는 엄청난 힘이었다. 그렇기 때문에 잭은 언제 루이의 몸에 있는 저 힘이 터질지 몰라 조마조마했고, 혹시 그 힘에 루이가 잡아먹히지는 않을까 두려웠다.

"부디 힘을 올바르게 컨트롤할 수 있기를."

진심으로 루이가 그 힘에 잡아먹히지 않기를, 잭은 바라고 또 바랐다.

서영은 며칠째, 루이가 지도에 표시해둔 곳을 중점적으로 돌아다니며 꽃을 찾아다녔다. 그렇게 서울을 중심으로 주변을 다 둘러봤지만, 뱀파이어 꽃은 그 어디에도 없었다.

'이번엔 지방에 가볼까.'

서영은 곧바로 지방으로 내려가 수목원으로 향했다.

그곳 역시 루이가 지도에 표시해둔 장소였다.

평일 오전이라서 그런지 수목원에는 사람이 없었다. 그녀와 이곳에서 일하는 직원이 전부였다.

뀨웃―.

주변을 둘러보고 있는데 어깨에 앉아 있던 켄이 갑자기 뛰어내려 숲속을 활보하기 시작했다. 서영은 켄을 말리려다 켄이 평범한 사람의 눈에는 보이지 않는다는 걸 자각하고 내버려두었다.

서영은 나무와 꽃에 대한 설명을 찬찬히 읽으며 수목원을 돌아다녔다.

수목원에는 그녀가 알고 있는 것 외에도 처음 보는 식물들이 참 많았다. 어떤 것이 뱀파이어 꽃인지 모르니 서영은 약초 효력이 있는 식물이다 싶으면 전부 메모했다. 그러다 보니 걷잡을 수 없을 정도로 많은 수의 식물 이름들이 메모장에 기재되었다.

"헉, 너무 많이 했다."

한숨을 쉬며 메모장을 정리하고 있는데 켄의 기척이 느껴지지 않았다. 서영은 켄을 찾기 위해 주변을 둘러봤지만, 그 어디에도 켄은 보이지 않았다.

"켄, 켄!"

서영이 켄을 찾기 위해 발걸음을 돌렸을 때였다.

스윽―.

무언가 발목을 스쳐 지나갔다.

'혹시 뱀인가?'

만약 그렇다면 큰일이니 서영은 돌부처처럼 우두커니 서서 바닥을 살폈다.

"어, 없지?"

일단 눈에는 보이지 않지만, 숨어 있을 수도 있으니 서영은 땅을 보며 조심스럽게 왔던 길을 돌아 나왔다.

"조심…… 조…….."

탁―.

"윽, 죄송합니다!"

너무 땅만 보며 걷다 보니 누군가 앞에 서 있는 줄도 모르고 그만 부딪치고 말았다. 메모장과 펜도 모두 놓쳐 서영은 황급히 그것들을 주우며 부딪힌 사람에게 고개를 숙여 연신 사과했다.

"죄송…… 응?"

계속 죄송하다고 말하는데도 아무런 대답이 없자, 서영은 고개를 들었다. 차림새로 보아 수목원 관리인으로 보이는 남자였다. 하지만 그는 초점 없는 눈으로 허공을 응시하고 있을 뿐 아무런 대답도, 행동도 하지 않았다.

"뭐지?"

불길한 기운이 온몸을 휩쓸고 지나갔다. 이상한 남자에게서 도망치려고 뒷걸음을 치던 서영은 자신의 등에 무언가 부딪히자 나무인가 싶어 뒤를 돌아보았다.

"아, 아무것도 없는데?"

아무리 둘러봐도 눈에 보이는 건 없었지만, 지나갈 수도 없었다. 서영은 사방팔방 뛰어다니며 나가려고 애를 썼으나 투명한 벽이라도 있는 건지 서영은 일정한 공간 밖으로 나갈 수가 없었다.

"아무도 없어요?"

탕— 탕—.

허공에 주먹을 휘두르자 마치 유리창에 부딪히는 듯한 소리가 났다. 뭔가 있는 게 분명했다. 서영은 있는 힘껏 손을 휘두르며 눈에 보이지 않는 벽을 깨뜨리려고 노력했다.

"소용없습니다."

그렇게 얼마나 지났을까. 뒤에서 낯선 목소리가 들리자 서영은 몸을 딱딱하게 굳혔다. 예전에 비슷한 일을 경험해본 적이 있었다. 바로 루이를 처음 만났을 때였다.

'설마 이번에도 뱀파이어인가?'

서영은 떨리는 손을 부여잡고 천천히 고개를 돌렸다.

"반갑습니다, 레이디."

허공에 떠 있는 붉은색 의자가 눈에 띄었다. 의자에 앉아 있는 남자는 이상한 나라의 앨리스에 나오는 모자 장수처럼 붉은 모자와 새하얀 장갑을 끼고 있었다.

그냥 봐도 눈에 띄었지만, 서영의 눈을 사로잡은 건 붉은 눈과 창백한 피부였다. 저 두 가지 조건을 만족하는 종족은 뱀파이어뿐이었다. 서영은 마른침을 꼴깍 삼키며 떨리는 목소리로 물었다.

"다, 당신 뭐야?"

"이미 제가 누군지 알고 있잖아요, 강서영 씨?"

"……설마 김한주 교수의 계약자인 거야?"

혹시나 해서 물어봤는데 정답이었는지 남자가 씨익 웃었다.

"당신의 계약자는 누구죠?"

"……."

"계약자가 누군지 말한다면 순순히 보내드리겠습니다."

마치 선심을 쓰는 듯한 말투가 매우 거슬렸지만, 지금 자신의 목숨을 쥐고 있는 것은 저 남자였다. 서영은 애써 떨리는 손을 부여잡고 남자가 두렵지 않는다는 듯 당당한 자세로 그를 똑바로 응시했다.

"내가 그 말을 믿을 거 같아?"

"이런, 교육이 전혀 안 되어 있군요. 하찮은 먹이 주제에."

남자의 눈이 위험스럽게 빛났다.

'위험해.'

본능적으로 위험을 감지한 서영은 뒤로 물러났다.

"컥!"

그것도 잠시, 복부에 감당하기 힘든 고통이 느껴지자 서영은 배를 움켜쥔 채 그대로 바닥에 주저앉았다. 온몸의 장기가 뒤틀린 것 같은 느낌이 들었다. 태어나서 처음 겪는 생경한 고통에 마른기침이 연거푸 나왔다.

"당신에게 선택 사항이 있을 것 같나요?"

"너도…… 선택…… 사항은…… 없어…….."

서영이 끝까지 버티자 남자가 입매를 비틀었다.

"뭘 믿고 그렇게 당당한 거지, 인간?"

"내가 믿는 건……."

―나는 언제든지 너를 지켜줄 것이다.

서영은 루이의 말을 떠올리며 눈을 감았다. 마지막으로 본 날 그가 그녀에게 했던 말. 언제든지 지켜줄 것이라고 루이는 그녀에게 말했다. 그의 말을 굳게 믿고 있는 서영은 감았던 눈을 치켜뜨며 뱀파이어를 향해 말했다.

"지켜준다고 했어……."

"뭐?"

"그가…… 나를 지켜준다고 했다고!"

크아앙―!

서영의 말이 끝나기 무섭게 수목원에 하울링이 가득 울려 퍼졌다. 곧이어 울창한 수풀 사이로 거대한 은빛 늑대가 등장했다.

쿵―.

은빛 늑대는 투명한 벽을 향해 저돌적으로 돌진했다. 벽이 크게 흔들리면서 그 진동이 서영과 남자가 있는 이곳까지 전달됐다. 은빛 늑대를 본 남자의 눈동자가 요동쳤다.

"웨어울프……?"

'웨어울프라는 건 저 은빛 늑대가 켄이라는 건가?'

그렇게 생각하기엔 자신이 알고 있는 켄과 생김새가 너무 달랐기에 서영은 은빛 늑대가 켄이 맞는지 의심됐다.

쿵, 쿵ㅡ.

커다란 은빛 늑대는 몸을 벽에 부딪치며 서영에게 오려고 발버둥을 치고 있었다. 보이지 않는 벽은 켄의 피가 묻으면서 서서히 그 모습을 드러냈고, 결국 산산조각이 나며 부서졌다.

크르르릉ㅡ.

결국 결계 안으로 들어온 은빛 늑대는 서영의 앞에 서서 남자를 경계했다.

'진짜 켄이 맞는 건가?'

서영은 반신반의하며 자리에서 일어섰다. 그러자 켄이 꼬리를 살랑이며 그녀의 얼굴에 자신의 커다란 얼굴을 비볐다.

"너 정말 켄이 맞구나……."

서영의 눈동자에 눈물이 고였다.

은빛 늑대, 켄은 눈동자를 순진무구하게 반짝이며 서영의 눈물을 핥아주었다.

남자는 그런 서영과 켄을 경계했다. 웨어울프가 등장했다는 건, 웨어울프의 주인이 이 근처에 있을 수도 있다는 의미였다.

'그 주인이 저 인간의 계약자이겠지.'

웨어울프를 시종으로 둘 정도라면 꽤 강한 뱀파이어라는 의미였다. 일이 생각보다 골치 아프게 돌아가자 남자는 혀를 찼다. 이럴 땐 한시라도 빨리 자신의 흔적을 깔끔하게 지우고 도망치는 게 최선이었다.

'그래, 깔끔하게 뒤처리를 해야지.'

마음을 정한 남자는 켄과 서영을 향해 달려들었다. 남자의 공격을 눈치챈 켄은 오히려 역공격하려고 했지만, 어느덧 남자가 힘을 써서 발을 묶은 탓에 움직이지 못했다.

크아아앙ㅡ.

"하찮은 웨어울프 주제에 시끄럽군."

남자가 미간을 찌푸리며 손을 뻗자 검은 안개가 나와 켄의 몸을 휘감았고 연기가 닿는 곳마다 빨갛게 익으며 타는 냄새가 났다. 새하얀 털이 까맣게 그을리면서 핏물이 줄줄 흘러내렸다.

켕ㅡ.

"켄!"

켄이 고통스러운 신음을 뱉으며 자리에 주저앉자 서영은 화들짝 놀라며 켄의 상태를 살폈다. 그러나 고통에 울부짖는 켄을 바라보는 것 외에 그녀가 할 수 있는 건 아무것도 없었다. 정신을 차리고 있는 것도 힘든지 켄은 입 밖으로 혀를 내밀며 낑낑거렸다.

"켄을 풀어줘!"

서영이 눈물을 흘리며 소리쳤지만, 남자는 말도 안 된다는 듯 코웃음을 쳤다.

"시간이 없군. 네 계약자가 알아차리기 전에 처리해야 해서 말이야."

정신을 못 차릴 만큼 심각한 고통 속에서도 켄은 서영을 지켜야 한다는 생각이 들었는지, 제대로 움직이지도 못하는 몸을 겨우 일으켜 서영의 앞을 막아섰다.

크응ㅡ.

"켄……."

아픈 몸을 이끌며 자신을 지키려고 하는 켄의 모습에 서영은 목이 메어 왔다. 자신이 루이의 말을 듣고 돌아다니지 않았더라면, 조금 더 조심했더라면, 애초에 켄의 옆에서 떠나지 않았더라면…….

─네가 위험할 때 켄을 통해 반드시 나에게 말해라.

'어떻게 하면 돼? 너에게 말을 하려면?'
'왜 그에게 정확한 방법을 묻지 않았을까.'
어떻게 하면 켄을 통해서 루이에게 말할 수 있는지 알 리가 없는 서영은 눈물을 뚝뚝 흘리며 그의 이름을 불렀다.

"루이……."
간절하게 말하면 루이에게 닿을지도 모른다는 생각에 서영은 그의 이름을 계속 불렀다.

'루이, 루이, 제발 내 목소리를 들어줘.'
그의 이름을 마음속으로 수없이 부른 것 같은데 변하는 것은 아무것도 없었다. 남자는 결국 서영과 켄의 앞까지 왔고 그는 확실히 끝내려는지 눈을 번뜩이며 그들을 쳐다보고 있었다.

"끝이다, 이제."
남자는 손으로 켄의 커다란 머리통을 움켜쥐었다. 켄은 발버둥을 치며 남자의 손에서 벗어나려고 애를 썼지만, 도망갈 수가 없었다. 살이 타는 냄새가 코끝을 자극했다.

깽, 깨앵─.

"그만둬!"
켄의 울부짖음에 서영은 황급히 남자의 손을 붙잡았다. 손끝을 타고 타들어갈 것 같은 고통이 짙게 느껴졌지만, 자신이 이 손을 놓는 순간 켄이 죽을 수도 있기 때문에 서영은 이를 악물며 참았다,

"루이……."
'제발…… 제발…… 도와줘……. 나를…… 나를…….'
"지켜준다고…… 했잖아……. 루이……."

서영의 눈물이 떨어져 켄의 눈동자에 닿았다.

파앗ㅡ.

그 순간 수목원에 회색 안개가 가득 차면서 시야가 흐려졌다. 남자의 검은 안개와는 다른 회색빛 안개가 켄과 서영을 감싸던 검은 안개를 전부 밀어냈다.

"정말이지, 이 상황이 돼서야 나를 부르다니."

회색빛 안개의 주인은 이미 기절한 서영을 두 팔로 안아 올린 뒤, 손을 한 번 휘저어 켄을 회색 안개와 함께 그 자리에서 사라지게 만들었다. 안개의 주인을 확인한 남자의 눈이 한순간에 커졌다,

"루, 루, 루베르이 님?"

"뭐야, 듀이잖아."

듀이는 자신의 눈앞에 등장한 뱀파이어가 정말로 루이가 맞는지 확인하려고 눈을 비볐다. 아무리 눈을 비비고 또 비벼도 눈앞에 있는 자는 정말 루이였다. 강한 뱀파이어일 거라곤 생각했지만, 설마 루이일 줄이야. 당황한 듀이는 뒷걸음질을 치며 루이의 시야에서 벗어나려고 했다.

그러거나 말거나 루이는 서영의 상태를 살폈다. 다행히 서영은 손 말곤 크게 다치지 않았지만, 그녀가 다쳤다는 것만으로도 충분히 화가 났다. 그것도 저따위 하찮은 뱀파이어에게 자신의 계약자가 당했다는 사실에 루이의 붉은 눈이 얇게 접히면서 그의 주변에 검은 살기가 일렁이기 시작했다.

"네가 이러고도 무사할 줄 알았나 보지?"

"아, 아닙니다! 루베르이 님의 계약자인 줄 알았더라면, 이런 일은……!"

쉐엑ㅡ.

듀이는 손을 휘저으며 변명했지만, 이미 루이의 살기는 주변을 가득 메웠다. 그는 하얗게 질린 채 떨고 있는 듀이를 바라보며 짧고 간결한 말을 내뱉었다.

"죽어라."

말이 끝나기 무섭게 듀이의 몸은 산산조각으로 부서졌다. 깨끗하고 청아한 나무 향을 풍기고 있던 수목원은 순식간에 구토가 날 정도로 강한 피비린내로 가득 찼다.

"끈질기군."

뱀파이어의 재생 능력 때문인지 몸이 갈기갈기 찢어졌음에도 불구하고 땅에 버려진 듀이의 손가락이 꿈틀거리고 있자 루이는 그 손가락을 잘근잘근 밟았다. 손가락의 움직임이 완전히 멈춘 후에야 그는 더 이상 볼일이 없다는 듯 서영을 안은 채 회색 안개 속으로 모습을 감추었다.

피를 주다

"아악!"

제 손을 강렬하게 태우는 뜨거운 열기에 서영은 비명을 지르며 상체를 벌떡 일으켰다.

"헉……헉……."

서영의 등이 식은땀으로 축축하게 젖었다. 거친 숨을 고르며 이마에 흐르는 땀을 닦던 서영은 자신이 있는 곳이 수목원이 아닌 제 방이라는 사실에 눈을 껌뻑였다. 그뿐만 아니라 화상을 입었던 손도 멀쩡했다.

"대체 이게 어떻게 된……."

달칵─.

"일어난 건가?"

"아, 루이……."

루이를 보는 순간 눈물이 왈칵 쏟아졌다. 이유는 알 수 없었다. 그냥 서럽고, 안심이 되고, 온갖 감정이 폭풍처럼 휘몰아쳤다.

"우, 울지 마라."

서영이 갑자기 울음을 터뜨리자 루이는 당황하며 그녀에게로 다가왔다. 그러고는 서영을 달래고자 등을 토닥였다. 그 손길은 무척 서툴렀지만 최선을 다하는 루이가 귀여워 서영은 작게 웃음을 터뜨렸다. 그러자 루이가 미묘한 얼굴로 서영을 바라봤다.

"왜 울다가 웃지?"

"네가 당황하는 거 처음 봐서……."

루이의 볼에 살짝 홍조가 도는 것을 본 건 착각인 걸까. 루이의 얼굴을 빤히 보던 서영은 켄이 무사한지 확인하고 싶어 침대 밖으로 발을 내디뎠다.

"윽……."

그대로 일어서려고 했는데, 배에 지독한 고통이 느껴져 그럴 수가 없었다. 눈물이 핑 돌 정도로 극심한 고통에 서영은 인상을 쓰며 배를 움켜쥐었다. 루이가 황급히 서영을 부축했다.

"왜 그러지? 설마 내상도 입은 건가?"

"괘, 괜찮아."

"괜찮기는. 안색이 안 좋은데."

루이는 그녀를 다시 침대에 눕히고, 이불을 그녀의 목까지 덮어주었다.

"손의 상처는 내가 치료해줄 수 있지만, 내상은 불가능해. 미안하다."

"네가 왜 사과를 해."

서영은 루이의 손을 잡으며 고개를 저었다. 자신이 다친 것은 오로지 제 탓이었다. 루이는 분명 몸을 사리라고 했었고, 자신이 그 말을 듣지 않고 돌아다닌 탓에 이렇게 된 것이다.

"그런데, 켄은? 켄도 무사한 거지?"

"그래. 그러니 넌 괜한 걱정하지 말고 네 몸을 추스르는 데만 집중하도록 해."

루이는 그녀의 손을 이불 속에 넣어주고 돌아섰다.

'이대로 떠나는 걸까? 싫어. 붙잡고 싶어.'

차오르는 욕망에 서영은 무심코 손을 뻗어 루이의 옷자락을 잡았다. 루이가 의아해하며 서영을 돌아봤다.

"왜?"

"아, 아니, 그게……."

차마 가지 말라는 말은 하지 못하고 서영은 우물쭈물했다. 이에 루이는 마음을 읽는 능력을 이용해서 그녀의 마음을 읽었다. 곧 그녀의 깊고 어두운 외로움을 알게 된 루이는 옅게 웃으며 그녀의 곁에 앉았다.

"잘 때까지 옆에 있어주지."

"……정말?"

"그래. 그러니 걱정하지 말고 자."

루이는 그리 말하며 서영의 손을 꼭 붙잡아주었다.

루이의 실제 나이가 어떤지는 모르겠지만, 겉모습은 12살 남짓 되어 보이는 어린아이였다. 그런데 왜 이렇게 듬직하게 보이는 걸까. 저보다 작은 손이 머리를 쓰다듬어주는 것도 좋았다. 서영은 루이의 손길을 느끼며 눈을 감았고, 곧 깊은 잠에 빠져들었다.

"잠든 건가."

약속대로 루이는 그녀가 잠든 걸 확인하고 방을 나왔다. 동시에 인기척이 느껴졌다. 말없이 거실 소파에 앉은 루이가 손짓하자, 그의 앞에 인기척의 주인이 등장했다. 검은 복면을 쓴 남자는 루이한테 절도 있게 인사했다.

"그림자 일족 수장 아칸이 우리들의 주인이신 루베르이 님께 인사를 드립니다."

"인사는 치우고, 보고해라."

아칸은 혹시 자신들을 지켜보는 눈이 없는지 주변을 한 번 쓱 훑은 후 조심스레 그에게 다가와 귀에다 대고 뭐라고 속삭였다. 할 말을 마친 아칸은 뒷걸음질을 치며 조용히 물러서서 루이의 말을 기다렸다.

"아쉘과 다른 뱀파이어들이 그렇게 나온단 말이지."

"오늘 밤부터 계획을 실행시킬 것 같습니다."

오늘 밤이라. 몸이 꽤 달아오른 모양이었다. 아직 정확하게 밝혀진 것도 없고 모든 뱀파이어가 아쉘의 편을 드는 것도 아닌데 죽을 날이 가까워지니 진상도 보통 진상이 아니었다.

"인간들의 반응은?"

"무능력한 인간들은 고작 아쉘의 선전포고에 덜덜 떨면서 비상 대책 회의를 열었다고 합니다. 아쉘은 거기에 등장할 것으로 예상합니다."

"대책 회의에 참석한다."

더 들을 필요도 없었다. 아쉘이 쓸데없는 짓을 벌이기 전에 막아야 한다. 루이가 몸을 일으키자, 안내하겠다는 말을 하며 아칸이 나섰다.

"아니, 넌 여기 남아서 서영을 지켜라."

"하지만 혼자선 위험합니다! 아쉘뿐만 아니라 다른 뱀파이어들도 올 텐데요."

쉿―.

아칸이 언성을 높이자 루이는 검지를 입술에 가져다 대며 조용히 하라는 제스처를 보냈다. 그리고 서영이 자고 있는 방을 슬쩍 쳐다보곤 아칸에게 단호하게 명령을 내렸다.

"내 명령은 서영을 지키는 것. 그것을 명심해라. 그리고 그녀가 깨어나면 금방 돌아온다고 전해라."

난데없는 뱀파이어의 선전포고. 뱀파이어들이 등장한 것만으로도 충분히 두려운데 그들이 인간들을 쓸어버리겠다고 선전포고까지 했다. 더 이상 당하고 있을 수만은 없다는 목소리가 높아지면서 전 세계의 대표들이 한곳

에 모여 대책을 논의하기 시작했다.

"당장 군대를 소집해서 뱀파이어를 몰살시켜야 합니다!"

프랑스 대표가 흥분하여 이야기를 꺼내자 영국 대표가 고개를 저었다.

"그게 말처럼 쉬운 일이 아니지 않습니까. 자, 흥분을 가라앉히고……."

"그럼 다른 대안이 있습니까? 모두 말들을 해보십시오!"

프랑스 대표의 말에 다들 꿀 먹은 벙어리처럼 입을 꾹 다문 채 서로의 눈치만 살폈다. 프랑스 대표가 의기양양하며 한마디 더 하려는 순간…….

쨍그랑―.

"으……으악!"

갑자기 무거운 샹들리에가 추락해 수많은 인간들을 덮쳤다. 피가 튀고 비명이 뒤엉켰다. 회의장은 순식간에 아수라장으로 변했다.

"비, 비켜!"

"난 사, 살고…… 으아아악!!!"

고통에 찌든 비명이 처절하게 울려 퍼졌다.

살기 위해 서로를 밀치며 허둥지둥 도망가던 사람들은 귀를 찢어놓을 듯한 비명에 공포에 질린 표정으로 바닥에 털썩 주저앉았다.

도망쳐야 한다는 것을 알면서도 회의장에 있는 그 누구도 공포에 질려 그 자리에서 움직일 수가 없었다.

"늙은이의 피는 이래서 싫다니까."

커다란 창문이 열리면서 커튼이 바람에 펄럭였다. 세 인영이 달빛을 등지고 천천히 회의장 안으로 들어왔다. 세 인영 중 맨 앞에 있던 인영이 쓰고 있던 로브를 벗으며 인사했다.

"안녕들 하신가?"

찬란한 금발과 중후한 매력을 풍기는 외모가 시선을 사로잡았다. 남자의 아름다운 외모에 넋을 놓고 있던 사람들은 그의 눈동자가 붉게 빛나는 걸 발견하고는 비명을 질렀다.

"끄아아아아악!"

"배, 뱀파이어!"

총을 들고 있던 사람들은 일제히 아쉘과 그 일행에게 총구를 겨눴다. 수십 개의 총구가 그를 겨냥했지만, 아쉘은 여유만만하게 웃었다.

"총을 쏘는 순간, 너희들은 전부 죽게 될 거다."

그 한마디에 사람들은 어서 총을 거두라며 호들갑을 떨었다. 아쉘은 그런 사람들을 보며 입술을 비틀었다.

'아무런 능력도 없는 버러지들.'

이런 하찮은 인간들이 뭐가 무서워서 자신들이 어둠에 숨어 지내야 했는지 아무리 생각해도 이해가 되지 않았다.

'그러니 더 이상 숨지 않겠어.'

아쉘은 붉은 눈을 위험하게 번뜩이며 낮게 중얼거렸다.

"워, 원하는 게 뭐요!"

누군가 용기 있게 아쉘에게 요구사항을 물었다. 인간 중에도 저렇게 용기 있는 자가 있다니. 흥미가 생긴 아쉘은 말한 사람을 찾으려고 했지만, 용기는 그것으로 전부였는지 그 인간은 다른 인간들 사이에 몸을 감추고 모습을 드러내지 않았다.

"네놈들이 우리에게서 가져간 것을 원한다."

"우, 우리는 가져간 적 없소!"

핑―.

말을 한 인간의 머리가 터지면서 피가 하늘로 솟구쳤다. 머리를 잃은 몸은 땅으로 곧장 쓰러졌고, 그걸 본 다른 사람들의 비명이 회의장을 가득 채웠다. 하지만 아쉘이 무표정한 얼굴로 발을 땅에 굴리자, 사람들은 그대로 시간이 정지한 것처럼 조용해졌다.

"한 번만 더 말해주지. 우리에게서 가져간 것을 내놓아라."

분명 웃으면서 말하고 있었지만, 그 목소리는 방금 전보다 더 낮고 차가웠으며 흡사 저승사자 같았다. 오줌을 지릴 정도로 시린 목소리에 몇몇 사람들은 바지가 축축해졌고, 기절하는 사람들까지 속출했다.

"한 명 더 죽어야 말을 할 텐가?"

"재미있는 짓을 하시는군요, 아쉘."

누굴 죽여야 할지 고민하며 주변을 둘러보던 아쉘은 뒤에서 귀에 익은 목소리가 들리자 인상을 꽉 쓰며 뒤를 돌아봤다. 그곳엔 언제 온 건지 알 수 없는 루이가 있었다.

"뱀파이어들의 공격 선언? 웃기시는군. 셋이서 한 결정이 의회 결정이라는 건가?"

루이의 등장에 당황한 건지 아쉘의 뒤에 있던 일행들은 약간 당황하며 한 발짝 뒤로 물러섰다. 순수하게 힘만으로 따진다면, 이곳에서 루이를 이길 수 있는 뱀파이어는 아무도 없었다.

"아쉘 님."

하지만 셋이 덤빈다면 어떻게든 루이를 막을 수는 있었다. 그 사실을 넌지시 알리며 한 뱀파이어가 아쉘을 나지막하게 불렀고, 아쉘은 알겠다는 의미로 고개를 살짝 끄덕였다.

"의미가 어떻든 물건을 되찾으면 되는 것이 아닌가? 뱀파이어 일족을 위해서! 안 그런가? 루베르이!"

자신의 이익을 위해서 움직이고 있으면서 거기에 뱀파이어 일족을 위해서라는 이름을 가져다 붙이는 아쉘의 위선에 헛구역질이 나올 것 같아 루이는 인상을 찌푸렸다.

만약 아쉘이 정말로 뱀파이어들을 위해서 그런 것이라면 그는 절대로 '그 일'을 벌여서는 안 됐다.

"뱀파이어 일족을 위해서?"

루이의 붉은 입술의 한쪽 끝이 매끄럽게 올라갔다. 그의 눈동자는 차가웠고 냉랭했다. 쳐다보는 것만으로도 얼어버릴 것 같은 시선에 아쉘의 일행은 그의 시선을 피하기 바빴다.

"아쉘, 당신이 없어도 뱀파이어 일족은 잘 굴러갑니다. 설령 그렇지 않다고 해도 당신 같은 자에게 뱀파이어 사회를 맡길 순 없지."

차분한 목소리와 다르게 루이의 감정은 격양되어 있는지 회의장 전체의 공기가 험악하게 휘몰아쳤다. 공기들이 비명을 내지르며 일렁이는 것이 고스란히 피부로 느껴져, 모두 몸을 움츠린 채 루이의 화가 자신에게 미치지 않기만을 바라고 있었다.

그나마 아쉘만이 버티며 루이를 노려봤다. 그러던 와중 루이의 뒤로 검은 머리를 한 남자가 보이자 눈살을 찌푸렸다.

'저자는 누구지?'

누군지는 알 수 없지만 무시무시한 존재인 것만은 확실했다. 루이는 셋이서 덤비면 어떻게든 감당할 수 있지만, 저 남자는 불가능했다.

'절대 이길 수 없어.'

어깨를 짓누르는 무시무시한 위압감에 아쉘은 어깨를 움츠리며 뒤로 물러섰다. 그러자 남자가 피식 웃으며 루이의 그림자에 녹아 들어갔다.

"뭘 그렇게 보고 있는 거지?"

아쉘이 한눈파는 게 마음에 들지 않는다는 듯, 루이가 미간을 찌푸리며 손을 앞으로 내밀었다. 그러자 그의 손 주변으로 회색 안개들이 스멀스멀 모여들었다. 안개들은 마치 살아 있는 생물처럼 꿈틀거렸다.

"가라."

루이의 명령을 받은 회색 안개들이 뱀처럼 바닥을 기며 빠르게 아쉘 일행에게로 다가갔다.

"저리 치워라!"

아쉘이 로브를 펄럭이면서 손을 휘두르자 가장 가까이에 있던 인간들의 몸이 터지면서 피가 솟구쳤다. 그 피들은 순식간에 아쉘의 손에 모이면서 그를 보호하는 방어막이 되었다.

아쉘의 특수 능력은 피의 장막이었다. 그러나 자신의 피가 아닌 다른 이의 피를 쓰면 능력이 반감됐다.

"고작 그딴 기술로 나를 막을 수 있을 것 같나?"

루이의 말대로 '고작 그딴 기술'이었는지, 장막은 루이가 부리는 회색 안개에 빠르게 녹았고, 그 모습을 본 아쉘과 그의 일행은 뒷걸음을 쳤다.

'도망쳐야 해. 하지만 어떻게? 어떻게 하면 저 녀석의 손아귀에서 도망칠 수 있는 거지?'

번쩍―.

루이의 손에서 살아남기 위해 머리를 굴리고 있던 아쉘의 눈에 띈 건 루이의 뒤쪽 천장 벽에서 달빛에 반사된 물체였다.

그것을 발견한 아쉘의 얼굴이 보름달처럼 밝아졌다. 이에 석연치 않은 느낌을 받은 루이는 공격을 멈추었다. 그새 결계를 뚫고 들어간 회색 안개는 아쉘 일행의 바로 앞에서 멈췄다.

그 순간, 뒤에서 인기척이 느껴지자 루이는 황급히 몸을 돌렸다.

파앙―.

"윽……."

루이가 몸을 돌리는 것과 동시에 어깨에 화끈한 고통이 찾아왔다. 그대로 바닥에 주저앉은 루이는 어깨를 깔끔하게 관통한 단도를 쳐다봤다.

"조금 늦었군요."

루이에게 검을 날린 걸로 추정되는 남자가 어둠 속에서 나타났다. 검은 복면을 쓰고 있어서 얼굴은 보이지 않았다. 남자에게서 느껴지는 기운은 뱀파이어의 것도, 인간의 것도 아니었다.

그럼 요괴인가? 그도 아닌 것 같은데.

루이는 인상을 쓰며 남자를 주시했다.

"조금만 늦었어도 비명횡사하실 뻔했습니다, 아쉘 경."

"그렇다면 네놈 협회에 한 약속은 무효인 셈이지!"

"그래도 제때 왔지 않습니까?"

'협회? 약속? 무슨 뜻이지? 그런데…… 왜 이렇게 졸린 거지?'

루이는 단도가 꽂힌 오른쪽 어깨를 움직이려고 애를 썼지만 의지와 다르게 팔은 움직이지 않았고, 오히려 그가 움직이면 움직일수록 검은 더욱 깊게 그의 몸을 파고들었다.

"이런! 루베르이 경, 억지로 움직이려고 하지 마세요."

루이가 무던히 움직이려고 노력하는 걸 본 남자가 웃음기 가득한 목소리로 말했다.

"그 검에는 뱀파이어에게 치명적인 독이 발려 있으니까요. 그 독은 생명에는 지장이 없지만 지금 당장 움직이기는 힘들 겁니다."

"너는…… 누구……."

흐려진 의식만큼이나 말투가 어눌하게 변했다. 루이는 어떻게든 의식을 붙잡으려고 노력했지만, 불가능했다.

"편히 주무셔도 됩니다. 지금은 해칠 생각이 없거든요."

"……."

"당신은 아직 해야 할 일이 있으니까요."

내가 해야 할 일? 그게 뭐지?

루이는 남자에게 물어보고 싶었지만 끝내 의식이 끊겼다.

정신을 잃은 루이의 몸이 맥없이 바닥으로 추락하는 그 순간, 짐승의 거친 하울링 소리가 회의장 안에 가득 울려 퍼졌다.

모처럼의 숙면이었다. 누군가 곁을 지켜준다는 사실에 안심하며 푹 자고 일어난 서영은 기지개를 켜며 몸을 이리저리 움직였다.

"루이는 어디 있지?"

밖에 있는 건가. 서영은 루이를 찾기 위해 밖으로 나왔지만, 칠흑 같은 어둠만 그녀를 반길 뿐이었다.

"그새 가버린 건가."

"주인님은 돌아오신다고 하셨습니다."

분명 아무도 없었는데 갑자기 뒤에서 목소리가 들리자 서영은 놀라며 뒷걸음질을 쳤다. 그러다 문지방에 발이 걸리면서 스텝이 꼬여 그대로 넘어지고 말았다.

"아야……."

그 바람에 손이 긁혔고, 붉은 생채기에선 옅은 선혈이 흘러나왔다. 서영이 울상을 지으며 손을 쳐다보자 남자가 다가와 손을 내밀었다.

"놀라게 해서 죄송합니다. 괜찮으십니까?"

"괜찮아요."

서영은 남자의 손을 잡고 자리에서 일어섰다. 남자는 서영을 향해 90도로 허리 굽혀 사과했다.

"루베르이 님의 계약자를 다치게 하다니. 정말 죄송합니다."

"아니에요. 그런데 당신은 누구죠? 뱀파이어인가요?"

"아닙니다. 저는 고귀한 종족이 아닌 그저 루베르이 님의 미천한 시종일 뿐입니다. 아칸이라고 부르십시오."

서영은 그러겠다는 의미로 고개를 끄덕였다.

"그럼 아칸, 루이는 어디 있나요?"

"일족에 일이 생기셔서 잠시 가셨습니다. 금방 돌아온다고 말씀하셨습니다."

금방 돌아온다는 건 예전처럼 오래 기다리지 않아도 된다는 의미겠지. 서영은 그제야 안도하며 가슴을 쓸어내렸다.

"손에서 피가 납니다. 치료해야겠군요."

"아, 괜찮아요. 이런 건 침을 바르면 금방 나으니까요."

"인간의 침에는 치료 능력이 있습니까? 처음 알게 된 사실이군요."

"에, 그게 아니라……."

이걸 뭐라고 설명해야 하지.

난감해진 서영이 어색하게 웃으며 머리를 굴리고 있을 때였다.

콰앙―.

밖에서 빌라 전체가 울릴 만큼 커다란 소리가 들려왔다. 바닥이 흔들거리면서 서영이 휘청거리자, 아칸은 서둘러 서영을 붙잡아주었다.

"괜찮으십니까?"

"네, 네. 괜찮아요. 그런데 이 소리는 뭐죠?"

설마 다른 뱀파이어의 공격인가? 수목원에서 있었던 일이 떠올라 서영은 가늘게 떨며 아칸의 옷자락을 꽉 움켜쥐었다.

그 바람에 상처가 터져 피가 많이 나왔지만 두려움에 잠식된 서영은 그 사실을 눈치채지 못했다. 아칸 역시 심각한 얼굴로 밖을 주시했다.

『아칸…… 도와줘.』

"켄?"

곧 켄의 목소리를 들은 아칸은 여전히 제 옷깃을 꽉 잡고 있는 서영을 떼어놓았다.

"잠시만, 잠시만 기다리십시오."

"자, 잠깐만……!"

안 그래도 불안한데 아칸마저 밖으로 나가버리자 서영은 그 자리에 못 박힌 듯 서 있었다.

곁에 아무도 없다는 사실은 지독하게 고독했고, 무서웠다.

그녀는 초조한 기색을 숨기지 못하고 손톱을 잘근잘근 깨물었다. 루이가 너무 보고 싶었다.

"뭐야, 이건."

"운석이라도 떨어진 거야?"

밖에서 사람들이 웅성거리는 소리가 들렸다. 말하는 내용으로 보아 뱀파이어가 온 건 아닌 모양이었다.

그럼 도대체 무슨 일일까.

궁금해진 서영이 베란다로 나갔을 때였다.

"서영 님! 창문을!"

저 멀리 아칸의 목소리가 들렸다. 어디서 들려오는지는 알 수 없었지만, 일단 그의 말을 따르는 게 좋을 것 같아 서영은 베란다 창문을 최대한 열었다.

쿠우웅─.

곧 바닥이 울릴 정도로 큰 소리와 함께 아칸이 누군가를 감싸 안은 채 바닥으로 떨어졌다. 그가 떨어진 자리가 움푹 파였다.

"루……루이!"

아칸이 안고 있는 사람은 바로 루이였다. 서영은 다급하게 달려가 루이의 상태를 살폈다. 루이의 얼굴은 식은땀으로 얼룩져 있었고, 옷은 피에 젖어 축축했다.

"루이가 왜 이렇게 다친 거죠?"

"습격입니다."

아칸이 이를 악물며 대답했다.

"치사하게도 단체로 덤볐습니다. 정신을 잃고 쓰러진 주인님을 켄이 가까스로 구조한 거고요. 지금은 힘이 다해 이 상태가 되었지만……."

아칸은 품에서 피로 붉게 물든 켄을 꺼내 소파 위에 고이 내려놓았다. 그때, 루이가 작게 신음하며 몸을 뒤척였다.

"루이!"

서영이 루이에게 다가가려고 하자 아칸이 그녀를 만류했다.

"다가가지 마십시오."

"왜요?"

"주인님은 뱀파이어이십니다."

아칸은 그리 말하며 그녀의 손에 있는 상처를 가리켰다. 평소의 루이라면 그의 계약자인 서영의 피를 먹지 않겠지만, 지금은 아니었다. 어떻게 될지 모르기 때문에 미리 방지하려는 것이었다.

"뱀파이어는 자기 재생 능력이 뛰어난 종족입니다. 더구나 루이 님은 현존하는 뱀파이어 중 가장 강한 뱀파이어입니다. 굳이 서영 님이 돌봐주지 않으셔도 스스로 치유하실 수 있습니다."

"하지만 전혀 치유가 안 되고 있는데요!"

"피를 많이 흘려서 단지 치유 속도가 느린 것뿐입니다. 피를 보충하면 간단히 해결될 겁니다."

서영에게 피를 달라고 할 수는 없으니 다른 인간을 잡아 와야 했다. 아칸은 베란다 난간에 발을 올리면서 서영에게 당부했다.

"저는 주인님의 피를 보충시켜줄 사냥감을 잡으러 가야 합니다. 그동안 절대 주인님에게 접근하지 말아주세요."

"네, 알겠어요."

아칸이 걱정하는 바가 뭔지 아는 서영은 고개를 끄덕였다. 아칸은 재차 당부한 뒤, 베란다 밖으로 뛰어내렸다.

째깍— 째깍—.

아칸이 사라지고, 거실에는 고통에 찬 루이의 신음과 시계 소리만 가득 울려 퍼졌다. 서영은 루이의 곁을 지켜주고 싶었지만, 그러지 못하고 멀찍이 떨어져 슬픈 눈으로 루이를 쳐다봤다.

"……서영?"

그렇게 얼마나 지났을까. 정신을 차린 건지 루이가 자그마한 목소리로 그녀를 불렀다. 그 사실에 순간 아칸의 경고를 잊은 서영은 한걸음에 그에게 다가갔다.

"여긴……."

"우리 집이야. 켄이 데려왔대."

루이의 시선이 켄이 있는 소파에 닿았다. 분명 전에 다친 상처도 낫지 않았을 텐데 그런 몸을 이끌고 자신을 구하러 온 켄이 고마웠고, 시종의 도움을 받고 겨우 도망친 자신이 어처구니가 없어 루이는 실소에 가까운 웃음을 지었다.

'내가 어쩌다가 이렇게 됐지.'

서열 1위의 타이틀을 가진 뱀파이어가, 같은 뱀파이어도 아닌 정체를 알 수 없는 자에게 당했다는 사실이 웃긴지 루이는 한참이나 어이없는 미소를 지었다.

"윽……."

"루, 루이! 괜찮아!?"

그 순간에도 어깨의 상처는 그를 괴롭혔다. 그제야 그의 상처를 발견한 서영은 눈을 동그랗게 뜨고 자리에서 벌떡 일어섰다.

"수, 수건……! 부, 붕대!"

"머리 울린다. 조금만 조용히……."

루이는 쪼개질 듯이 아픈 머리를 부여잡으며 그녀의 손을 잡았다. 하필이면 붙잡은 곳이 다친 오른손인지라 서영은 작게 신음을 뱉었다.

"하……."

그제야 피가 흐르는 서영의 손을 본 루이는 두 눈을 질끈 감았다. 다친 그의 몸은 인간의 피를 절실하게 필요로 했다.

'그녀는 안 돼.'

다른 사람들은 다 돼도, 서영은 절대 안 됐다. 계약자의 피를 먹을 수는 없었다. 그러니 참아야 한다고 생각했지만, 몸이 따라주지 않았다.

'먹고 싶어. 저 피를 먹고 싶어.'

욕망에 지배당한 몸은 이성을 배반한 채 제멋대로 움직였다.

"루, 루이?"

서영은 루이가 갑자기 제 손바닥을 핥자 당황하며 그를 불렀다. 그러나 루이는 듣지 못했는지 서영의 손바닥을 핥는 데만 집중했다.

"왜, 왜 그래. 루이, 나…… 윽!"

순간 관통하는 따끔한 통증에 서영은 황급히 손을 뺐다. 손바닥에는 다친 상처 외에 두 개의 송곳니 자국이 선명하게 나 있었다. 그 상처로 짐작하건대, 루이는 서영의 피를 먹으려고 한 것 같았다.

비틀거리며 일어선 루이는 서영의 팔을 잡고 벽으로 밀어붙였다. 등에 느껴지는 충격에 서영이 미약하게 신음을 뱉었지만, 루이는 전혀 신경 쓰지 않고 서영의 상의를 단숨에 찢어버렸다.

"꺄아아악!"

서영은 비명을 지르며 다급하게 몸을 가렸지만, 두 팔은 곧 루이의 손에 붙잡혀버렸다. 그녀의 팔을 벽에 고정한 루이는 그녀의 쇄골을 핥으며 입맛을 다셨다.

"안 돼, 루이. 제발……."

서영의 간곡한 부탁에도 루이는 멈추지 않았다. 그녀의 쇄골을 핥던 그는 날카로운 송곳니를 세웠다.

"루이, 루이……."

이대로 있다간 진짜 큰일 날 것 같아 서영은 있는 힘껏 발버둥을 쳤다. 하지만 루이에겐 전혀 통하지 않았다.

곧 날카로운 송곳니가 피부를 통과하는 느낌이 들었다. 이렇게 죽는 걸까. 서영은 눈을 질끈 감았다. 그녀의 눈가에 맺혀 있던 눈물이 또르륵, 떨어져 루이의 뺨에 닿았다.

"……!"

그 순간, 거짓말처럼 정신을 차린 루이는 당황하며 뒤로 물러났다. 그대로 바닥에 주저앉은 서영은 찢어진 옷을 추스르며 최대한 루이에게서 멀리 떨어졌다. 발발 떠는 서영을 바라보는 루이의 눈동자가 죄책감으로 물들었다.

"미안하다……."

"……."

"정말 미안해."

이 와중에도 피 냄새는 계속해서 코를 자극했다. 한시라도 빨리 떠나는 게 좋을 것 같아 루이는 다친 어깨를 붙잡고 힘겹게 일어나 베란다 쪽으로 향했다. 그가 집을 나가려고 한다는 걸 눈치챈 서영이 당황하며 루이의 팔을 잡았다.

"다친 몸으로 어딜 가려고!"

타악―.

루이가 매정하게 그녀의 손을 뿌리쳤다. 인간인 그녀를 조금도 배려하지 않는 힘에 밀린 서영은 내동댕이치듯 바닥에 주저앉았다. 루이는 혼란스러운 눈으로 그런 서영을 내려다보며 소리쳤다.

"방금 겪은 일이 꿈이라고 생각하는 건가?"

매정한 말투와 달리 루이의 안색은 파리했고 얼굴에선 식은땀이 줄줄 흘러내렸다.

"이곳에 계속 있다간 내가 네 피를 먹을 수도 있다. 그런데 나보고 여기 있을…… 윽!"

"루이!"

비틀거리던 루이가 끝내 쓰러지자 서영은 황급히 그를 부축했다.

"오지 마……."

루이는 그런 서영을 두 팔로 밀쳐냈지만, 이미 너무 약해진 그의 몸은 서영을 밀어낼 힘조차 없었다. 서영은 그 사실에 무척 안타까워하며 그를 품으로 끌어안았다.

'루이를 살리고 싶어. 하지만 어떻게? 어떻게 해야 루이를 살릴 수 있는 거지?'

─피를 보충하면 간단히 해결될 겁니다.

그때, 아칸의 말을 떠올린 서영은 입술을 꾹 깨물었다. 피라면 자신도 줄 수 있었다.

투툭─.

지독한 현기증에 잠시 정신을 놓고 있던 루이는 문득 입 안에 무언가가 들어오자 눈을 크게 떴다.

향긋한 냄새와 달콤한 맛.

이건 분명 피였다.

그리고 이 피를 주는 사람은…… 설마……?

피를 조금 마신 덕분에 정신을 차린 루이는 번쩍 눈을 떴다.

"너……!"

"정신이 들었나 보네……. 다행이다……."

그는 곧 피가 철철 흐르는 손목을 제 입가에 대고 있는 서영을 발견하고 기함했다. 역시 자신이 마신 피는 서영의 것이었다.

"이게 도대체 무슨 짓이지?"

"그냥, 난, 널 살리고 싶어서……."

말을 하는 게 힘든지 서영은 가쁜 숨을 내쉬며 천천히 말했다. 일단 지혈부터 해야 해. 루이는 황급히 일어나 피가 흐르는 그녀의 손목을 소매로 틀어막았다. 하지만 얼마나 깊게 상처를 낸 건지 피는 좀처럼 멎지 않았다.

"너, 미친 거냐!"

"헤헤."

"웃을 일이 아니……!"

화를 내면서 소리치던 루이는 자신의 품으로 쓰러지는 서영 때문에 더 이상 말을 잇지 못했다. 창백한 얼굴 위로 식은땀이 주룩, 흘러내렸다.

"이봐."

"……."

"정신 차려라, 서영!"

루이는 서영을 깨우기 위해 그녀의 어깨를 계속 흔들었지만, 서영은 마치 생명이 없는 인형처럼 그의 손을 따라 힘없이 흔들릴 뿐, 그 어떠한 반응도 보이지 않았다.

그런 서영을 보고 있으니 어떤 장면이 떠올랐다.

침대에서 연약한 울음을 터뜨리고 있는 아기와 그 앞에 축 늘어진 채 손목에서 붉은 피를 흩뿌리며 죽어가는 검은 머리의 남자.

"안 돼……."

루이의 눈동자에 짙은 공포감이 서렸다.

죽는다. 이대로 가다간 그처럼 서영도 죽는다.

그는 서영을 품에 꼭 껴안으며 마치 늑대가 울부짖듯 소리쳤다.

"안 돼! 서영!"

콰아앙—!

그 순간 루이의 주변 공기가 한순간 요동쳤다. 그의 등에서 검은 날개가 튀어나오면서 서영을 안고 있는 루이의 몸을 감쌌다. 날개의 깃털이 물결칠 때마다 바람이 일어났고, 바람이 잦아들 즈음, 루이를 감싸고 있던 날개들이 낱낱이 허공으로 흩어졌다.

이상한 일이었다. 분명 서영을 안고 있었던 것은 12살 전후로밖에 보이지 않는 어린 소년이었는데, 날개가 흩어진 후 그 자리에 있는 것은 어림잡아도 20대는 되어 보이는 남자였다.

검은 머리에 창백한 피부를 가진 남자의 붉은 눈동자에서는 쉴 새 없이 눈물이 흐르고 있었다.

"이젠 싫어."

남자는 서영을 품에 끌어안으며 나지막하게 중얼거렸다.

"나 때문에 누군가 죽는 건 더 이상 싫어……."

서영을 안고 있던 남자는 그녀의 손목에 입을 맞추었다. 그의 입술이 닿는 순간 피는 멎었고 서영의 손목에 있던 상처는 빠르게 아물어가기 시작했다. 그녀의 상처가 다 아문 것을 확인하자마자 남자는 그대로 서영의 위로 쓰러졌다.

"이게 도대체……."

잠시 후, 아칸이 사냥감을 데리고 돌아왔을 땐 기절해 있는 서영의 위에서 어린 루이가 창백한 모습으로 옅은 숨을 내쉬며 깊은 잠에 빠져 있었다.

그녀의 온기

"으윽."

정신이 들자마자 머리에 지독한 통증이 느껴졌다. 손으로 머리를 짚으며 두통이 진정되길 기다리던 서영은 문득 자신이 마치 드라마의 주인공처럼 몇 번이나 기절했었다는 사실에 실소를 터뜨리며 천천히 눈을 떴다.

"정신이 들었어요?"

눈을 뜨자마자 보이는 건 하얀 가운에 말쑥한 얼굴을 하고 있는 남자였다.

'의사인가?'

자신이 있는 곳이 병원인가 싶어 서영은 주변을 둘러봤다.

'여긴 내 방인데. 이 남자는 누구지? 왜 이곳에 있는 걸까?'

서영이 자신을 빤히 쳐다보자 그녀의 마음을 알아챘다는 듯 남자가 자기소개를 했다.

"저는 유백한이라고 합니다. 보시다시피 의사고, 형님의 시종이에요."

형님이라면 루이를 말하는 걸까. 그러고 보니 루이는 어떻게 된 거지?

서영은 루이가 괜찮은지 확인하기 위해 침대 밖으로 나가려고 했지만, 몸이 따라주지 않았다.

'움직여. 루이가 괜찮은지 봐야 한단 말이야.'

어떻게든 일어서려고 낑낑거리는데 백한이 그녀를 만류했다.

"아직 몸 상태가 안 좋아요. 일어나시면 안 돼요."

"루이는……."

"형님은 괜찮으세요. 단지 은 중독이 심하셔서 흡혈하시고 스스로 치료하기 위해 수면에 들어가셨을 뿐이죠. 지금 거실에서 수면 중이십니다."

서영은 그제야 안도하며 침대에 편히 누웠다.

'그런데 이 남자, 왜 루이를 형님이라고 부르는 거지? 나이는 이 남자가 더 많아 보이는데?'

"루이가 의사 선생님의 형님인가요?"

"아하하, 형님은 아니고 제 조상이죠."

"조상……이요?"

"제 할아버지의 할아버지의 할아버지, 그 위에…… 음, 아무튼 형님은 저희 집안에 태어난 첫 뱀파이어예요."

"그 이야기는 조상 중에 뱀파이어가 있었다는 거네요."

"그렇죠? 벌써 500년도 넘은 이야기이지만요."

백한이 웃으며 갈색 가방에서 주사기를 꺼내 들었다.

"조금 아플 거예요."

따끔한 통증과 함께 몸 안에 이질적인 것이 들어오는 느낌이 들었다. 백한의 말처럼 아프긴 했지만 참지 못할 정도는 아니었다.

"그럼 루이는 의사 선생님의 가족, 그러니까 루이의 후손들과 계속 연락을 하는 건가요?"

"아니요. 저도, 형님도 연락하지 않아요."

"루이는 그렇다 쳐도, 의사 선생님도 가족이랑 연락하지 않는다고요?"

"네. 제가 하프라서, 오래전에 가족들과 연을 끊었습니다."

"하프요?"

처음 듣는 단어에 서영이 고개를 기울였다.

"뱀파이어라는 의미인가요?"

"뱀파이어는 아닙니다. 인간이지만, 인간이 가질 수 없는 특별한 능력을 가진 자들을 하프라고 부릅니다."

뱀파이어의 피는 인간의 피 속에 잠들어 있기 때문에 뱀파이어의 후손들은 인간일지라도 언제든지 그 피가 깨어나면 하프가 됐다.

"제가 바로 그 경우죠. 보통 하프들은 종족의 균형을 위해 죽이는 게 전통이지만 전 형님이 구해준 덕분에 여태 살아 있는 거예요."

저런 엄청난 이야기를 아무렇지 않게 웃으며 하다니. 서영은 조금 놀라며 백한을 바라봤다.

"그런데 무모하시네요. 스스로 손목을 그어 형님에게 피를 주다니…….
그러다가 까딱하면 죽을 수도 있다는 거, 몰랐어요?"

백한의 말에 그제야 자신이 무슨 짓을 했는지 깨달은 서영은 어색하게 웃으며 붕대 감은 손목을 쳐다봤다. 그녀 역시 자신이 무모했다는 걸 알고 있지만, 아무래도 상관없었다. 덕분에 루이가 무사할 수 있었으니까. 그를 구할 수만 있다면 이 정도는 아무것도 아니었다.

"의사 선생님이 치료하신 건가요?"

"아니요. 치료는 형님이 하셨어요. 거의 다 나았지만, 혹시 모르니 붕대를 감아놓은 거고요."

루이가 치료했다는 말에 서영은 설핏 웃었다. 그를 살리고자 손목을 그었는데, 그가 치료해주었다는 사실이 아이러니했다.

"아무리 형님을 살리려고 한 짓이지만 그건 무모한 행동이에요. 혹시나 형님이 기운을 되찾지 않았다면 서영 씨는 죽을 수도 있었어요. 알아요?"

백한은 엄하게 서영을 혼냈다. 마치 선생님에게 혼나는 기분이었다. 오늘 처음 보는 사람에게 이렇게 혼나는 게 얼떨떨했지만, 전부 맞는 말이니 서영은 잠자코 백한의 잔소리를 들었다.

한참이나 잔소리를 늘어놓던 백한이 자리에서 일어서면서 그녀에게 물었다.

"서영 씨 이틀이나 잤어요. 배 안 고파요?"

"글쎄요……."

꼬르륵―.

왜 하필 배꼽시계가 지금 울리는 건지. 민망해진 서영은 얼굴을 붉게 물들이며 이불을 꽉 움켜쥐었다. 백한은 웃으며 가방을 정리하고 일어섰다.

"부끄러워 하지 마요. 이틀이나 잤으니 배고픈 건 당연해요. 뭐라도 먹어야 약을 먹을 테니 죽이라도 사 올게요."

백한이 나가고, 혼자 남은 서영은 베개에 얼굴을 묻은 채, 지금까지 일어난 일에 대해서 곰곰이 생각했다.

서영이 루이와 계약한 이유는 자유롭게 움직일 수 없는 그를 대신해서 뱀파이어 꽃을 찾기 위해서였다.

뱀파이어 꽃은 뱀파이어 로드를 정하는 중요한 존재.

그렇기에 수많은 이들이 뱀파이어 꽃을 노리고 있었다.

'내가 수목원에서 뱀파이어에게 공격당한 것도 뱀파이어 꽃 때문이겠지?'

루이가 중상을 입고 돌아온 것도 뱀파이어 꽃 때문일 가능성이 컸다. 즉, 루이와 계속 함께한다면 그때처럼 위험한 일이 자꾸 일어난다는 의미였다.

"그런데 계속해도 되는 걸까……."

"하기 싫으시면 안 하셔도 됩니다."

혼자라고 생각했는데, 누군가 대답하자 서영은 깜짝 놀라며 몸을 일으켰다. 아칸이 방문에 기대 서영을 보고 있었다.

"하기 싫으면 안 해도 된다니. 루이는 제가 필요하다고 했는걸요."

"위험해지는 게 싫어서 하기 싫다고 하면 주인님도 이해하실 겁니다."

그렇겠지. 뱀파이어치고 다정한 루이라면 분명 이해해줄 것이다.

하지만 서영은 루이와 떨어지는 게 싫었다. 시끌벅적하고 정신없는 지금 생활에서 다시 고독하고 외로운 일상으로 돌아가고 싶지 않았다.

"그냥 할게요."

이미 엎질러진 물, 죽이 되든 밥이 되든 끝까지 해보자.

그리 결심한 서영이 굳은 의지가 담긴 목소리로 말하자 아칸이 갑자기 한쪽 무릎을 꿇었다.

"주인님을 잘 부탁드립니다."

그리고 오른손을 왼쪽 가슴 위에 올린 뒤, 정중하게 고개를 숙였다.

"저희 그림자 일족은 서영 님의 결심이 변하지 않는 한, 곁에서 지켜드릴 것을 맹세합니다."

아칸은 단순하게 루이의 명령으로 서영을 지키는 것이 아닌, 루이의 계약자로서 그녀를 모시기로 결심한 것이다.

❖

"……."

루이는 정신이 돌아왔지만, 눈을 뜨면 어떤 상황이 닥칠지 무서워 눈을 감고 가만히 누워 있었다. 정신을 잃기 전, 서영이 했던 짓이 자꾸만 떠올랐다.

'그 여자는 미친 게 분명해.'

제 손목을 그어서 뱀파이어에게 피를 줄 생각을 하다니. 미치지 않고서야 그런 짓을 할 수 있을 리가 없었다.

'그녀는 무사할까?'

피를 너무 많이 흘린 것 같은데. 자신이 정상이었다면 바로 조치를 취했겠지만, 그게 아니니 걱정됐다. 서영이 무사한지 확인해야겠다고 생각하면서도 혹 서영이 잘못됐으면 어쩌나 하는 두려움에 눈을 뜨는 것이 무서웠다.

"루이?"

"……!"

한참 서영에 대해 생각하던 루이는 그녀의 목소리가 들리자 눈을 번쩍 떴다. 서영은 루이가 누워 있는 소파 바로 앞에 서 있었다. 피를 많이 흘린 것치고 그녀의 안색은 생각보다 나빠 보이지 않았다.

'다행이다.'

그녀가 무사해서 정말 다행이야. 루이는 가슴 깊이 안도하며 가슴을 쓸어내렸다.

"이제 정신이 든 거야? 몸은 좀 어때?"

루이의 상태를 요목조목 살펴본 서영이 환하게 웃으며 박수를 짝 쳤다.

"다 나았구나! 다행히 내 피가 효과가 있었……."

"지금 그걸 말이라고 하는 거냐!"

루이가 버럭 소리를 지르자 서영은 깜짝 놀라며 눈을 동그랗게 떴다.

"루, 루이?"

"제정신인 건가?"

루이가 서영의 어깨를 잡고 사납게 물었다.

"그러다 죽으면 어쩌려고 그런 짓을 한 거지? 잘못하면 죽을 수도 있었는데……."

순간 루이의 뺨을 타고 투명한 물방울이 툭 떨어졌다.

설마 이건, 눈물?

서영은 자신이 잘못 본 건가 싶어 몇 번을 확인했지만, 눈물이 확실했다.

"루이, 너 울어?"

"울긴 누가!"

루이가 화를 냈지만, 서영은 그가 전혀 무섭지 않았다. 오히려 그가 눈물을 흘릴 정도로 자신을 걱정해줬다는 사실이 기뻐 웃음이 나왔다.

"기뻐."

서영은 루이의 손을 꼭 잡으며 기쁜 마음을 표현했다. 손안 가득 따스하게 퍼지는 온기에 루이가 마주잡은 손을 쳐다봤다.

"정말 기뻐, 루이."

"……."

도대체 이게 왜 기쁜 거지. 역시 서영은 이상한 인간이라고 생각하며 루이는 한참 동안 서영과 손을 잡고 있었다.

루이가 깨어나자 앞으로 어떻게 하면 좋을지 대책 회의가 열렸다.

"주인님께선 당분간 요새로 돌아가시지 않는 게 나을 것 같습니다."

아칸의 말에 루이는 인상을 팍 썼다.

"나보고 걸어오는 싸움을 회피하라는 건가?"

"그게 아니라 주인님께서 요새로 돌아가신다면 서영 님께서 습격을 받을 가능성이 크기 때문입니다."

습격.

듣기만 해도 섬뜩한 단어에 겁에 질린 서영이 몸을 잘게 떨며 루이의 옷자락을 꽉 움켜쥐었다. 루이는 그런 서영을 보곤 깊은 한숨을 내쉬었다.

"알겠다. 그렇게 하도록 하지."

요새로 돌아가지 않는다면 싸움을 피하는 겁쟁이라고 소문이 나겠지만 상관없었다. 그것보다 서영의 안전이 중요했으니까. 계약자도 지키지 못하는 천하의 얼간이가 되고 싶진 않았다.

"그리고 서영 님의 거처를 옮기는 게 좋을 것 같습니다. 켄이 주인님을 이곳에 데리고 오면서 서영 님의 거처가 적들에게 노출됐으니까요."

"어디로 가면 좋지?"

"지방은 어때요, 형님?"

백한이 대화에 끼어들었다.

"아직 뱀파이어들의 활동 범위는 수도권에 한정되어 있으니, 지방으로 가는 게 좋을 것 같은데요."

"그렇게 하도록 하지. 백한, 네가 맡아서 준비하도록."

"네, 형님."

백한은 핸드폰을 꺼내 들고 밖으로 나갔다. 아칸도 백한을 도와주겠다며 따라 나갔다.

'진짜 지방으로 가는 건가.'

휴교 중이니 가는 건 상관없었지만, 문제는 삼촌이었다. 집을 비운 사이 삼촌이 전화를 하거나 직접 찾아온다면 뭐라고 변명해야 좋을지 몰라 서영은 끙끙 앓으며 고민했다.

"아무 걱정하지 마라."

그러자 루이가 그녀의 손등을 다독이며 말했다.

"내가 반드시 지켜줄 테니까."

뭔가 오해하는 것 같았지만, 기분 좋은 오해였기에 서영은 말없이 웃었다.

"이상하다, 너는."

"갑자기 그게 무슨 말이야?"

"인상을 찌푸리다가, 웃다가…… 감정 표현이 다양해."

루이의 작은 손이 서영의 뺨을 감쌌다. 엄지가 살짝 벌어진 입술을 스치고 지나갔다.

"인간은 원래 이렇게 감정 표현이 다양한 건가."

미묘한 감촉에 서영은 그대로 굳었다.

"정말 신기한 종족이야."

"……시, 신기하긴 뭐가 신기해!"

뒤늦게 정신을 차린 서영은 황급히 루이를 밀어냈다. 그의 손이 닿았던 볼이 홧홧 달아올랐다. 입술에 닿은 엄지의 감촉이 여전히 선명해서 입을 다물 수가 없었다.

"이번엔 화를 내는군."

루이는 어쩔 줄 몰라 하는 서영을 보며 신기하다는 듯 중얼거렸다. 그런 루이가 얄미워 서영은 눈을 흘겼다.

잠시 후, 백한과 아칸이 돌아왔다.

"그럼 바로 출발하죠."

"지금 당장이요?"

"네. 쇠뿔도 단김에 빼라는 말도 있고, 지체해서 좋을 게 하나도 없으니까요."

그래도 이렇게 갑자기 가는 건가. 당황한 서영이 눈을 동그랗게 뜨자 백한이 얼른 짐을 싸라며 그녀의 등을 떠밀었다. 서영이 방으로 들어가자 아칸이 슬쩍 루이에게 말을 꺼냈다.

"그때 회의장에서 주인님을 공격한 자에 대해 알아보는 중입니다만, 아무래도 버려진 자들의 집단인 것 같습니다."

"그 말은, 날 공격한 놈이 하프라는 건가?"

루이가 눈살을 찌푸리며 매섭게 아칸을 노려봤다.

"내가 고작 하프 따위에게 당했다고 말하고 싶은 거냐, 아칸."

"그런 게 아니옵고…… 송구합니다."

아칸은 뭐라 더 변명하는 대신 사죄했다.

"뭔가 더 숨겨진 것이 있다. 알아내라."

아칸이 허리를 깊게 숙이며 그러겠다고 대답했다.

"그런데 그 버려진 자들의 집단 말이에요. 그러니까 협회라고 해야 하나? 하여간 그 협회, 아쉘이랑 손을 잡은 곳이죠?"

"그래."

"허, 뱀파이어가, 그것도 아쉘처럼 자존심 높은 자가 하프랑 손을 잡다니. 진짜 의외네요."

뱀파이어들은 종족의 균형을 위해 하프들을 죽인다고 말했지만 그건 허울 좋은 명분이었다. 그들이 하프를 죽이는 이유는 하프의 피가 뱀파이어에게 치명적인 독이기 때문이었다. 힘이 강한 하프일수록 더욱 위험하기 때문에 뱀파이어들은 하프들을 보이는 족족 다 죽여버렸다.

"혹시 그때 그 일을 일으킨 것도 아쉘과 협회가 아닐지……."

"……."

루이의 얼굴이 험악하게 일그러지자 백한은 황급히 말을 돌렸다.

"일단 몸을 숨긴 후에 사태를 지켜보도록 하죠. 아쉘 일행이 뱀파이어 꽃을 찾으려고 전 세계를 뒤지고 있으니, 조용히 기다리다가 그들의 정보를 가로채는 것도 한 가지 방법이니까요."

"그러다 선수를 빼앗기면?"

루이가 빈정대듯 묻자 아칸이 대답했다.

"그런 일이 없도록 저와 제 일족이 아쉘과 협회를 철저하게 감시하겠습니다."

"그래요. 이 일은 아칸에게 맡기고 형님은 서영 씨랑 푹 쉬어요. 형님도 서영 씨도 지금 몸 상태가 말이 아니니까요."

"내 몸은 내가 알아서 챙겨. 너희들이 신경 쓸 거 없다."

"에이, 어떻게 신경 안 써요. 저희들은 형님의 시종인데요."

백한이 특유의 넉살스러운 어조로 말했다. 아칸도 백한의 말에 동의한다는 듯 고개를 끄덕였다.

저를 환자 취급하는 아칸과 백한의 태도가 마음에 들지 않았지만, 틀린 말은 아니었기에 루이는 군말 없이 고개를 끄덕였다.

"그럼 옷을 갈아입도록 하죠."

"옷?"

"네. 설마 그대로 나가실 생각은 아니시죠?"

백한의 말에 루이는 자신의 옷을 내려다봤다. 몸의 상처는 뱀파이어의 치유 능력으로 다 나았지만, 옷은 찢어진 상태에다가 피까지 묻어 있었다.

"옷을 갈아입으러 요새에 다녀와야겠군."

"에이, 그럴 필요 없어요."

백한이 루이의 어깨에 손을 올리며 씨익 웃었다.

"제가 이럴 줄 알고, 다 준비했습니다."

"준비?"

"네. 잠시만 기다려주세요. 금방 돌아올 테니까요."

백한은 영문을 알 수 없는 말을 남긴 뒤, 차 키를 들고 밖으로 나갔다. 그와 동시에 짐을 다 챙긴 서영이 커다란 가방을 들고 거실로 나왔다.

"의사 선생님 어디 가셨어?"

"몰라. 잠시만 기다려달라더군."

그렇게 얼마나 기다렸을까. 백한이 커다란 캐리어를 들고 돌아왔다. 백한은 집에 들어오자마자 캐리어를 열고 주섬주섬 물건들을 꺼냈다.

"제가 이 날을 간절하게 기다렸습니다!"

백한이 꺼낸 건 12세에서 15세 사이의 청소년들이 입을 만한 옷이었다. 백한은 콧노래를 부르며 캐리어에서 꺼낸 옷들을 바닥에 늘어놓았다.

"이건 귀여운 스타일이고, 이건 섹시한 스타일!"

백한이 꺼낸 옷들을 이리저리 둘러보던 서영은 베이지색 터틀넥 니트를 가리켰다.

"저거 예쁘다."

루이가 입으면 굉장히 귀여울 것 같았다. 백한도 서영의 말에 동의하며 반짝이는 눈으로 루이를 쳐다봤다.

"자, 어서 입으시죠. 형님."

루이가 질색하며 고개를 저었다.

"싫어."

"왜? 잘 어울릴 것 같은데."

"……."

"루이, 네가 저 옷을 입은 걸 보고 싶어."

서영의 말에 루이는 미간을 찌푸렸다. 평소였다면 절대 입지 않았겠지만, 서영에겐 빚진 것이 있었다. 그러니 이 정도 부탁은 들어주는 게 맞겠지.

"내놔."

루이는 강탈하듯이 니트를 들고 방으로 들어갔다. 백한은 그런 루이를 흐뭇하게 바라봤다.

달칵―.

잠시 후, 니트로 갈아입은 루이가 인상을 쓴 채 밖으로 나왔다. 서영은 루이를 보자마자 감탄사를 터뜨렸다.

"우와, 루이. 정말 잘 어울려."

빈말이 아닌 진심이었다. 잡티 하나 없는 창백한 피부와 베이지색 니트는 한 몸처럼 정말 잘 어울렸다. 이대로 잡지 화보에 실어도 이상할 게 없어 보였다.

"사, 사진! 이런 영광의 순간은 사진으로 남겨야 해!"

호들갑을 떨며 주머니와 가방을 뒤지던 백한은 이윽고 원하는 걸 찾았는지 환하게 웃으며 만세 삼창을 외쳤다.

"자! 형님! 어서 포즈를……."

퍼억—.

하지만 백한은 루이가 있는 힘껏 그의 정강이를 차는 바람에 원하는 바를 이루지 못하고 바닥에 주저앉았다.

파직—.

그가 들고 있던 핸드폰은 루이의 발에 밟혀 산산조각이 났다. 사방으로 흩어지는 핸드폰 파편을 보며 백한이 울부짖었다.

"노예 계약이 아직 20개월이나 남은 내 폰이!"

아칸은 그런 백한을 보며 고개를 절레절레 흔들었고, 서영은 마치 시트콤의 한 장면 같은 모습에 배를 잡고 한참 동안 웃었다.

❦

서영은 태어나서 한 번도 서울을 벗어난 적이 없었다. 거동이 불편한 할머니를 모시고 먼 곳에 가기 힘들었기 때문이다. 머리가 커진 중학교 때는 뱀파이어 소동으로 소풍이나 수학여행 같은 것들이 전부 취소돼서 여행 같은 것도 가본 적이 없었다.

"바다다!"

때문에 서영이 바다를 직접 보는 건 이번이 처음이었다. 푸르디푸른 바다가 너무 예뻐 서영은 겨울 바닷바람을 고스란히 맞으면서도 추운 줄 모르고 그대로 해변에 서서 바다를 하염없이 쳐다봤다. 그런 서영이 귀엽다는 듯 백한이 웃으며 물었다.

"바다를 처음 보시나 봐요?"

"네! 너무 예뻐요!"

"나중에 천천히 구경하고 지금은 일단 별장으로 들어가요. 아직 서영 씨 몸 상태가 그렇게 좋은 편이 아니니까요."

아름다운 바다를 두고 돌아서려니 발걸음이 떨어지지 않았지만, 백한의 말대로 하는 게 좋을 것 같아 서영은 아쉬운 마음을 뒤로한 채 발걸음을 돌렸다.

그들이 도착한 곳은 서울에서 멀리 떨어진 부산이었다. 당분간 지낼 곳은 백한 소유의 별장이었다. 빨간 벽돌로 지은 이층집은 동화 속에 나오는 집처럼 예뻤다. 작은 울타리로 감싼 마당도, 입구에서 현관까지 이어진 하얀 돌도 너무 낭만적이었다.

"들어가요, 서영 씨."

별장 안은 굉장히 아늑했다. 거실의 한쪽 벽면을 차지한 커다란 벽난로에 빨간 불꽃이 타올랐다. 루이는 소파에 앉아서 벽난로를 보고 있었다.

"서영 씨도 앉아 있어요. 전 2층에 짐 가방 두고 올게요."

"도와드릴게요."

"괜찮아요. 혼자서 할 수 있어요."

백한은 무거운 짐 가방들을 번쩍 들고 2층 계단을 올라갔다. 서영은 그런 백한을 빤히 바라보다가 벽난로 앞에 앉았다.

타닥, 타닥―.

장작 타는 소리가 하모니처럼 울려 퍼졌다. 아직 별장 안에 온기가 그리 퍼지지 않아 약간 추웠는데 벽난로 앞은 굉장히 따뜻했다. 서영은 온기를 만끽하며 벽난로 앞에 앉았다.

"루이도 이리 가까이 와서 앉아."

"왜지?"

"춥지 않아? 너, 옷도 얇게 입고 있잖아."

루이는 입고 있는 노란 니트를 만지작거리며 볼멘소리로 대답했다.

"이거 두꺼운데."

"그래도 춥잖아. 얼른 이리 와."

서영이 손짓하자 어쩔 수 없다는 듯 루이가 서영의 곁으로 다가와 앉았다.

"따뜻하지?"

"이게 따뜻한 건가?"

"어?"

"나는 뱀파이어라 온기 같은 걸 느끼지 못해."

그럴 수가. 처음 알았다. 뭐라고 말하면 좋을지 몰라 서영은 우물쭈물하다가 이내 입을 닫았다. 그러면서도 힐끔힐끔 루이를 쳐다봤다. 겉모습은 인간과 똑같은데 그에 대해서 알면 알수록 차이점이 확연하게 보여서 약간 서글펐다.

"서영 씨, 요리할 줄 알아요?"

백한이 계단을 내려오며 물었다. 당연히 할 줄 알았다. 거동이 불편한 할머니가 집안일을 하는 것은 무리였기 때문에 아주 어렸을 때부터 집안일은 모두 그녀의 몫이었다.

"네. 할 줄 알아요."

"그거 다행이네요. 형님은 인간 음식을 안 먹으니까 상관없지만, 서영 씨는 음식을 먹어야 하잖아요. 매번 음식들을 사 오는 것도 번거로워서 어찌해야 하나 고민했는데 정말 다행이네요."

그러고 보니 뱀파이어는 피를 어떻게 먹는 걸까? 정말 뉴스에 나오는 살인 사건처럼 사람의 피를 쪽쪽 다 빨아먹는 걸까?

서영은 뱀파이어인 루이가 인간의 목에 송곳니를 꽂아 피를 쪽쪽 빠는 모습을 상상하다가 뭔가 어색한 느낌이 들어 어색하게 웃었다.

"장은 제가 일주일에 한 번씩 봐 올게요. 저도 일이 있어서 매일은 못 오니까요."

"감사합니다."

"그리고 서영 씨 방은 2층에 있어요. 지금 구경 갈래요?"

"그래요."

서영은 백한을 따라 2층으로 올라갔다.

2층에는 방이 3개 있었다. 그중 서영의 방은 왼쪽 끝이었다.

백한이 의기양양하게 소리치며 방문을 열었다.

"기대하시라!"

달칵—.

"음……."

공주님 취향으로 도배된 방은 벽지부터 분홍색이었다. 침대에는 레이스
가 달린 커튼이 주렁주렁 걸려 있었고, 이곳저곳에 하트 모양의 쿠션이 보였
다. 심지어 카펫도 분홍색이었다. 이건 도대체 누구 취향이지?

"나중에 딸 낳으면 이런 방을 주고 싶었는데…… 크윽."

……의사 선생님의 취향이구나.

"예쁘죠?"

"아, 네."

차마 아니라곤 대답하지 못하고 서영은 어색하게 웃으며 고개를 끄덕였
다. 백한은 그럴 줄 알았다며 뿌듯하게 웃었다.

"아, 그리고 서영 씨. 한 가지 궁금한 게 있는데요. 평소에 잘 안 먹죠?"

"네?"

"보통 열여덟 살 애들보다 작은 것 같아서요. 키 몇이에요?"

"160이요."

"작은 건 아닌데, 왜 이렇게 작아 보이지?"

백한이 의아하다는 듯 고개를 갸웃거리자 서영은 제 몸을 크게 둘러봤

다. 살면서 작다고 생각해본 적은 딱히 없었는데 저보다 머리통이 두 개는 큰 백한의 앞에 서 있으니 작은 느낌이 들었다.

"잘 먹는 편인데."

서영이 투정 부리듯 작게 중얼거리자 백한이 웃으며 그녀의 어깨를 토닥였다.

"나중에 올 때 영양제 좀 챙겨 올게요. 전에 일도 있고, 영양제를 챙겨 먹는 게 좋을 것 같아요."

이런 건 의사 선생님이 하라는 대로 하는 게 좋을 것 같아 서영은 군말 없이 고개를 끄덕였다.

"그럼 전 이만 가볼게요. 형님께는 잔다고 말해둘 테니, 한숨 푹 주무세요."

"안녕히 가세요."

백한이 떠나고 혼자 남은 서영은 다시 방을 둘러봤다. 아무리 둘러봐도 분홍색밖에 보이지 않았다. 핫핑크에 베이비핑크, 로즈핑크 등등 세상에 있는 모든 분홍색은 모두 있는 것 같았다.

"아, 그러고 보니 삼촌에게 전화해야 하는데."

갑자기 이사하느라 삼촌에게 아무런 연락도 하지 못했다. 자세하겐 말하지 못해도, 집을 나온 건 말해야 할 것 같아 서영은 백한이 미리 가져다 둔 짐을 뒤적였다. 그러나 아무리 뒤져봐도 핸드폰이 보이지 않았다. 집에 두고 온 것 같았다.

"큰일이네."

핸드폰이 없으면 삼촌에게 연락할 수도, 연락을 받을 수도 없었다. 집에 다시 가서 핸드폰을 가져와야 할 것 같았지만, 문제는 지금 집에 돌아가는 건 위험하다는 것이었다. 백한이 적들이 노릴 수도 있으니 당분간은 절대 집에 가면 안 된다고 신신당부했었다.

그럼 어떻게 해야 하지. 곰곰이 생각하던 서영은 아무것도 떠오르지 않자 고개를 저으며 침대에 발라당 누워버렸다.

"몰라. 될 대로 되라지."

언제 어떻게 잠들었는지 기억나지 않았다. 잠깐 쉰다고 눈을 붙였다가 다시 떴을 때, 창밖은 꽤 어두웠다.

"배고프다."

아직 몸이 피곤하다고 소리를 지르고 있었지만, 배가 너무 고파서 계속 누워 있을 수가 없었다. 서영은 눈을 비비며 침대에서 일어섰다.

곧장 방을 나온 서영은 1층 주방으로 향했다. 계단을 내려와 거실을 가로지르는데 벽난로 앞에 누군가 앉아 있었다.

루이였다.

서영은 루이의 곁으로 다가가 앉으며 물었다.

"여기서 뭐 해?"

서영의 질문에도 루이는 아무 말 없이 벽난로만 보고 있었다. 벽난로 안에 뭔가 있는 건가. 서영도 벽난로를 쳐다봤다. 하지만 벽난로 속에는 장작불과 타오르는 불꽃 외에 아무것도 보이지 않았다.

"이런 게 따뜻하다는 건가?"

루이는 혼잣말로 중얼거리더니 벽난로 속으로 손을 집어넣었다.

"루이!"

서영은 당황하며 루이의 손을 벽난로 밖으로 잡아당겼다.

"뭐 하는 짓이야! 뜨거운 곳에 손을 넣으면……!"

"못 느낀다고 말했을 텐데? 몇 번을 해도 못 느끼겠군."

"그래도 화상 입잖아! 지금만 봐도…… 어라?"

조금 전만 해도 빨갛게 익었던 손은 다시 원래대로 돌아왔다. 서영은 어리둥절한 표정으로 루이의 손을 쳐다봤다.

"어떻게 된 거야?"

"인간들이 쓰는 평범한 불은 내게 아무런 영향을 줄 수 없다."

"그래서 불이 따뜻하다는 걸 모르는 거야?"

"그래. 하지만 뜨거운 건 알아. 지옥 불에 당해봤거든."

지옥 불이라니. 생각만 해도 뜨거웠다. 서영은 질색하며 눈살을 찌푸렸다.

"따뜻하다는 것과 뜨겁다는 건 완전히 달라."

"어떻게 다른데?"

"음, 뜨거운 건 고통스럽고 도망치고 싶지만 따뜻하다는 건 기분이 좋아지는 거야. 그리고 또……."

뭐라고 설명해야 루이가 알아들을 수 있을까. 머리를 굴리며 생각하고 있는데 루이가 서영의 손을 만지작거렸다.

"이게 바로 네가 말한 따뜻하다는 느낌인가."

루이의 입가에 희미한 미소가 그려졌다. 루이는 서영의 손을 제 뺨에 가져다 대고 눈을 지그시 감았다.

"따뜻하다."

수많은 인간들을 사냥했지만 그 인간들의 온기가 기분 좋다고 생각해본 적은 한 번도 없었다. 하지만 서영은 달랐다. 그녀의 온기는 기분이 좋았다. 이게 따뜻하다는 느낌이구나, 처음 알았다. 루이는 서영의 손에 제 뺨을 비볐다.

"루, 루이!"

서영이 당황하며 손을 뒤로 뺐다. 갑자기 온기가 사라진 게 불만인 루이는 눈살을 찌푸렸다.

"왜 그러지?"

루이가 고개를 살짝 기울이자 검은 머리칼이 부드럽게 흩어졌다.

타오르는 불빛이 창백한 피부 위로 혈색처럼 번졌다.

생긴 건 어린 소년이었지만, 풍기는 분위기는 웬만한 성인 남자보다 요사스러웠다.

붉게 반짝이는 눈동자를 마주하면 시선을 뗄 수가 없었다.

"서영?"

"아."

저를 부르는 목소리에 정신을 차린 서영은 고개를 휙 돌렸다. 또 붉은 눈에 매혹되지 않기 위해서였다.

'왜 저러는 거지?'

그 사실을 알 턱이 없는 루이가 고개를 갸웃거렸다. 그의 귀엔 요란하게 뛰는 서영의 심장 소리가 들렸다.

인간의 심장이 저렇게 빨리 뛰는 경우는 보통 무섭거나 두려울 때였다.

루이는 서영이 겁먹을 만한 일을 했나 싶어 곰곰이 생각하다가 픽 웃었다. 제 존재 자체만으로도 서영이 충분히 겁먹을 수 있다는 걸 깨달았기 때문이다. 단지 지금까지 괜찮다가 갑자기 저러는 까닭이 이해가 되지 않았다.

'내가 무서워?'

이해가 안 된다면 물어보면 될 일. 루이의 질문에 서영이 우물쭈물하다가 고개를 저었다.

"그럼 왜 그러지?"

"그게……."

서영은 차마 '네가 너무 예뻐서 그래.'라고 말하지 못하고 우물쭈물했다.

말하기는 부끄러웠지만 이대로 가만히 있으면 루이가 그를 무서워한다고 오해할 것이다. 그러니까 말해야 한다고 생각하면서도 입이 떨어지지 않았다. 그대로 말할 수 없다면 다른 변명이라도 해야 하는데 그조차도 하지 못했다.

말로 할 수 없다면 행동으로 보여주면 되지.

마침 적당한 변명거리를 찾은 서영은 루이를 꼭 끌어안았다.

태어나서 처음 여자의 품에 안기는 루이의 몸이 딱딱하게 경직됐다. 루이는 그보다 더 굳은 얼굴로 서영을 올려다봤다.

"뭐…… 하는 거지?"

눈이 마주친 서영이 배시시 웃었다.

"손잡는 것보다 이렇게 안아주는 게 온기라는 것을 더욱 알기 좋을 것 같아서."

"……그렇다고 뱀파이어를 함부로 끌어안다니. 조심성이 없군."

"다른 뱀파이어한테는 안 그래. 루이니까 하는 거야."

루이니까 하는 거야. 루이는 이상하게도 그 말이 몹시 마음에 들었다. 제 품을 휘감은 따뜻한 온기도 몹시 마음에 들었다. 그래서 거부하지 않고 가만히 있었는데, 계속 이러고 있을 생각인지 서영은 꼼짝도 하지 않았다.

루이가 조금이라도 움직이려고 하면 그러지 못하게 등을 꼭 끌어안았다. 때문에 그녀의 볼록한 가슴골에 얼굴을 파묻게 된 루이는 눈을 깜빡였다. 아무래도 서영은 단순히 온기를 전해주려고 이러는 건 아닌 것 같았다.

그렇다면, 설마?

"……서영."

문득 든 생각에 루이는 진지하게 말을 꺼냈다.

"뱀파이어는 숨을 못 쉰다고 죽지 않는다."

"응? 무슨…… 풋핫."

처음에는 루이의 말을 이해하지 못하고 눈을 깜빡이던 서영은 곧 한참 동안 웃음을 터뜨렸다.

⚜

우당탕탕—.

이른 아침. 귀를 강타하는 소음에 깊은 잠에 빠져 있던 루이는 미간을 확 찌푸리며 베개로 귀를 틀어막았다. 그대로 다시 잠을 청하려고 했지만 또 우당탕, 무언가 깨지는 듯한 소리가 들렸다.

"하!"

결국 잠이 완전히 달아난 루이는 작게 욕을 읊조리며 일어났다. 소란을 피운 놈을 죽여버리겠다고 이를 박박 갈다가 곧 이 별장에 서영과 자신밖에 없다는 사실을 깨닫고 서둘러 밖으로 나왔다.

"서영!"

그가 알기로 서영은 이렇게 소란을 피울 만한 성격이 아니었다. 그런데 큰 소란이 일어났다는 건, 누군가 침입했을 가능성이 컸다. 그것도 상당한 실력자가 분명했다. 그렇지 않고서야 자신이 눈치채지 못했을 리……

"케에엔—!"

황급히 1층으로 내려가던 루이는 서영의 목소리를 듣고 멈춰 섰다.

침입자인 줄 알았는데, 켄이었나?

켄은 전에 다친 상처를 치료하기 위해 잠시 자리를 비웠는데, 그새 치료를 끝내고 돌아온 모양이었다.

그런데 켄이 무슨 짓을 했길래 저렇게 소리를 지르는 거지?

궁금해진 루이는 다시 발걸음을 재촉했다.

계단을 내려가 1층 거실로 들어서자마자 보이는 건 난장판이 된 거실이었다. 소파는 뒤집혀 있었고, 바닥에는 발자국이 잔뜩 찍혀 있었다. 부엌 쪽에선 무언가 타는 냄새가 났다.

헥, 헥─.

황당한 얼굴로 1층을 둘러보던 루이는 곧 제 쪽으로 달려오는 켄을 발견하고 늑대의 눈높이에 맞춰 무릎을 굽혔다. 켄이 꼬리를 살랑살랑 흔들며 루이의 앞에 생고기를 툭 뱉었다.

"웬 고기지?"

켄이 사냥해온 걸까? 그렇게 생각하기엔 고기 손질이 너무 정갈하게 되어 있었다. 아무리 봐도 켄의 솜씨는 아니었다.

"켄! 고기 가져와! 그거 하나밖에 없단 말이야!"

역시 켄이 한 게 아니었다. 루이는 서영이 주방에서 나오자 굽혔던 무릎을 펴고 일어섰다.

"루, 루이?"

자는 줄 알았는데, 깨어 있었어?

전혀 예상하지 못한 일에 당황해서 우뚝 멈춰 선 서영은 문득 거실 유리창에 비친 제 모습을 보고 경악했다.

씻지 않아 까치집을 지은 머리와 켄이 엎지른 음식 때문에 얼룩진 옷, 거기에 탄 음식 냄새까지. 그야말로 개판이었다.

이런 추한 모습을 루이에게 보여줬다는 게 너무 부끄러워 서영은 다시 부엌으로 들어갔다.

"서영?"

"들어오지 마!"

루이가 따라오려고 하자 서영은 버럭 소리를 질렀다. 그리고 켄이 난동을 피우는 바람에 엉망진창이 된 부엌의 싱크대 앞에 서서 머리를 정리했다. 옷도 갈아입고 싶은데 그러려면 루이가 있는 거실을 지나가야 했다.

'그건 절대 안 돼.'

루이에게 이런 추한 모습을 보여주고 싶지 않단 말이야! 하지만 옷을 갈아입으려면 방으로 가야 하는데, 어떡하지?

"……괜찮으십니까?"

"으악!"

고민하던 서영은 갑자기 뒤에서 아칸의 목소리가 들리자 화들짝 놀라며 그대로 바닥에 주저앉았다.

"아, 아칸이 왜 여기에?"

"주인님께서 가보라고 하셨습니다. 자신은 들어오지 말라고 했다면서요."

분명 그렇게 말하긴 했지만 그렇다고 아칸을 보내다니!

아칸에게도 추한 모습을 보여주기 싫은 건 마찬가지였기에 서영은 울상을 지었다. 그걸 아파서 그런 거라고 판단한 아칸이 그녀를 부엌 밖으로 내보냈다.

"부엌은 제가 정리하겠습니다. 서영 님, 가서 쉬세요."

"제가 해도 되는데……."

"제가 하겠습니다."

결국 부엌에서 쫓겨난 서영은 거실에 루이가 있는지부터 확인했다. 다행히도 그는 없었다. 서영은 이에 가슴 깊이 안도하며 서둘러 화장실로 뛰어갔다. 이젠 일어나자마자 무조건 씻을 거라고 다짐하면서.

마음이 움직이다

세 인영이 원탁에 둥글게 앉아 있었다. 그들은 아무 말도 하지 않고 심각한 얼굴로 탁자만 바라보고 있었다.

그렇게 얼마나 지났을까. 한 남자가 금발의 남자에게 조심스럽게 말했다.

"혹시 루베르이가 그 사실을 알아챈 건 아니겠죠?"

"시끄럽다! 그 녀석이 알아차린다고 해서 뭐가 달라지나! 이미 저지른 일이야!"

"하지만 아쉘 님……."

인기척이 느껴지자 뱀파이어는 입을 다물었다. 아쉘은 어느덧 제 뒤까지 다가온 상대에게 말을 건넸다.

"네놈들의 계획은 뭐지?"

아쉘의 질문에 복면을 쓴 남자가 픽 웃었다. 그 웃음소리를 들은 아쉘의 이마에 굵은 핏줄이 섰다. 아쉘은 탁자를 쾅, 내려치며 자리에서 일어섰다.

"지금 네놈이, 고작 버려진 놈 따위가 날 비웃는 건가?"

"그럴 리가 있겠습니까? 고귀한 존재시여."

깍듯한 사과에 조금 화가 풀린 아쉘은 다시 의자에 앉으며 소리쳤다.

"꽃을 찾아와라! 그러면 모든 것이 해결될 것이다! 그 빌어먹을 놈이 나를 더 이상 무시 못 할 것인데!"

루베르이만 생각하면 이가 바드득바드득 갈렸다. 아쉘은 연거푸 탁자를 '쾅쾅' 내리치며 계속 소리쳤다.

"정보력이 대단한 것처럼 떠들어 대놓고 5년째 꽃의 행방을 모르다니. 도대체 하나같이 쓸모가 없어!"

가장 쓸모가 없는 건 당신인 것 같은데. 복면 쓴 남자는 속으로 중얼거리며, 겉으로는 거듭 죄송하다고 말했다.

"됐다. 물러가라! 다음에 날 찾아올 땐 제대로 된 정보를 가져오고!"

축객령에 인사하고 물러서려던 남자가 멈칫하며 어딘가를 응시했다.

"왜 그러지?"

"……아무것도 아닙니다. 그럼 전 이만."

남자는 다시 깍듯이 인사하고 어둠 속으로 사라졌다.

"5년 전이라……."

방 안에 있는 가구는 온통 붉었다. 방 중앙에 있는 체스 판의 색만 유일하게 달랐다. 레카는 와인 잔을 들고 붉은 벨벳으로 만든 소파에 앉아 있었다. 그는 심각하게 고민하다가 히죽히죽 웃기를 반복하더니 허공에 대고 누군가를 불렀다.

"레이첼, 돌아와."

그러자 허공에 붉은 안개가 피어올랐다. 붉은 안개는 곧 어여쁜 소녀가 되었다. 소녀가 제 앞에 공손히 무릎을 꿇고 앉자 레카는 와인 잔을 내려놓고 소파 깊숙이 몸을 묻었다.

"뱀파이어 꽃이 사라진 건 15년 전인데, 5년째 꽃의 행방을 모른다고?"

뭔가 있군. 뜻하지 않게 새로운 사실을 알게 된 레카의 입가에 비릿한 미소가 감돌았다. 레카는 지금까지 수집한 정보들을 마음속으로 차곡차곡 정리했다.

'일단 15년 전 뱀파이어 꽃을 가져간 건 아쉘이 분명해.'

당시 로드는 인간이 뱀파이어 꽃을 가져갔다고 말했지만, 레카는 그의 말을 믿지 않았다.

뱀파이어 꽃이 보관된 곳은 고위 뱀파이어 중에서도 극히 일부만 하는 비밀의 장소.

그런데 뱀파이어의 존재도 몰랐던 인간들이 꽃을 가져갈 수 있을 리가 없었다. 그러니 같은 뱀파이어, 그것도 아쉘의 소행일 가능성이 컸다.

'문제는 아쉘이 어떻게 로드의 눈을 속이고 꽃을 가져갔냐는 건데…….'

뱀파이어는 능력을 쓰면 그 자리에 기운이 묻어나기 때문에 아쉘이 능력을 썼다면 로드가 눈치채지 못했을 리가 없었다. 그렇다는 건 아쉘이 직접 움직인 건 아니라는 거고. 로드가 인간이라고 설친 걸 생각해봤을 때…….

"설마…… 하프인가?"

인간과 뱀파이어의 결합체인 하프. 하프라면 특수한 능력을 쓰면서도 그 기운을 남기지 않을 수 있다. 그래서 무서운 쓰레기지.

거기까지 생각이 미치자, 레카의 입꼬리가 슬며시 올라갔다.

"아쉘이 쓰레기들의 도움을 받아서 뱀파이어 꽃을 훔쳤다."

그리고 조용히 로드가 죽기를 기다린 것이다. 그래야 자신이 뱀파이어 로드가 될 수 있을 테니까.

로드가 죽자마자 바로 꽃을 들고 나타나지 않은 건, 의심을 피하기 위해서였을 것이다. 로드가 사라진 지 얼마 지나지 않아, 바로 뱀파이어 꽃을 들고 나타난다면 다들 의심할 테니까. 그처럼 뱀파이어 꽃을 강탈해서 로드가 되려는 자가 생길 가능성도 있고.

그래서 기다렸는데, 5년 전 어떤 사건이 터지면서 뱀파이어 꽃이 또 사라져버린 것이다.

"그래서 5년 전부터 그렇게 광분한 건가."

5년 전, 그 일을 저지른 것도 이것 때문이고. 비로소 모든 퍼즐 조각들이 딱딱 들어맞았다. 그 사실이 몹시 유쾌해서 레카는 배를 잡고 폭소했다.

아무리 상급 뱀파이어라지만 '그 일'을 저지르고도 무사할 수는 없었다. 그 일을 주도한 사람이 아쉘이라는 사실이 터지는 순간, 모든 뱀파이어들이 그를 비난할 테니까.

당장이라도 달려 나가 모든 사실들을 공개하고 싶은 마음은 굴뚝같았지만 아직은 일렀다. 증거도 없고, 무엇보다 자신은 아쉘보다 힘도 약했으며, 그처럼 지지해주는 세력도 없었다. 괜히 덤볐다간 아쉘에게 당할 가능성이 컸다.

"하지만……."

레카는 체스 판 위에 있는 말을 하나둘씩 움직였다. 레카의 손에 검은 말과 흰색 말이 모두 놀아났다. 레카는 흰색 퀸을 흑색 킹 앞에 가져다 두며 씩 웃었다.

"그러니 네가 움직여야지, 루이."

<hr>

"흠……."

루이는 마당에서 뛰어놀고 있는 서영을 이상한 눈으로 쳐다봤다.

어제까지만 해도 그녀는 자신의 그림자만 보여도 뒤꽁무니에 불이 나도록 도망을 쳤었다. 한데 언제 그랬냐는 듯 아무렇지도 않게 뛰어노는 게 도무지 이해가 되지 않아 루이는 고개를 갸웃거렸다.

'도대체 무슨 생각이지.'

루이는 서영이 무슨 생각을 하고 있는지 정말 궁금했다. 그녀의 생각을 읽으려 했지만, 그녀가 마음을 읽는 것을 좋아하지 않는다는 사실을 기억하고는 이내 생각을 접었다.

"루이! 나 바다에 가봐도 돼?"

서영이 발랄하게 웃으며 물었지만, 루이는 선뜻 '그래'라고 대답할 수가 없었다. 그녀가 바다에 간다면 그 역시 따라가야 하기 때문이었다.

따가운 햇살에 노출되고 싶지 않은 루이는 안 된다고 말을 하려다 서영의 기대에 찬 눈동자를 보고 입을 다물었다.

'어쩔 수 없지.'

그나마 구름이 해를 살짝 가려준 걸 다행으로 여기며 루이는 자리에서 일어섰다.

"가자."

"응!"

서영은 고개를 끄덕이며 루이의 손을 잡았다. 루이는 서영과 마주 잡은 자신의 손을 물끄러미 쳐다봤다.

'따뜻하다.'

서영과 닿으면 차가운 심장이 뜨겁게 달궈지면서 살아 있다는 느낌이 들었다.

지금까지 그 어떤 인간에게도 느껴본 적이 없는 감정이었다.

오로지 서영만이 이런 느낌을 주었다.

이 감촉이 너무 좋아서 루이는 따사로운 햇빛 속을 걸어 다녀야 한다는 사실을 새카맣게 잊어버렸다. 그는 옅게 웃으며 서영과 마주 잡은 손에 살짝 힘을 주었다.

헥, 헥─.

바다에 나오자 켄은 고삐 풀린 망아지처럼 백사장 위를 뛰어다녔다. 백사장 중간에 자리를 잡은 서영이 루이에게 물었다.

"루이! 모래성 알아?"

"모래성? 모래로 만든 성인가?"

"맞아. 어떻게 하는 거냐면……."

서영은 루이에게 보여주기 위해 최선을 다해서 모래성을 만들었지만, 평범한 언덕 밖에 나오지 않았다. 제 손으로 만들고도 민망해서 서영은 모래가 잔뜩 묻은 손으로 얼굴을 긁적였다.

"모래성 한번 만들어 보고 싶었는데……."

그 말에 루이는 허공에 손을 크게 휘둘렀다. 그러자 그의 손짓에 맞춰 모래들이 허공으로 날아오르더니 어떤 형태를 그리기 시작했다.

처음에는 뭔지 몰랐는데, 점점 제대로 된 모래성의 형태를 갖추자 서영은 엄지를 치켜들었다.

"정말 대단……."

컹ー.

정신없이 모래사장을 달리던 켄이 불쑥 모래성 위로 뛰어올랐다.

모래성을 넘을 생각으로 보였지만, 생각보다 모래성이 높았기 때문에 켄은 그만 모래성을 깔고 앉아버렸고, 모래는 순식간에 서영과 루이를 덮쳤다. 그 탓에 서영과 루이의 옷은 모래 범벅이 되었고 그들의 머리와 얼굴에도 모래가 잔뜩 묻어버렸다.

"케엔ー!"

낑ー.

서영이 소리를 지르자 켄이 꼬리를 말고 저만치 도망갔다.

정말이지 이럴 때 보면 웨어울프가 아니라 완전 강아지였다.

켄이 고의로 한 것도 아니고, 도망간 상대에게 화를 낼 수도 없어 서영은 허무하게 웃으며 옷에 묻은 먼지를 털어냈다.

그러면서 루이를 힐끔 쳐다봤다. 서영보다 키가 작기 때문에 루이의 몸에는 더 많은 모래가 묻어 있었다. 심지어 머리도 모래투성이였다.

"도와줄게."

혼자 다 터는 건 힘들 것 같아 서영은 그의 머리에 묻은 모래를 털어주었다. 실크처럼 부드러운 머리카락이 손가락 사이로 흘러내렸다. 기분 좋다. 서영이 루이의 머리카락을 만지며 배시시 웃자 루이가 의아하다는 듯 그녀를 쳐다봤다.

"뭐가 그리 좋지?"

"그냥 다 좋아서."

"실없긴."

루이도 작게 웃음을 터뜨렸다. 깨끗한 모래사장엔 두 사람의 웃음소리가 나지막하게 울려 퍼졌다.

"두 분, 여기서 뭐 하세요?"

한참 웃던 서영과 루이는 백한의 목소리가 들리자 뒤를 돌아봤다. 백한은 백사장 입구에서 팔짱을 낀 채로 어이없다는 얼굴로 서영과 루이를 쳐다보고 있었다.

"언제 왔어요?"

"방금요."

마치 연애라도 하는 듯한 두 사람의 모습에 살짝 질투가 생긴 백한은 그 분위기를 깨기 위해 그들에게 성큼성큼 다가가 그 사이를 갈라놓으며 서영의 손을 잡았다.

"서영 씨, 아직 몸 안 좋다니까 찬바람을 다 맞고 계시네요. 얼른 들어가요."

얼떨결에 백한을 따라가게 된 서영은 루이를 돌아봤다. 그는 돌아갈 생각이 없는지 그 자리에 못 박힌 듯 서서 제 손을 물끄러미 보고 있었다.

"루이, 안 올 거야?"

서영이 불러도 대답이 없었다. 그런 루이가 걱정된 서영은 백한에게 잠시 기다려달라고 말한 뒤, 왔던 길을 되돌아와서 루이 앞에 섰다. 서영은 루이의 눈높이에 맞춰 허리를 숙이고 그의 눈동자를 똑바로 응시했다.

"루이."

그제야 루이가 서영을 쳐다봤다. 서영을 물끄러미 바라보던 루이는 백한이 그랬던 것처럼 서영의 손을 잡고 성큼성큼 걸어가기 시작했다.

"……."

그런 루이의 뒤를 따르는 서영의 얼굴이 살짝 상기됐다. 백한이 손을 잡았을 땐 별 느낌이 없었는데 루이가 잡으니 부끄러웠다.

'왜 그런 걸까. 왜 백한과 루이는 다른 걸까.'

이해가 되지 않아 서영은 멍하니 루이의 뒷모습을 바라봤다.

반면 루이는 몹시 만족한 얼굴이었다. 뒤에 있는 서영은 그 얼굴을 보지 못했지만, 한참이나 앞에 서 있는 백한의 눈에는 똑똑히 보였다.

"역시 온기가 좋아."

백한은 루이가 작게 중얼거리는 말도 똑똑히 들었다. 온기가 좋단 말이지. 백한의 얼굴에 장난스러운 미소가 번졌다.

"형님, 제가 손잡아드릴게요."

백한은 서영의 손을 잡고 있던 루이의 손을 가로챘다.

"어때요, 제 온기가?"

"……."

루이의 표정이 험악하게 일그러졌다. 루이는 매섭게 백한의 손을 뿌리치고 성큼성큼 별장 안으로 들어갔다. 서영은 안절부절못하며 루이를 바라봤다.

"루이가 화가 난 것 같은데요."

"괜찮아요. 그리고 서영 씨, 부탁 하나만 해도 돼요?"

"무슨 부탁이요?"

"별건 아니고, 우리 형님 손을 많이 잡아주세요."

이건 또 무슨 소린지. 영문 모를 말에 서영은 백한을 쳐다봤다. 백한은 점점 멀어지는 루이를 바라보며 음흉하게 웃었다.

"우리 귀여운 형님…… 후후후후."

'……의사 선생님, 많이 이상한 것 같아.'

피하는 게 좋을 것 같아 서영은 슬금슬금 뒷걸음질 치다가 도망치듯 별 장으로 달려갔다.

달 조각이 하늘 높이 걸린 깊은 밤, 모두가 잠자리에 들 시각이었지만 별 장의 불은 꺼지지 않았다. 루이는 어둠 속에서도 모든 걸 볼 수 있었지만, 인간인 서영을 배려해서 형광등을 환하게 켜놓고 있었다.

"……이렇게 됐습니다."

루이는 소파에 앉아 아칸이 가져온 자료를 보면서 그의 말을 듣고 있었 다. 자료를 모으면 모을수록 아쉘 일행의 벽이 두터워 어떻게 깨부숴야 할 지 막막했다.

아쉘이 발악하는 것도 성가셨지만 가장 큰 문제는 아쉘이 손잡은 하프들 의 협회에 대한 정보가 터무니없이 부족해서 대책을 세우기가 힘들다는 것 이었다.

'앞으로 어떻게 해야 하지.'

생각할수록 머리가 아파서 루이는 머리를 붙잡고 고개를 절레절레 저었 다. 그러다 제 뺨에 무언가 닿자 옆을 돌아봤다. 서영이 우유가 담긴 컵을 내밀고 있었다.

"우유라도 마실래?"

"서영 님, 뱀파이어는 인간의 음식을 먹지 않⋯⋯."

"됐다."

루이는 아칸을 제지한 뒤, 우유가 든 컵을 받았다. 루이가 인간의 음식을 먹다니. 그의 시종이 되고 처음 보는 일인지라 아칸은 약간 놀라며 루이를 쳐다봤다. 그런 아칸의 시선이 거슬린 루이가 손을 내저었다.

"오늘 보고는 여기까지 하지. 이만 물러가라."

아칸이 어둠 속으로 사라지고, 루이는 아칸이 준 서류들을 정독했다. 늦은 시간임에도 열심히 하는 루이를 보고 있으니 저 역시 열심히 해야 할 것 같아 서영도 서류를 정독했다. 하지만 아무리 읽어도 이해가 되지 않는 말 투성이였다. 특히 '그 일'이 뭔지 궁금했다.

'루이에게 물어볼까?'

서영은 곁눈질로 루이를 흘겨봤다. 물어보고 싶긴 한데, 루이가 너무 열심히 서류를 읽고 있어서 물어보기가 어려웠다. 그래서 계속 루이를 훔쳐보며 기회를 엿보고 있는데, 루이가 한숨을 내쉬며 서영을 쳐다봤다.

"하고 싶은 말이 있으면 해라."

"응? 아하하⋯⋯."

이런, 들키고 말았네. 서영은 어색하게 웃으며 그에게 물었다.

"루이, 여기 적혀 있는 '그 일'이 뭐야?"

서영의 질문에 루이는 잠시 멈칫하더니 보고 있던 서류를 탁자 위에 내려놓았다. 그의 얼굴이 심각했다. 물어선 안 되는 걸 물어본 걸까. 서영은 루이의 눈치를 살피며 조심스럽게 되물었다.

"내게 말할 수 없는 일이야?"

"⋯⋯그런 건 아니다."

그래, 그런 건 아니었다. 서영은 믿을 수 있는 사람이었으니까. 문득 든 생각에 루이는 헛웃음을 지으며 손으로 얼굴을 가렸다.

'내가 인간을 믿는다고?'

뱀파이어에게 있어 인간은 먹이와 아이를 낳아주는 도구 그 이상도, 그 이하도 아니었다. 그런데 서영을 믿는다니. 스스로가 생각해도 어처구니가 없었지만, 그렇다고 제 마음을 부정할 생각은 없었다. 이유는 알 수 없지만, 자신은 서영을 믿고 있는 게 확실했다.

말하자고 결심을 한 루이는 천천히 입을 열었다.

"15년 전, 뱀파이어 로드가 갑작스럽게 소멸하면서 그를 보좌하던 고위 뱀파이어들까지 같이 소멸했다. 때문에 뱀파이어 사회는 큰 혼란에 빠졌지."

고삐 풀린 망아지처럼 마구 날뛰는 뱀파이어들을 제어하기 위해 급히 소집된 것이 바로 의회였다. 새로운 로드를 뽑기 위해서이기도 했다. 로드가 되려면 무조건 뱀파이어 꽃이 있어야 했다.

로드가 소멸하기 전, 인간이 뱀파이어 꽃을 가져갔다고 말한 만큼 모든 뱀파이어들은 입을 모아 인간들과 전쟁을 하자고 말했다.

"하지만 의회의 수장을 맡고 있던 아쉘은 아직 때가 아니라며, 인간들과 괜한 불화를 일으켜봤자 좋을 것이 없다며 거절했다. 꽃은 그가 직접 찾아보겠다면서 말이지."

그렇게 아쉘은 그를 따르는 뱀파이어들에게 명령해서 이곳저곳을 들쑤시고 다녔다.

"그때까지만 해도 나는 로드의 자리에 관심이 없었다."

강한 힘도, 긴 수명도 그에겐 별 감흥을 주지 못했다. 남들에게 군림하고 싶은 생각도 없었기 때문에 루이는 저들이 뱀파이어 꽃을 찾든 말든 신경 쓰지 않고 조용히 지냈다.

입발림 소리를 하지 못하고, 자기중심적인 성격 때문에 루이는 친하게 지내는 뱀파이어가 거의 없었지만 소중하게 여기는 친구 한 명 있었다. 비록 하급 뱀파이어였지만, 서로 잘 맞았기 때문에 루이는 그 친구와 함께 이런 저런 일을 하며 돌아다녔다.

다른 이들이 보기엔 하찮은 일일지 몰라도 루이에겐 그 무엇보다 소중하고 행복한 일이었다. 하지만 루이의 행복은 그렇게 오래가지 못했다.

"……5년 전, 하급 뱀파이어들이 대량으로 학살당했다."

기록을 담당하는 뱀파이어가 이 사건을 뱀파이어 역사상 가장 끔찍한 사건이라고 기록했을 만큼 무차별한 학살이었다. 수많은 뱀파이어들이 희생당했고, 그중에 루이의 친구도 있었다.

"믿을 수 없었다. 아니, 믿고 싶지 않았다. 내가 소중하게 여기던 친구가 죽었다는 사실을…… 난 도저히 인정할 수 없었어."

하지만 전부 사실이었다. 이에 분노한 루이는 눈에 불을 켜고 뱀파이어들을 대량으로 학살한 자를 찾아다녔다.

루이가 가장 먼저 의심한 건 의회에 속한 뱀파이어들이었다. 하지만 아셀을 비롯한 의회 뱀파이어들은 사건이 일어났을 당시, 모두 한자리에 모여 회의 중이었다. 중간에 빠져나간 뱀파이어는 한 명도 없었다. 그렇다 보니 루이의 의심은 자연스럽게 아셀을 비롯한 의회 뱀파이어들로부터 멀어졌다.

'그들이 아니라면 도대체 누굴까.'

한참 고민하며 방황하던 루이에게 손을 내민 이가 바로 아셀이었다.

"아셀은 나한테 이렇게 말했다. 이 모든 건 인간들이 한 짓이라고, 그러니 그와 손을 잡고 인간들과 전쟁을 하자고 말이지. 당시 나는 아셀의 말을 믿고 그의 손을 잡았다."

하지만 시간이 지날수록 모순이 보였다. 하급 뱀파이어일지라도 인간 열댓 명은 상대할 수 있을 만큼 강한 힘을 가지고 있는데, 고작 인간 따위가 그렇게 많은 뱀파이어들을 학살하는 건 불가능했다.

그때부터 아쉘의 말과 행동이 이상하다는 걸 눈치챈 루이는 뱀파이어 꽃의 행방을 쫓다가 '그 일'을 저지른 자가 바로 아쉘이라는 사실을 알게 됐다. 뱀파이어 꽃을 온전하게 독차지하기 위해 뱀파이어 꽃에 대해 자세히 아는 뱀파이어들을 전부 죽인 것이다.

"친구에게 뱀파이어 꽃에 대해 자세히 이야기를 한 건 나다."

루이가 머리를 감싸 쥐며 고개를 숙였다. 그의 얼굴에 괴로움이 얼룩져 있었다. 웅크린 몸에서 분노와 슬픔, 후회 등 온갖 안 좋은 감정들이 끊임없이 흘러나왔다.

"내가, 내가 친구를 죽음으로 몰고 간 거야."

"네 잘못이 아니야, 루이……."

좀 더 제대로 그를 달래주고 싶었지만, 어떤 말을 어떻게 하면 좋을지 몰라 서영은 그저 루이가 진정될 때까지, 그의 등을 토닥여주었다.

밤하늘에 걸린 달 조각이 산봉우리 뒤로 넘어갈 만큼 밤이 깊었지만, 잠이 오지 않아 서영은 몸을 뒤척였다. 모두 루이에게 '그 일'에 대해서 들었기 때문이었다.

단순히 로드가 되고 싶어서 뱀파이어 꽃을 찾으려는 건 줄 알았는데, 그게 아니었다는 걸 알게 돼서, 그가 마음속 깊은 곳에 숨기고 있던 슬픔과 우울함을 직접 보게 돼서 가슴이 아프고 자꾸만 신경이 쓰였다.

심장이 욱신거리는 것도 그 때문일 터. 서영은 지끈거리는 심장을 붙잡고 나지막하게 그의 이름을 불렀다.

"루이……."

주인을 찾아가지 못한 이름이 어둠 속에서 공허하게 울려 퍼졌다.

루이의 신기한 능력이 부러워 뱀파이어가 되고 싶다는 생각을 종종 했었지만, '그 일'에 대해 알고 나선 그 생각이 싹 사라졌다.

뱀파이어의 사회는 자신이 알고 있던 것보다 훨씬 복잡하고 위험했다. 서영은 지금까지 그렇게 위험한 곳에서 살아온 루이가 너무 가여웠다.

서영은 어떻게든 자려고 노력했지만, 뜻대로 되지 않았다.

따뜻한 걸 마시면 좀 괜찮아지려나.

서영은 침대 밖으로 나와 부엌으로 향했다.

불이 꺼진 복도는 앞을 분간하기 힘들 정도로 어두웠다.

달빛을 이정표 삼아 부엌에 도착한 서영은 냉장고에서 우유를 꺼냈다. 전자레인지에 데워 마시려는데 언제 따라온 건지 켄이 꼬리를 흔들며 서영의 다리에 몸을 비볐다.

"너도 줄까?"

서영의 말을 알아들었는지 켄이 고개를 크게 끄덕였다. 서영은 그릇에 우유를 담아 켄의 앞에 내려놓았다. 켄은 계속 꼬리를 흔들며 그릇에 머리를 박고 우유를 먹었다.

"진짜 강아지 같아."

서영은 웃으며 켄의 머리를 쓰다듬었다. 한참 우유를 먹던 켄은 문득 귀를 쫑긋거리더니 갑자기 어딘가로 뛰어가기 시작했다.

"어디 가는 거지?"

뭔가 발견하기라도 한 걸까. 켄을 따라 부엌을 나온 서영은 마당에 누군가 있는 걸 발견하고 황급히 숨었다. 반면 켄은 작게 열린 발코니 문틈으로 나갔다.

하늘을 올려다보고 있던 인영이 켄을 발견하고 작게 웃었다.

"안 자고 있었던 거냐?"

'이 목소리는 루이? 설마, 그럴 리가.'

자신이 아는 루이는 저보다 작은 소년이었다. 저렇게 훤칠한 키를 가진 남자가 아니라.

달빛이 스포트라이트처럼 남자의 머리 위로 쏟아졌다. 살짝 벌어진 옷자락 사이로 잔 근육으로 단단하게 다져진 복부가 드러났다.

바람에 부드럽게 흔들리는 새카만 머리칼과 어둠 속에서도 선명하게 반짝이는 붉은 눈동자.

지금까지 본 적 없는 황홀한 외모였다.

그 외모에 매료된 서영은 멍하니 남자를 바라봤다.

"응석만 늘었군."

서영이 훔쳐보고 있다는 걸 모르는지, 남자는 켄과 손장난하며 놀았다. 그러다 남자의 등 뒤로 검은 날개가 펄럭거렸다. 그 위로 쏟아지는 달빛이 별처럼 반짝거렸다.

"응석만 늘었군."

아무리 들어도 저 목소리는 루이의 목소리가 아니었다.

단순히 루이와 똑같은 목소리를 가진 사람인가? 아니면, 진짜 루이?

혹시 자신이 꿈을 꾸는 건가 싶어 서영은 눈을 세차게 비볐다.

"어?"

그러자 황홀한 매력을 내뿜던 남자는 온데간데없이 사라지고, 자신이 알던 어린 소년, 루이가 켄을 품에 안고 있었다.

"진짜 꿈을 꾼 건가……."

혹시, 이것도 꿈 아니야?

서영은 꿈인지 확인하기 위해 볼을 세게 꼬집었다.

"아얏!"

"서영?"

서영의 신음을 들은 루이가 그녀 쪽을 돌아봤다. 서영은 황급히 벽 뒤로 몸을 숨겼지만 이미 루이에게 들킨 후였다.

"왜 아직 깨어 있는 거지? 인간은 잘 시간일 텐데."

더는 숨어봤자 소용이 없었다. 어색하게 웃으며 밖으로 나가려던 서영은 문득 루이의 모습 위로 아까 봤던 그 남자의 모습이 겹쳐 보이자 그대로 멈춰 섰다.

"서영?"

어린 루이가 아닌 어른의 향기를 물씬 풍기는 남자가 나지막한 목소리로 그녀를 불렀다.

"왜 그러지?"

심장이 쿵쿵 뛰었다. 너무 격렬하게 뛰어서 갈비뼈를 뚫고 튀어나올 것만 같았다.

"서영."

'도망쳐야 해!'

이유는 알 수 없었다. 그냥 루이와 마주하면 안 될 것 같아 서영은 뒤도 돌아보지 않고 2층 자신의 방으로 도망쳤다. 졸지에 닭 쫓던 개가 되어버린 루이는 황당하다는 듯 서영을 바라봤다.

방문이 쾅, 닫혔다. 그대로 바닥에 주저앉은 서영은 쿠션을 끌어안았다. 머릿속에 사막의 신기루처럼 한순간에 사라진 남자의 모습이 자꾸만 아른거렸다.

아까는 당황해서 제대로 비교하지 못했는데, 그 남자 루이와 많이 닮았다. 루이가 크면 딱 그렇게 될 것 같은 느낌이라고나 할까.

그렇다는 건 루이가 맞다는 거겠지? 세상에, 그렇게 매혹적인 모습을 숨기고 있을 줄이야.

뱀파이어는 인간을 유혹해서 잡아먹는 생물이라더니, 그 말이 딱 맞았다. 그런 남자가 자신의 피를 달라고 하면 피뿐만 아니라 영혼까지 전부 다 바칠 수 있을 것 같았다.

그리고 실제로 서영은 그에게 마음을 빼앗기고 말았다. 비단 상대가 잘생겼기 때문만은 아니었다.

루이였으니까. 그가 아닌 다른 사람이었다면 '잘생겼다'로 끝나겠지만 상대가 루이라서 마음을 홀라당 넘겨주고 말았다.

"미쳤어……."

어쩌자고 뱀파이어에게 마음을 빼앗기고 만 거야.

서영은 쿠션을 으스러뜨릴 정도로 꽉 움켜쥐며 절규했다.

똑똑—.

그때 노크 소리가 들렸다.

"서영?"

"……!"

루이의 목소리가 들리자 서영은 화들짝 놀라며 문에서 최대한 멀리 떨어졌다. 문을 바라보는 눈동자가 요란하게 흔들렸다. 그가 왔다는 사실이 당황스러우면서도 기뻐서 혼란스러웠다.

"들어가도 될까?"

"아, 아니!"

그래도 그의 얼굴을 보고 싶진 않았다. 정확히 말하자면, 보기 난감한 것이었다.

"드, 들어오면 안 돼!"

"어째서?"

"그건, 그건……!"

뭐라고 대답해야 하는 거지?

머리를 쥐어뜯으며 고민하던 서영은 엉겁결에 협탁에 있던 꽃병을 밀쳐냈다. 아래로 떨어진 꽃병은 요란한 소리를 내며 산산조각이 났다.

"방금 그건 무슨 소리지?"

꽃병이 깨지는 소리를 들은 루이가 짐짓 심각한 어조로 물었다. 문을 열고 들어오려는 건지 문고리가 거칠게 돌았다.

"괘, 괜찮아!"

서영은 다급하게 문손잡이를 잡으며 소리쳤다.

"아무것도 아니야! 그냥 내가 실수한 것뿐이야!"

"그런 것치고 목소리가 다급해 보이는데."

"아니야! 정말 괜찮으니까, 들어오지 마!"

"……알았다."

깊은 한숨과 함께 그가 멀어지는 소리가 들렸다. 그제야 서영은 꼭 붙잡고 있던 문손잡이를 놓고 바닥에 주저앉았다. 잠깐 루이와 대화했을 뿐인데 심장이 아까보다 더 빨리 뛰며 제 존재를 역력히 알렸다.

"진짜 미치겠네……."

인간과 뱀파이어가 이어진다는 이야기는 소설이나 영화 속에 등장하는 환상일 뿐이었다. 실제로 그런 일이 일어날 리가 없었다.

"그러니까 지우자."

아직은 풋사랑이었다. 그러니 지금이라면 이 마음을 지울 수 있을 것 같아 무릎에 얼굴을 묻고 자기 자신에게 최면을 걸었다.

낑— 낑—.

갑자기 켄이 애달프게 우는 소리와 함께 발톱으로 문을 긁는 소리가 들렸다.

'왜 저러는 거지?'

걱정된 서영은 켄이 들어올 수 있게 문을 열었다.

탁—.

작게 열린 문틈 사이로 창백한 손이 들어왔다.

루이였다.

서영은 놀라며 문을 닫으려고 했지만, 그보다 루이가 문을 여는 게 더 빨랐다.

루이는 문을 열고 성큼 방 안으로 들어왔다. 그의 얼굴에는 불만이 덕지덕지 묻어 있었다.

"내가 들어오는 게 싫은 건가?"

"아니, 그런 건 아니고……."

"그런데 왜 날 피하지?"

그야 내가 널 좋아하게 됐으니까. 차마 그 사실을 말하지 못하고 서영은 고개를 푹 숙였다. 그런 서영의 행동이 답답하고 마음에 들지 않아 루이는 그녀의 마음을 읽을까, 고민하다가 그러지 않기로 했다. 굳이 그러지 않아도 요란하게 뛰는 그녀의 심장 소리가 적나라하게 들렸기 때문이다.

"혹시 여기서 지내는 게 답답해? 다시 원래의 생활로 돌아가고 싶은 거야?"

"아니야!"

"그럼 왜 그러는 거지? 날 보면서 왜 그렇게 심장이 빨리 뛰는 건데."

'내 심장 소리가 들린단 말이야?'

서영은 당황하며 루이를 바라봤다. 루이가 한숨을 푹 내쉬며 말을 이었다.

"보통 인간들은 공포심을 느낄 때 심장이 빨리 뛰지. 내가 무서운 거라면 말해라. 피해줄 테니까."

'무서운 게 아니라 좋아해서 심장이 뛰는 건데…….'

황당했다. 자신은 이렇게 고민하고 있는데 아무것도 모른다는 얼굴을 하고 있는 루이가 원망스러우면서도 억울한 기분이 들었다.

그도 그럴 것이, 첫사랑이었다. 생애 처음 느끼는 사랑의 감정을 제대로 피워보지도 못하고 이대로 접는다는 게 아쉽고, 몹시 억울했다.

루이에게 제 마음을 알리고 싶은 마음이 마구 샘솟았다.

"있지, 루이. 인간은 공포심을 느낄 때만 심장이 빨리 뛰는 게 아니야."

바보 같은 행동이라는 건 알고 있었다. 이러는 것보다 그냥 마음을 접는 게 깔끔하다는 건 잘 알고 있었지만 그래도 그가 제 마음을 알아줬으면 했다.

"인간의 심장이 빨리 뛰는 이유는 여러 가지인데……."

순간의 치기로 그의 앞에 섰지만, 막상 이야기하려니 쑥스러웠다. 그가 저처럼 고민하는 모습이 보고 싶기도 했고. 마음이 심술궂은 방향으로 돌아서면서, 서영의 입가에 장난스러운 미소가 번졌다. 서영은 루이의 어깨를 잡고 짓궂은 어조로 말했다.

"루이, 넌 똑똑하니까. 내가 왜 이러는 건지 맞춰봐."

━━━━━◆◇◆━━━━━

백한이 자신의 맨션에 온 루이를 발견한 건 업무에 찌든 몸을 이끌고 집에 돌아왔을 때였다. 푹 쉬고 싶은데 루이가 찾아온 게 다소 황당하고 못마땅했지만 그는 루이를 쫓아낼 수 없는 위치였기에 억지웃음을 지으며 루이를 맞이했다.

"백한, 인간의 심장이 빨리 뛰는 이유가 뭐지?"

"……네?"

연락도 없이 갑자기 찾아와서 한다는 소리가 참으로 뜬금없었다. 백한은 어리둥절하며 루이에게 되물었다.

"누가 그런 걸 물어봤는데요?"

"······서영."

더 듣지 않아도 백한은 서영과 루이 사이에 무슨 일이 있었는지 대충 짐작할 수 있었다. 우리 작은 숙녀님께서 루이에게 고백한 게 분명했다.

'그것도 비유적으로 고백한 모양이네.'

대놓고 고백했다면 루이가 이 밤중에 자신을 찾아왔을 리가 없으니까.

보아하니 '널 보면 심장이 빨리 뛰어.'라는 아주 기본적인 고백을 한 것 같은데 그 의미를 바로 눈치채지 못하고 저렇게 고민하고 있다니. 황당하면서도 루이답다는 생각이 들었다. 이런 루이를 좋아하게 된 서영이 가엽기도 했고.

그건 루이가 답답하게 굴어서가 아니었다. 두 사람의 종족이 너무 달랐기 때문이다.

뱀파이어와 인간. 절대 이뤄질 수 없는 관계였다. 이뤄져서도 안 되고.

"언제 물어보던가요?"

"이틀 전에. 그 뒤로 계속 날 피한다. 왜 그러는 거지?"

"사춘기인가 보죠. 보통 그 나이 때 인간들은 다 그래요."

단순한 사춘기가 아니었다. 백한은 정확한 이유를 알고 있지만 말하지 않았다. 루이가 그 사실을 알아서 좋을 게 없었기 때문이다. 그래서 대충 둘러댔는데 안타깝게도 루이에겐 통하지 않았다.

"사춘기가 뭐지?"

"질풍노도의 시기라는 거예요. 음, 좀 더 쉽게 풀어 설명하자면 형님께서 신경 쓸 필요는 없다는 거죠."

이 정도 말했으면 알아들었겠지. 백한은 하품을 하며 돌아섰다. 오늘 하루 종일 환자들에게 시달리느라 몹시 피곤했다. 빨리 들어가서 자고 싶은 마음이 굴뚝같았다.

그러나 루이가 떠나기 전에는 잘 수가 없었다. 언제 가시려나? 궁금증이 해결됐으니 슬슬 가지 않을까? 백한은 기대하며 루이를 흘겨봤다. 눈이 마주친 루이가 손을 크게 휘둘렀다.

빡—.

"악!"

이마에서 화끈한 통증이 느껴지더니 뜨끈한 것이 흘러내렸다.

피였다.

백한은 비명을 지르며 깨진 이마를 막았다. 그야말로 마른하늘에 날벼락이었다.

"도, 도대체 왜……!"

"하프면서 고작 이 정도로 엄살 피우지 마라."

루이가 퉁명스럽게 대꾸했다. 사람 이마를 깨놓고 한다는 말이 저런 거라니. 황당하고 어처구니가 없어 백한은 벙찐 얼굴로 루이를 쳐다봤다.

뱀파이어만큼은 아니지만, 하프 역시 자기 재생 치유력이 뛰어났다. 어느덧 피가 멎고 딱지가 앉았다. 이틀 뒤면 흉터도 없이 완벽하게 나을 것이다.

"도대체 왜 제게 컵을 던진 겁니까?"

그 이유를 알고 싶어 물어봤지만, 돌아오는 대답은 없었다. 아니, 아칸이 갑자기 등장하는 바람에 대답할 수 없었다는 게 더 정확한 표현이었다.

루이의 그림자에서 불쑥 튀어나온 아칸은 루이의 귀에 대고 작게 속삭였다. 모든 이야기를 들은 루이의 얼굴이 볼썽사납게 구겨졌다. 루이는 자리에서 벌떡 일어섰다.

"잭 경을 보러 가야겠다."

잭이라면 백한도 들어본 적이 있는 뱀파이어였다. 뱀파이어 중 가장 해박한 지식을 가진 자로, 강한 힘을 갖지는 못했지만 전대 로드가 그를 존중해줄 만큼 그 지략이 뛰어나다고 했다. 그런데 갑자기 그는 왜 보러 간다는 거지? 아칸이 전해준 소식 때문인가?

백한은 흘끗 아칸을 쳐다봤다.

"백한, 넌 아칸과 함께 서영을 지켜라."

루이는 그 말을 마지막으로 어둠 속으로 모습을 감췄다.

서영이 있는 곳은 부산이었고, 백한의 직장은 서울이었다. 그런데 서영을 지키라는 건…….

"또 휴가를 내야 한다는 거네."

이러다 잘리는 건 아닐까.

백한은 심각하게 고민하면서 머리를 긁적였다.

드러나는 꽃의 정체

쾅─.

문이 요란하게 열렸다. 그 소리에 놀란 잭은 들고 있던 책을 바닥에 떨어뜨렸다. 잭은 책장 사이로 고개만 빼꼼 내밀고, 예의범절이라고는 조금도 찾아볼 수 없을 만큼 험악하게 문을 연 자가 누구인지 확인했다.

"네놈은 노크라는 것도 모르는 것이냐? 누가 그렇게 버르장머리 없이 가르쳤어!"

잭의 신경질에도 아랑곳하지 않고 루이는 방 한구석에 있는 소파에 앉았다. 잭은 그런 루이의 행동이 무척 마음에 들지 않았지만, 지적한다고 들을 놈이 아니었기에 일찌감치 포기했다.

"오늘은 무슨 일인가? 표정이 안 좋군."

"알고 계셨습니까?"

주어도 목적어도 없는 의미 불분명한 말이었지만, 책을 정리하던 잭의 손이 그대로 멈췄다.

때마침 시종이 차를 가지고 오자 잭은 루이가 앉아 있는 소파의 맞은편에 앉았다.

잭은 차와 쿠키를 먹으며 여유롭게 이야기를 하려고 했지만, 루이가 너무 살벌하게 노려보고 있어 그러지 못하고 이야기부터 꺼냈다.

"뭘 알고 있다는 거지?"

"꽃이 죽었다는 사실을요."

아칸의 보고에 따르면 15년 전, 로드의 손을 떠난 뱀파이어 꽃은 더 이상 이 세상에 존재하지 않는다고 했다. 그 말을 도저히 믿을 수가 없는 루이는 진실을 확인하기 위해 잭을 찾아온 것이었다.

잭은 바로 대답하는 대신 차를 마셨다. 마음이 급한 루이의 재촉에도 묵묵히 차를 마시던 잭이 긴 침묵 끝에 말을 툭, 뱉었다.

"아쉘이 알려줬나?"

그 말에 루이의 얼굴이 흉하게 일그러졌다.

"당신, 아쉘 편이었습니까?"

"알고 있었지만, 나는 아쉘 편이 아니다."

쾅—!

"그럼 어째서 그 사실을 알고 있으면서, 아쉘도 알고 있는 그 사실을 나한 테 이야기해주지 않은 거지?"

루이의 힘을 이기지 못한 탁자가 두 동강이 나면서 떨어진 찻잔의 다즐링이 흘러나와 잭의 옷을 더럽혔다. 시종이 황급히 물수건을 가져왔지만, 잭은 손을 들어 시종에게 오지 말라는 신호를 보내고 루이를 무심하게 쳐다봤다.

"내가 네 편이더냐?"

"뭐?"

"내가 네 편이냐고 물었다. 네가 묻지 않은 사실을 내가 너에게 알려줘야 하는 의무가 있던가?"

잭의 차가운 말투에 잠시 집 나갔던 루이의 이성이 돌아왔다. 그의 말대로였다.

그가 루이를 많이 도와주긴 했지만, 그렇다고 자신의 편은 아니었다. 문지도 않은 사실을 알려줄 이유는 더더욱 없었다.

"하."

허탈한 기분이 들어 루이는 머리를 부여잡으며 고개를 숙였다.

어디서부터 꼬인 건지 감이 잡히지 않았다. 꽃이 죽었다는 소식에 머리가 하얗게 비어버린 것 같았다.

아셀의 범죄를 증명하고 죽은 친구의 복수를 위해서 지금껏 뱀파이어 꽃을 찾아다녔는데, 꽃이 더 이상 존재하지 않는다면 모든 것이 물거품이 되는 것이었다.

뱀파이어 꽃을 찾아 로드가 된 뒤, 아셀을 잔인하게 밟아줄 생각이었는데…….

"좌절할 필요 없다."

불쑥 나온 말에 루이는 고개를 들어 그를 쳐다봤다. 두 쌍의 붉은 눈이 허공에서 부딪쳤다.

"루이, 내가 전에 네게 해줬던 말을 기억하는 건가?"

무슨 말을 말하는 거지? 잭은 어릴 때부터 루이에게 이것저것 가르쳐준 스승과 같은 존재였다. 그가 자신에게 해준 말을 글로 적자면 책 한 권을 내고도 남을 정도로 많아서 그중 어떤 말을 말하는 건지 루이는 갈피를 잡지 못했다.

"머리가 좋은 줄 알았더니 그건 아니었구나."

저를 놀리는 듯한 말투에 울컥한 루이가 눈살을 찌푸렸지만 잭은 개의치 않고 계속 그를 놀렸다.

"나이는 500살이 넘었지만, 하는 행동은 외모처럼 어린애군."

"잭 경!"

잭은 좀 더 루이를 놀리고 싶었지만, 더 놀리면 루이가 폭발할 것 같아 그만두고 본론을 말했다.

"예전에 꽃은 씨앗을 품는다고 말했었지."

잭의 말에 루이는 기억을 되짚었다. 분명 저 말을 들은 기억이 있었다.

아주 어릴 적, 흘리듯이 해줬던 이야기였다.

'꽃은 씨앗을 품는다.'

잭이 아무 의미 없이 저런 말을 할 리가 없었다. 뭔가 의미가 있는 게 분명했다. 루이는 잭의 말을 곱씹으며 생각했다. 그러다 무언가를 떠올리고, 놀라며 잭을 다시 쳐다봤다.

"……사실이야?"

잭이 껄껄 웃으며 대답했다.

"내가 너에게 거짓말을 할 이유가 있나?"

사실이라는 의미였다. 설마 그런 의미일 줄이야. 루이는 허탈하게 웃으며 두 손을 꼭 마주 잡았다. 처음부터 알았더라면 이런 헛고생은 하지 않았을 텐데.

"볼일이 끝났으면 이만 가보거라."

"가기 전에 한 가지만 더 묻겠습니다."

반말을 했다가 존댓말을 했다가 아주 제멋대로구먼. 누가 그 아비의 자식 아니랄까 봐, 하는 짓이 아주 똑같았다.

"꽃은, 정말 꽃입니까?"

날카로운 지적에 잭은 손깍지를 끼고 소파 깊숙이 몸을 묻으며 천천히 입을 열었다.

"꽃은 보통 두 가지 의미로 해석되지. 한 가지는 네가 알고 있는 식물이 피우는 것이거나……."

잭의 이어진 말을 들은 루이는 더 이상 시간을 지체할 수 없다는 듯 자리에서 벌떡 일어나 그대로 방을 나갔다.

"아름다운 대상에게 붙여지는 수식어이거나."

루이가 나간 후 잭은 부서진 탁자와 더럽혀진 옷을 보며 낮게 한숨을 쉬었다. 루이가 올 때마다 방은 태풍이 몰아친 것처럼 어지러워졌다.

또 이러면 그땐 출입을 금지시켜야지.

그리 생각하며 정리하고 있는데 뒤에서 인기척이 느껴졌다. 잭은 고개를 돌렸다.

"이런, 잭 경. 루이에게만 정보를 알려주시고 너무하십니다?"

그곳엔 붉은 머리를 가진 미청년이 있었다. 잭은 그가 올 줄 알았다는 듯 옅게 웃으며 맞이했다.

"레카구나. 어쩐 일이냐? 지금은 탁자가 부서져서 차를 대접할 수가 없는데."

"괜찮습니다. 차를 마시러 온 게 아니니까요."

레카는 벽에 삐딱하게 기대서서 잭에게 물었다.

"지금까지 줄곧 중립을 유지하며 그 누구에게도, 심지어 전대 로드에게도 머리를 잘 빌려주지 않던 당신이었는데, 왜 루이에게는 그렇게 머리를 빌려주는 겁니까?"

꽃이 사라지면서 많은 뱀파이어들이 그에게 꽃을 찾는 방법을 물으러 왔었다. 그중 레카도 포함되어 있었다. 하지만 그들이 받은 것은 잭의 냉대뿐이었다. 네놈들에게 알려줄 것은 없다는 식으로 그들은 모두 방에서 쫓겨났다.

하급 뱀파이어인 잭이 이렇게 오만방자하게 굴 수 있는 건, 전대 로드의 보호막 때문이었다. 전대 로드는 잭을 몹시 아꼈고, 그에게 로드의 권위를 부여하면서 그 누구도 잭을 건드리지 못하도록 보호를 걸었다. 그 보호막은 로드가 죽은 지금에도 계속 이어지고 있었기 때문에 그 누구도 잭을 공격할 수가 없었다.

잭이 코웃음을 치며 바닥에 떨어진 책을 주웠다.

"내가 그 이유를 너에게 말해줄 이유는 없는 것 같은데."

"혹시 루이의 아버지 때문입니까?"

그대로 책꽂이 쪽으로 향하던 잭이 멈칫했다. 정곡을 찔린 것이다. 역시 루이의 아버지 때문이었군. 레카는 비릿하게 웃으며 잭에게 다가갔다.

"제가 알고 싶은 걸 알려줬으니, 저도 잭 경에게 정보를 하나 드리죠."

레카는 잭의 귀에 대고 속삭였다. 그의 이야기를 들은 잭의 눈이 한순간 확장되더니 들고 있던 책이 툭, 떨어졌다. 그만큼 충격을 받았다는 의미였다.

"이 사실을 루이에게 말하든 말든 잭 경의 몫입니다. 하긴, 당신이 말하지 않아도 언젠가 그도 알게 될 사실이지만요."

"……이걸 나에게 알려주는 이유가 뭐지?"

잭이 레카를 날카롭게 쏘아보며 물었다.

"넌 루이의 적이 아니었던가?"

"그럴 리가요."

레카는 잭이 떨어뜨린 책을 주워 그에게 내밀며 웃었다.

"저는 그렇게 어리석지 않습니다. 앞으로 어떻게 될지는 지켜보세요."

그 말을 마지막으로 레카는 붉은 불꽃이 되어 허공으로 사라졌다.

달칵—.

후다다다닥, 문을 열고 별장에 들어서자마자 누군가 도망가는 소리가 들렸다. 그 소리를 듣자마자 백한은 루이가 말한 게 어떤 상황인지 단번에 이해가 되었다. 서영이 이런 식으로 매일 도망을 다녔다면 세상에 무심한 루이라도 신경에 거슬릴 만했다.

"서영 씨."

"의사 선생님?"

서영이 2층으로 올라가는 계단의 난간 사이로 얼굴만 빼꼼 내밀었다. 그러면서도 루이가 있는지 없는지 고개를 두리번거리며 확인했다. 그런 그녀의 행동이 너무 귀여워 장난기가 발동한 백한은 현관을 향해 말했다.

"형님, 들어오세요."

다다다다다다다, 백한의 말이 채 끝나기도 전에 서영은 도망가버렸다. 서영의 행동은 흡사 여고생이 좋아하는 상대에게 고백하고 부끄러워 도망을 다니는 것 같아 백한은 웃음을 터뜨리며 큰 소리로 서영을 불렀다.

"서영 씨! 형님 없어요!"

백한의 말이 진실인지 아닌지 생각을 하는 모양인지 한참의 시간이 흐른 후에야 그녀가 살금살금 2층에서 내려왔다. 다시 한 번 거실과 마당, 그리고 현관까지 살펴본 후 루이가 없음을 확인하고는 안도의 한숨을 내쉬는 그녀였지만, 얼굴에는 진한 아쉬움이 서려 있었다.

"형님이 보고 싶어요?"

"무, 무, 무슨……. 아, 아니에요!"

서영이 손과 발을 모두 휘저으며 강하게 부정을 했다. 옛말에 강한 부정은 강한 긍정이라는 말도 있듯이 서영의 행동은 다른 이가 보기엔 너무나 의심스러웠다. 자신의 감정을 제대로 숨기지 못하는 서영이 귀여워 백한은 빙그레 미소 지었다.

"일단 진정하고, 이거 드세요."

백한은 별장으로 오는 길에 산 케이크를 그녀의 품에 안겨주었다. 케이크를 좋아하는 편인지 서영이 얼굴을 발그레 붉히며 고맙다는 인사를 하고는 부엌으로 사라졌다.

부엌에서 한참이나 달그락거리는 소리가 나더니 서영은 케이크를 먹기 좋게 잘라 백한의 것과 자기 것, 그리고 주스를 쟁반에 담아왔다.

"저는 괜찮아요."

잠 한숨 제대로 자지 못하고 바로 부산으로 온 것이었기 때문에 케이크를 먹을 기력조차 없을 정도로 몹시 피곤했던 백한은 거절했다. 그러자 서영이 난감하다는 듯 케이크 그릇을 쳐다봤다.

"그럼 이 케이크들은 어떡하죠? 이미 잘라서 냉장고에 다시 넣기엔 애매한데."

"다른 사람을 부르면 되죠."

"다른 사람이요?"

백한이 싱긋 웃으며 허공에 대고 아칸, 이라고 소리쳤다. 그러자 백한의 그림자가 불쑥 치솟더니, 아칸으로 변했다.

"우와."

그림자 속에서 사람이 나왔어. 마술 같은 신기한 현상에 서영은 감탄하며 아칸을 쳐다봤다. 그런 서영의 시선이 부담스러운지 아칸이 고개를 슬쩍 돌렸다.

"자."

백한은 서영이 가져온 케이크 그릇을 아칸에게 넘겨주었다. 얼떨결에 그릇을 받아든 아칸은 이걸 왜 자신한테 주는 건가 싶어 인상을 찌푸리며 백한을 노려보았다.

백한이 싱긋 웃으며 말했다.

"처먹어."

아칸은 '이 접시를 저놈 면상에 던지면 어떨까?' 하는 생각을 하며 접시를 잡은 손에 힘을 주었다. 빠득, 아칸의 힘을 이기지 못한 접시가 살짝 부서졌다.

"아칸, 접시!"

서영이 깜짝 놀라며 부르자 그제야 자신이 한 짓을 깨달은 아칸이 황급히 그릇을 탁자 위에 내려놓았다.

"죄송합니다, 서영 님."

"괜찮아요. 그리고 먹기 싫으면 안 먹어도 돼요."

"아아, 이제 아칸의 머리도 컸네? 주인이 주는 걸 거부하고."

빠직—.

백한이 비꼬듯이 말하자 아칸의 이마에 '참을 인'이 새겨졌다. 아칸이 살벌하게 노려봤지만 백한은 전혀 무서워하지 않고 여유롭게 아칸의 시선을 받아쳤다.

"서영 씨가 애써서 잘라온 케이크를 아무 소용없게 만들 건가 봐?"

백한이 얄밉게 웃으며 말했다.

"후후, 요즘 시종은 주인의 노고를 헛수고로 만드는가 보네? 그렇지?"

그 말에 아칸이 서영을 돌아봤다. 눈이 마주친 서영이 어색하게 웃었다.

"……먹겠다."

서영을 주인으로 모시겠다고 했는데, 그녀의 노고를 헛수고로 만들 수는 없었다. 아칸은 한숨을 푹 내쉬며 얼굴을 가리고 있던 복면을 벗었다. 복면이 벗겨지면서 검은 머리칼이 하늘하늘 허공에 흩날렸다. 약간 차가운 듯하면서도 이지적인 외모는 한눈에 봐도 매력적이었지만, 서영은 아칸의 얼굴을 보자마자 다른 의미로 놀랐다.

'그때 그 남자!'

눈동자가 붉은색이 아닌 검은색이라는 것만 빼면 그때, 달빛 아래에서 봤던 남자랑 너무 똑같았기 때문에 서영은 아칸의 얼굴에서 시선을 떼지 못했다.

"잘생겼죠?"

"네, 네…… 네?"

서영은 대답과 놀라는 걸 동시에 하며 백한을 돌아봤다. 백한이 이해한다는 듯 웃으며 말을 이었다.

"저게 형님의 성년식 모습일 거예요. 그림자 일족은 본모습이 없기 때문에 주인의 모습을 따라해요."

"성년식이요?"

"뱀파이어는 때가 되면 성년식을 치르거든요. 그때가 되면 어린 모습을 탈피하고 어른의 모습을 가지게 되죠."

그렇구나. 역시 이 모습은 루이의 어른 모습이었어. 예상했던 결과지만 직접 확인하니 마음이 편안해졌다.

"근데 형님은 저 모습이 싫은가 봐요."

"왜요?"

"그거야 저도 모르죠. 뭔가 사정이 있는 것 같은데, 말씀을 안 해주세요."

혹시 '그 일' 때문인 걸까. 만약 그렇다면 무슨 일이냐고 묻지 않는 게 좋겠지.

"어라, 지금 생각해보니까 너 왜 어른 모습이야? 형님은 아직 어린아이 모습인데?"

백한의 말에 아칸은 잠시 주춤하더니 퉁명스럽게 대답했다.

"주인님의 힘이 이미 성년식 뱀파이어만큼 강해져서 그 영향으로 어른 모습으로 변한 거다."

"아, 그래?"

뭔가 석연치 않은 부분이 있긴 했지만, 하프라도 요괴의 일은 잘 모르기 때문에 백한은 그러려니 하고 넘어갔다.

"자, 케이크 먹어라."

백한이 다시 케이크를 권하자 아칸은 살벌하게 그를 노려봤다. 백한이 씩 웃으며 말을 덧붙였다.

"형님의 힘이 뭐? 그 힘의 영향을 받아?"

"하……."

"먹을 거지?"

케이크를 먹지 않으면 계속 캐묻겠다는 시선을 보내니 아칸은 어쩔 수 없이 케이크를 입 안에 욱여넣었다.

"욱!"

"괘, 괜찮아요?"

아칸이 토할 것처럼 굴자 서영은 다급하게 그의 등을 토닥여주었다.

"먹기 싫으면 안 먹어도 돼요."

"먹을…… 겁니다."

서영이 접시를 뺏으려고 하자, 아칸이 고개를 저으면서 남은 케이크를 모두 입 안에 집어넣었다. 케이크를 씹는 내내 그의 인상은 잔뜩 구겨져 있었다.

"근데 루이는 안 온 건가요?"

"아, 형님은 볼일이 있어서 잠시 자리를 비우셨어요."

그 말에 얼마 전 루이가 크게 다치고 돌아온 일이 떠올라 서영은 불안한 눈으로 백한을 쳐다봤다. 백한은 그런 서영의 어깨를 토닥이며 말을 이었다.

"싸우러 가신 게 아니니 걱정할 필요 없어요."

그 말에 조금이나마 위안이 된 서영이 고개를 끄덕였다.

"그럼 전 이만 자러 가볼게요."

"아, 저, 선생님……."

서영이 다급하게 백한의 팔을 잡자 백한이 씩 웃으며 말했다.

"그냥 편하게 백한 오빠라고 불러요."

서영이 눈을 껌뻑였다. 음, 나이 차이가 20살이나 나는데 오빠는 너무했나? 그렇다고 삼촌이라고 불리고 싶진 않았다.

"백한 씨라고 해도 돼요."

"그냥 백한 오빠라고 부를게요."

막상 오빠라고 불리니 양심이 약간 찔렸지만 백한은 애써 외면했다.

"그래서 무슨 일인가요?"

"아, 마트에 좀 가고 싶어서요."

냉장고를 채운 지 얼마 안 됐는데 식재료가 벌써 다 떨어진 건가 싶어 백한이 되물었다. 그건 아닌지 서영이 고개를 절레절레 흔들며 손을 꼼지락거렸다. 이 상황이 몹시 민망하다는 듯 얼굴이 약간 붉었다.

어디 아픈 건 아닌 것 같고. 흠…… 뭘까? 곰곰이 생각하던 백한의 머리에 스쳐 지나간 생각은…….

"설마…… 마법?"

정곡을 찔렀는지 서영이 얼굴을 더욱 붉히며 고개를 끄덕였다. 그제야 서영의 행동이 이해가 된 백한이 옅게 웃었다.

"마트 가야겠네요."

미처 그것까진 사두지 않았으니까. 세심하게 배려하지 못한 자신의 잘못이었다.

하지만 백한은 지금 운전을 할 수 있는 상태가 아니었다. 지금 이 상태로 운전을 했다간 졸음운전으로 비명횡사를 할 것 같아 어떻게 하면 좋을까 싶어 고민하다가 자신의 뒤에 있는 아칸을 쳐다봤다.

눈이 마주친 아칸이 한숨을 내쉬며 복면을 다시 썼다.

"……너 때문에 가는 거 아니다."

"누가 뭐래?"

백한이 웃으며 어깨를 으쓱였다. 그런 그를 못마땅하게 쳐다보던 아칸이 복면을 벗었다. 그러자 아칸의 얼굴이 백한으로 바뀌어 있었다. 그림자 일족이라고 하더니, 얼굴을 똑같이 복사할 수 있는 능력이 있는 모양이다.

"아칸이 같이 가줄 거예요."

"아, 번거롭게 해드려서 죄송해요."

"뭘요. 당연한 부탁을 한 것뿐인데."

백한이 웃으며 서영에게 지갑을 주었다.

"이왕 가는 거, 원하는 거 다 사 오세요. 옷도 사 오셔도 돼요."

"아니에요. 필요한 것만 사 올게요."

"괜찮아요. 그거 어차피 형님 돈이거든요. 후후……."

그렇게 말하며 웃는 백한의 얼굴은 악마처럼 사악했다.

❖❖❖

마트는 별장에서 차로 30분 거리였다. 서영은 아칸이 운전을 잘 할 수 있을지 걱정됐지만, 괜한 걱정이었다. 아칸은 주차까지 완벽하게 해냈다.

"대단해요, 아칸."

서영이 감탄하자 아칸은 약간 쑥스러운 듯 헛기침을 하고는 먼저 성큼성큼 마트 안으로 들어갔다.

서영은 우선 카트에 생리대를 한가득 담았다. 또 필요한 게 뭐가 있지.

"아, 우유 사야지."

루이도 우유를 잘 먹으니까. 우유 코너로 가고 있는데, 뒤따라오던 아칸이 문득 멈춰섰다.

"저것은 뭡니까?"

아칸이 가리킨 것은 시식하는 곳이었다. 인심 좋게 생긴 아주머니가 프라

이팬에 만두를 잔뜩 굽고 있었다.

"시식대예요. 처음 보나요?"

"네."

"그럼 한번 먹어봐요."

서영은 아칸을 데리고 시식대 앞에 섰다. 그러자 아주머니가 이쑤시개로 만두를 찍어 아칸에게 건네주었다.

"오늘 특별 행사해서 싸게 주는 거여. 많이 담아가."

아칸은 우물쭈물하다가 아줌마가 건네준 만두를 기계적으로 입 안에 집어넣었다. 곧 아칸의 눈이 크게 뜨였다.

"이게 무슨 음식이죠?"

"만두라는 거예요. 맛있나요?"

아칸이 고개를 끄덕였다. 그는 무려 시식 만두를 세 개나 먹었다. 케이크를 먹을 땐 오만상을 쓰더니 만두는 입에 맞는 모양이었다.

'그럼 사야지.'

서영은 만두 봉지를 카트에 담았다.

단 음식만 못 먹는 건지, 아니면 의외로 인간들의 음식이 입맛에 맞는 건지 아칸은 시식 음식들을 곧잘 받아먹었다. 아칸이 맛있어 하는 것들과 자신이 좋아하는 것, 그리고 백한과 루이를 생각해서 이것저것 담다 보니 어느새 카트가 가득 차버렸다.

'슬슬 계산해야지.'

카트를 끌고 계산대로 가고 있는데 긴급 신호가 찾아왔다. 화장실 신호였다. 얼른 계산하고 화장실에 가려고 했는데, 하필 계산대 줄이 길었다. 이렇게 오래 기다릴 수는 없었다.

"음…… 아칸, 계산할 줄 알아요?"

"네."

"다행이네요. 그럼 전 화장실에 다녀올 테니 계산 좀 부탁할게요."

서영은 아칸에게 지갑과 카트를 맡기고 화장실로 향했다. 아칸이 할 줄 안다고 했지만, 그 역시 요괴였기 때문에 약간은 불안했다.

'빨리 돌아가야지.'

서영은 서둘러 볼일을 보고 화장실을 나왔다.

그때, 누군가 서영을 치고 가며 작게 속삭였다. 남자인지 여자인지도 분간할 수 없을 정도로 괴상한 목소리였다.

"강동혁이 옥상에서 너를 기다린다. 혼자 와라."

강동혁. 그건 삼촌의 이름이었다. 서영은 화들짝 놀라며 고개를 돌렸지만 제게 말을 한 사람이 누구인지 찾을 수가 없었다.

삼촌이 보낸 사람인가?

만약 그렇다면 삼촌은 어떻게 내가 이곳에 있는 걸 알고 사람을 보낸 거지?

그리고 왜 직접 모습을 보이지 않고, 옥상으로 오라고 한 걸까.

의문이 꼬리에 꼬리를 물고 늘어졌다.

확인해보려면 옥상에 가는 게 좋겠지만, 함정일 가능성도 있어 서영은 머뭇거렸다.

'만약 진짜면 어떡하지? 진짜 삼촌이 온 거라면……'

"서영 님."

아칸은 서영이 하도 돌아오지 않자 직접 찾으러 왔다. 서영은 아칸의 얼굴을 빤히 보다가 돌아섰다.

"저 잠시 어디 좀 다녀올게요!"

아칸이 말릴 틈도 없이 서영은 사람들 사이로 빠르게 사라졌다. 당황한 아칸은 서둘러 그녀를 쫓아갔지만, 이상한 사람들이 자꾸 그의 앞을 막아섰기 때문에 좀처럼 전진할 수가 없었다. 때문에 끝내 서영을 놓친 아칸은 작게 욕설을 내뱉으며 그녀의 행적을 쫓았다.

❖

끼익, 녹슨 철문이 육중한 소리를 내며 열렸다. '관계자 외 출입 금지 구역'이라는 팻말이 눈에 박혔지만 무시하고 안으로 들어갔다.

"오랜만이다."

그러자 난간에 기대서서 담배를 피우고 있는 삼촌이 보였다. 오랜만에 그를 만난 건 참 반가웠지만, 그보다 의심이 먼저 들었다.

"어떻게 제가 여기 있는 걸 아신 거예요?"

서영은 삼촌에게 자신의 위치를 말해준 적이 없었다. 그와의 유일한 연락 수단인 핸드폰은 집에 두고 왔고, 서울 집에 가지 않은 지도 꽤 오래됐다.

그런데 어떻게 자신이 여기 있는 걸 아는 걸까. 혹시 미행이라도 붙인 건가? 문득 든 생각에 소름이 끼쳤다. 서영은 경직된 얼굴로 삼촌, 동혁을 쳐다봤다. 동혁이 깊은 한숨을 내쉬며 물고 있던 담배를 땅에 던지고 발로 지그시 밟았다.

"너, 그 집에서 나와라."

"……그 집이라는 건, 백한 오빠의 별장을 말하는 건가요?"

"그 희멀건 의사의 이름이 백한이냐?"

백한을 알고 있다는 건 루이 역시 알고 있다는 의미. 서영의 얼굴이 좀 더 딱딱하게 굳었다.

"뭘 어디까지 알고 있는 거예요?"

동혁은 말없이 주머니에서 담배를 꺼내 물었다. 치익, 불꽃이 타올랐다. 동혁은 담배를 깊게 빨아들였다가 다시 뱉으며 서영에게 되물었다.

"내가 어디까지 알고 있을 것 같아?"

불분명한 대답이었지만, 그가 많은 걸 알고 있다는 건 확실했다. 내가 아는 삼촌이 아닌 것 같아. 서영은 동혁을 경계하며 뒷걸음질 쳤다. 동혁이 귀찮게 됐다는 듯 머리를 긁적였다.

"네가 거기 연루되면 위험하다. 삼촌이 보호해줄 테니 그 집에서 나와."

"……무엇으로부터 날 보호해준다는 건데요?"

"뱀파이어."

혹시나 해서 물어봤는데 잇따라 나온 대답에 서영은 눈을 질끈 감았다가 떴다.

"다 알고 있었어요?"

"그래."

"언제부터요? 내가 처음 당한 날부터?"

삼촌과 마지막으로 통화한 건 루이와 계약한 직후였다. 그때도 서영은 이상한 낌새를 느꼈었다.

"아니."

동혁이 새하얀 담배 연기를 허공에 뱉으며 대답했다.

"그전부터 알고 있었다."

"그전이 언제인데요?"

"거기까진 말 못 해줘."

수상쩍은 대답이었다. 동혁이 뭘 숨기고 있는지 궁금한 서영은 슬쩍 말을 흘려봤다.

"그럼 뱀파이어 꽃에 대해서도 알아요?"

동혁이 들고 있던 담배가 툭, 떨어졌다.

"서영아, 너 그걸 어떻게……."

"다가오지 말아요."

뱀파이어 꽃은 인간들 사이에 알려지지 않은 정보였다. 한데 동혁이 알고 있다는 건, 자신처럼 어떤 뱀파이어와 계약했을 수도 있다는 의미이니 서영은 동혁을 경계하며 뒤로 물러났다.

"다가오지 말고, 거기서 이야기해요."

"서영아."

"삼촌이 뱀파이어 꽃에 대해서 어떻게 아는 거예요? 설마 삼촌도 뱀파이어 꽃이랑 계약했어요?"

"……난 하지 않았어."

'계약을 한 게 아니라면 어떻게 뱀파이어 꽃에 대해서 아는 거지? 설마?'

"삼촌이…… 가져갔어요?"

사라진 뱀파이어 로드는 뱀파이어 꽃을 훔쳐간 자가 인간이라고 했다. 그 인간이 동혁이 아니라는 보장은 없었다. 물론 가능성은 무척 희박했지만.

"그래서 뱀파이어 꽃에 대해서 아는 거예요?"

부디 아니길 바라며, 자신이 괜한 억측을 한 것이길 바라며 물어봤건만 돌아오는 대답은 없었다.

"대답해 봐요!"

옛말에 침묵은 긍정이라는 말이 있었다.

'아니야, 그럴 리가 없어.'

서영은 도저히 인정하고 싶지 않아 고개를 격하게 저으며 소리쳤다.

"아니죠? 삼촌이 가져간 거 아니죠?"

"서영아……."

"내 이름 부르지 말고, 가져갔는지 아닌지 확실하게 대답하란 말이에요!"

서영이 버럭 소리를 지르자 동혁이 난감해하며 고개를 돌렸다. 그가 가져 갔다는 확실한 대답이었다.

"말도 안 돼……."

서영은 바닥에 주저앉았다. 자신의 가족 때문에 많은 뱀파이어들이 죽고,

인간들이 피해를 봤다. 루이는 소중한 친구를 잃고, 가슴에 평생 지울 수 없는 상처를 얻었고.

'그런데 내가 루이의 곁에 있을 자격이 있을까?'

아무리 생각해도 없었다. 무슨 자격으로 루이의 곁에 있는단 말인가. 이 사실을 알고도 계속 그의 곁에 남기를 바라는 건 굉장히 뻔뻔한 행동이었다.

"흑, 흑⋯⋯."

서영은 바닥에 주저앉아 하염없이 눈물을 흘렸다. 동혁이 그런 서영에게 다가가려던 그때⋯⋯.

"이게 무슨 짓이지?"

어디선가 나타난 루이가 동혁의 앞을 가로막았다. 갑작스러운 뱀파이어의 등장에 동혁이 경계하며 뒤로 물러났다.

"루이⋯⋯."

서영은 놀란 얼굴로 루이를 올려다봤다. 루이는 말없이 서영에게 손을 내밀었다. 그 손을 잡고 싶은 마음은 굴뚝같았으나, 동혁이 한 짓 때문에 서영은 선뜻 그의 손을 잡지 못했다.

루이는 한숨을 내쉬며 서영의 팔을 잡아당겼다. 그 바람에 서영은 루이의 품에 안기게 됐다. 루이의 키가 서영보다 작아서 서영이 어정쩡하게 허리를 숙여 그의 품에 안긴 우스운 꼴이 되었지만, 루이의 표정은 굉장히 진지했다.

"⋯⋯뭐 하냐, 니들?"

순식간에 들러리가 된 동혁이 불편한 기색을 풍기며 물었다. 하지만 서영은 동혁 쪽으로 시선 한 번 주지 않고, 서영의 팔을 잡아당겼다.

"돌아가자."

따뜻하고 감미로운 목소리에 서영은 저도 모르게 고개를 끄덕였다. 그대로 루이를 따라가려는데 동혁이 다급하게 그녀를 불렀다.

"서영아!"

'아, 맞아. 난 루이를 따라갈 자격이 없어.'

그제야 그 사실을 상기한 서영은 멈춰 섰다. 그러자 루이가 언짢은 기색을 풍기며 동혁을 노려봤다. 루이의 살벌한 시선에 동혁이 움찔하며 뒤로 물러났다. 그것도 잠시, 동혁은 눈에 힘을 주고 루이의 시선을 당당하게 마주했다. 루이가 헛웃음을 지으며 고개를 삐딱하게 기울였다.

"루이, 잠깐만."

루이와 동혁이 눈싸움을 하는 동안 생각을 정리한 서영은 루이의 손을 놓고 동혁 쪽으로 성큼성큼 걸어갔다.

"줘요."

서영이 손을 내밀자, 동혁이 픽 웃으며 그녀의 손에 핸드폰을 내려놓았다.

"제가 말한 건 핸드폰이 아니잖아요!"

"내가 가져가지 않았어."

"네?"

조금 전만 해도 그가 가져간 것처럼 굴어놓고, 이제 와서 아니라고?

"제가 그 말을 믿을 거라고 생각하는 건가요?"

동혁은 대답하는 대신 서영의 뒤에 서 있는 루이를 쳐다봤다.

"뱀파이어, 넌 이미 알고 있지? 전대 로드가 가지고 있던 뱀파이어 꽃이 더 이상 이 세상에 존재하지 않는다는 걸."

루이의 표정이 한층 더 험악하게 굳었고, 주변 공기는 차갑게 얼어붙었다.

'어린놈이 저런 기백을 내뿜다니.'

동혁은 주먹을 꽉 움켜쥐었다. 손안에 식은땀이 흥건하게 차올랐다.

"……인간이 그걸 어떻게 알고 있는 거지? 네놈, 버려진 놈들의 집단이냐?"

"버려진 놈들이라니…… 말이 심한데? 그리고 내가 버려진 놈들의 집단이라면, 서영이가 어떻게 태어났겠어?"

루이는 그 말에는 침묵으로 답했다. 분명 뱀파이어의 혈족에서는 여자가 태어날 수 없었다. 한데 서영이 태어났다는 것은 그 혈족인 저놈도 인간이라는 의미였다.

하지만 뭔가 석연치 않은 부분이 루이의 마음을 짓눌렀다. 동혁에게 뭔가 있다는 것이 마음에 걸렸지만, 지금은 그를 상대하고 있을 시간이 없었다. 아쉘 일행보다 먼저 새로 개화한 꽃을 찾아야 했다.

"돌아가자, 서영."

루이는 서영의 손을 잡고 옥상을 나왔다. 밖에서 대기하고 있던 아칸에게 서영을 넘겨주고, 철문을 닫으려고 할 때였다.

"내가 한 가지 충고를 해주지."

동혁이 웃으며 말했다.

"꽃은, 혼자서 개화하지 않았어."

의미를 알 수 없는 말이었다. 루이는 헛소리라고 치부하며 옥상 문을 세게 닫았다. 단단한 철문도 뱀파이어의 힘을 견디지 못해 종잇장처럼 너덜너덜해졌다.

띠리링—.

그 모습을 빤히 보고 있던 동혁은 전화가 걸려오자 받았다.

"어, 나다. 서영이? 괜찮을 것 같아."

그 뱀파이어는 자신을 살벌하게 노려보던 와중에도 서영을 살뜰하게 아꼈다. 그만큼 서영을 매우 아낀다는 의미.

"나보다 더 좋은 보디가드를 찾은 것 같아."

담배를 꺼내 물려던 동혁은 담뱃갑이 비어 있다는 사실에 한숨을 푹 내쉬며 빈 갑을 바닥에 던졌다.

[······난동을······.]

그보다 더 한숨 나오는 소식이 수화기 너머에서 들렸다. 동혁은 짜증스레
혀를 내차며 머리를 헤집었다.

"알았다. 금방 그쪽으로 넘어가지."

"제 불찰입니다."

아칸이 무릎 꿇고 사죄하자 서영은 손사래를 쳤다.

"아니야! 내가 잘못한 거야! 내가, 아칸을 두고 떠난 거라고!"

"아닙니다. 제가 좀 더 밀착 보호를 했어야 했는데······."

두 사람이 서로 자신의 잘못이라고 아우성을 치자 골치가 아파진 루이는
아칸에게 이만 물러가라고 했다.

아칸이 떠난 뒤, 별장 안에는 어색한 기운이 감돌았다. 서영은 눈동자
만 굴리며 루이의 눈치를 살폈다. 루이가 픽 웃으며 타박하듯 서영에게 물
었다.

"이젠 도망치지 않는 건가?"

"그, 그건······!"

'그런데 아직까지 내가 도망친 이유를 모른단 말이야?'

몹시 기가 찼지만, 한편으로는 이해했다. 그는 뱀파이어였으니까. 인간의
마음을 모르는 것도 무리는 아니었다.

"아까 그 사람은 네 삼촌인가?"

"응, 맞아. 일단은······."

서영은 말끝을 흐리며 고개를 숙였다. 동혁이 뱀파이어 꽃을 가져갔다는

사실이 뇌리에 꽂혀 사라지지 않았다. 물론 마지막에 아니라고 하긴 했지만, 믿을 수 없었다. 뒤늦게 자신을 회유하기 위해 거짓말을 했을 가능성도 있으니까.

"그런데 꽃이 존재하지 않는다는 건 무슨 말이야?"

"말 그대로다. 전대 로드가 가지고 있던 뱀파이어 꽃은 죽었어."

"세상에……!"

애타게 찾던 꽃이 죽었다니, 충격적이었다.

"뱀파이어 꽃이 죽으면 어떻게 돼? 전부 끝나는 거야?"

"아니. 끝나지 않았다. 다른 꽃이 개화했거든."

"다른 꽃이 있어?"

"그래. 알아보니 새로운 뱀파이어 꽃이 개화했다."

그 말인즉 일이 더 복잡해졌다는 의미였다. 기존에 있던 뱀파이어 꽃에 대한 정보도 적었는데, 새로 개화한 뱀파이어 꽃에 대한 정보는 어디서 알아본단 말인가. 서영이 '끙' 하고 신음을 뱉는데, 루이가 폭탄선언을 했다.

"뱀파이어 꽃은 단순한 식물이 아니었다."

"그 말은 요괴라는 거야?"

"글쎄. 거기까진 알 수 없지만 그럴 가능성도 있지. 동물이거나 인간일 수도 있고."

한마디로, 찾아야 할 범위가 더 늘었다는 의미였다.

"다른 정보는 없어? 그것만으론 찾기 힘든데."

"글쎄. 내가 알고 있는 건 전에 말해준 게 전부인데."

"그래?"

서영은 시무룩하며 어깨를 늘어뜨렸다. 동혁이 뭔가 알고 있을 것 같은데, 그에게 물어보기가 겁났다. 정말 그가 가져갔으면 어쩌나 하는 두려움 때문이었다.

"아, 잭 경이 이런 말도 했다. 꽃은 아름다운 대상에게 붙여지는 수식어이기도 하다고."

"그게 뭐야."

아름다운 대상에게 붙는 수식어라니. 뜬금없는 말이었다. 게다가 너무 많은 정보들을 한꺼번에 받아들여서 그런지 정신이 없었다.

서영은 지금까지 알아낸 정보들을 침착하게 정리했다.

꽃잎은 핏빛보다 붉고, 그 향기는 어떤 뱀파이어라도 유혹할 만큼 치명적이다. 그 꽃을 조금이라도 맛보면 어떤 상처라도 치유되고, 그 꽃을 가지면 뱀파이어 위에 군림할 수 있다. 그것이 뱀파이어 꽃이었다.

'여기서 말한 꽃이 식물이 아니라면, 왜 꽃이라고 이름을 붙였을까? 잠시만, 이름을 붙여? 누가? 누가 이름을 붙인 거지?'

아무리 생각해도 뱀파이어 로드밖에 없었다. 꽃과 로드는 밀접한 연관이 있으니, 로드가 꽃이라는 이름을 붙였을 가능성이 컸다.

로드가 꽃이라는 이름을 붙일 정도라면 그 대상이 정말로 아름답다는 의미였다. 그리고 꽃은 통상적으로 남자가 여자에게 붙이는 별칭이었다. 꽃을 닮아 정말 아름답다거나, 꽃처럼 예쁘다고 칭찬할 때 많이 쓰였다.

"여자일 거야!"

생각이 거기까지 미치자 서영은 눈을 빛내며 소리쳤다.

"뱀파이어 꽃이 여자일 가능성이 있어!"

루이가 제 말을 이해하지 못하자 서영은 자신이 추리한 것들을 차근차근 설명했다. 그녀의 이야기를 다 들은 루이가 고개를 끄덕였다.

"네 말도 일리가 있지만, 뱀파이어 중에 여자는 없다. 만약 꽃이 뱀파이어가 아닌 인간이라고 해도 인간이 로드와 같은 수명을 살았을 리가 없고."

그건 그랬다. 인간이 로드처럼 긴 세월을 살았을 리가 없었다.

하지만 그 뱀파이어 꽃이 인간이 아닌 요괴라면, 예를 들어 뱀파이어라면 로드처럼 긴 세월을 살았을 수도 있었다.

그렇게 생각하기엔 뱀파이어 중에 여자는 없다는 말이 걸렸다.

"루이, 정말 뱀파이어는 여자가 태어날 수가 없어?"

"그래. 역사상 여자 뱀파이어가 태어난 경우는 단 한 번도 없었다."

"그런 경우가 없는 거지, 가능성이 아예 없는 건 아니잖아."

서영은 마른침을 꼴깍 삼키며 말했다.

"여자 뱀파이어가 태어날 수도 있는 거잖아."

그리고 그 여자 뱀파이어가 유일무이한 뱀파이어 꽃일 가능성도 있었다.

의문의 존재

"하아, 하아."

비가 추적추적 내리는 어두운 밤이었다. 가로등 불빛조차 희미한 골목에서는 한 소녀가 거친 숨을 내쉬면서 뛰고 있었다. 얼굴을 비롯하여 온몸이 상처투성이인 소녀는 많이 지친 듯 보였지만 뒤도 돌아보지 않고 힘껏 달렸다. 비까지 내린 골목의 분위기는 음산했고, 힘겹게 뛰고 있는 소녀의 얼굴에는 초조함과 두려움이 가득했다.

"까아악!"

"어디까지 도망가려고?"

음침한 어둠 속에서 뻗어 나온 손이 소녀의 팔을 불쑥 잡아챘다. 그대로 벽에 내동댕이쳐진 소녀는 온몸에 느껴지는 강한 충격에 격한 신음을 뱉으며 바닥에 주저앉았다.

"드디어 잡았다."

"놔, 놔!"

소녀는 팔을 잡고 있는 손을 뿌리치며 도망치려고 했지만, 어찌나 힘이 센지 뿌리칠 수가 없었다. 결국 포기한 소녀는 어깨를 들썩이며 흐느끼기 시작했다.

"포기한 거야?"

소녀를 잡은 손의 주인이 벽에서 서서히 모습을 드러냈다.

창백한 피부와 어둠 속에서도 빛을 잃지 않는 붉은 눈.

지금 세상을 떠들썩하게 만드는 밤의 제왕 뱀파이어.

뱀파이어는 입맛을 다시며 소녀의 목덜미 가까이 얼굴을 가져다 대면서 날카로운 송곳니를 드러냈다.

"흐흐윽……."

축축하면서도 까끌까끌한 혀가 목을 핥고 지나가자 극도의 공포심에 소녀는 눈을 질끈 감았다. 자신을 옭아매는 이 손에서 도망칠 방법도 없었지만, 더 이상 도망칠 힘도 없었다.

모든 것을 단념한 건지 소녀는 몸을 가늘게 떨며 죽을 날을 기다리는 사람처럼 처량한 표정을 지은 채 뱀파이어의 손에 자신의 몸을 맡기고 있었다.

그때였다.

퍼억—.

굉음과 함께 자신의 팔을 옭아매고 있는 뱀파이어의 손이 사라지자 소녀는 고개를 살며시 들었다. 그곳엔 흰색 가운을 입은 한 남자가 서 있었다.

"이런, 다 튀었잖아."

블루블랙 톤의 머리색에 제법 준수한 외모를 가진 남자는 자신의 옷과 얼굴에 피가 묻은 것이 마음에 안 드는지 짜증이 섞인 얼굴로 바닥에 쓰러진 뱀파이어의 얼굴을 사뿐히 지르밟았다. 그러면서 가운 주머니에서 손수건을 꺼내 자신의 얼굴을 쓱쓱 닦고는 손수건도 필요 없다는 듯 바닥에 던졌다.

"흑……."

이 남자가 사람이라면 뱀파이어를 저렇게 쉽게 물리칠 수 있을 리가 없었다. 그렇다는 건 이 남자 역시 사람이 아니라는 의미였기에 소녀는 이 남자도 무서웠다. 소녀는 하염없이 눈물을 흘리며 몸을 둥글게 말았다.

"괜찮아요?"

"아악!"

남자가 손을 내밀자 소녀는 비명을 지르며 남자의 손을 쳤다. 그러자 남자가 두 손을 어깨 위로 들어 올리며 싱긋 웃었다.

"해치지 않아요. 봐요. 전 뱀파이어가 아니잖아요?"

남자의 말에 소녀는 자신의 눈앞에 있는 남자를 훑어보았다. 피부가 창백하지도 않고 눈도 붉은색이 아니었다.

'그렇다면…… 사람?'

뱀파이어를 물리치고 자신을 구해준 것이 자신과 같은 사람이라는 사실에 소녀는 살짝 놀라면서도 남자의 훈훈한 얼굴을 보고 얼굴을 붉혔다.

"얼굴이 엉망진창이네. 일단 일어나요."

남자는 또다시 소녀에게 손을 내밀었다. 소녀는 잠시 머뭇거리다가 남자가 내민 손을 잡고 일어섰다.

"다친 곳은 없어요? 이런."

소녀의 목덜미에 난 두 개의 송곳니 자국을 본 남자가 혀를 내차며 주머니에서 연고를 꺼내 소녀의 손에 쥐여주었다.

"아직 피를 안 빨린 상태네요. 연고 바르면 괜찮아질 겁니다."

소녀가 볼을 빨갛게 물들이고 고개를 끄덕이자, 남자는 낮은 웃음을 지으며 비를 고스란히 맞고 있는 소녀의 위로 우산을 드리웠다.

"집이 어디예요? 밤길은 위험하니까 데려다줄게요."

"저, 저쪽으로……."

극심한 추위 때문에 입이 얼어 말이 제대로 나오지 않았다. 옷도 찢어져 있었기 때문에 더욱 추웠다. 숨을 쉴 때마다 하얀 입김이 절로 나왔다. 소녀는 손에 입김을 '후후' 불면서 손바닥을 비비며 열을 내리려고 했지만 좀처럼 추위가 가시지 않았다. 추워. 소녀는 어떻게든 언 몸을 녹이려고 발을 동동 굴렸다.

"이거 덮어요."

그러자 남자가 입고 있던 흰색 가운을 벗어 소녀에게 덮어주었다. 소녀보다 한참 키가 큰 남자의 옷이라 그런지 가운은 소녀의 발목까지 닿았다. 남자는 가운 안에 얇은 셔츠밖에 입고 있지 않았다.

"오, 오빠도 추울 텐데……."

"아아, 난 괜찮아요. 제 걱정은 말고 아가씨 걱정이나 해요."

'아가씨…….'

어쩜 이 남자, 하는 말 한 마디, 한 마디가 마음을 이렇게 뛰게 만드는 걸까. 오늘 처음 본 사람이었지만 이상하게도 남자가 마음에 들어 소녀는 집으로 돌아가는 내내 곁눈질로 남자를 훔쳐보았다.

순조롭게 소녀의 집까지 도착한 남자는 아파트 입구에서 소녀에게 들어가 보라고 손짓을 했다. 소녀는 감사하다는 인사를 꾸벅 하고는 걸치고 있던 가운을 남자에게 내밀었다.

"이거……."

"아, 그건 가지고 가도 좋아요. 감기 걸리지 않게 오늘은 따뜻하게 하고 자구요."

낮고 부드러우면서도 따스한 음성, 정중한 매너와 위험으로부터 자신을 지켜주는 능력.

소녀는 물끄러미 남자의 얼굴을 눈에 가득 담았다.

'이 남자는 누구일까.'

은인의 이름을 묻기 위해 소녀가 입을 달싹였다.

"저기……."

하지만 남자는 소녀가 이름을 묻기도 전에 저만치 가버렸다. 남자의 이름을 묻지 못했다는 것이 몹시 아쉬워, 소녀는 한참이나 아파트 입구에 서서 남자의 뒷모습을 보다가 집으로 들어갔다.

"예령아!"

집에서 초조하게 기다리고 있던 소녀의 부모님은 소녀가 무사히 돌아왔다는 사실에 신께 감사의 인사를 하며 소녀를 품에 꼭 껴안았다. 소녀는 부모님께 자신이 겪은 일을 말해주었고, 소녀의 부모님은 소녀를 구해준 의문의 남자에게 감사의 인사를 해야 한다고 야단법석을 피웠다.

"하지만 이름도 모르고, 어떤 사람인지도 몰라요."

그 남자에 대해 아는 거라곤 준수한 외모를 가지고 있다는 것과 가운을 입고 있다면 의사일지도 모른다는 것뿐. 그의 이름도 나이도 알지 못했다.

"누구일까……."

따스한 물에 씻고 나온 소녀는 자신의 방에 곱게 걸려 있는 가운을 만지작거렸다. 소녀는 은인의 이름도 묻지 않은 자신의 멍청함에 한숨을 쉬며 시선을 위로 올렸다.

유백한

가운의 왼쪽 가슴에 있는 주머니에 가운의 주인 이름이 적혀 있었다.

똑똑―.

"들어와."

방문을 열고 백한이 들어왔지만 루이는 그저 시선을 한 번 던질 뿐 서류에서 눈을 떼지 않았다. 백한은 그런 그에게 허리를 숙여 인사하고는 그의 볼일이 끝날 때까지 정자세로 서서 기다렸다.

　탁ㅡ.

　이윽고, 루이는 보던 서류를 탁자 위에 올려두고 피곤하다는 듯 눈두덩을 지그시 눌렀다. 그는 정자세로 기립해 있는 백한에게 시선을 주지도 않고 무심한 얼굴로 입을 열었다.

　"서울로 돌아간 지 얼마나 됐다고 다시 온 거지?"

　며칠 전 부산 별장에 루이와 서영만 남겨둔 채 백한은 서울로 돌아갔었다. 병원 일 때문에 일주일 정도 내려오지 못할 것 같다고 한 그가 4일도 채 지나지 않아 돌아온 것이 의아하여 루이는 그에게 물었다.

　"이상한 괴물을 만나서 급히 보고하러 왔습니다."

　"이상한 괴물?"

　"붉은 눈과 창백한 피부를 가지고 있지만 저급해 보여서 하급 뱀파이어라고 생각했는데, 생각보다 쉽게 죽었습니다."

　자신이 죽였음에도 믿을 수 없다는 듯 백한은 어깨를 으쓱였다. 제아무리 뱀파이어의 피를 타고났다고 해도, 하프와 뱀파이어 사이에는 기본적으로 힘의 차이가 있었다. 더구나 백한은 하프 중에서도 뱀파이어의 피가 옅은 편이었기 때문에 그의 힘은 하급 뱀파이어에게도 미치지 못할 만큼 약했다.

　'그런데 뱀파이어가 백한에게 당했다고?'

　있을 수 없는 일이었다. 백한의 힘으로는 가장 약한 하급 뱀파이어라도 절대로 이길 수 없었다. 눈을 감고 있던 루이는 그제야 붉은 눈동자에 백한을 가득 담으며 물었다.

　"정말 뱀파이어였나?"

　"외관상으로는 그렇습니다. 뱀파이어 특유의 창백한 피부와 붉은 눈을 가지고 있었으니까요."

요괴 중에서 붉은 눈에 창백한 피부를 가진 존재는 뱀파이어가 유일무이했다. 그렇다면 백한이 봤다는 요괴도 분명 뱀파이어일 것이다.

"이상하군."

"저도 그렇게 생각합니다."

"그래서, 그놈은 어떻게 됐지?"

"사라졌습니다."

"사라져?"

"네."

백한은 소녀를 집에 데려다준 뒤, 다시 사건 현장으로 되돌아갔다. 수명을 다 채우지 못하고 죽은 뱀파이어들은 시체가 남기 때문에 그 시체를 치워야만 했다. 혹시 인간들의 눈에 띄면 뒷감당이 되지 않을 터이니, 시체를 수습하기 위해 서둘러 사건 현장으로 돌아갔는데 시체는 감쪽같이 사라지고 없었다.

"누가 가져간 것이 아닐까?"

"그건 아닐 겁니다. 그놈이 입고 있던 옷은 고스란히 바닥에 있었으니까요."

백한의 단호한 말에 루이는 탁자에 팔을 얹은 채 턱을 괴고 심각하게 생각에 잠겼다. 뱀파이어는 자연 소멸을 하지 않으면 무조건 시체가 남는다. 한데 시체가 남지 않았다는 것은 백한이 죽인 그 요괴가 뱀파이어가 아니라는 소리였다.

'대체 뭐 하는 종족이지.'

루이는 머릿속으로 자신이 아는 요괴들의 목록을 주르륵 나열하며 하나하나 일일이 되짚었지만 뚜렷하게 떠오르는 종족이 없었다. 그 어떤 요괴도 뱀파이어 특유의 모습을 가질 수는 없었다.

"돌연변이인가."

요괴들은 그 종족 수가 헤아릴 수 없을 만큼 많았다. 게다가 간혹 돌연변이가 나타나기도 했기 때문에 루이는 자신이 모르는 요괴가 등장했을지도 모른다는 생각을 했다.

"하지만 형님, 뱀파이어의 전형적인 특징을 가진 돌연변이가 태어난다는 것은 전대미문의 일 아닙니까?"

"그건 그런데……."

"제가 보기엔 이번 일은 협회와 관련이 있을 것 같습니다."

백한이 조심스레 자신의 의견을 늘어놓았다. 백한의 말에 딱히 대답은 하지 않았지만 그가 고개를 살짝 끄덕이는 것을 보니 루이 역시 백한의 말에 동의하는 모양이었다.

"흠……."

루이의 손가락이 탁자의 유리에 부딪치면서 일정하면서도 맑은 소리를 냈다.

루이는 긴 속눈썹을 살짝 내리깔고 한참이나 고민에 빠져 있었다.

루이가 생각을 할 수 있게 기다리고 있던 백한은 문득 뭔가 떠올랐는지 박수를 '짝' 치며 말을 이었다.

"아, 그리고 서울 전체에 내려졌던 휴교령이 풀렸습니다. 아마 서영 씨 학교도 풀렸을 테니 그녀도 학교에 가야겠지요."

"불허한다. 시기가 안 좋아."

안 그래도 아쉘이 눈을 시뻘겋게 뜨고 자신을 못 잡아먹어 안달인데, 이 상황에서 서영을 학교로 보내는 것은 자살행위나 다름이 없었다. 루이가 단호하게 안 된다고 하자 백한은 그럴 줄 알았다는 듯 슬며시 웃었다.

"그래서 대책을 생각해냈습니다."

"대책?"

"네. 그 때문에 서영 씨가 서울로 한 번 오셔야 합니다."

"왜? 네가 알아서 하면 되지."

"그게, 제가 서영 씨 정식 보호자는 아니니까요. 서영 씨 삼촌분이 계시면 일이 수월하겠지만, 그렇지 않으니 직접 오셔야 합니다. 그것이 인간들의 규칙이니까요."

루이는 서영이 18살이라는 사실을 상기하고 고개를 끄덕였다.

뱀파이어들은 보통 태어난 지 1년이 지나면 홀로서기를 해야 한다. 모든 일을 스스로 처리해야 했고, 자신이 벌인 일에 대한 책임도 스스로 져야만 했다.

"인간 세상도 뱀파이어 세상과 같군."

루이는 심드렁하게 중얼거렸다. 인간들의 규칙 따위는 몰랐지만, 이래저래 살아 있는 생물체가 꾸리는 사회였다. 종족이 달라도 규칙은 어딜 가나 똑같다는 생각을 하며 루이는 고개를 끄덕였다.

"그럼 서영 씨를 데리고 바로 떠나겠……."

"나도 간다."

"네? 형님도 같이 간다고요?"

루이의 허락이 떨어지자마자 문을 열고 나가려던 백한이 문손잡이를 잡은 채 굳은 얼굴로 뻣뻣하게 고개를 돌려 루이를 쳐다봤다. 백한의 얼굴에는 뭔가 귀찮게 됐다는 표정이 역력히 드러났고, 그 표정을 읽은 루이는 눈썹을 유연하게 움직이며 백한을 노려봤다.

"왜?"

"하하, 아니요. 너무 기뻐서요."

"다시 서울로 올라갈 준비를 하지."

백한이 열다 만 문을 활짝 열어젖힌 루이는 굳어 있는 백한을 뒤로한 채 유유히 방을 빠져나갔다. 그가 사라진 후에야 백한은 굳어버린 몸을 조금씩 움직이고 한숨을 깊게 내쉬며 루이의 뒤를 서둘러 쫓아갔다.

휴교령이 폐지됨에 따라 그동안 보이지 않았던 풍경들이 다시 속속들이 보이기 시작했다. 아침부터 거리에는 교복을 입은 학생들의 발걸음이 분주했다.

2주가량의 짧은 방학은 잠깐이나마 아이들에게 행복을 주었다. 아이들은 늦게 일어나고 늦게 자는 게으름의 나날이 계속되길 바라고 있었지만, 그 꿈같은 시간도 이제는 끝이었다.

또다시 새벽부터 일어나서 학교에 가야 하다니…….

등교한 지 하루밖에 되지 않았지만 벌써부터 아이들의 얼굴에는 피곤함이 가득했다. 심지어 몇몇의 철없는 학생들은 뱀파이어가 또 사건을 일으키기를 바라기도 했다.

"꺅! 누구야? 연예인?"

"저 옆에 있는 건 우리 학교 애 아니야?"

"나 저 애 알아! 2학년 2반 강서영이잖아!"

하지만 이상하게도 한율고등학교의 아침은 활기찼다. 시체마냥 축 늘어져 있는 타 학교의 아이들과 다르게 한율고등학교의 여자애들은 하나같이 눈을 빛내며 운동장을 가로질러 오고 있는 한 남자와 한 소년, 그리고 한 소녀에게 시선을 주고 있었다.

그들은 금방이라도 운동장을 걷고 있는 저들에게 가고 싶은 눈치였지만, 교문에 흉흉하게 서 있는 학생 주임 때문에 그 누구도 쉽사리 나서지 못하고 있었다.

"왜 이렇게 이목이 집중되고 있는 거지?"

루이는 원숭이처럼 창문에 다닥다닥 붙어 소리를 지르고 있는 여자애들이 이해가 안 되었다. 그뿐만 아니라 같이 운동장을 걷고 있던 인간들까지

걸음을 멈춘 채 자신들을 넋 놓고 보고 있었다. 심지어 남자들까지 자신들을 보고 있자 기분이 슬쩍 나빠진 루이는 마주 잡은 서영의 손에 힘을 주었다.

"저 먼저 교무실로 가볼게요. 서영 씨는 형님과 함께 교실에 가서 짐 챙겨 가지고 교무실로 와요."

"네, 백한 오빠."

서영의 교실은 학교 별관에 있었고 교무실은 본관에 있었다. 본관으로 들어가는 문 앞에서 백한은 서영과 루이에게 나중에 보자는 말을 하고 그대로 들어갔다.

"그럼 우리도 가볼까?"

루이는 군말 없이 서영이 이끄는 대로 따라갔다. 별관 입구까지 온 서영은 안으로 들어가기 위해 차가운 유리문에 손을 댔다.

"저기요, 언니."

그때 누군가 서영의 교복 자락을 끌어당겨 그녀의 발걸음을 멈추게 했다. 의도치 않은 일에 놀란 서영이 작게 비명을 지르자, 루이가 날카로운 눈빛으로 서영의 옷자락을 잡은 여자애의 손을 매섭게 쳐냈다.

"꺄악—."

제아무리 루이가 힘 조절을 했다고 해도 그는 뱀파이어였다. 기본적으로 인간보다 힘이 우월하게 센 종족.

루이의 입장에서는 매우 가벼운 행동이었지만, 그의 힘에 떠밀려 자리에 주저앉은 소녀의 손등은 빨갛게 부어올랐다. 꽤 고통스러운지 소녀의 맑은 눈동자에는 눈물이 가득 차 있었다.

"미안해."

서영은 루이를 대신해서 사과하며 소녀를 일으켜주었다. 서영의 부축을 받으며 자리에서 일어선 소녀는 루이가 무서운지 몸을 움찔거리며 서영의 등 뒤로 숨었다.

"무슨 일이니?"

하얀색 명찰. 1학년이라는 의미였다. 서영은 소녀의 명찰을 확인하고 말을 놓았다. 소녀가 우물쭈물하다가 서영에게 물었다.

"저기, 혹시 아까 본관에 들어간 분과 어떤 사이인지……."

"백한을 말하는 건가?"

대답을 한 것은 루이였다. 소녀의 호기심 대상이 자신과 서영이 아니라는 것을 안 루이는 아까보단 한층 풀린 얼굴로 무심하게 물었다. 이에 소녀의 얼굴이 한층 밝아졌다.

"역시 백한 님이 맞군요!"

"백한 님?"

소녀가 백한을 너무나도 친숙하게 불렀기 때문에 서영은 혹시 소녀와 백한이 아는 사이인가 싶어 조심스레 물었다.

"저기, 그러니까 한예령?"

명찰에 뚜렷하게 적힌 이름 석 자를 확인한 서영은 예령의 이름을 부르며 물었다.

"백한 오빠랑 아는 사이야?"

"그럼요! 제 생명의 은인인걸요!"

"은인?"

"네! 그분이 절 뱀파이어의 손에서 구해주셨어요!"

"……뱀파이어?"

심드렁하게 서 있던 루이는 예령의 말을 듣자마자 그녀의 팔을 잡아챘다.

"봐, 봐주세요!"

자신보다 한참이나 어려 보이는 소년. 끽해야 12살 정도로밖에 보이지 않았지만, 루이에게서 나오는 분위기가 너무나도 위압적이었기 때문에 예령은 덜덜 떨면서 말을 높였다.

"어떤 자였지?"

"네, 네?"

"어떤 놈이었냐고 물었다."

예령이 자세한 설명을 하지는 않았지만, 그녀가 말하는 뱀파이어가 백한이 말한 이상한 괴물일지도 모른다는 생각에 루이는 성급하게 물었다. 당황한 예령이 몸을 가늘게 떨면서 아무것도 모른다고 소리쳤지만, 루이는 그 말을 믿지 않았다.

"왜 그래, 루이."

오히려 이 상황에 더 당황한 것은 서영이었다. 루이와 백한 사이에서 어떤 이야기가 오고 갔는지, 그리고 백한과 예령 사이에 어떤 일이 있었는지 전혀 모르는 서영은 루이가 먼저 인간에게 관심을 보이고 위협하는 것을 처음 봤기 때문에 화들짝 놀라며 루이와 예령을 떼어놓았다.

"하……."

루이의 손이 떨어지자 긴장이 풀려 다리마저 풀린 건지 예령은 낮게 신음을 내며 자리에 주저앉았다.

"저, 정말 미안해."

서영은 재차 미안하다는 말을 하며 황급히 루이의 손을 잡았다. 이 자리에 더 있다간 루이가 저 소녀에게 무슨 짓을 할 것 같아 서영은 그대로 루이의 손을 잡고 별관 안으로 재빠르게 걸음을 옮겼다.

"……음, 그러니까 서영이 삼촌이세요?"

보통 병결을 처리하기 위해서는 학생의 보호자가 직접 찾아가 사정을 설명하고 서류를 제출해야만 했다. 서영이 다니는 학교는 사립이기 때문에 특별한 일이 없는 한, 한 명의 담임이 3년을 책임지고 이끈다. 서영의 담임은 서영의 삼촌 동혁을 딱 한 번 본 적이 있었다. 그녀가 본 서영의 삼촌 동혁은 지금 자신의 눈앞에 있는 이 남자처럼 준수한 외모를 가진 남자가 아니었기 때문에 담임은 의아한 눈으로 그를 쳐다봤다.

"삼촌은 아니고……."

백한이 웃으면서 고개를 절레절레 저었다. 그의 볼이 깊게 파이면서 보조개가 생겼고 그 모습에 교무실에 있던 여선생님들이 작게 비명을 질렀다.

"흠, 흠……."

담임은 시끄럽게 떠드는 여선생님들에게 눈치를 줬지만, 결혼한 자신도 이렇게 설레는데 미혼인 여선생님들은 오죽할까 싶어 어설픈 미소를 지었다. 거기다 설상가상으로 백한은 담임에게 명함을 건네며 스스로 의사라고 말했고, 의사라는 직업에 여선생님들의 호감도가 점점 높아지고 있었다.

"지금 서영 학생의 주치의를 맡고 있습니다."

"그럼 정식 보호자가……."

담임의 말에 백한은 자신이 가져온 서영의 진료 차트를 보여주었다.

어지러운 영어와 알 수 없는 의학 용어들이 적혀 있는 차트.

백한이 차트에 적힌 용어들을 하나하나 세세히 설명하고 있었지만 담임에게는 그저 딴 나라 이야기일 뿐이었다. 분명 어딘가 다쳤다는 건데 도저히 알아들을 수가 없었다.

"아, 알겠습니다. 의사 선생님이 그렇다면 그런 거겠죠."

그가 가져온 서류는 완벽해 보였다. 뭐라고 반박할 말이 없는 담임은, 일단 이 사람을 학교 밖으로 내보내야 한다는 생각이 들었다. 아니면 수업이고 뭐고 진행이 되지 않을 듯 보였다.

이미 교무실 밖에서는 학생들이 대담하게도 창문을 열고 이쪽을 쳐다보고 있을 뿐만 아니라, 선생님들조차 슬금슬금 다가와 자신이 받은 명함을 훔쳐보고 있었다.

"그럼 서영 학생을 데리고 귀가하겠습니다."

서영의 담임에게 예의 바르게 인사를 한 백한은 교무실 문을 열었다가 다시 닫았다. 그의 기이한 행동에 교무실 안에 있는 선생님들의 시선이 집중되었지만 그는 그들의 시선은 신경도 쓰지 않고 문만 뚫어지게 쳐다봤다.

드르륵—.

"꺄아악!"

"오빠!"

자신이 잘못 본 것이 아니었다. 교무실 문 앞에서 바리케이드를 치고 있는 여학생들을 보며 백한은 짙은 한숨을 쉬었다. 일단 이 난관을 벗어나야 서영과 루이를 만날 수 있다는 생각에 백한은 사람 좋은 미소를 지으며 싱긋 웃었다.

"아가씨들, 길 좀 비켜주면 안 될까요?"

백한은 정중하게 학생들에게 부탁했다. 그의 낮고 부드러운 목소리가 복도에 울려 퍼지자 한순간에 비명이 사라졌다.

백한은 학생들이 조용해지자, 자신의 말이 먹혔든 것이라고 생각하며 속으로 '나이스'를 외쳤다.

"자, 그럼……."

백한은 안심하며 조심스레 교무실 밖으로 발을 내디뎠다. 백한이 몸을 완전히 교무실 밖으로 빼고 교무실 문을 닫을 때까지 아이들이 잠잠하자, 백한은 눈웃음을 치며 서둘러 자리를 벗어나려고 몸을 움직였다.

덥석—.

"오빠! 어디 가요!"

"몇 살이에요? 직업은 뭐예요?"

"왜 이렇게 잘생기셨어요!"

아이들은 그를 순순히 보내주려고 입을 다문 것이 아니었다. 단지 그가 다시 교무실 안으로 들어가지 않도록 밖으로 끌어낸 것일 뿐. 놀란 백한은 다시 교무실로 들어가려고 했지만, 학생들은 그보다 한발 앞서서 교무실 문을 지키고 있었다.

"하아."

백한은 요즘 아이들이 왜 이렇게 영악한지 모르겠다는 생각을 하며 고개를 절레절레 저었다. 이 상황을 어떻게 빠져나가야 할지 몰라 고민에 빠져 있는데 누군가 아이들 사이를 헤치고 그에게 다가와 백한의 팔을 잡아챘다.

무슨 상황인지 알아채기도 전에 그 손은 백한을 끌어당겼고, 모세의 기적처럼 아이들 사이를 가르고 온 소녀는 보기와는 다르게 무지막지한 힘으로 백한을 데리고 교무실 복도를 빠져나갔다.

―――――――◆◆◆―――――――

"어머, 귀엽다. 서영아, 네 동생이야?"

"이름이 뭐야? 몇 살이야?"

"서영이랑은 전혀 안 닮았네!"

루이와 백한의 존재는 이미 한율고등학교의 최고 화젯거리였다. 이른 시간에는 학생 주임 때문에 그들에게 다가가지 못했지만, 학생 주임이 없는 교실 안에서 아이들의 접근을 막을 자는 아무도 없기에 아이들은 하나같이 눈을 빛내며 서영과 루이에게 슬금슬금 접근했다.

"저, 저기, 이러면……."

"비켜봐!"

아이들의 관심사는 서영이 아니었다. 오로지 눈앞에 있는 백옥 같은 피부를 가진 미소년. 아이들은 서영의 말은 일절 무시하며 반 루이의 곁에 있는 서영을 밀쳐내고 루이의 주변을 빙 둘러쌌다.

"저기, 얘들아. 루이가 사람을 별로 안 좋아해서……."

당황한 서영이 아이들을 말렸지만 아이들은 조금도 들을 생각이 없는 것처럼 보였다. 그들은 같은 반 남자애들이 흠칫 놀랄 정도로 음흉한 웃음소리를 내며 루이에게 마수를 뻗쳤다.

"이름이 루이야? 외국인이니?"

"볼 하얀 것 좀 봐! 잡티 하나 안 보이네."

"혹시 아까 같이 온 남자는 네 아빠니?"

"아까 그 남자도 정말 잘생겼던데."

"그래도 나이 많은 남자보다 난 이쪽이 더 좋아."

혼자서 북 치고 장구 친다는 말은 이럴 때 적합한 것 같았다. 여자애들은 하이 톤의 목소리로 맑은 웃음소리를 내며 마치 시장에서 상품을 품평하듯 루이를 평가하고 있었다.

'이게 도대체 뭐 하는 것인지.'

이 상황이 감당이 안 될 정도로 당황스러워서 루이는 뒷걸음질을 치며 눈만 껌뻑거렸다. 현재 루이는 자신이 뱀파이어라는 것을 감추기 위해 붉은 눈을 검은색으로 바꾸고, 제복이 아닌 평상복을 입고 있었다. 그렇다고 해도 뱀파이어 특유의 기운이 남아 있었기 때문에 인간들은 루이에게 쉽게 접근하지 못했다.

'그런데 이것들은 뭐야?'

너무 거리낌 없이 다가왔다. 그 사실이 이해가 되지 않고 귀찮기도 해서, 루이는 눈살을 찌푸렸다.

"꺅! 인상 찌푸리는 거 봐! 너무 귀엽다! 애기야, 몇 살이니?"

"한 13살? 14살? 중학생이야?"

쿡쿡―.

'이 인간들이 진짜.'

처음에는 서영의 입장도 있고 상대가 인간들이기 때문에 참으려고 했지만 점점 수위를 높여 자신의 몸을 더듬거리는 여자애들의 손길에 루이의 인내심은 점점 한계에 도달하고 있었다. 그는 인상을 최대한 험악하게 구기며 자신의 몸을 더듬는 여자애들의 손길을 쳐냈지만, 그럴수록 여자애들은 마구 비명을 지르며 루이에게 더욱 엉겨 붙었다.

"이것들이……."

"그만해, 애들아."

짜증이 머리끝까지 찬 루이가 한소리 하려는 그때, 서영이 루이를 끌어안으며 단호하게 말했다.

"루이가 싫어하잖아."

"뭐야? 쟤 왜 저래?"

"재수 없어."

아이들이 불만 가득한 얼굴로 서영을 욕하며 손가락질했다. 잘못한 건 저들인데 왜 서영이 욕을 먹는단 말인가. 기가 차고 어처구니가 없었다. 루이는 역시 자신이 나서야 할 것 같아 그러려고 했지만, 서영이 만류했다.

"그러지 마, 루이."

이에 루이는 인상을 팍 찌푸리며 서영에게만 들릴 정도로 작은 목소리로 말했다.

'네가 왜 욕을 먹는 거지? 잘못한 건 저 인간들인데.'

"그래도 가만히 있어."

"하아……."

몹시 답답했지만, 서영이 싫다는데 나서는 건 아닌 것 같아 루이는 일단 가만히 있었다.

서영은 루이가 더 화내기 전에 그를 데리고 나가려고 했지만 바리케이드
처럼 자신들을 둘러싼 아이들 때문에 그럴 수가 없었다.

"좀 비켜줄래?"

비켜달라고 말해도 아이들은 꿈쩍도 하지 않았다. 어떻게 하면 좋을지 고
민하고 있는데, 누군가 문을 똑똑 두드렸다.

"저기, 실례 좀 할게요."

문을 두드린 사람은 예령이었다. 예령이 싱긋 웃으며 서영에게 말했다.

"죄송한데, 이한영 선생님께서 강서영 선배님을 데리고 오라고 해서요."

이한영이라면 서영의 담임이었다. 담임이 서영을 부른다는 소리에 진을
치고 있던 아이들은 슬금슬금 눈치를 보며 뒤로 조금씩 물러섰다. 덕분에
서영은 루이를 데리고 교실을 빠져나올 수 있었다.

"이쪽이에요."

교실을 빠져나오자마자 예령은 서영의 팔을 잡아끌며 어디론가 향했다.
처음에는 너무 정신이 없었기 때문에 서영은 예령이 어디로 가는지 알아채
지 못했다.

"여긴 어디지?"

이상하다는 것을 가장 먼저 눈치챈 것은 서영이 아니라 루이였다. 루이는
서영의 팔을 잡아끌며 예령을 경계했다. 서영 역시 예령이 향하는 곳이 교
무실과 정반대 방향이라는 걸 깨닫고 예령의 손을 뿌리쳤다.

"어디 가는 거야?"

"저쪽에서 백한 님이 기다리세요."

"백한 오빠가?"

그럼 더욱 교무실로 가야 하는 게 아닌가. 지금 백한은 교무실에서 자신
의 담임과 이야기를 나누고 있을 테니까. 예령이 더 의심스러워진 서영이

눈을 가늘게 뜨고 노려보자 예령이 주머니에서 핸드폰을 꺼냈다

"잠시만요."

그러더니 어딘가로 전화를 걸었다. 상대방을 '백한 님'이라고 부르는 것으로 보아 전화 상대는 백한인 모양이었다. 정말로 백한이 이 근처에 있는 건가 싶어 서영은 잠자코 예령의 통화가 끝날 때까지 기다렸다.

"서영 씨! 형님!"

"백한 오빠?"

예령이 전화를 끊은 지 얼마 되지 않아 복도 저편에서 백한이 손을 흔들며 뛰어왔다. 교무실로 간다고 했던 그가 왜 이곳에 있는지 영문을 알 수가 없었지만, 일단 예령이 거짓말을 한 것이 아니었기 때문에 서영은 예령에게 미안하다고 말했다.

"백한 오빠, 왜 여기 있는 거예요?"

"하하, 그게 여자애들이⋯⋯."

교무실 복도에서 있었던 일이 어지간히도 끔찍했는지 백한은 흙빛이 된 얼굴로 그가 겪었던 일을 설명했다.

교무실 복도에서 진을 치고 있는 학생들 사이에서 그를 구해준 것이 예령이었고, 또다시 그런 일이 생길까 봐 걱정하는 백한에게 예령이 이곳에서 기다리면 서영과 루이를 데리고 오겠다고 한 것.

"그나저나 신기한 일이에요. 제가 구해준 아이한테 도움을 받다니."

"도움이라뇨. 백한 님이 저를 구해주신 일에 비하면 이 정도는 아무것도 아니에요."

"배, 백한 님."

호칭이 적응이 안 되는지 백한은 어색하게 웃으며 머리를 긁적였다. 반면 예령은 눈을 반짝이며 백한을 바라봤다.

'이 아이, 백한 오빠를 좋아하는 모양이네.'

하긴 뱀파이어 손에서 구해준 영웅이니 빠지는 것도 무리는 아니었다. 풋풋한 사랑이 너무 귀여워서 서영은 엄마 미소를 지었다.

"쓸데없는 것을 달고 왔군."

그때, 루이가 짜증스레 말했다. 그의 얼굴에는 귀찮음이 가득했다.

"백한, 알아서 처리해라. 그런 일은 한 번이면 족하다."

"하지만……."

"나를 또 귀찮게 할 생각인가?"

루이의 질문에 백한은 오른손을 왼쪽 가슴에 대고 허리를 살짝 숙였다.

"……형님이 원하시는 대로."

그제야 만족한 듯 루이가 콧방귀를 끼며 돌아섰다.

"여기 볼일은 그럼 끝난 건가?"

"아, 네. 모든 일을 마쳤습니다. 앞으로 서영 씨는 겨울방학이 끝날 때까지 학교에 안 오셔도 돼요."

"그럼 가지."

루이는 복도 창문을 열더니 서영에게 손을 내밀었다. 잡으라는 의미였다. 갑자기 왜 그러는 건지 알 수 없었지만, 서영은 루이가 시키는 대로 순순히 그의 손을 잡았다.

"앗!"

그러자 루이는 그녀를 품 안으로 끌어당기고 창틀 위로 올라갔다.

"루이, 너 설마…… 지금 여기서 뛰어내리려고?"

그들이 있는 곳은 별관 5층. 잘못 뛰어내리면 죽을 수도 있는 높이였다.

"나, 난 싫어!"

당황한 서영은 몸을 비틀며 루이의 품을 빠져나가려고 했지만, 루이가 허리를 단단하게 잡고 있는 탓에 그럴 수가 없었다.

"날 믿어."

"무, 물론 믿지만……."

그래도 이건 좀 아닌 것 같았다. 창밖으로 보이는 아찔한 높이에 머리가 핑 돌았다.

"내가 너에게 해가 되는 짓을 할 것 같은가?"

"그, 그게 난……."

"걱정 마라. 무슨 일이 있어도 난 너에게 해가 되는 짓은 하지 않는다."

이상했다. 여전히 뛰어내리는 것이 무섭고 땅을 보기만 해도 눈앞이 핑핑 돌았지만 루이의 말 한마디에 모든 것이 진정된 기분이었다. 서영이 작게 고개를 끄덕이자, 루이는 미소 지으며 그대로 창밖으로 몸을 던졌다.

"어, 언니!"

그들이 창문 밖으로 몸을 던지자 얼굴이 하얗게 질린 예령이 비명을 지르며 창문 쪽으로 뛰어갔다. 서영과 루이가 무사한지 확인하기 위해 창문 밖으로 고개를 내민 예령은 그들이 보이지 않는다는 사실에 놀람을 금치 못했다.

"어, 없어."

"하아……."

어쩌자고 인간 앞에서 능력을 쓴 건지. 백한은 골이 지끈거려 손으로 머리를 짚으며 고개를 절레절레 흔들었다.

뱀파이어들은 공간과 공간을 이을 수 있는 포탈을 열 수가 있었다. 힘이 많이 소모되는 능력이기 때문에 대부분의 뱀파이어들은 포탈을 여는 것을 꺼렸다. 하지만 루이는 망설임 없이 포탈을 열어 그 안으로 몸을 날렸다. 그만큼 이 학교라는 공간이 싫었던 것이다.

"그렇다고 해도 인간 앞에서 쓰면 뒷감당은 어떻게 하라고……."

백한은 예령에게 뭐라고 설명해야 할지 몰라 난감한 표정으로 그녀를 쳐다봤다. 더구나 예령은 뱀파이어처럼 생긴 의문의 종족에게 당할 뻔했기 때문에 다른 인간들보다 뱀파이어에 대한 두려움이 더 많았다.

"호, 혹시 말이에요."

"응?"

"저 사람…… 뱀파이어예요?"

역시나 알아채고 말았다. 긍정도 부정도 할 수 없어 백한이 어색한 미소를 지으며 "글쎄……."라는 말을 하자 예령은 뭔가 알았다는 듯 고개를 끄덕였다.

"그럴 거라고 생각은 했어요."

"응?"

"인간은 뱀파이어를 이길 수 없는데, 백한 님은 뱀파이어를 쉽게 물리치셨잖아요. 그래서 인간이 아닐지도 모른다는 생각을 하긴 했어요."

정확한 지적에 백한은 뭐라고 말을 해야 할지 몰라 그저 입을 꾹 다물고 있었다.

"하지만 백한 님은 붉은 눈도, 창백한 피부도 아니라서 뱀파이어는 아닐 거라고 생각했는데 저분을 보니 모든 뱀파이어들이 붉은 눈과 창백한 피부를 가진 건 아닌 모양이네요."

"아니, 그건……."

모든 뱀파이어들은 붉은 눈과 창백한 피부를 가지고 있었지만, 그들은 자신의 모습을 바꿀 수 있었다. 그 예로 루이가 붉은 눈을 검게 물들이고, 피부에 혈색이 돌도록 만들었으니까 말이다. 이 역시 힘이 많이 소모되는 일이기 때문에 하급 뱀파이어나 중급 뱀파이어들은 오랜 시간 모습을 바꾸지 못하지만, 루이처럼 상급 뱀파이어들에게는 간단한 일이었다.

"그, 그래도 괜찮아요."

"응?"

"사람도 나쁜 사람이 있듯이, 뱀파이어도 나쁜 뱀파이어가 있는 거죠. 그렇죠? 그래서 백한 님과 저분이 나쁜 뱀파이어들을 물리치고 다니는 거고요!"

자신들을 영웅 취급하는 말에 백한은 닭살이 돋은 팔을 쓰다듬으며 몸을 부르르 떨었다. 이 아이가 자신들을 영웅으로 봐주는 건 무척 고마웠지만, 자신들은 절대 영웅이 아니었다. 오히려 악당에 가까웠다.

그 사실을 구태여 예령에게 일일이 설명해줄 필요는 없었다. 백한은 예령을 적당히 돌려보내야겠다고 생각하며 그녀의 어깨에 손을 올렸다.

"오늘 일은 비밀로 해줘."

"저, 저도 돕고 싶어요!"

"뭐?"

뜬금없는 소리에 얼이 빠진 백한이 반문하자 예령은 백한의 손을 꼭 잡으며 말을 이었다.

"저도 백한 님과 같이 나쁜 뱀파이어들과 싸울래요!"

"그건 인간이 할 수 있는 일이 아니야."

"그 언니도 인간이잖아요!"

'서영 씨는 형님과 계약을 했기 때문에 특별한 케이스야!'라는 말이 입 안에서 맴돌았지만 백한은 다시 말을 삼켰다. 루이와 서영이 계약을 했다는 사실을 누설해서는 안 되기 때문이었다.

하지만 계약에 대한 이야기를 하지 않고 어떻게 예령을 설득해야 할지 몰라 백한은 눈을 굴리며 깊은 생각에 빠져들었다.

"왜 저는 안 되는데요!"

그사이 예령은 계속 백한을 재촉했다. 그녀가 자신의 팔을 잡고 마구 흔들며 계속 재촉하자 백한은 성가시다는 듯 그녀의 손을 뿌리쳤다.

"넌 인간이잖아."

"제가 인간이라서 안 된다는 말은 하지 마세요! 제가 보기엔 그 언니보다 제가 더 세요."

어디서 오는 자신감일까. 막무가내로 구는 예령 때문에 골치가 아파진 백한은 눈살을 찌푸리며 예령의 어깨를 잡았다.

"만약 네가 나를 이길 수 있을 정도의 힘을 가진다면 생각해보지."

"인간인 제가 그런 힘을 가질 수 있을 리가……."

"하지만 서영 씨는 나를 이길 수 있어."

물론 서영은 백한을 이기지 못한다. 하지만 그녀에게는 루베르이라는 커다란 보호막이 있었고, 그 보호막은 백한이 깰 수 없는 절대 무적이었다.

"이해가 안 돼요! 그 언니의 어디를 보고 세다고 하는 거죠!"

예령은 좀처럼 자신의 의견을 굽히지 않고 계속 백한에게 바락바락 대들었다. 그런 예령이 성가시기만 한 백한은 한숨을 푹 내쉬었다.

"미안하다, 예령아."

이럴 땐 삼십육계 줄행랑이 최고지. 백한은 예령의 손을 뿌리치고 냅다 달렸다.

"백한 님!"

당황한 예령이 백한을 잡으려고 황급히 손을 뻗었지만, 백한은 이미 저만치 도망친 후였다.

"백한 님, 백한 님!"

예령의 목소리가 공허한 복도에 가득 울려 퍼졌다. 수업을 하고 있던 학생들은 무슨 일인가 싶어 하나둘씩 고개를 밖으로 내밀었고, 예령을 발견한 선생님은 왜 수업에 들어가지 않고 여기 있냐며 예령을 꾸짖었다.

"하……."

하지만 예령은 미동도 하지 않고 백한이 사라진 복도를 하염없이 쳐다보고 있었다.

가짜 뱀파이어 꽃의 등장

쾅—.

"아야!"

착지를 잘못한 탓에 엉덩이부터 떨어진 서영은 시큰거리는 엉덩이를 문지르며 자리에서 일어섰다.

"이게 뭔 일이래……."

서영은 눈을 껌뻑이며 자신에게 무슨 일이 일어났는지 되새겼다. 제아무리 루이가 자신을 달래줬다고는 하나 아찔한 높이와 땅에 부딪힐지도 모른다는 공포감에 서영은 루이의 품에 얼굴을 묻고 눈을 질끈 감았었다.

그런데 웬걸, 눈을 떠보니 딱딱한 시멘트 바닥이 아니라 푹신한 카펫이 깔린 백한의 집 거실이었다.

"이, 이것도 뱀파이어 능력이야?"

"응."

신기해하는 서영과 달리 루이는 별것 아니라는 듯 어깨를 으쓱이고 소파에 앉았다. 포탈을 여는 능력은 힘의 소모가 매우 컸다. 그 때문인지 몸에 극심한 피로가 몰려와 루이는 눈두덩을 두 손으로 지그시 누르고 고개를 이리저리 움직였다.

"왜 그래? 어디 안 좋아?"

루이의 상태가 안 좋다는 것을 기가 막히게 알아챈 서영이 그의 곁으로 쪼르르 달려와 이리저리 살폈다.

"그냥 조금 피곤한 것뿐이다. 신경 쓰지 마라."

"아, 혹시 학교에 가서 그래?"

루이가 인간들이 많은 곳을 싫어한다는 것을 상기한 서영은 괜히 그를 데리고 간 건가 싶어 조심스레 그의 눈치를 살폈다. 그녀의 그런 걱정을 아는지 루이는 희미한 미소를 지으며 서영의 손에 자신의 손을 살포시 올렸다.

"괜찮다. 내가 가겠다고 고집부린 것이니, 네가 미안해할 필요는 없다."

"그렇지만……."

"괜찮다고 말했다."

루이의 단호한 말에 할 말을 잃은 서영은 어색한 미소를 지으며 대화 주제를 황급히 바꿨다.

"근데 백한 오빠 놔두고 와도 돼?"

"그는 할 일이 있다."

"할 일?"

"귀찮게 인간을 달고 왔으니, 떼고 와야겠지."

루이가 말하는 인간이라는 것이 예령이라는 것을 어렵지 않게 짐작한 서영은 눈을 껌뻑였다.

예령이 뭐가 귀찮다는 걸까. 서영이 보기엔 예령은 착하고 싹싹한 아이였다. 백한보다 한참 어린 것이 흠이겠지만 그래도 백한에게 잘 어울렸고, 혼자인 백한이 연애를 하게 된다면 그보다 좋은 일은 없다고 생각한 서영은 루이에게 물었다.

"백한 오빠랑 그 예령이라는 아이가 잘 되면 좋은 거 아니야?"

"좋긴. 하프는 사랑을 하면 안 돼."

여전히 이해가 안 되었다. 백한이 감정 없는 인형도 아니고 그가 왜 사랑을 할 수 없는지 알지 못하는 서영은 추가적인 설명을 더 해달라는 시선으로 루이를 빤히 쳐다봤다.

"하프는 아이를 갖지 못해."

"응? 설마……."

서영은 갑자기 머릿속에 어떤 드라마의 한 장면이 떠올라 '헉' 하는 얼굴로 루이를 쳐다봤다.

"설마, 고자……."

"고자? 그게 뭐지?"

"으……응?"

루이가 이 단어의 뜻을 모르고 있을 줄은 몰랐던 서영은 난감한 얼굴로 이걸 어떻게 설명해야 할지 몰라 눈을 굴렸다.

"그러니까 그 서, 성적 기능이 불능인……."

"뭐?"

"그, 그러니까……."

순진무구한 얼굴로 자신을 보고 있는 루이를 보고 있자니 왠지 죄를 짓는 듯한 기분이 들어 서영의 목소리는 점차 기어 들어갔다. 귀가 밝은 루이조차 알아들을 수 없을 정도로 작은 목소리로 중얼거리던 서영은 이내 얼굴을 붉게 물들이더니 루이를 향해 빽 소리를 질렀다.

"몰라! 나중에 백한 오빠한테 물어봐!"

다다다―.

그녀는 그대로 자리에서 일어나 방으로 날름 들어가 방문을 '쾅' 하고 닫았다. 태풍이 휘몰아친 것처럼 너무 순식간에 일어난 일이었기 때문에 루이는 그녀를 잡을 생각조차 하지 못하고 멍하니 소파에 앉아 서영이 들어간 방의 문을 쳐다보고 있었다.

띠링―.

"형님!"

서영이 방에 들어가자마자 자동 잠금 장치가 풀리는 소리가 들리더니 백한이 들어왔다. 얼굴이 붉게 물든 것으로 보아, 찬 겨울바람을 고스란히 맞으며 뛰어온 모양이었다.

백한은 자신을 버리고 간 루이에 대한 원망을 가득 담은 얼굴로 성큼성큼 루이가 앉아 있는 소파 앞까지 왔다.

"너무하신 거 아닙니까! 저를 버리고 가시다니요!"

"너는 할 일이 있으니까 놔두고 온 것이다."

"그, 그래도!"

"뒤처리는 잘하고 왔어?"

루이가 심드렁하게 되물었다. 백한을 버리고 간 것에 대해 조금도 죄책감을 느끼지 못하는 것 같았다. 이에 맥이 풀린 백한은 어깨를 축 늘어뜨리며 힘없이 바닥에 앉았다.

"우리를 돕고 싶다고 하더군요."

"뭐? 인간이?"

루이가 말도 안 된다는 듯 코웃음을 치자 백한은 약간 의아한 표정으로 루이를 쳐다봤다.

"형님, 서영 씨도 인간입니다. 한데 어째서 서영 씨는 곁에 두시는 겁니까? 혹시, 형님……."

백한은 말꼬리를 흐리며 눈을 가늘게 뜨고 루이를 쳐다봤다. 루이는 기본적으로 인간을 싫어했다. 한데 그런 그가 인간을, 그것도 서영에 한정해서 곁에 둔다는 것은…….

"서영 씨를 좋아……."

"서영은 다른 인간들과는 뭔가 달라."

백한의 말을 단호하게 자르며 루이는 턱을 괸 자세로 속눈썹을 길게 내리깔고 대답했다. 이 질문은 서영도 했던 적이 있었다. 왜 하필 많고 많은 인간들 중에 자신을 선택했느냐는 질문에 루이는 백한에게 했던 것과 같은 대답을 했었다.

'특별하다.'

그 단어로 설명이 안 될 정도로 서영이라는 존재는 특별했다. 그 이유는 뭔지 모른다. 처음에는 그녀의 주변에 떠도는 기운들이 다른 인간들과 달라서 눈길이 갔었고, 지금은 그녀 자체에 눈길이 갔다.

"그건 그렇고, 그 인간은 어떻게 했지?"

"형님이 뱀파이어라는 사실을 알고 있더군요. 하지만 다른 이들에게 함부로 발설하고 다닐 것 같지는 않아 그저 적당히 타이르고 왔습니다."

실은 도망친 것이지만 백한은 적당히 말을 둘러댔다. 자신이 도망갈 때 뒤에서 자신을 살벌하게 노려보던 예령의 시선이 무섭기는 했지만 백한은 가볍게 무시하기로 했다.

어차피 서영이 학교를 쉬는 이상 자신이 그 학교에 갈 일은 없었고, 그렇다면 예령을 만날 일도 없을 것이다. 어차피 보지 않을 사람이기 때문에 백한은 적당히 넘기자는 생각으로 어깨를 으쓱였다.

달칵ㅡ.

"백한 오빠 왔어요?"

"어라? 서영 씨, 왜 방에 들어가 있어요?"

"그, 그게⋯⋯."

차마 '고자'라는 단어를 루이에게 설명해주지 못해서 도망쳤다는 말을 하지 못하는 서영은 얼굴을 붉게 물들인 채 머뭇거렸다. 그녀의 상태가 뭔가 이상해서 백한이 고개를 갸웃거리며 시선을 서영에게서 루이에게로 돌렸다.

"뭔 일 있었어요?"

"백한."

"네?"

"고자가 뭐지?"

"……네?"

백한은 순간 자신이 잘못 들은 건가 싶어 손가락으로 귀를 파며 재차 물었다. 하지만 루이의 진지한 얼굴을 보니 자신이 잘못 들은 건 아닌 것 같았다.

"갑자기 고자는 왜……."

"네가 하프라서 아이를 못 낳는다니까, 서영이 고자냐고 묻더군."

백한의 시선이 다시 서영에게로 향했다. 그녀는 그새 방 안으로 뒤꽁무니를 빼버렸고, 문은 굳게 닫혀 있었다.

"하, 하……."

자신이 없는 사이 대체 무슨 이야기가 오고 갔기에 자신이 고자라는 소리를 들어야 하는 건지. 백한은 한숨을 깊게 쉬며 자신의 처량한 신세를 한탄했다.

달그락―.

그때였다. 집 안에 흐르는 고요한 정적을 깨는 소음.

백한은 그 소리가 어디서 들리는 건지 확인하기 위해 자리에서 일어나 주변을 살폈다. 그 순간 소파에 얌전히 앉아 있던 루이가 자리에서 벌떡 일어나 거실의 한복판에 놓인 책장 앞으로 다가갔다.

"쟥 경, 여기서 뭐 하시는 겁니까."

루이의 말이 끝나자마자, 책장에 꽂혀 있던 책들이 우르르 쏟아졌다. 깔끔했던 거실은 순식간에 난장판이 되었고, 땅에 떨어져 있던 책들 중 한 권이 불쑥 허공으로 날아오르더니 그 안에서 검은 연기가 스멀스멀 기어나왔다. 검은 연기들은 일정한 모양을 이루었고, 그 안에서 나온 것은 잭이었다.

"오랜만에 인간 세상에 나오는 거라 좌표를 잘못 설정한 건 아닌지 걱정했는데, 다행히 바로 온 모양이구나."

검은색의 중절모를 쓴 잭은 연기를 헤치며 유유히 걸어 나와 모자를 벗었다. 그러자 진공청소기에 빨려 들어가듯 검은 연기들이 모자 속으로 전부 빨려 들어갔다.

"잘 있었나, 루이?"

"며칠 전에 봐놓고 또 안부를 묻습니까?"

루이는 퉁명스레 잭의 말을 받아쳤다. 하지만 퉁명스러운 그의 말투와 다르게 루이의 얼굴에는 놀라움이 가득 담겨 있었다. 잭 스스로 오랜만에 인간 세상에 나왔다고 할 정도로 잭은 뱀파이어 요새에서 잘 나오지 않는 뱀파이어 중 한 명이었다. 그런 그가 인간 세상에 나왔다는 것은 뭔가 아주 급한 문제가 터졌다는 것.

'무슨 일이지?'

루이는 초조함이 서린 얼굴을 숨기지 못하고 잭을 쳐다봤다. 그러자 잭은 묘한 웃음을 지으며 루이를 지나쳐 그가 방금까지 앉아 있던 소파에 자리를 잡고는 중절모를 테이블 위에 올려두었다.

"왜 이렇게 소란…… 응? 누구?"

거실에서 소란스러운 소리가 들리자, 방문을 빼꼼 연 채 고개만 쑥 내민 서영은 소파에 앉아 있는 잭을 보고 깜짝 놀란 표정을 지었다. 붉은 눈과 창백한 피부. 루이와 같은 뱀파이어였다.

"호? 저 아이더냐, 네가 계약한 인간이."

잭이 서영을 보고 신기한 듯 물었다.

"저는 잭 경에게 그 사실을 말한 적이 없습니다만."

"네가 말하지 않는다고 내가 모를 것 같으냐?"

서영은 루이 말고 다른 뱀파이어가 집에 있다는 사실에 놀라기도 했지만, 그 뱀파이어가 루이와 너무 친해 보인다는 사실이 더 놀라웠다. 손님이 왔는데 방에 계속 있는 것은 예의가 아니라고 생각한 서영은 방에서 나와 처음 보는 뱀파이어인 잭에게 허리를 꾸벅 숙여 인사했다.

"강서영이라고 합니다."

"반갑소. 나는 잭이라고 하오."

얼핏 백한의 또래로 보이긴 했지만, 새하얀 백발과 중후한 분위기를 풍기는 잭은 백한보다 훨씬 나이가 많아 보였다.

'하긴, 당연한 건가.'

루이 역시 백한보다 어려 보였지만, 그는 백한보다 나이가 열 배는 더 많았다. 서영은 새삼 뱀파이어들이 늙지 않는다는 사실을 자각했다.

<hr/>

"인간들이 즐겨 마시는 것입니다."

책을 좋아하고 현자의 칭호를 가진 뱀파이어. 차를 즐겨 마시며, 인간 세계의 온갖 차를 수집한다고 했다. 그래도 믹스 커피는 마셔보지 못했을 거라고 생각한 백한은 의기양양하게 잭의 앞에 커피 잔을 내려놨다.

"호오, 이게 뭐라고?"

"믹스 커피라는 것입니다."

백한의 예상대로 잭은 믹스 커피를 처음 먹어보는 듯했다. 잭이 감탄을 하며 칭찬하자 백한은 머리를 긁적이며 과찬이라고 고개를 숙였다.

"이건 비율이?"

"이건 말이죠……."

"여기까지 오신 이유가 백한이 타준 차를 마시기 위해서는 아닐 테죠, 잭 경."

잭과 백한이 시답지 않은 이야기를 하려고 하자 루이는 단호하게 그들의 말을 잘랐다. 잭은 다시 찻잔을 내려놓았고, 백한은 몇 걸음 뒤로 물러났다.

"혹시 최근에 이상한 종족이 나타나지 않았나?"

"네, 제가 만난 적 있습니다. 뱀파이어의 모습을 가지고 있으면서 뱀파이어가 아닌 자를요."

잭의 말에 대답한 것은 백한이었다. 잭이 루이의 뒤에 서 있는 백한을 쳐다봤다.

"어떤 자였지?"

"자세히는 알 수가 없었습니다. 시체가 사라졌거든요. 저희는 그 존재가 돌연변이라고 생각하고 있습니다."

백한의 말에 잭은 코웃음 치며 뭘 모른다는 시선으로 루이를 쳐다봤다.

"돌연변이가 어떻게 태어나는지 아느냐?"

"모릅니다."

"그래서 내가 너보고 어리다고 말하는 거다. 다른 종족의 요괴가 교배해서 아이를 낳으면 간혹 돌연변이가 태어나지. 하지만 뱀파이어의 아이는 인간밖에 낳을 수 없어. 그렇기 때문에 모두들 뱀파이어들의 돌연변이는 하프라고 말하지."

"그럼……."

"아무래도 이번 일은 아쉘과 손을 잡은 협회와 관련이 있는 것 같다."

백한과 루이가 무덤덤하게 고개를 끄덕이자 잭이 씩 웃었다.

"놀라지 않는구나?"

"그럴지도 모른다고 생각을 했습니다."

"허면 이건 어떠냐? 그 이상한 종족이 뱀파이어 꽃과 연관되어 있다면?"

"무슨 말입니까?"

"그건 네가 생각을 해야지."

잭은 얄밉게 앞부분만 알려주고 입을 다물었다. 자신을 놀리는 듯한 잭의 행동에 루이는 그를 쳐다봤다.

"내가 언제까지 너한테 모든 것을 떠먹여줘야 하는 거냐? 너도 500년 이상 살았으면 자기 앞가림은 스스로 해라."

잭은 우아한 손놀림으로 커피 잔을 들어 올리며 말을 이었다.

루이의 기억 속에서 잭은 단 한 번도 쉽게 무언가를 준 적이 없었다. 루이는 잭에게 한소리를 하려다가 그가 원래 저런 성격이었음을 깨닫고 입을 다물었다.

"대체 뱀파이어 꽃은 뭔가요? 그리고 이상한 종족이란 건……."

루이의 옆에 얌전히 앉아 있던 서영이 불쑥 대화에 끼어들었다. 모두의 시선이 그녀를 향했지만, 서영은 잭만 쳐다보며 재차 입을 열었다.

"알려주세요. 뱀파이어 꽃이란 대체 어떤 건가요? 그리고 전에 잭…… 경께서 꽃은 식물이 아니라고 하셨죠?"

루이가 '잭 경'이라고 부르는 것을 들은 서영은 루이를 따라 조심스레 그를 불렀다. 틀린 호칭은 아니었는지 잭은 아무 말도 없이 그저 무심한 표정으로 서영을 쳐다보며 말했다.

"나는 식물이 아니라고 한 적도, 식물이라고 한 적도 없는데? 그리고 인간이 그걸 알아서 뭘 하려는 거지?"

분명히 잭은 두 가지 의미로 이야기했었다. 하지만 어느 의미가 맞다는 결론은 이야기하지 않았다.

어중간한 대답으로 공격적인 태도를 보이는 잭의 모습에 서영이 살짝 주춤하자 루이가 그녀를 감싸고돌았다.

"제 계약자입니다."

"허?"

"저는 서영을 저와 동등한 입장으로 대해주겠다고 했습니다. 제아무리 서영이 인간이라 해도 그녀 역시 알 권리는 있습니다."

루이가 인간을 감싸고도는 것을 처음 보는지라 잭은 좀처럼 입을 다물지 못했다. 한참이나 바보처럼 입을 벌리고 루이를 보고 있던 잭은 갑자기 어깨를 들썩이면서 웃음을 터뜨렸다.

"그렇겠지, 계약자이지. 내가 실수했소, 레이디. 내 무례를 용서하시오."

잭은 소파에서 일어나 정중하게 허리를 숙여 서영에게 사과했다.

그런 잭의 모습에 당황한 서영은 손사래를 치며 자리에서 일어나 괜찮다고 말했다.

"그럼 레이디, 레이디는 꽃이 식물이 아니면 뭐라고 생각하오?"

다시 자리에 앉은 잭은 백한에게 커피를 더 부탁한다는 말을 하고 서영에게 질문을 던졌다.

이건 기회였다. 뱀파이어인 그에게 인정받을 기회.

서영은 마음을 가다듬고 천천히 입을 열었다.

"뱀파이어 꽃은 여자예요."

서영의 말에 잭이 묘한 눈으로 그녀를 쳐다봤다. 서영은 잭의 시선을 피하지 않고 맞받아치며 추가 설명을 덧붙였다.

"수식어는 보통 다른 사람이 그 대상에게 붙이는 말이죠. 그리고 꽃은 로드 외에는 아무도 볼 수 없는 깊숙한 장소에 있었다고 했으니, 그 말을 붙인 것은 로드가 되겠죠."

때마침 백한이 새로운 커피를 잭의 앞에 내려놓았다.

"꽃은 보통 남자가 아름다운 여성에게 붙이는 수식어예요. 동물이 아무리 예뻐도 꽃이라는 수식어는 잘 붙이지 않죠. 그리고 깊은 곳에 숨겨서 자신만을 보게 했다면…… 로드가 뱀파이어 꽃을 사랑한 것이거나 둘은 연인 사이, 맞죠? 뱀파이어 꽃을 뺏기지 않기 위해 숨겼다고 한다면 로드는 고위 뱀파이어들에게도 그 정체를 알리지 않았을 거예요."

서영이 말을 하는 도중 계속 커피를 홀짝이던 잭은 서영의 말이 끝남과 동시에 빈 커피 잔을 테이블 위에 내려놓았다.

"……어디서 구한 거냐?"

잭의 얼굴에는 여러 가지 감정이 복합되어 나타났지만, 가장 크게 드러난 감정은 의외라는 것이었다. 뱀파이어도 아니고 한낱 인간이 저 정도로 생각했을 줄은 몰랐다는 표정이었다.

"말하지 않았습니까. 저와 동등한 입장에 있는 제 계약자라고."

루이의 얼굴에는 서영에 대한 자부심이 가득 담겨 있었다. 서영 역시 자신의 생각이 들어맞자 상기된 표정으로 주먹을 꽉 움켜쥐었다.

"레이디가 한 말은 반은 맞고 반은 틀리오."

잭은 깍지 낀 손을 무릎에 올리고 소파 깊숙이 몸을 묻었다.

"연인 사이? 사랑? 하…… 그놈에게는 아니었어."

지금 말하는 '그놈'이 혹시 로드를 이야기하는 건가?

뱀파이어의 수장에게 함부로 '그놈'이라는 호칭을 붙이는 잭의 당돌함에 백한과 서영이 놀란 눈으로 쳐다봤지만, 루이는 익숙하다는 듯 담담하게 그를 쳐다봤다.

"연인 사이가 아니면 대체 무슨 사이였다는 건가요?"

중요한 것은 잭이 로드를 '그놈'이라고 부르는 것이 아니었다. 서영의 질문에 잭은 잠시 생각하더니 이내 굳은 얼굴로 입을 열었다.

"사육…… 그놈이 한 것은 사육이었어."

'사육'이라는 말에 서영의 얼굴빛이 오묘하게 변했다. 보통 사육이라는 말은 인간이 가축을 기를 때 쓰는 말이다. 그렇기 때문에 서영은 잭이 말하는 사육의 대상이 누구인지 갈피를 잡지 못하고 있었다.

"서영이라고 했던가? 레이디."

"네."

"너는 네가 싫어하는 남자가 너를 방 안에 가둬두고 먹이를 주고 어디 가지 못하도록 묶어둔다면 어떨 거 같나?"

잭의 말을 상상해버린 서영은 질색하며 몸을 떨었다. 하나 잭이 아무 이유 없이 저런 질문을 했을 리가 없었다. 서영은 잭의 말을 곱씹으며 천천히 생각하다가 말을 뱉었다.

"설마…… 사육당한 건가요, 그 뱀파이어 꽃은?"

서영의 말에 잭은 말없이 고개를 끄덕였다. 전대 로드가 로드의 자리를 지키기 위해 뱀파이어 꽃을 가두고 사육한 거라고? 그렇다면 정식으로 꽃의 선택을 받은 것이 아니었다.

"로드가…… 아니잖아."

"아니, 그자는 로드였어."

어불성설. 잭의 말은 앞뒤가 맞지 않아 다른 이들에게 혼란을 주었다. 하지만 루이는 잭의 말에 동조하며 끄덕였다.

"문양이 있었다, 전대 로드는."

뱀파이어 꽃의 선택을 받은 자가 로드가 되고, 로드가 되면 로드의 문양이라는 것이 생긴다. 한데 잭은 전대 로드가 뱀파이어 꽃을 가둬서 사육했다고 했다.

그렇다면 전대 로드는 뱀파이어 꽃의 선택을 받지 않았다는 소리인데, 어떻게 로드의 문양이 있는 건지 이해가 되지 않아 모두들 의아한 눈으로 잭을 쳐다봤다.

잭은 한심하다는 눈빛으로 모두를 쳐다보며 말했다.

"뭔가 착각하고 있는 것 같은데 뱀파이어 꽃을 가진 자나, 꽃에게 선택받은 자가 로드가 되는 것이다. 반드시 선택을 받아야 할 필요는 없어."

"가진…… 자?"

서영이 잭의 말을 반복하며 의문을 달았다. 잭은 서영의 말에 고개를 끄덕이며 다시 한 번 자신의 말을 강조했다.

"그래. 가지기만 하면 된다. 상대가 원하든 말든 수단과 방법을 가리지 않고."

"잭…… 경?"

상대가 원하든 말든 수단과 방법을 가리지 않고 가지기만 하면 된다면 전대 뱀파이어 꽃은 뱀파이어 로드에게 강제로 당했다는 소리가 된다. 그것도 로드가 뱀파이어 사회를 지배했던 2천 년이 넘는 세월 동안 로드의 손아귀에서 감금당하고 사육당하면서. 도무지 믿을 수 없는 사실에 모두들 경악한 얼굴로 말을 잇지 못했다.

"전대 뱀파이어 꽃은…… 하, 이건 내가 말할 부분이 아니군."

말을 하려다 말고 잭은 고개를 저으며 탁자에 올려둔 중절모를 다시 썼다. 그의 행동에 답답해진 서영이 "잭 경." 하고 그를 불렀지만, 잭은 대답하지 않은 채 자리에서 일어섰다.

금방이라도 떠날 것 같은 잭의 행동에 서영은 다급하게 자리에서 일어나 그의 옷자락을 잡아끌었다.

"왜 더 말해주시지 않는 건가요?"

"……레이디."

온화한 미소를 짓고 있던 잭의 얼굴이 어느새 차갑게 굳었다. 그는 서영만이 들을 수 있을 정도의 작은 목소리로 말했다.

"네가 루이의 계약자인 것은 인정하지. 하지만 명심해라. 넌 인간이다. 인간 주제에 뱀파이어 일에 너무 깊게 관여하지 마라. 우리 뱀파이어 일족은 너희 인간들의 손을 빌릴 만큼 약하지 않아. 그리고……."

잭은 슬쩍 루이에게 시선을 던진 뒤 허리를 숙여 서영의 귀에 입을 가져다 대고 나지막한 목소리로 속삭였다.

"마음을 접어라. 그는 네 것이 되지 못해."

오늘 당장 부산으로 내려가는 건 다소 힘들 것 같아 백한의 집에서 하루 지내고 내려가기로 했다. 백한의 집에 있는 손님방에서 자게 된 서영은 씻고 잘 준비를 한 뒤, 침대에 몸을 뉘였다.

"하아……."

하지만 쉽게 잠을 이루지 못했다. 잭의 마지막 말이 머릿속을 가득 채우면서 가슴을 후벼 팠기 때문이었다.

게다가 뱀파이어 꽃이 로드를 선택한 게 아닌, 로드에게 사육을 당했다는 사실이 마음에 걸렸다. 서영은 계속 몸을 뒤척이며 잭과 했던 이야기를 되새겼다.

"정말 뱀파이어 꽃을 가져간 자가 인간인 걸까?"

뱀파이어 꽃이 정말로 그녀의 의지와 상관없이 오랜 시간 뱀파이어 로드에게 사육당하고 있었던 거라면, 그녀는 필시 도망가고 싶었을 것이다. 그렇다면 인간에게 납치됐다는 것보다 그녀 스스로 도망쳤다고 보는 게 더 맞았다.

"뭐가 맞는 건지 알 수 없으니 답답하네."

서영은 끙, 앓는 소리를 내며 몸을 뒤척였다.

잭은 진실을 알고 있는 눈치였지만, 더는 알려줄 생각이 없어 보였다. 그건 동혁 역시 마찬가지였다. 동혁도 뭔가 알고 있는 것 같은데 전화해도 받지 않고, 문자에도 답이 없었다. 다들 이렇게 나오니 답답한 마음만 점점 커졌다.

"모르겠다!"

답답한 마음에 계속 몸을 뒤척이던 서영은 결국 침대에서 벌떡 일어서며 소리를 쳤다. 이렇게 누워 있어 봤자 잠이 올 것 같지도 않아 따뜻한 우유라도 한 잔 마시는 게 좋을 것 같아 침대 밖으로 나오는 순간…….

띠리링ㅡ. 마치 공포 영화의 한 장면처럼 조용하던 방 안에 갑자기 핸드폰 소리가 울려 퍼졌다. 갑작스러운 소리에 깜짝 놀란 서영은 발을 헛디디며 그대로 넘어졌다.

"아야……."

시큰한 고통이 느껴지는 엉덩이를 매만지며 서영은 핸드폰을 확인했다.

발신 번호 제한. 스팸 전화인가?

보통 이런 전화는 받지 않았지만 이건 받아야 할 것 같은 생각이 들었다. 서영은 조심스럽게 통화 버튼을 눌렀다.

"여보세요."

[서영아.]

전화를 건 사람은 동혁이었다. 혹시 이상한 사람은 아닐까 걱정했던 서영은 아는 사람이라는 사실에 안도하며 침대 끝에 걸터앉았다.

"왜 전화 했어요?"

[전화는 네가 먼저 했는데.]

아, 그랬지 참. 한참 전에 해서 깜빡 잊고 있었다.

[잘 들어라, 서영아.]

뱀파이어 꽃에 대해서 물어보려는데 동혁이 먼저 말을 꺼냈다. 굉장히 다급해 보이는 목소리였다.

[너도 알다시피 삼촌의 일은 뱀파이어와 관련되어 있다.]

"알고…… 있어요."

마트에서 봤을 때 다 알려줘 놓고 새삼스레 다시 확인하는 그가 이상해

서영은 퉁명스럽게 대답했다. 아니, 지금 이 말이 아니더라도 서영은 동혁에게 퉁명스럽게 대할 수밖에 없었다. 마트에서의 일로 인해 서영은 동혁의 모든 것을 의심하고 있었다. 그가 정말로 자신의 삼촌이 맞는지부터 확인하고 싶었지만 차마 입이 떨어지지 않았다. 사실을 확인할 용기가 나지 않기 때문이었다.

[그리고 상급 뱀파이어들이 움직이기 시작했어. 그 옆에 붙어 있는 하프들도 같이 움직이기 시작했으니 조심해야 해. 네 옆에 있는 그 뱀파이어가 얼마나 강한지는 모르겠지만, 저들을 이기는 건 쉽지 않을 거야.]

"그건 걱정하지 마세요."

루이는 무려 서열 1위였으니까. 서영은 그가 질 거라고 생각지 않았다.

"그것보다 삼촌, 물어보고 싶은 게 있어요."

서영은 핸드폰을 고쳐 잡고 비장하게 말을 꺼냈다.

"이미 죽은 뱀파이어 꽃, 정말 삼촌이 가져간 건가요?"

[마트에서도 말했지만 내가 가져가지 않았어.]

"그럼 어떻게 뱀파이어 꽃에 대해서 아는 거예요? 계약자도 아니라면서요?"

[그거야······.]

동혁이 말꼬리를 흐리며 깊은 한숨을 내쉬었다. 괜히 초조해진 서영은 입술을 잘근잘근 깨물었다. 한참 주저하던 동혁이 뭐라고 중얼거렸지만, 너무 작아서 들리지 않았다.

"방금 뭐라고 하셨어요?"

[내가 도왔다고.]

쿠웅—.

마음속에 커다란 돌이 떨어졌다.

동혁이 대체 무엇을 도왔다는 걸까? 뱀파이어 꽃이 도망칠 수 있도록? 아니면 꽃을 인간들이 가져갈 수 있도록?

　하여간 뱀파이어 꽃이 사라지는 과정에서 동혁이 어떤 역할을 한 건 분명했다. 이에 충격을 받은 서영은 들고 있던 핸드폰을 놓쳐버렸다. 바닥에 떨어진 충격으로 전화가 끊겼다.

　털썩─. 서영은 침대에서 미끄러지듯 바닥에 주저앉았다. 그녀의 눈동자에 고인 눈물은 곧 그녀의 손등 위로 떨어졌다. 빗방울처럼 계속.

　"서영 씨, 왜 그래요?"

　방 안에서 나는 소리에 거실에 있던 백한이 서영에게 무슨 일이 있나 싶어 방문을 열었다가 바닥에 주저앉아 울고 있는 서영을 발견하고는 다급하게 그녀에게로 다가왔다. 백한은 서영의 어깨를 부드럽게 감싸 쥐며 그녀에게 말을 건넸다.

　"무슨 일인데요? 네? 왜 울고 있어요."

　다정한 백한의 손길은 오히려 서영의 눈물샘을 자극했다. 이렇게 다정한 사람들을 자신의 가족이 힘들게 했다는 사실이 감당할 수 없을 정도로 크게 다가왔다.

　"흐어어엉……."

　뱀파이어 꽃이 사라지면서 수많은 사람들이 다치고 많은 뱀파이어들이 죽었다. 루이는 자신의 친구를 잃었고, 그 때문에 그는 평생 지울 수 없는 아픔을 가지고 살아가고 있었다. 그 사실 때문에 가슴이 미어질 듯 아파서 서영은 심장을 부여잡고 계속해서 눈물을 흘렸다.

　그렇게 한참을 울고 나니 조금은 마음이 후련해졌다. 뒤늦게 백한을 잡고 오열했다는 게 부끄러워진 서영은 고개를 푹 숙였다.

　"진정이 좀 됐어요?"

　"네……."

　"그럼 세수라도 하고 와요."

백한이 서영을 일으켜 세우기 위해 그녀의 팔을 잡았을 때였다.

"지금…… 둘이 뭐 하는 거지?"

벼락처럼 루이의 목소리가 떨어졌다. 루이는 뻐딱하게 문에 기대어 서서 백한과 서영을 노려보고 있었다. 쏟아지는 따가운 눈총 때문에 백한은 가시방석에 앉은 사람처럼 몸을 들썩였다.

"서영."

루이가 불렀음에도 서영은 고개를 들지 않고 백한의 품에 폭 안겼다. 루이의 시선이 한층 더 살벌해졌다.

"서영 씨……."

이대로 있다간 루이에게 죽을 것 같아 백한은 그녀를 떼어내려고 했지만, 서영은 고개를 저으며 더욱 백한의 품으로 파고들었다.

"하, 하하하……."

점점 더 싸늘하고 강력해지는 루이의 시선을 온몸에 받게 된 백한은 식은땀을 흘리며 실소했다. 아무래도 오늘이 자신의 제삿날인 것 같았다.

서영은 백한이 곤란해하는 걸 알고 있었지만, 어쩔 수가 없었다. 지금은 루이의 얼굴을 볼 자신이 없었으니까.

부디 루이가 아무 말 하지 않고 떠나줬으면 했지만, 그럴 생각이 없는지 그는 계속 문 앞에 서 있었다.

"서영."

"……."

"대답해, 서영."

졸지에 샌드위치처럼 둘 사이에 낀 백한은 평소에는 믿지 않는 신을 향해, 제발 구원해달라고 간절히 애원했다.

딩동—.

백한의 간절한 바람이 통한 걸까. 초인종 소리가 들렸다. 이에 서영이 살짝 떨어지자 백한은 그 기회를 놓치지 않고 후다닥 일어나 밖으로 나갔다.

백한까지 방을 나가자 방 안의 분위기는 더욱 차갑게 가라앉았다. 여전히 서영은 루이를 보지 않았다. 그런 서영을 물끄러미 보던 루이는 그녀의 앞으로 다가가 앉았다. 그러자 서영이 움찔하며 고개를 푹 숙였다.

"왜 날 보지 않지? 내가 보기 싫어?"

그건 아니었기에 서영은 고개를 저었다.

"그럼?"

여전히 서영은 고집스럽게 입을 다물고 있었다. 이에 답답해진 루이는 어쩔 수 없이 그녀의 마음을 읽었다. 능력을 사용하자 '루이', '거리감', '이별', 이렇게 세 가지 단어가 떠올랐다.

'저게 무슨 의미지?'

아무리 조합을 해봐도 이해가 되지 않았다. 하지만 그녀가 뭔가 숨기고 있는 건 확실했기 때문에 루이는 재차 그녀에게 말했다.

"내게 뭘 숨기고 있지?"

서영의 몸이 미세하게 떨렸다. 그녀는 금방이라도 땅을 파고 들어갈 것처럼 바닥만 쳐다봤다.

"서영."

"……."

"이렇게 계속 숨긴다면, 그땐 정말 나와 이별할 수밖에 없다."

이별. 듣기만 해도 가슴이 미어지는 단어에 서영은 다시 눈물을 흘렸다.

루이는 한숨을 내쉬며 서영의 눈물을 부드럽게 닦아주었다.

"지금이라도 솔직하게 말한다면 이별할 일은 절대 없을 거다."

"……화낼지도 몰라."

"화도 내지 않겠다. 약속하마."

거듭되는 루이의 말에 서영은 눈을 질끈 감았다.

'사실대로 말할까.'

세상에 완벽한 비밀은 없었다. 지금은 숨긴다고 해도 언젠가는 다 들통날 일이었다. 그러니 언제 들킬까 봐 전전긍긍하기보다 그냥 지금 속 시원하게 말하는 게 나았다.

서영은 두 손을 꼭 마주 쥐고 천천히 입을 열었다.

"삼촌이…… 누군가 뱀파이어 꽃을 가지고 가는 걸 도왔대."

"뭐?"

생각지도 못한 말에 루이의 목소리가 살짝 격양됐다. 이에 서영이 겁먹은 듯 다시 눈을 감자 루이는 심호흡을 하며 흥분한 마음을 진정시켰다. 화내지 않기로 약속해놓고, 화를 낼 수는 없었다. 그러고 싶지도 않았고.

"구체적으로 네 삼촌이 뭘 어떻게 도왔다는 거지?"

"거기까진 모르겠어. 내가 들은 건, 삼촌이 도와줬다는 이야기뿐이야."

다른 것도 묻고 싶었지만, 저 말밖에 듣지 못했다면 다른 것도 알 리가 없으니 루이는 말을 아꼈다.

'그래서 그 인간도 새로운 뱀파이어 꽃이 태어났다는 걸 알고 있었군.'

누군가 뱀파이어 꽃을 들고 가는 걸 도왔다면, 새로운 뱀파이어 꽃이 태어나는 걸 보지 않았을까? 어쩌면 새로운 뱀파이어 꽃의 행방을 알 수도 있었다. 당장 동혁을 만나봐야겠다고 생각하고 있는데, 서영이 굉장히 불안한 얼굴로 그의 옷자락을 꽉 움켜쥐었다.

"내가…… 밉지 않아?"

"내가 왜 널 미워해야 하지?"

그녀가 아닌 그녀의 삼촌이 한 짓인데 어째서 그녀를 미워해야 한단 말인가. 이해 못 할 말에 그가 되묻자 서영이 격하게 고개를 저었다.

"날 안 미워하면 됐어."

서영이 다행이라고 중얼거리며 옅게 웃었다. 이에 화답하듯 루이도 웃으며 말했다.

"역시 넌 웃는 게 제일 예뻐."

두근―.

"무, 무슨 말을 하는 거야!"

난데없는 말에 서영은 화들짝 놀라며 자리에서 벌떡 일어섰다. 그녀의 얼굴은 홍당무처럼 붉었다.

"마, 말도 안 되는 소리 하지 마!"

"사실인데."

"루이!"

"넌 정말 웃는 게 예뻐. 그러니까 앞으로 계속 웃어줬으면 좋겠군."

어쩜 저리 낯간지러운 소리를 아무렇지 않게 하는지. 얼굴이 화끈거렸다. 서영은 손부채질을 하며 황급히 대화의 주제를 돌렸다.

"배, 백한 오빠는 어디 간 거야?"

서영은 백한을 찾기 위해 거실로 나왔다.

백한은 그곳에 없었다. 주방에도, 그의 방에도 보이지 않았다. 서영은 뒤늦게 그의 신발이 보이지 않는다는 사실을 알아챘다.

"밖에 나간 건가?"

'무슨 일로 나간 거지?'

왠지 모를 불안감이 엄습했다. 그를 찾아보는 게 좋을 것 같아 서영은 루이와 함께 밖으로 나갔다.

초인종 소리인 줄 알았는데 경비실에서 건 인터폰이었다.

'이 밤중에 경비실에서 무슨 일이지?'

백한은 고개를 갸웃거리며 인터폰을 받았다.

"네, 601호입니다."

[아, 여기 경비실인데 아침에 택배가 왔었는데 이제 연락드리네요.]

"택배요? 알겠습니다."

택배를 시킨 적은 없지만, 뭔가 왔다고 하니 일단 경비실로 내려갔다.

"……뭐야."

엘리베이터에서 내리자마자 짙은 피비린내가 느껴졌다. 백한은 코를 틀어막고 주변을 둘러봤다.

아파트 입구에서 끊긴 핏줄기는 경비실에서 시작된 것처럼 보였다.

설마……. 백한은 인상을 팍 쓰며 경비실로 들어갔다.

"윽!"

그러자 목을 잃은 두 개의 몸뚱이가 피를 철철 흘린 채 바닥에 쓰러져 있었다. 경비였다. 루이와 일을 하면서 잔인한 걸 많이 봤지만, 몇 번을 봐도 적응되지 않았다. 백한은 눈살을 찌푸리며 고개를 휙 돌렸다.

"이게 대체 어떻게 된 일……."

"백한 님—!"

그때, 누군가 백한의 등을 와락 껴안았다.

'이 목소리는?'

백한은 화들짝 놀라며 그를 껴안은 이를 쳐다봤다.

"예, 예령 학생……."

"에이, 그냥 예령이라고 불러주셔도 돼요. 우리 사이에 격식 차리긴."

피 냄새가 가득 퍼진 살인 현장에서 발랄하게 웃고 있는 여학생. 오묘하면서도 섬뜩한 조합에 백한은 식은땀을 흘렸다.

예령은 백한을 만난 것이 꽤나 기쁜지 싱글벙글 웃으면서 백한의 허리를 끌어안은 팔에 힘을 주었다.

"윽!"

뼈가 부러질 것 같은 강렬한 통증이 느껴지자 백한은 예령의 손을 뿌리치고 뒤로 물러났다.

"왜 거부하는 거예요?"

예령의 눈매가 매섭게 번뜩였다.

"당신보다 강해지면 날 받아준다고 했잖아."

성큼 백한의 앞에 다가와 선 예령이 그의 목을 졸랐다. 반항할 틈 같은 건 없었다. 백한은 캑캑거리며 예령의 손에서 벗어나려고 했지만, 어찌나 손아귀의 힘이 센지 좀처럼 벗어날 수가 없었다.

"이거 봐요. 저 강해졌어요."

예령은 훨씬 큰 백한을 손쉽게 들어 올렸다. 발이 공중에 뜨면서 목이 더욱 졸렸다.

"설마, 예령 학생이 경비들을……."

"아, 저 아저씨들이 선생님 방에 못 올라가게 하잖아요. 그래서 죽여버렸죠."

예령의 눈동자가 뱀파이어처럼 붉게 번뜩였다.

'어떻게 인간의 눈이 저렇게 붉을 수가 있는 거지?'

의아했지만 숨이 점점 막혀온 탓에 머릿속은 살고 싶다는 생각으로 가득 찼다. 백한은 어떻게든 예령의 손을 벗어나려고 했지만 끝내 그러지 못하고 의식을 잃었다.

"자, 그럼."

기절한 백한을 자리에 앉힌 예령은 주머니 속에서 오묘한 색을 띤 끈을 꺼내 들었다. 그 끈으로 백한의 손을 칭칭 묶은 예령은 환호에 찬 눈으로 백한의 입술에 입을 맞췄다.

"조금만 참아요. 그런 일은 없겠지만 혹시 백한 님이 도망갈지도 몰라서 이렇게 한 것이니까."

백한의 손을 묶은 정체불명의 끈은 그대로 녹아 사라졌다. 겉으로는 보이지 않았다. 백한에게서 손의 자유를 뺏은 예령은 백한을 가볍게 어깨에 둘러메고 돌아섰다.

"그만."

그대로 떠나려던 예령은 작은 소년이 제 앞을 가로막자 눈살을 찌푸렸다. 예령의 앞을 가로막은 건 루이였다. 예령의 뒤에는 아칸과 서영이 있었다.

"우욱."

경비실의 끔찍한 상황을 본 서영이 헛구역질을 하며 입을 틀어막았다. 예령은 그런 서영을 한심하다는 듯 바라봤다.

"고작 이 정도에 헛구역질하면 앞으로 같이 일하기 힘들 것 같은데."

"같이…… 일한다고?"

"네!"

예령이 한 떨기의 꽃처럼 화사하게 웃었다.

"우린 이제 동지예요, 언니!"

"무슨 헛소리야! 그것보다 백한 오빠를 놔줘!"

"서영 님, 잠시……."

아칸이 서영을 가로막으며 앞으로 나섰다. 루이도 예령 쪽으로 한 걸음 다가갔다.

"너, 눈이……."

그제야 예령의 붉은 눈을 발견한 서영은 경악하며 예령을 쳐다봤다. 동시에 알게 된 사실인데 예령의 피부는 백지장처럼 창백했다.

창백한 피부와 어둠 속에서도 반짝이는 붉은 눈.

'설마 저 아이가…… 뱀파이어 꽃인가? 그럴 리가. 낮에 봤을 땐 분명히 인간이었는데 어떻게 된 거지?'

"잡종이군."

루이가 예령을 보며 차갑게 읊조렸다. 예령이 내뿜는 기운은 인간의 것도, 뱀파이어의 것도 아닌 이질적이면서도 기분을 나쁘게 하는 기운이었다.

'낮에 봤을 땐 아니었는데.'

그땐 순수하게 인간의 기운을 내뿜고 있었다. 그런데 무슨 일이 있었길래 기운이 완전히 달라진 것일까. 눈동자는 어째서 붉게 변한 건지.

'설마 인간이 뱀파이어가 된 건가?'

순간 떠오르는 생각에 루이는 픽 웃었다. 인간들은 뱀파이어에게 물리면 뱀파이어가 된다고 믿고 있었지만, 아니었다. 물리면 죽을 뿐, 뱀파이어가 되지 않았다. 인간이 뱀파이어가 되는 방법은 없었다.

한데 저 예령이라는 인간이 어떻게 뱀파이어와 비슷한 외형을 가지게 된 건지는 모르겠지만, 한 가지 확실한 건 저 인간을 죽여야 한다는 것이었다. 저런 더러운 잡종이 뱀파이어를 따라하는 건 눈 뜨고 지켜볼 수가 없었다. 루이는 예령을 죽이기 위해 그녀에게 다가갔다.

"너, 너 무서워……."

본능적으로 루이를 이길 수 없다는 걸 깨달은 예령은 주춤 뒤로 물러났다. 하지만 바로 뒤에 아칸이 있었기 때문에 도망칠 곳은 없었다.

예령의 눈동자가 흔들렸다.

"죽고 싶지 않아."

예령은 루이가 왜 자신을 죽이려고 하는지 이해할 수가 없었다. 자신은 그저 순수하게 백한의 곁에 있고 싶었을 뿐인데, 그게 잘못된 일이었을까.

『잘못되지 않았어.』

그때, 누군가 귓가에 속삭였다. 굉장히 달콤한 목소리였다.

예령은 속으로 대답했다.

'그렇지? 난 잘못되지 않았지?'

『그래. 저 뱀파이어가 잘못된 거지.』

'맞아. 저놈이 나쁜 거야. 그러니까 저놈을 이길 힘이 필요해. 지금보다 좀 더 강한 힘이.'

『힘을 원해?』

'원해. 백한 님 곁에 머물 수 있는 힘이.'

『그럼 날 거부하지 마. 내가 너의 힘이 되어줄게. 그를 다 가질 수 있게 해줄게.』

누가 말하는 건지는 모르겠지만, 그 어느 때보다 힘이 간절하게 필요한 예령은 달콤한 목소리가 시키는 대로 온몸의 힘을 뺐다. 그 순간 새하얀 풍경이 눈에 보이면서 예령은 세상에서 가장 행복한 미소를 지었다.

***

"아, 이번에도 실패인데요?"

"뭐야, 또 터졌어?"

"어차피 루베르이 님이 계셔서 금방 죽을 것 같긴 했지만…… 아쉽네?"

빌딩 위 세 명의 인영은 마치 무언가를 관찰하고 있는 듯 말했다. 구름이 달빛을 가려버린 캄캄한 밤이라 형체는 뚜렷하게 보이지 않았지만, 그들은 계속 어딘가를 주시하고 있었다.

"이번 약도 불안정한가……."

"다른 배합을 해보지 뭐."

"그러죠, 뭐. 실험체는 많으니까."

약간의 웃음소리와 함께 구름이 지나간 후, 형체를 드러낸 달빛이 비친 빌딩 위에는 아무것도 없었다.

뱀파이어 각인

예령에게 당해 기절했던 백한은 다행히도 금방 정신을 차렸다. 손이 묶인 것 외에 특별한 외상은 없었지만, 문제는 묶인 손이었다. 겉으로는 아무것도 보이지 않지만, 만지면 끈 같은 게 만져졌다.

루이는 보이지 않는 끈을 끊어내고자 힘을 주어 잡아당겼지만 끊어지지 않았다. 몇 번을 시도해도 마찬가지였다. 보이지 않는 것도 그렇고, 루이의 힘으로도 끊을 수 없는 걸로 보아 평범한 끈은 아닌 것 같았다.

"잭 경에게 가야겠다."

현자의 칭호를 받은 만큼 잭이라면 뭔가 알 수 있을지도 모른다. 문제는 잭을 만나려면 백한을 데리고 뱀파이어 요새로 가야 한다는 것. 하프를 요새로 데리고 가면 주목을 받을 게 뻔하지만 어쩔 수가 없었다.

"서영, 넌 여기서……."

"나도 갈래."

기다리고 있으라고 말하려는데 서영이 선수 쳐서 대답했다.

"나도 데리고 가줘."

"그건 안 돼."

아칸도 나서서 서영을 설득했다.

"뱀파이어 요새에는 뱀파이어가 잔뜩 있습니다. 서영 님이 가시기엔 위험한 장소입니다."

"하지만 루이가 없는 사이에 뱀파이어나 예령 같은 괴물이 나타나면 어떡해요?"

"그건……."

할 말을 잃은 아칸이 입을 다물었다. 내심 루이도 그 점을 걱정하고 있었기 때문에 미간을 찌푸렸다.

'어떡하지?'

요새로 서영을 데리고 간다고 해도 그녀를 지킬 자신은 있었다. 문제는 뱀파이어 요새엔 요괴의 기운이 자욱하게 깔려 있다는 것이다. 인간의 몸으로 요기를 이길 수 있을 리가 없었다.

"나도 갈래! 나도 데리고 가줘, 루이."

"……하아, 알았다."

금방 나오면 괜찮겠지. 고민하던 루이는 결국 서영을 데리고 가기로 했다.

그녀를 지켜줄 자신은 있었지만 세상에 완벽한 건 없었다. 만약의 사태를 대비해두는 게 좋을 것 같아 루이는 혀를 세게 깨물었다.

으득─.

루이의 입술을 타고 붉은 선혈이 주륵 흘러내렸다. 루이는 피를 닦지 않고 소파에 앉아 있는 서영의 앞에 섰다.

"루이, 너 피……."

"쉿."

루이는 등받이 부분에 손을 짚고 한쪽 다리를 앉는 부분에 올려놓은 뒤, 서영을 위에서부터 내려다봤다. 그리고 말없이 서영의 뺨을 어루만지더니 그대로 입술을 포갰다.

"……!"

갑작스러운 키스에 서영의 눈이 화등잔만큼 커졌다. 아칸과 백한도 경악하며 그들을 바라봤다.

입술을 가르고 들어오는 말캉한 혀에서 비릿한 피 맛이 느껴졌다. 그 혀는 서영의 혀를 누르고 무언가 입속에 집어넣었다. 루이의 피였다. 그의 피는 침과 뒤섞여 목구멍으로 넘어갔다. 그제야 루이는 입술을 뗐다. 꽤 만족한 얼굴이었다.

"됐다."

"너, 너……."

한발 늦게 정신 차린 서영은 입을 쩍 벌린 채 손가락으로 루이를 가리켰다. 아칸도 황당하다는 얼굴로 루이를 바라보다가 곧 서영의 얼굴에 나타나는 문장을 발견하고 이해했다는 듯 고개를 끄덕였다.

"바, 방금 나한테……!"

하지만 여전히 이해하지 못한 서영은 말을 더듬으며 루이를 계속 가리키고 있었다.

갑작스러운 키스도 충격스러웠지만, 아무것도 모른다는 얼굴이 더 황당했다. 억울하기도 했고.

"바, 방금 나한테 무슨 짓을……."

"왜 말을 더듬지?"

"그걸 몰라서 물어!"

끝내 격양된 목소리가 터져 나왔다. 서영은 멱살 대신 루이의 팔을 잡고 크게 소리쳤다.

"방금 네가 나한테 무슨 짓을 했는지 몰라?! 나, 나한테 입을……."

"아, 그거."

그러고 보니 인간들은 모르겠군. 그제야 서영의 반응을 이해한 루이가 말을 덧붙였다.

"각인을 찍은 거다."

"각……인?"

"너를 요새로 데리고 가야 하니까."

설명은 그게 다였다. 각인이 정확히 뭘 의미하는 건지, 루이는 아무것도 가르쳐주지 않았다. 그럴 생각도 없어 보였고. 이에 서영이 더욱 황당해하자 보다 못한 아칸이 나섰다.

"각인은 예로부터 뱀파이어들이 자신의 아이를 가졌거나 아이를 가질 예정인 인간에게 남기는 표식입니다. 그러면 다른 뱀파이어들의 공격을 막을 수 있습니다."

루이가 무덤덤하게 아칸의 설명에 덧붙였다.

"말했다시피 뱀파이어 요새에는 수많은 뱀파이어들이 있다. 그들로부터 널 지키려면 이 방법이 가장 확실해서 그런 것뿐이야."

한마디로 아무 사심 없이, 단순히 각인을 찍기 위해서 입을 맞췄다는 것이었다. 그 사실이 너무 허무하고 억울해서 서영은 허탈하게 웃었다. 첫 키스라서 더욱 허탈하게 느껴졌다.

"이것이 문양입니다."

아칸이 손거울을 가져와 서영의 얼굴에 있는 문양을 그녀에게 직접 보여주었다. 그녀의 오른쪽 뺨에는 문신을 한 것처럼 기괴한 문양이 그려져 있었다. 서영은 뺨에 그려진 문양을 어루만졌다.

"이 문양이 있으면 정말 뱀파이어들의 공격을 받지 않나요?"

"네. 그 문양에 들어 있는 주인님의 힘이 서영 님을 지켜줄 겁니다."

"그럼 앞으로 계속 안전하다는 거죠?"

"아니."

루이가 대답했다.

"그 문양이 유효한 건 3일이다. 그 안에 네가 내 아이를 가지면 유지되지만, 그렇지 않으면 자연스럽게 사라진다."

"그럼 또 새기면 되는 거 아니야?"

그와 입을 맞추는 건 부끄러웠지만 안전을 위해서라면 그 정도는 감수할 수 있었다.

"그것도 안 돼. 인간은 뱀파이어의 문양을 평생에 한 번밖에 가지지 못하거든."

그렇다는 건 3일 안에 뱀파이어 요새를 나와야 한다는 의미.

"시간이 얼마 없군. 얼른 출발하도록 하지."

루이의 재촉에 그들은 곧바로 뱀파이어 요새로 떠날 준비를 했다.

깊은 어둠과 붉은 눈이 가득한 뱀파이어 요새.

평소에는 쥐 죽은 듯이 조용했던 요새는 루이가 인간을 데리고 왔다는 사실이 알려지면서 축제라도 벌어진 것처럼 소란스러워졌다.

"루베르이 님이 인간 신부를 들이셨다며?"

"아직 성년식도 안 지났는데 이른 감이 있지 않은가?"

"에이, 500년도 더 사셨는데 무슨. 우리 하급 뱀파이어와는 다르지 않은가!"

하급 그리고 중급 뱀파이어들은 루이가 드디어 장가를 간다며 기뻐했지만 상급 뱀파이어들은 긴장했다.

"루베르이의 속셈이 뭐지?"

"혹시 그 인간이 루베르이의 아이를 가진 건 아닌가?"

"그 아이가 하프이거나, 뱀파이어라면 어떡해야 하지?"

상급 뱀파이어의 자식일수록 태어난 자식이 하프이든 뱀파이어든 강한 힘을 가지고 태어났다. 그렇기에 현재 서열 1위인 루베르이의 자식은 화젯거리가 될 수밖에 없었다.

"막아야 하는 거 아닙니까? 루베르이가 이 혼란스러운 상황에 아무 생각 없이 인간 신부를 들였을 리는 없으니 무슨 목적인지 확실히 알아보고 막아야 합니다!"

"저도 그렇게 생각합니다, 아쉘 님!"

"나도 알고 있으니 다들 그 입 다물게!"

다른 뱀파이어들의 입을 틀어막은 아쉘은 인상을 팍 쓰며 머리를 거칠게 쓸어 올렸다. 루이가 무슨 생각을 하고 있든 간에 그의 자식이 태어나는 건 막아야 했다.

"당장 루베르이와 그의 인간 신부가 있는 곳을 알아내라!"

아쉘의 호령에 시종은 허둥지둥 밖으로 나간 시종은 잠시 후, 그들의 행적을 알아와 보고했다.

"그, 그것이 루베르이 님과 인간 신부께선 잭 님의 방으로 향하셨다고 합니다!"

"당장 그곳으로 가겠다!"

아쉘이 움직이는 걸 본 뱀파이어들은 곧 다가올 피바람을 예감하며 몸을 사렸다.

쾅앙―.

"정말이지, 저놈은 예의를 어디다 팔아먹은 건지 모르겠군."

잭은 깊은 한숨을 내쉬며 보던 책을 덮었다. 루이가 예의 없이 구는 게 하루 이틀도 아니고, 일일이 잔소리하는 것도 지쳐버린 잭은 힘없이 고개를 돌려 루이 일행을 쳐다봤다.

"……?"

늘 혼자 오던 루이의 뒤에는 오늘따라 많은 사람들이 있었다. 그 사람들을 확인한 잭은 드디어 루이가 미쳤다는 생각을 하며 안경을 치켜 올렸다.

"너, 드디어 정신이 나간 거냐? 어떻게 하프랑 인간을……. 아니, 하프는 그렇다 쳐도 인간을 뱀파이어 요새에 데려올 생각을 해!"

잭의 말에 루이는 아무 대꾸도 하지 않고 마치 제 방인 것처럼 들어와 소파에 앉았다.

그런 루이의 행동에 잭은 포기했다는 듯 고개를 절레절레 흔들며 뻘쭘하게 서 있는 백한과 서영에게 손짓했다.

"너희도 앉아라."

백한과 서영이 엉거주춤 소파에 엉덩이를 붙이자 잭은 시종에게 차를 내오라는 말을 하고 그들이 앉아 있는 소파의 맞은편에 앉았다.

"무슨 일로 온 건데……."

"백한을 살펴줬으면 합니다."

백한은 다시 자리에서 일어나 부자연스럽게 뒤로 묶여 있는 손을 잭에게 보여주었다. 백한의 손을 만져 본 잭은 그제야 그의 손이 보이지 않는 끈에 묶여 있다는 걸 알아채고 눈살을 찌푸렸다.

"뭐냐, 이건."

"저도 모르니 여길 왔지 않습니까."

저놈은 말을 곱게 하면 입에 가시가 돋는 놈일 게야. 잭은 끌끌 혀를 내차며 백한의 손을 다시 유심히 살펴봤다.

혹시나 하는 마음에 보이지 않지만 잡히는 끈을 잡아당겨 봤지만 끊어지지 않았다. 힘을 써도 마찬가지였다.

"설마……."

문득 한 가지 사실을 떠올린 잭은 그의 손가락을 깨물어 피를 낸 뒤, 백한의 손목 위로 떨어뜨렸다. 그러자 핏방울이 보이지 않는 끈에 흡수되어 붉은 나선을 그렸다가 결정이 되어 바닥에 뚝뚝 떨어졌다.

"하프의 피로 만들어진 주술이군. 그것도 아주 강한 하프의 피로 만든 주술이야."

그 말에 루이의 머릿속에 문득 한 인물이 스쳐 지나갔다.

아쉘을 막기 위해 찾아간 회의장에서 자신을 공격했던 의문의 남자.

아칸은 그 남자가 하프일 거라고 했었다.

'설마 그 남자의 피로 만든 주술인가?'

만약 그렇다면 그 예령이라는 여자를 이상한 괴물로 만든 것도 버려진 놈들의 집단, 협회라는 의미였다. 도대체 그들은 무슨 꿍꿍이인 걸까. 단순히 뱀파이어 꽃을 찾는 것처럼 보이진 않았다.

"그 주술을 풀 방법이 있습니까?"

"모르겠는데."

현자라고 불리는 잭도 모른다니. 백한은 절망하며 고개를 맥없이 떨어뜨렸다.

"괜찮아요, 백한 오빠. 금방 방법을 찾을 수 있을 거예요."

서영이 백한의 등을 토닥이며 위로했다. 손이 불편해서 아무것도 먹지 못하는 백한을 위해 손수 음식 시중도 들었다.

다정한 두 사람의 모습에 루이의 눈이 샐쭉 올라갔다. 누가 봐도 질투였다. 루이가 여자 때문에 질투를 느낀다는 게 신기해서 그와 서영을 번갈아 보던 잭은 곧 서영의 뺨에 그려진 문양을 발견하고 낮게 휘파람을 불었다.

"덮쳤냐?"

"푸웃!"

질문은 루이에게 했는데 백한이 반응을 보였다. 그것도 마시던 음료수를 잭의 얼굴에 뿜어내는 격한 반응이었다. 서영은 들고 있던 컵을 깨뜨렸다.

제일 멀쩡한 건 루이였다.

졸지에 먹던 음료수를 뒤집어쓴 잭은 똥 씹은 표정을 지었다.

"일찍 죽고 싶냐, 하프."

"콜록! 죄송합니다."

잭의 살벌한 기세에 백한은 무릎까지 꿇고 사죄했다. 잭도 자신이 놀려서 백한이 그런 것이라는 걸 알기에 더 말하지 않고 자리에서 일어섰다.

"씻고 오지."

잭이 씻으러 가자 시종이 서영이 깬 컵을 치우기 위해 빗자루와 쓰레받기를 들고 나타났다.

"제가 할게요."

"됐어."

서영이 자리에서 일어서려고 하자 루이가 만류했다.

"하지만 내가 깬 건데……."

"지금 네 위치는 나의 신부다. 저런 사소한 일을 네가 할 필요는 없어."

신부라니. 낯 뜨거운 말에 그보다 더 낯 뜨거운 장면을 상상해버린 서영은 얼굴을 붉히며 고개를 푹 숙였다.

"또 얼굴이 붉어졌군."

붉어진 서영의 얼굴이 신기한 루이가 그녀의 뺨을 쿡쿡 찔렀다. 서영은 하지 말라고 앙탈하듯 반항했고, 그녀의 반응에 더 재미를 붙인 루이는 웃으며 계속 서영의 뺨을 찔렀다.

"저기, 저도 있는데 그만하시죠."

안 그래도 손목이 뒤로 묶여 있어서 불편해 죽겠는데, 바로 옆에서 연애놀음을 하고 있으니 속이 부글부글 끓는 것 같았다. 백한이 드물게 인상을 팍 쓰며 불만을 토로했지만, 그들은 조금도 신경 쓰지 않았다.

"아이고, 내 팔자야."

새삼 제 팔자를 한탄하며 백한은 고개를 돌렸다. 그렇게 얼마나 기다렸을까, 씻고 옷까지 갈아입은 잭이 돌아왔다.

"그럼 하던 이야기를 마저 해볼까? 그래, 저 주술은 어디에서······."

콰앙ー. 갑자기 문이 거칠게 열리면서 잭의 말이 끊겼다. 또 어떤 새끼가 예의를 밥 말아 먹고 노크도 없이 문을 여는 건지. 잭은 작게 욕을 읊조리며 뒤를 돌아봤다.

곧 한 무리의 뱀파이어들을 이끌고 성큼성큼 안으로 들어오는 아쉘을 발견하고 고개를 갸우뚱했다.

"자네가 여긴 어쩐 일인가?"

잭의 질문을 가볍게 무시하고 루이를 쳐다본 아쉘은 곧 그의 옆에 앉아 있는 서영과 백한을 발견하고 버럭 소리를 질렀다.

"더럽고 하찮은 인간과 하프 따위를 신성한 요새로 데리고 오다니! 네놈이 드디어 미쳤구나!"

"미친 건 제가 아니라 아쉘, 당신일 텐데요?"

"무, 뭣이?"

"말까지 더듬다니. 죽을 때가 다 되면 말도 제대로 할 수 없는 모양이군요."

"루베르이!"

"가장 나이 많은 잭 경은 저리 멀쩡한데, 아무래도 아쉘 경이 잭 경보다 먼저 죽겠군요."

"이봐, 나는 왜 끼워?"

잭이 볼멘소리로 말하며 아쉘을 흘겨봤다. 아쉘의 얼굴은 몹시 붉다 못해 금방이라도 터질 것 같았다. 그 모습을 보고 있으니 몹시 통쾌해서 웃음이 자꾸만 나왔다.

"네놈, 정녕 인간을 신부로 맞이한 것이냐? 지금 사태가 어떤데 인간을······!"

"당신이 언제부터 제 사생활에 그렇게 관심이 많았다고, 일일이 입을 대는 건지 모르겠군요."

루이가 지지 않고 대꾸하자 아쉘은 콧바람을 거세게 내뿜으며 죽일 듯이 루이를 노려봤다.

'저 뱀파이어가 아쉘이구나.'

루이의 친구를 비롯해서 수많은 뱀파이어를 죽인 뱀파이어.

서영은 루이의 적이 어떤 자인지 두 눈에 똑똑히 기억하기 위해 아쉘을 빤히 쳐다봤다.

"감히 누굴 보는 거지? 더러운 인간 따위가!"

아쉘이 펄펄 날뛰며 손을 높이 들어 올렸다. 힘을 쓰려는 것이었다. 그 사실을 그 누구보다 가장 먼저 알아챈 루이는 아쉘을 막았다. 거기서 멈추지 않고 아쉘의 팔을 잡고 비틀었다.

"끄아아악!"

아쉘이 얼마나 고통스러워하는지 비명에서 느낄 수 있었다. 귀를 찢을 듯한 비명에 루이는 인상을 쓰며 그의 팔을 거칠게 내팽개쳤다.

"아쉘 님!"

아쉘이 쓰러지자 다른 뱀파이어들이 다급하게 다가와 그를 부축했다. 다른 뱀파이어들의 도움을 받고 겨우 일어선 아쉘이 아픈 팔을 움켜쥐며 매섭게 루이를 노려봤다.

"루이, 네놈이 감히······!"

"상급 뱀파이어들의 싸움은 금지되어 있죠."

상성이 다른 강한 힘이 충돌하면 자칫 다른 이들까지 위험해질 수 있기 때문에 전대 뱀파이어 로드는 상급 이상 힘을 가진 뱀파이어들이 싸우는 걸 엄격하게 금지해두었다. 이 규칙은 새로운 뱀파이어 로드가 나타날 때까지 지키는 게 예의였다.

"하지만 모든 일에는 예외가 있습니다."

루이는 볼썽사납게 다른 뱀파이어들의 부축을 받고 있는 아쉘을 무덤덤하게 바라보며 말했다.

"한 번만 더, 제 신부를 건드리려고 한다면 그땐 팔로 넘어가지 않을 겁니다."

✦✦✧✦✦✦✧✦✦

"서영."

제 이름을 부르는 낮은 목소리에 정신이 든 서영은 천천히 눈을 떴다. 가장 먼저 보이는 건 걱정스럽게 저를 바라보고 있는 루이의 얼굴이었다.

"루이……?"

"정신이 들어?"

서영은 고개를 끄덕이며 천천히 몸을 일으켰다.

"여긴 어디야?"

"내 방이다."

루이의 방이라니. 서영은 천천히 방을 둘러봤다. 가구라곤 침대와 탁자뿐인 삭막한 방이었다. 옷장이나 다른 장식품 같은 건 전혀 보이지 않았다.

"내가 왜 여기 있는 거야? 분명 잭 경의 방에 있었는데."

"상급 뱀파이어의 힘을 견디지 못하고 쓰러졌었다."

루이가 작게 한숨을 내쉬며 서영의 얼굴 위로 흘러내린 머리카락을 넘겨주며 말했다.

"미안하다. 네가 인간인 걸 생각했어야 했는데……."

"아니야, 어쩔 수 없는 상황이었잖아. 그리고……."

─한 번만 더, 제 신부를 건드리려고 한다면 그땐 팔로 넘어가지 않을 겁니다.

문득 루이가 한 말을 떠올린 서영은 붉어진 뺨을 감싸며 고개를 푹 숙였다. 별 뜻 없이 그저 저를 지키기 위해서 한 말이라는 걸 알지만, 그래도 부끄러웠다.

"얼굴이 붉은데. 아픈 건가?"

"아니야. 괜찮……!"

불쑥 루이가 이마를 마주 대자 서영은 눈을 동그랗게 뜬 채 그대로 굳었다. 남자치고 긴 속눈썹이 바로 눈앞에서 보였다. 낮은 숨소리가 콧잔등을 간질이고 흩어졌다. 심장이 쿵쿵 뛰다 못해 절벽 아래로 뛰어내렸다. 서영은 더 이상 루이의 시선을 똑바로 마주하지 못하고 눈을 질끈 감았다.

"열은 없는 것 같은데."

그런데도 그녀의 붉은 얼굴이 좀처럼 가라앉지 않아 루이는 작게 한숨을 내쉬며 굽혔던 상체를 일으켰다. 그제야 서영은 슬며시 눈을 떴다.

"난 인간의 몸에 대해 잘 모르니 백한을 불러오도록 하지."

잠시만 기다려달라고 말한 뒤, 루이는 훌쩍 나가버렸다. 어두운 방 안에 혼자 남겨진 서영은 그의 이마가 닿았던 곳을 문질렀다. 아직도 감촉이 남아 있는 것 같아 심장이 뛰었다.

'어쩌다 이렇게 되어버린 걸까.'

인간과 뱀파이어는 이루어질 수 없는데, 어쩌자고 그를 깊게 사랑하게 된 걸까. 서영은 깊은 한숨을 내쉬며 무릎을 끌어안고 얼굴을 묻었다.

그렇게 얼마나 지났을까. 인기척이 느껴지자 서영은 슬며시 고개를 들었다. 그곳엔 메이드 옷을 입은 여자가 서 있었다. 낯선 이의 등장에 서영은 약간 긴장하며 여자를 쳐다봤다.

"당신은 누구죠?"

"전 루베르이 님을 모시는 하녀입니다. 달리 이름은 없으니 그냥 하녀라고 부르시면 됩니다."

목소리에도 높낮이가 없었다.

"왜 이름이 없는 건가요?"

"저희는 매일 어둠에서 태어나고 어둠으로 사라집니다. 그러니 달리 이름은 필요 없습니다."

하루살이 같은 건가? 이상했지만 요괴 세계에서 인간의 상식을 적용하는 건 말이 안 되니 그러려니 하며 넘겼다.

"불을 켜드릴까요?"

서영이 고개를 끄덕이자 여자는 주머니에서 초를 켜 허공에 띄웠다.

"달리 필요하신 게 있으십니까?"

서영이 고개를 젓자, 하녀는 필요한 게 있으면 언제든지 불러달라는 말을 남긴 뒤, 어둠 속으로 사라졌다.

다시 혼자 남은 서영은 방을 둘러봤다. 아까도 느꼈지만, 너무 삭막한 방이었다. 꽃 한 송이만 있어도 분위기가 확 살 것 같은데.

딱히 구경할 게 없으니 금방 심심해졌다.

루이는 언제 돌아오는 거지? 침대 밖으로 나온 서영은 문을 살짝 열고 나와 밖을 둘러봤다. 짙은 어둠이 내린 복도는 스산한 분위기를 풍겼다.

서영이 몸을 좀 더 밖으로 빼자 벽에 걸려 있던 초에 불이 붙었다. 마치 서영을 환영하는 것 같았다.

"신기하다."

마술 같은 현상을 넋 놓고 바라보고 있던 서영은 달칵, 문이 닫히는 소리가 들리자 뒤를 돌아봤다. 루이의 방문이 닫힌 것이다. 그뿐만 아니라 방문은 파사삭, 가루가 되어 사라졌다.

"어, 어?"

서영은 당황하며 벽을 더듬었지만 애초에 문이 존재하지 않았던 것처럼 벽은 깨끗했다.

"어, 어떡해!"

잠시 넋을 놓고 초를 보고 있었던 게 화근이었다. 구경하더라도 밖으로 나와선 안 됐는데. 서영은 발을 동동 구르며 어쩌면 좋을지 고민했다.

"흐응? 인간이 있네?"

그때, 뒤에서 낯선 목소리가 들렸다. 서영은 고장 난 로봇처럼 삐걱거리며 뒤를 돌아봤다. 그곳엔 타오를 듯한 붉은 머리와 그보다 더 붉은 눈동자를 가진 남자가 서 있었다.

뱀파이어. 서영의 얼굴이 창백하게 질렸다.

"뺨에 루이의 문양을 가지고 있는 걸로 보아, 루이가 데려왔다는 그 신부인가 봐?"

잭 경처럼 루이의 이름을 친근하게 부르는 걸 봐서 루이와 친한 것 같았지만, 믿을 수는 없었다.

"당신은 누군가요?"

서영이 떨리는 목소리로 묻자, 남자가 매혹적인 미소를 그리며 그녀의 앞에 한쪽 무릎을 꿇고 앉았다.

"난 레카라고 해."

그리고 서영의 손등에 가볍게 입을 맞추며 장난스럽게 윙크를 날렸다.

"레이디의 이름은?"

익살스러운 레카의 모습을 보니 바짝 조였던 긴장의 끈이 조금 느슨하게 풀렸다. 서영은 아까보다 여유 있는 얼굴로 대답했다.

"강서영이에요."

"예쁜 얼굴에 어울리는 예쁜 이름이네."

어디서 많이 본 스타일이라고 생각했는데 드라마에서 많이 봤었다.

여자들을 후리고 다니는 카사노바. 레카와 딱 어울렸다.

"그런데 왜 혼자야? 루이랑 함께 있는 거 아니었어?"

"그게……."

서영은 레카에게 자신의 상황을 설명했다. 그녀의 말을 모두 들은 레카는 웃으며 그녀를 위로했다.

"많이 놀랐겠구나. 뱀파이어 요새는 원래 그런 곳이야. 레이디의 잘못이 아니니 너무 걱정할 필요 없어."

이 남자, 좋은 뱀파이어야. 어느새 서영은 긴장의 끈을 완전히 풀고 레카와 편하게 대화를 나눴다.

"루이가 있는 곳에 데려다줄까?"

"루이가 어디 있는지 알아요?"

"시종에게 알아보라고 하면 돼."

레카가 허공에 손짓하자 한 여자가 등장했다.

"루이를 찾아라."

여자는 허리 숙여 인사하고 다시 어둠 속으로 사라졌다. 레카가 환하게 웃으며 서영에게 손을 내밀었다.

"그럼 그동안 내 방에 가 있을래?"

"레카 경의 방이요?"

"그냥 편하게 레카라고 불러. 루이의 신부라면 내 가족이기도 하니까."

역시 이 뱀파이어, 루이와 사이가 좋은 모양이다. 호칭도 호칭이지만, 루이를 부를 때 애정이 듬뿍 담겨 있었다.

"네, 그럴게요. 레카."

서영은 더 이상 레카를 의심하지 않았다.

"정말이지, 이렇게도 자료가 없다니."

잭은 백한의 손목에 걸린 주술을 풀기 위해 무던히 자료를 조사해봤지만, 아무런 수확을 얻지 못했다. 백한은 의기소침하며 어깨를 축 늘어뜨렸다.

"백한, 잠시 나 좀 보지."

그래도 포기하지 않고 다른 책을 보려는데 루이가 찾아왔다. 백한은 그를 도와주는 시종에게 잠시 기다려달라고 말한 뒤, 루이를 돌아봤다.

"무슨 일이에요?"

"서영이 아픈 것 같아."

"어서 가죠."

어디가 어떻게 아픈 걸까. 역시 인간의 몸으로 뱀파이어 요새에 오는 건 무리였나.

백한은 이런저런 생각을 하며 루이와 함께 잭의 방을 나왔다. 루이가 벽에 대고 중얼거리자 아무것도 없던 벽에 흐릿한 그림자가 생기면서 문을 그렸다.

뱀파이어 요새의 방들은 전부 이런 식으로 되어 있었다. 방문은 벽에 고정되어 있지 않고 모습을 감추고 있다가 뱀파이어 요새 어디서든 주인이 부를 때만 그 모습을 나타냈다.

달칵一.

"서영 씨…… 응?"

방에 있어야 할 서영이 보이지 않았다. 백한은 당황하며 루이를 돌아봤다. 루이 역시 적지 않게 당황한 얼굴이었다. 루이는 방 안을 크게 둘러보며 서영이 없다는 걸 재차 확인한 뒤, 방문을 쾅, 닫았다.

"자, 잠깐만요. 형님! 저 아직 안에 있어요!"

졸지에 방에 갇힌 백한이 애타게 루이를 불렀지만, 그는 개의치 않고 켄과 아칸을 불렀다.

"켄! 아칸!"

루이의 부름에 켄과 아칸, 그리고 한 소녀가 등장했다. 처음 보는 소녀는 아니었다. 레카와 함께 있는 걸 종종 본 적이 있었다.

"레카의 시종인가?"

"레이첼이라고 합니다."

소녀가 허리 숙여 인사하며 레카의 말을 전했다.

"레카 님의 전언입니다. 서영을 되찾고 싶다면……."

콰앙―. 레이첼의 말이 채 끝나기도 전에 루이가 그녀의 멱살을 잡고 그대로 벽에 내려찍었다. 커다란 굉음과 함께 벽이 움푹 파이면서 돌가루들이 우수수 떨어져 뽀얀 먼지를 일으켰다. 너무 순식간에 일어난 일이어서 아칸이 말릴 시간도 없었다.

"커, 컥―."

레이첼은 기괴한 신음을 뱉으며 발버둥 쳤지만, 루이는 그녀를 놓아주지 않았다. 오히려 힘을 더 가해 그녀의 목을 졸랐다.

"다시 말해봐라."

낮게 깔린 음성과 함께 루이의 몸에서 짙은 회색 안개가 피어올랐다. 안개들은 레이첼을 휘감았고, 곧 살이 타는 냄새와 함께 레이첼이 고통에 찬 비명을 질렀다.

"일단 진정하십시오, 루이 님. 이 시종을 죽이면 레카 님이 있는 곳을 알수 없습니다."

아칸이 다급하게 달려와 루이의 팔을 잡으며 그를 설득했다. 다행스럽게도 아칸의 말이 먹혔는지 루이는 흉흉한 살기를 조금 거두며 뒤로 물러섰다. 그가 물러서자 레이첼의 몸을 감싸고 있던 안개들 역시 사라졌다. 레이첼은 마른기침을 뱉으며 목을 감싼 채 벽을 따라 주저앉았다.

"레카가 서영에게 무슨 짓을 한 거지?"

말을 하기가 괴로운지 레이첼은 쉰 소리만 내며 계속해서 마른기침을 했다. 그런 그녀의 행동이 마음에 들지 않아 루이가 눈살을 찌푸리며 손을 들어 올렸을 때였다.

탁―. 어디선가 등장한 붉은 불꽃이 그의 손을 잡았다.

이 불꽃…… 레카가 부리는 불꽃이었다.

"어디 있는 거냐, 레카."

불꽃이 있다는 건 레카도 근처에 있다는 의미.

루이는 크게 소리치며 주변을 둘러봤다.

"너무한 거 아니야? 그래도 나 대신 간 시종인데, 너무 막 대하네."

레카의 목소리가 들린 곳은 다름 아닌 레이첼의 입이었다. 레카는 지금 다른 곳에 숨어 레이첼의 입을 빌려 말을 하고 있는 것이었다.

루이는 바닥에 힘없이 주저앉아 있는 레이첼의 멱살을 잡아 올리더니 얼굴을 바짝 가져다 대며 낮은 목소리로 으르렁거렸다.

"서영에게 무슨 짓을 한 거지?"

"아무것도. 그냥 길을 잃은 어린양처럼 돌아다니길래 보살펴준 것뿐인데."

"내놔. 죽고 싶지 않으면 곱게 다시 데려와."

루이의 몸에서 회색 안개가 아지랑이처럼 또다시 피어올랐다. 그만큼 화가 났다는 의미였지만 레카는 조금도 두려워하지 않았다. 오히려 그런 루이가 귀엽다는 듯 웃었다.

"나한테 화낼 처지가 아니지 않아?"

"뭐?"

"그녀는 내 손에 있어. 내가 어떻게 할 줄 알고 그렇게 화를 내?"

루이의 얼굴이 여지없이 일그러졌다. 레이첼의 멱살을 잡은 루이의 손에 힘줄이 설 정도로 힘이 들어갔지만, 그는 이내 눈을 질끈 감고 레이첼을 거칠게 내팽개쳤다.

"하하, 재미있군. 천하의 루베르이가 인간 하나 때문에 안절부절못하다니, 세상 참 오래 살고 볼 일이야."

"닥쳐!"

루이가 살벌하게 말을 맞받아쳤지만, 뭐가 그리 즐거운지 레카는 계속해서 웃었다.

레카의 목소리를 내고 있는 레이첼은 비틀거리면서 자리에서 일어서더니 품에서 모래시계를 하나 꺼내 바닥에 내려놓았다.

"10분짜리 모래시계야. 이 모래시계의 모래가 다 떨어질 때까지 너에게 시간을 주지. 이 모래시계의 모래가 다 떨어지면, 그 뒤는 나도 장담 못 해."

레이첼은 어깨를 으쓱이면서 씨익 비웃음을 지었다. 만약 레카의 손에 서영이 없었다면 루이는 당장 레이첼의 목과 몸뚱이를 분리시켰을 것이다.

"그럼, 난 이만 갈게."

레이첼은 모래시계를 뒤집은 뒤 루이에게 윙크를 날리고 붉은 연기가 되어 사라졌다.

"제길!"

쾅─. 루이는 주먹을 꽉 움켜쥐고 벽을 내리쳤다. 이미 한 번 움푹 파였던 벽은 루이의 손에 의해 더욱 깊은 구멍을 만들었다.

"찾아. 당장 레카 놈을 찾아라!"

"하지만, 여긴 뱀파이어 요새인데⋯⋯."

뱀파이어 요새의 방은 주인의 명이 없는 이상 그 모습을 드러내지 않는다. 그런데 어떻게 레카를 찾으라는 건지. 방법을 알 수가 없어 아칸이 말대꾸 비슷하게 대답하자 루이는 아칸의 멱살을 잡아챘다.

"루, 루이 님……."

자신보다 키가 작은 루이에게 멱살이 잡힌 탓에 아칸은 어정쩡하게 허리를 숙인 채 그의 이름을 불렀다. 루이는 약간 겁에 질린 듯한 아칸의 눈동자를 똑바로 보며 단어 한 자, 한 자에 힘을 주며 말했다.

"만약 찾지 못한다면 네놈도 무사치 못할 줄 알아."

루이는 말을 끝내자마자 아칸의 멱살을 잡고 있는 손에서 힘을 풀었다. 휘청거리면서 바닥에 주저앉았던 아칸은 루이의 눈치를 보며 재빠르게 자리에서 일어섰다.

"최, 최선을 다해보겠습……."

"최선이 아니라 무조건이다."

"……네."

아칸은 허리 숙여 대답한 뒤, 어둠 속으로 사라졌다. 켄 역시 빠르게 모습을 감췄다. 루이는 바닥에 있는 모래시계를 쳐다봤다. 그 순간에도 모래는 끊임없이 떨어지고 있었다.

파직—.

"웃기지 마."

루이는 지그시 모래시계를 밟았다. 연약한 모래시계는 루이의 힘에 의해 사정없이 부서졌고, 유리 깨지는 소리와 함께 붉은 모래들이 바닥에 흐트러졌다.

"만약 서영에게 손끝 하나라도 댔다간 네놈도 이렇게 만들어주지."

붉은 모래가 마치 레카라도 되는 것처럼 루이는 모래들을 잘근잘근 밟았다. 모래가 고운 가루가 되어 그 입자가 보이지 않을 때까지 밟은 후에야 루이는 하던 행동을 멈추고 돌아섰다.

새로운 동료

레카의 방에 들어온 서영은 소파에 앉아 그의 방을 둘러봤다.

레카의 방은 확실히 루이의 방보다 화사했지만 기괴하기도 했다. 가구들이 전부 붉은색이었기 때문이다. 소파도, 침대도, 심지어 옷장도 붉은색이었다. 방 한쪽 벽은 전부 와인 진열장이었다. 그 안에는 수많은 와인들이 진열되어 있었다. 그것도 전부 레드 와인이었다.

"붉은색을 좋아하나 봐요."

레카의 머리색도 붉은색이었고, 그가 입고 있는 옷에도 붉은색 장식이 많았다. 그래서 물어봤는데 정답이었는지 레카가 고개를 끄덕이며 와인을 꺼냈다.

"붉은색은 생명의 색이지. 뱀파이어에게도, 인간에게도."

피를 뜻하는 건가. 맞는 말이었지만 왠지 꺼림칙해서 서영은 어색하게 웃었다.

"레이디도 와인 마실래?"

"전 아직 미성년자예요."

"아아, 그렇구나. 인간은 그런 걸 따졌었지."

레카는 아쉽다는 듯 어깨를 으쓱이더니 시종에게 명령했다.

"가서 주스를 가져와."

그리고 서영의 맞은편에 앉아 코르크 마개를 땄다. 투명한 와인 잔에 새빨간 와인이 반 정도 채워졌다.

"그런데 루이랑 정말 연인 사이야? 미성년자이면서?"

아차, 그게 걸리겠구나. 생각지 못한 곳에서 덜미를 잡힌 서영은 어색하게 웃었다.

"연인 사이가 아닌 거야?"

"네…… 뭐……."

"그럼 그 각인은 뭐야? 설마, 계약? 루이의 아이를 낳아주기로 계약한 거야? 미성년자인데?"

"아, 아니요! 그럴 리가요!"

터무니없는 오해에 서영이 기함하며 손을 휘휘 내저었다. 그런 서영을 바라보는 레카의 눈매가 얇게 접혔다.

"강한 부정은 강한 긍정이라고 하던데."

"정말 아니에요. 아, 감사합니다."

때마침 시종이 주스를 가져다주자 서영은 주스를 벌컥벌컥 들이켰다. 그런 서영을 물끄러미 바라보던 레카가 불쑥 물었다.

"무섭지 않아?"

"네?"

"레이디는 인간이잖아. 너희들한테 우리 뱀파이어는 괴물일 텐데, 무섭지 않냐고."

"으음, 글쎄요……."

아예 무섭지 않다면 그건 거짓말이었다. 처음 루이를 만났을 때도 서영은 견딜 수 없을 만큼 그가 무섭고 두려웠다. 하지만 그건 그때뿐이었고, 그 뒤로 루이가 무섭다거나 그가 괴물이라는 생각은 단 한 번도 해본 적이 없었다.

"전 루이가 무섭지 않아요."

이건 오로지 루이에게만 적용되는 사항이었다.

"루이의 곁에 계속 있으면 크게 다칠 거야. 심하면 죽을지도 몰라. 그래도 계속 루이의 곁에 있고 싶어?"

"네."

"어째서?"

"그건 루이가 좋기도 하고, 루이와 함께 있으면 더 이상 혼자 있지 않아도 되니까요."

부모가 없는 서영에게 가족이라곤 삼촌과 할머니가 전부였다. 하지만 할머니는 돌아가셨고, 유일한 가족인 삼촌은 타지로 나가 거의 돌아오지 않아 서영은 항상 혼자 있어야 했다. 기쁠 때도, 슬플 때도, 심지어 아플 때도, 모든 걸 혼자서 해결해야만 했다.

서영은 그게 몹시 쓸쓸하고 외로웠다. 이 감정을 다른 사람들에게 내색하지 않고 혼자 감내해야 했기 때문에 더욱 그랬다.

"그런데 루이가 나타났죠."

다소 위험천만하긴 하지만 그와 함께 있으면 더 이상 외롭고 쓸쓸하지 않았다. 혼자 방에 틀어박혀 우는 날보다 웃는 날이 더 많았다.

"그러니 루이와 계속 함께하고 싶어요. 진심이에요."

굳이 강조하지 않아도 서영이 행복하다는 건 그녀의 표정을 보고 알 수 있었다. 반짝반짝 빛이 나는 얼굴이었다. 너무 빛나서 망가뜨리고 싶을 정도였다.

"……."

레카는 들고 있던 와인 잔을 탁자 위에 내려놓고 서영의 옆으로 자리를 옮겼다.

"레카 씨?"

갑작스러운 그의 행동에 서영이 살짝 당황하며 몸을 뒤로 뺐다. 하지만 바로 뒤가 소파 손잡이라서 얼마 도망가지 못했다. 레카가 그녀의 턱을 들어 올렸다.

"무, 무슨……."

레카가 왜 이러는 건지 모르겠지만, 본능적으로 좋은 의미가 아니라는 걸 눈치챈 서영은 레카의 손을 뿌리치고 도망치려고 했다. 그러자 레카가 그녀의 양어깨를 잡고 그대로 잡아당겼다.

"앗!"

우악스러운 힘에 서영은 제대로 된 저항 한 번 하지 못하고 레카의 품에 안겼다. 레카가 서영의 흰 목덜미에 그의 얼굴을 묻었다.

"놔, 놔주세요. 레카 씨!"

"……."

"레카 씨!"

서영은 있는 힘껏 레카를 밀어냈지만 레카는 단단한 바위처럼 꿈쩍도 하지 않았다. 오히려 레카는 그녀의 목덜미에 입술 도장을 꾹 찍으며 낮은 목소리로 웃음을 지었다.

"나는 어때?"

"무슨……."

"루이처럼 어린애 말고, 내 아이를 낳는 것은 어떻게 생각하는지 묻고 있는 거야."

"왜 아직도 못 찾는 거지?"

뱀파이어 요새의 복도에 루이의 목소리가 쩌렁쩌렁하게 울려 퍼졌다. 루이가 이렇게 화를 내는 것은 그의 친구가 죽은 뒤로 처음이었다. 아칸과 켄은 최대한 몸을 움츠리며 자신들에게 불똥이 튀지 않기를 바랐다.

"젠장, 젠장!"

루이는 드물게 거친 욕설을 하며 화를 표출했다. 시간이 얼마 없었다. 지금 이 순간에도 레카가 서영에게 무슨 짓을 할 수 있기 때문에 루이는 불안해하며 발을 동동 굴렀다.

아칸이 루이의 눈치를 살피며 조심스럽게 말했다.

"뱀파이어의 방을 찾는 것은 역시 무리입니다. 주인이 허락하지 않으면 뱀파이어 로드라도 들어갈 수 없는 곳이 뱀파이어의 방인데……."

"지금 내가 그 사실을 모를 거라고 생각하고 이야기하는 건가?"

알고 있었다. 전부 다 알고 있었지만 그런데도 화가 나는 건 서영의 안전이 걸려 있기 때문이었다.

'도대체 어떻게 찾아야 하지?'

아칸의 말처럼 보통 때는 레카의 방을 찾는 건 무리였지만, 이번에는 경우가 달랐다. 레카가 먼저 내기를 하자고 말했다면 어딘가에 힌트를 뒀을 것이다. 예를 들면 방문을 고정해놨다던가.

'어디에 있지? 어디서 도대체 뭘 하고 있는 것이냐, 레카.'

루이가 이를 바득바득 갈고 있을 때였다.

"루, 루이 님."

아칸이 잘게 떨리는 목소리로 그를 불렀다.

『대답 안 해줄 거야?』

무슨 일인가 싶어 고개를 휙 돌린 루이는 벽에 그려진 영상에 레카와 서영의 모습이 보이자 그대로 굳었다.

"대답 안 해줄 거야?"

레카가 웃음기 가득한 목소리로 물었다. 당황한 서영은 아무 말도 하지 못하고 멍하니 레카를 쳐다봤다.

"얼른 대답해줬으면 좋겠는데."

"노, 농담하지 마세요!"

서영은 벌벌 떨면서 레카를 밀어내려고 안간힘을 썼지만, 전혀 통하지 않았다. 그녀의 행동은 개미가 바위를 미는 것처럼 약했다. 절대 이길 수 없다는 걸 알면서도 끝까지 포기하지 않는 서영이 귀여워 레카는 낮게 웃음을 흘렸다.

'루이가 이래서 이 여자한테 빠진 걸까?'

그런 거라면 이해할 수 있었다. 서영은 충분히 매력적이었다. 특히 그녀에게서 나오는 향기가 너무 좋았다. 특별한 향수를 쓰는 건 아닌 것 같은데. 레카는 목덜미에 코를 묻고 그녀의 향기를 마음껏 들이마셨다.

"레, 레카 씨!"

서영이 기겁하며 파르르 떨었다.

'진짜 귀엽네.'

레카는 과연 서영이 어디까지 이럴지 궁금해서 제지하지 않고 가만히 내버려두었다.

그렇게 얼마나 지났을까. 비로소 지쳤는지 서영의 두 팔이 맥없이 아래로 떨어졌다.

"그래, 그냥 포기해."

레카가 웃으며 서영의 입술을 부드럽게 쓸어 올렸다. 착각인지 모르겠지만 향기가 아까보다 더 짙어진 것 같았다. 잠들어 있던 욕망도 깨울 만큼 정말 매혹적인 향이었다.

"이왕 즐길 거, 괜히 힘 빼지 말자고."

"……놔, 놔!"

레카가 셔츠 단추를 풀려고 하자 서영은 젖 먹던 힘까지 다 짜서 레카를 밀어냈다. 그 바람에 셔츠가 뜯기면서 단추가 사방팔방으로 흩어졌다. 풀어진 셔츠 사이로 그녀의 속살이 드러났다.

"꺄악!"

서영은 비명을 지르며 옷깃을 여몄다. 이 남자를 믿고 이곳에 오는 게 아니었다. 모든 건 자신의 잘못이었고, 실책이었다. 새삼 자신이 바보같이 느껴져 서영은 하염없이 눈물을 흘렸다.

"제발 보내주세요."

"몰랐는데 말이야. 우는 여자를 안는 것도 나쁘지 않을 것 같아."

한없이 다정했던 레카의 눈빛이 한순간에 사나워지더니 이내 노골적으로 욕망을 드러냈다. 눈빛만 봐도 그가 무슨 짓을 할지 알 것 같아 소름이 돋았다. 서영은 두 손을 싹싹 빌었다.

"놔주세요. 제발, 보내주세요."

"안 돼. 아직 내기가 안 끝났거든."

내기라니. 그게 무슨 소리지?

영문 모를 말에 서영이 멈칫하는 틈을 놓치지 않고 레카는 그녀의 양손을 결박했다.

"자, 자, 이제 즐길 시간이야."

그리고 서영을 소파에 눕힌 뒤, 벌어진 셔츠 사이로 드러난 서영의 맨살에 입술을 살포시 내렸다.

"제발, 제발……."

서영의 눈가에 맺혀 있던 눈물이 그대로 새하얀 볼을 타고 흘러내렸다.

서영이 흐느끼며 풀어달라는 말을 반복했지만 레카는 귓등으로도 듣지 않았다.

차가운 손이 배를 훑고 지나가자 서영은 팔꿈치로 그를 밀어내며 몸을 비틀었다. 그런 서영이 귀찮다는 듯 레카는 혀를 내차며 그녀의 몸을 단단하게 고정시켰다.

"가만히 있는 편이 네게 좋을 텐데? 그리고 루이처럼 어린애보단 내가 낫잖아. 아이 생각은 없었지만, 네가 낳은 아이라면 한번 보고 싶군."

이 무슨 말도 안 되는 소리인지. 미친 소리이기도 했다. 서영은 고개를 격하게 저으며 소리쳤다.

"전 당신의 아이를 낳을 생각이 없어요!"

하지만 레카는 신경 쓰지 않고 계속 손을 움직였다. 다리를 훑고 지나가는 그 손길이 마치 뱀이 지나가는 것처럼 오싹해서 서영은 있는 힘껏 다리를 버둥거리며 레카의 손이 다리 안쪽으로 들어오지 못하도록 막았다. 하지만 레카의 손길은 그녀의 반항이 무색할 정도로 손쉽게, 그리고 더욱 대담하게 움직였다.

"내가 너를 가지면…… 루이가 상처받을까? 응?"

레카가 서영의 귓가에 낮게 속삭였다. 그러자 레카의 손아귀에서 벗어나려고 발버둥을 치고 있던 서영의 행동이 거짓말처럼 멈췄다. 레카가 웃으며 그녀의 볼을 가볍게 어루만졌다.

"드디어 포기한 거야?"

서영은 말없이 레카를 쳐다보기만 했다. 레카가 눈매를 초승달처럼 휘며 입술을 맞추려던 그때, 비로소 굳게 닫혀 있던 그녀의 입술이 열렸다.

"당신은…… 그렇게 못해."

입술이 거의 닿기 직전, 레카의 얼굴이 멈췄다. 서로의 숨결이 느껴지는 가까운 거리에서 서영은 조금도 흔들리지 않고 레카를 똑바로 응시하며 말했다.

"당신은 루이를 좋아하니까 그에게 상처 주는 짓은 하지 못해."

레카는 어처구니없다는 듯 실소하며 그녀에게 물었다.

"무슨 근거로 그런 말을 하는 거지?"

"루이의 이름을 말할 때…… 당신의 목소리는 다정했어요. 그리고 즐거워 보였죠."

레카의 눈동자가 크게 흔들렸다. 역시. 약간 도박수이긴 했지만 레카의 반응을 보고 서영은 확실히 알 수 있었다. 이건 확실히 통하는 방법이야.

서영은 거리낌 없이 말을 이었다.

"그런데 어떻게 당신이 루이에게 상처를 주는 짓을 하겠어요?"

"……."

"제 말이 틀렸다면 반박해보시죠."

레카는 말없이 서영을 바라보다가 그녀를 풀어주었다. 서영은 욱신거리는 손목을 만지며 레카에게서 최대한 멀리 떨어졌다. 그리고 잔뜩 풀어진 셔츠자락을 수습하려고 했지만, 단추가 다 뜯어진 탓에 수습할 수가 없었다.

어쩔 수 없이 서영은 가슴 자락을 꽉 움켜쥐며 최대한 몸을 웅크렸다. 레카는 그런 서영을 바라보며 픽 웃었다.

"감이 좋은 건가, 아니면 겁이 없는 건가?"

"둘 다라고 대답하고 싶네요."

서영이 당돌하게 대답하자 레카는 어깨가 떨릴 정도로 크게 웃었다.

"인간 중에 이런 애가 있는 줄 몰랐네. 아쉽네, 아쉬워. 내가 먼저 발견했으면 좋았을 것을."

"……칭찬으로 들을게요."

"응. 칭찬 맞아. 칭찬으로 들으라고."

한참 웃던 레카는 탁자 위에 있던 와인 잔을 집어 들었다.

"그럼 약속은 지켜야겠지?"

레카가 와인을 벽에 뿌리자 와인의 얼룩이 문을 그렸다. 와인 얼룩이 문이 되는 신기한 광경에 서영이 놀랄 틈도 없이 형태를 완성한 문이 벌컥 열렸다.

콰앙ㅡ.

그리고 엄청난 소음과 함께 강한 바람이 방 안에 휘몰아쳤다. 그 바람이 얼마나 강한지 서영의 힘에 꿈쩍도 하지 않던 레카의 몸이 뒤로 밀려나면서 벽에 쿵, 세게 부딪혔다.

"콜록, 콜록."

벽이 무너지면서 뽀얀 먼지가 방 안을 가득 채웠다. 앞이 분간되지 않을 정도로 먼지가 뽀얗게 일어났기 때문에 서영은 연신 콜록거리면서 입과 코를 틀어막았다.

"엇!"

그때 누군가 갑자기 서영의 허리를 낚아챘다. 깜짝 놀란 서영은 손길을 거부하려고 했지만, 무지막지하게 끌어당긴 탓에 그럴 수가 없었다.

"노, 놔……!"

놓으라고 소리치려던 서영은 익숙한 체취가 느껴지자 눈을 동그랗게 떴다. 설마 이 체취는. 서영의 시선이 먼지가 가득한 아래를 훑었다. 곧 흩날리는 새카만 머리칼과 수려한 얼굴을 발견한 서영의 눈가에 눈물이 가득 고였다.

"루이!"

드디어 그를 만났다는 사실에 서영은 참고 있던 눈물을 펑펑 쏟으며 루이를 꼭 끌어안았다. 루이는 말없이 입고 있던 외투를 벗어 그녀의 어깨에 걸쳐주었다.

"늦게 와서 미안하다."

"흑, 흑…… 루이……."

"그래, 이젠 걱정하지 마. 내가 지켜줄게."

서영의 등을 토닥이는 손은 굉장히 다정했지만, 무너진 벽돌을 헤치고 나오는 레카를 바라보는 시선은 몹시 차가웠다. 뿌연 먼지를 헤치고 나오는 레카의 몸에는 상처 하나 없었다. 조금은 다쳤길 바랐는데 아쉬웠다. 루이는 레카가 이쪽을 바라보자 서영을 자신의 등 뒤로 보냈다.

레카는 몸에 묻은 먼지를 털어낸 뒤, 자신을 뜨거운 시선으로 쳐다보고 있는 루이를 향해 손을 흔들며 인사했다.

"오랜만에 봤는데 인사가 너무 열렬한데?"

"닥쳐라. 죽여버리기 전에."

루이는 서늘한 음성으로 으르렁거렸다. 루이의 살벌한 기세에 레카는 어깨를 으쓱이며 대체 왜 루이가 저렇게 뜨거운 시선으로 보는지 모르겠다는 듯 고개를 갸웃거렸다.

"다 봤잖아? 아무 짓도 안 했어, 난."

레카가 몹시 억울하다는 듯 두 손을 들어올렸다. 루이는 그의 뻔뻔함에 치를 떨며 로드의 규율이고 뭐고 그를 일단 죽여야겠다는 생각에 주먹을 꽉 움켜쥐었다. 그대로 레카에게 달려들려는데 서영이 그의 목을 꼭 끌어안으며 말렸다.

"돌아가자, 루이."

"일단 저놈부터 죽이고."

"아니야. 그러지 마."

루이의 목을 끌어안은 서영의 팔이 가늘게 떨렸다.

"그냥 돌아갔으면 좋겠어."

"……."

"부탁할게, 루이."

이렇게 간곡하게 부탁하는데 어떻게 거절할 수 있을까. 루이는 제 목덜미를 감싸고 있는 서영의 손을 잡으며 고개를 끄덕였다.

"그래, 가자."

루이는 서영을 먼저 밖으로 내보낸 뒤, 레카를 살벌하게 노려봤다. 당장이라도 레카의 얼굴을 후려치고 싶은 마음은 굴뚝같았지만, 서영이 싫다는 일을 하고 싶진 않았다.

그래도 경고는 해야겠지. 두 번 다시 이런 짓을 하지 못하도록.

"내 것이다."

그 말을 마지막으로 루이는 문을 세게 닫고 나왔다. 연약한 문은 루이의 힘을 견디지 못하고 부서졌다. 그 여파로 방문 근처에 있던 와인 진열장의 유리도 와장창 깨졌다.

레카의 방은 아수라장이 됐다.

"아, 이거 내가 다 치우고 수리해야 하는데……."

레카는 할 일이 늘어난 것에 대해 안타까움을 표하며 머리를 긁적였다.

* * *

"서영 씨! 무사하셨군요!"

서영이 무사히 돌아왔다는 것에 백한이 기뻐하며 다가오려고 하자 루이가 이를 드러내며 그를 경계했다.

"혀, 형님?"

"비켜."

루이의 살벌한 기세에 백한이 깨갱 물러섰다. 루이는 서영을 침대 위에 고이 내려놓은 뒤, 하녀에게 명령했다.

"그녀가 갈아입을 옷을 가져와라."

"옷이 왜 그렇게 된 거예요?"

그제야 서영의 옷이 찢어진 걸 발견한 백한이 당황하며 물었다. 루이는 대답 대신 외투를 좀 더 꼼꼼하게 여며주었다.

"어디 다친 곳은?"

"없어. 미안해, 루이. 내가 괜히 밖에 나가는 바람에."

"신경 쓸 거 없다. 그 자식이 나쁜 거니까."

서영은 괜찮다고 했지만, 혹시 모르니 루이는 그녀의 상태를 꼼꼼하게 살폈다. 그사이 하녀가 갈아입을 옷을 가져왔다. 루이는 서영이 옷을 갈아입을 수 있게 뒤로 물러났다. 하녀는 침대의 커튼을 쳐서 서영을 완벽하게 가려주었다.

백한이 루이의 곁으로 슬며시 다가와 물었다.

"무슨 일이 있었던 겁니까?"

"바퀴벌레가 질척거렸을 뿐이다. 신경 쓸 거 없어."

단순히 바퀴벌레가 질척거렸다고 생각하기엔 서영의 옷 상태가 굉장히 안 좋아 보였지만, 루이가 더 묻지 말라고 하니 백한은 입을 다물었다.

이윽고 옷을 다 갈아입은 서영이 커튼 밖으로 나왔다. 남자들만 있다 보니 요새에 여자들이 입을 만한 옷이 없어 서영은 메이드 옷을 입고 있었다. 태어나서 처음 입는 메이드 옷이 약간 부끄러워 서영은 레이스가 주렁주렁 달린 치마를 만지작거렸다.

"잘 어울려요, 서영 씨."

"그, 그런가요?"

"네. 정말 잘 어울려요. 형님도 그렇게 생각하시죠?"

"그래."

루이까지 저렇게 대답하다니. 창피하면서도 기분이 좋아서 서영은 옅게 웃었다.

"그럼 이만 돌아가지."

루이가 당장이라도 나갈 것처럼 방문을 활짝 열었다.

"돌아가다니, 어디로?"

"어디긴. 인간 세상이지."

"하지만 아직 백한 오빠의 주술을 풀지 못했잖아."

"어차피 고칠 수 있는 사람도 없……."

"나한테 부탁하지, 귀여운 동생?"

고요한 복도에 울리는 목소리를 듣자마자 루이의 얼굴이 무참하게 일그러졌다. 루이는 곧바로 방문을 닫았지만, 방문이 채 닫히기 전에 붉은 불꽃이 방 안으로 들어와 루이의 주변을 맴돌았다.

"레카……!"

루이가 이를 바득바득 갈며 불꽃을 잡으려고 했지만 소용없었다. 루이를 농락하는 듯 불꽃은 한참 동안 허공에서 맴돌다가 이내 화르륵, 타올랐다.

"후, 오랜만에 동생의 방에 와보는군."

잠시 후, 불꽃에서 레카가 유유히 걸어 나왔다. 루이가 살벌하게 노려봤지만 레카는 조금도 신경 쓰지 않고 루이의 방을 둘러봤다.

"예전부터 느낀 거지만 네 방은 너무 살벌해. 내가 예쁘게 꾸며줄까?"

루이가 주먹을 꽉 움켜쥐며 잇샌 소리로 말했다.

"조금 전까지 네놈이 무슨 짓을 했는지 잊은 거냐, 레카."

"하하, 설마."

레카가 유쾌하게 웃으며 손을 저었다.

"내가 요즘 깜빡깜빡하긴 하지만 그렇게 기억력이 나쁘진 않아."

"그런데도 이렇게 뻔뻔하게 나오는 건가?"

"너도 알다시피 뻔뻔한 게 내 장점이잖아."

다 알면서 왜 그러느냐는 듯 레카가 윙크를 날렸다.

'역시 아까 죽였어야 해.'

그러지 못한 걸 후회하며 루이는 푸른 힘줄이 설 정도로 주먹을 꽉 움켜 쥐었다.

"오, 레이디. 메이드 옷으로 갈아입었네. 잘 어울리는데?"

방을 둘러보던 레카는 서영을 발견하고 휘파람을 불었다. 서영은 질색하며 루이의 뒤에 숨었다.

"역시 내 눈은 틀리지 않았어. 넌 내가 찾던 이상형이야."

그러거나 말거나 레카는 계속 말을 이었다.

"내 아이를 낳…… 억!"

루이는 근처에 있던 의자를 레카에게 집어 던졌다. 원목으로 된 의자에 정통으로 맞은 레카는 외마디의 비명과 함께 넘어졌다.

"쿨럭. 역시 동생이 나를 사랑하는 마음은 넘……."

콰앙一.

의자를 맞고도 정신을 차리지 못한 레카가 또 헛소리를 하자 루이는 이번엔 탁자를 집어 던졌다. 레카는 일어서자마자 다시 뒤로 넘어졌다.

"그 주둥이 닥치고 당장 네 방으로 돌아가."

"글쎄. 이걸 보여줘도 네가 날 이렇게 냉대할 수 있을까?"

루이의 냉대에도 싱글벙글 웃으며 자리에서 일어선 레카는 품에서 작은 유리병을 꺼내 보여주었다. 투명한 유리병 안에는 보라색 액체가 찰랑거렸다.

"이게 뭔지 알아?"

"아칸."

루이는 대답 대신 아칸을 불렀다. 촛불이 그린 그림자에서 아칸이 튀어나왔다.

"레카를 당장 내 방에서 내쫓아라."

"와, 뱀파이어 말은 끝까지 들어봐야지. 이게 뭔지 들어보지도 않고 내쫓는 거야?"

"네가 뭘 가져왔든 관심 없어."

"이게 네 하인에게 걸린 주술을 풀 수 있다고 해도?"

무심하게 돌아서려던 루이가 멈칫했다. 백한과 서영도 눈을 동그랗게 뜨고 레카를 쳐다봤다. 모두의 시선이 집중되자 레카가 볼을 발그레 붉히며 몸을 배배 꼬았다.

"어우, 너무 쳐다보지 마. 나 흥분되잖아."

한순간 방 안의 온도가 영하로 떨어졌다. 루이는 레카가 서영에게 못된 짓을 하려고 했을 때만큼 싸늘한 눈으로 그를 쳐다봤다.

서늘해진 온도 때문에 온몸에 소름이 돋은 서영은 양팔을 문지르며 몸을 부르르 떨었다. 하녀가 말없이 담요를 가져와 서영에게 덮어주었다.

"음, 너무 썰렁했나? 흠, 흠."

주변 반응이 심상치 않자, 레카는 헛기침을 하며 미안하다고 말했다.

"아무튼 이 약을 쓰면 저 하프 놈에게 걸린 주술을 풀 수 있어."

"원하는 게 뭐지?"

오랜 경험상, 레카는 아무 대가 없이 자신을 도와줄 놈이 아니었다. 루이가 요구 사항을 묻자 레카가 눈을 가늘게 뜨며 턱을 쓰다듬었다.

"그건 그렇네. 이 몸이 하찮은 하프를 위해 움직여주는데 당연히 대가가 있어야지."

언제는 대가 없이 움직여줬던 것처럼 말하는 게 우스워 루이는 콧방귀를 꼈다.

"뭘 요구할까."

마치 크리스마스에 산타에게 뭘 달라고 요구할지 고민하는 어린아이처럼 레카는 즐거운 표정을 지으며 고민했다. 그렇게 얼마나 지났을까. 마침내 원하는 게 떠올랐는지 레카가 손뼉을 짝 치며 말했다.

"로드의 자리를 포기해라, 루베르이."

장난스러운 모습은 온데간데없이, 그는 몹시 진지한 얼굴로 말했다. 레카가 저렇게 진지하게 나오는 건 보기 드문 일인지라 루이는 잠시 멈칫했다가 이내 단호하게 대답했다.

"거절한다."

"음, 역시 그건 안 되겠지?"

방금 진지했던 모습이 허상처럼 느껴질 만큼, 레카는 다시 실없이 웃으며 머리를 긁적였다.

"그럼 무슨 제안을 해야 하지? 아무리 생각해도 이 약을 그냥 넘겨주는 건 아까운데."

레카는 루이를 약 올리듯 유리병을 흔들며 말했다. 루이는 당장이라도 그딴 약 필요 없다고 말하고 싶은 마음이 굴뚝같았지만, 백한에게 걸린 주술을 풀기 위해선 그 약이 꼭 필요했다.

레카가 거짓말을 한다곤 생각지 않았다. 실없는 놈이긴 하지만 거짓말을 하는 놈은 아니었으니까. 저 약을 쓰면 분명 백한에게 걸린 저주가 풀릴 것이다.

'힘으로 뺏을까?'

그게 더 확실하고 간단한 방법이긴 했다. 레카가 계속 저런 식으로 나오면 힘으로 뺏어야겠다고 생각하며 루이는 레카를 주시했다.

레카가 다시 진지한 얼굴로 루이에게 물었다.

"루이, 지금 아셀이 미쳐 날뛰고 있는 거 알고 있지?"

"항상 있는 일이지."

아셀이 미친 짓을 하는 것이 하루 이틀도 아닌데 새삼스레 말하는 그를 이상한 눈으로 쳐다보자 레카는 어깨를 으쓱거리며 말을 이었다.

"그럼 아셀이 하프들과 손을 잡은 건 알고 있어?"

"……."

"반응을 보니 이미 알고 있는 모양이군. 그럼 이건 어때? 난 하프, 그러니까 협회의 궁극적인 목적이 뭔지 알고 있어."

루이가 가지고 있는 협회의 정보는 거의 백지 상태였다. 그런데 그걸 알고 있다니. 실로 엄청난 사실이었다.

백한에게 걸린 주술을 풀 수 있는 약을 얻는 것보다 정보가 더 탐이 난 루이는 성급하게 레카 쪽으로 다가가며 물었다.

"그게 뭐지? 그들은 무슨 목적을 가지고 아셀을 돕고 있는 거냐."

"내가 맨입으로 알려줄 것 같아?"

레카가 어림도 없다는 듯 콧방귀를 꼈다.

'역시 그냥 알려줄 생각은 없나 보군.'

루이는 한숨을 내쉬었다.

"뭘 원하는 거지? 로드의 자리를 포기하라는 말을 하고 싶은 거라면, 그냥 말하지 마."

"하하, 그건 그냥 해본 말이야. 내가 진짜 원하는 건 따로 있어."

"그게 뭐지?"

"날 동료로 받아줘."

이 무슨 개소리인지. 터무니없는 말에 루이가 인상을 꽉 썼다. 그러거나 말거나 레카는 손을 가슴 위에 올리고 의기양양하게 소리쳤다.

"네가 날 동료로 받아준다면 이 약도, 내가 알고 있는 정보들도 다 알려주도록 하지."

'진심인 걸까, 아니면 장난치는 걸까.'

루이는 어느 쪽인지 알아보기 위해 레카를 유심히 관찰했다. 레카의 얼굴은 더없이 진지했다. 진심이라는 의미였다.

'도대체 왜?'

자신과 레카는 로드의 자리를 두고 경쟁하는 관계였다. 그런데 그가 무슨 생각으로 저런 제안을 하는 건지 루이는 도무지 이해할 수가 없었다. 받아줄 생각도 없었고.

"거절……."

"잠깐만 루이."

거절하려는데 서영이 루이의 말을 잘랐다.

"일단 저분과 같이 움직이는 것도 괜찮을 것 같아."

루이가 인상을 팍 쓰며 서영을 쳐다봤다.

"조금 전에 저 녀석에게 무슨 짓을 당했는지 잊은 건가?"

"잊었을 리가 없잖아."

"그런데 그런 말이 나와? 먼저 싫다고 해도 모자랄 판국에?"

"하지만 저 남자랑 동료가 돼야 백한 오빠를 구할 수가 있는걸."

"……."

"그리고 그 협회라는 곳의 정보도 필요하잖아. 그러니까 동료로 받아주자. 응?"

"너, 정말…… 하아."

절대 안 된다고 반대하고 싶은 마음은 굴뚝같았지만 전부 맞는 말인지라 루이는 그러지 못하고 입을 다물었다. 레카는 서영의 말에 루이가 꼼짝도 하지 못하자 감탄하며 박수를 짝짝 쳤다.

"역시 대단한 레이디야. 내 아이를 낳아줄 자격이 있…… 컥."

방 안에 유일하게 남아 있던 의자가 레카의 얼굴에 부딪히면서 생을 마감했다. 너무 순식간에 일어난 일이라 그 누구도 루이의 행동을 막을 수가 없었다.

그래도 분이 안 풀리는지 루이는 씩씩대며 주변을 두리번거리고 있었다.

백한이 헛웃음을 지으며 말했다.

"형님, 더 이상 던질 것이 없어요."

그의 말대로 루이의 방에 가구라고는 옷장과 침대가 전부였다. 루이가 옷장을 던질 것처럼 굴자 백한이 기함하며 그에게 참으라고 말했다. 서영까지 나선 후에야 비로소 진정된 루이는 레카의 제안을 곱씹어 생각했다.

레카와 동료가 되는 건 마음에 들지 않았지만, 서영이 말한 것처럼 지금 상황에선 레카와 손을 잡는 게 가장 최선이었다. 루이는 한숨을 푹 내쉬며 고개를 끄덕였다.

"그렇게 하지."

"현명한 선택이야."

레카가 웃으며 유리병을 서영에게 넘겨주었다. 서영은 바로 백한의 손목에 보라색 액체를 부었다.

치이익—.

괴상한 소리와 함께 액체는 매캐한 냄새를 풍기며 백한의 손을 타고 끈적끈적하게 흘러내리기 시작했다.

"어…… 어……."

비주얼은 별로였지만, 효과는 만점이었다.

손을 자유롭게 움직일 수 있게 된 백한은 레카를 향해 고개 숙여 감사의 인사를 했다.

"뭘, 이 정도 가지고."

레카가 허리춤에 손을 올리며 의기양양한 표정을 지었다. 그런 레카가 못마땅하기도 하고, 또 레카가 서영에게 무슨 짓을 할까 봐 걱정된 루이는 서영의 팔을 잡아끌며 말했다.

"당장 요새를 떠난다."

반지하로 되어 있는 방의 유일한 빛은 사람의 손이 겨우 통과할 정도로 작은 창문을 통해 들어오는 햇빛이 전부였다.

한 남자가 창문을 통해 밖을 살피고 있었고, 한 여자는 초조한 기색이 역력한 얼굴로 불안에 떨고 있었다. 여자의 품에는 그녀보다 어려 보이는 소녀가 편하게 안겨 자고 있었다.

"이곳도 안전하지 않아. 날이 어두워지면 바로 움직여야겠어."

밖을 살피던 남자가 낮은 목소리로 말했다. 여자는 알아들었다는 의미로 고개를 끄덕였다. 남자는 소녀를 보살피고 있는 여자를 대신해서 짐을 챙겼다.

겨울의 해는 생각보다 짧았다. 날이 점점 어두워지자 남자는 짐을 챙겨 들고 여자에게 말했다.

"움직이자."

"……님."

남자의 말에 여자는 여전히 세상모르게 자고 있는 소녀를 흔들어 깨웠다.

"우웅……."

아직 더 자고 싶은지 소녀는 몸을 뒤척이기만 할 뿐, 눈을 뜨지 않았다. 여자는 포기하지 않고 계속 소녀를 깨웠다. 때문에 어쩔 수 없이 일어난 소녀는 졸음이 가득한 눈을 비비며 칭얼거렸다.

"으으, 더 자고 싶은데……."

"그만 가셔야 합니다."

얼핏봐도 남자가 훨씬 나이가 많아 보이는데 남자는 소녀에게 존댓말을 썼다. 남자의 말에 소녀는 창밖을 쳐다봤다. 어느덧 해가 지고 어둠이 드리

왰다.

"가야 한다면 어쩔 수 없지."

소녀의 긴 속눈썹이 서서히 올라가면서 가려져 있던 소녀의 눈동자가 드러났다.

"그럼 가자."

소녀의 눈동자는 마치 햇빛처럼 붉게 반짝였다.

"흐응? 여기가 우리 귀여운 동생이 인간 세상에서 사는 집인가?"

"제 집인데요……."

백한이 뒤에서 웅얼거렸지만 레카는 귓등으로도 듣지 않았다. 그는 이곳이 루이가 살만한 집인지 점검하겠다는 명목으로 이곳저곳을 들쑤시고 다녔다.

예상대로 시끄럽게 구는 레카의 모습에 그를 괜히 자신의 편으로 받은 건 아닌가 하는 짙은 후회가 들어 루이는 머리를 부여잡으며 힘없이 소파에 주저앉았다.

"어디 아파?"

루이의 얼굴빛이 안 좋아 보이자, 서영은 루이의 옆에 앉아 그의 이마에 손을 올리며 물었다.

"열은 없는데?"

"뱀파이어가 열이 날 리가 없잖아."

레카가 쓸데없는 짓을 한다는 듯 혀를 내찼다. 괜스레 뻘쭘해진 서영이 손을 치우려고 하자 루이가 그녀의 팔을 덥석 잡았다.

"더 필요해."

그리고 서영의 품을 파고들었다. 제 몸을 부드럽게 감싸는 온기에 루이의 얼굴에는 만족스러운 미소가 걸렸다.

'따뜻하다.'

아무리 기분 나쁜 일이 있더라도 이 온기만 있다면 모든 것이 해결된 것처럼 기분이 좋아진다. 루이는 자신을 감싸는 온기를 놓지 않으려는 듯 그녀의 팔을 꽉 잡았다.

그런 루이의 행동에 당황한 서영은 몸을 딱딱하게 굳혔다. 그것도 잠시, 어미 새의 품을 파고드는 아기 새 같은 루이의 행동에 옅게 웃으며 흐트러진 그의 머리카락을 쓰다듬었다. 두 사람 사이엔 평화로운 기운이 흘렀다.

"와하하, 이건 뭐지?"

"꺄아악—! 레카 씨!"

하지만 그 평화는 오래가지 못했다.

"……."

루이는 자신을 품고 있던 온기가 한순간에 허공으로 흩어져버리자 인상을 팍 쓰며 온기의 주인을 쳐다봤다. 하지만 온기의 주인은 자신의 속옷을 흔들고 있는 레카 때문에 루이를 전혀 신경 쓰지 못했다.

"주세요!"

"싫어."

이곳저곳을 들쑤시던 레카는 서영의 짐 가방 역시 풀어헤쳤고, 그 안에 있던 서영의 속옷을 발견하고는 눈을 빛내며 그것을 이리저리 흔들고 다녔다. 당황한 서영이 자리에서 벌떡 일어나 레카가 잡고 있는 속옷을 뺏으려고 깡총깡총 뛰었다.

"나 잡아봐라!"

하지만 서영보다 훨씬 키가 큰 레카는 손을 높게 뻗어 서영의 팔이 닿지 않는 높이에서 그녀의 속옷을 흔들며 서영을 놀렸다.

"······발."

"네? 형님, 뭐라고······."

잘못 들은 건가 싶어 백한이 루이에게 재차 묻자, 루이는 '내가 뭔 말을 했던가.' 하는 표정으로 백한을 쳐다보았다. 너무 뻔뻔한 루이의 행동에 백한은 더 묻지 못하고 어설프게 웃었다.

레카와 서영이 실랑이를 하는 것을 한참이나 빤히 쳐다보고 있던 켄이 갑자기 껑충 뛰어올랐다. 켄은 높은 점프력을 자랑하며 레카의 손에 있는 서영의 속옷을 뺏어서 그녀에게 돌려주었다.

"켄, 잘했어!"

서영의 칭찬에 기분이 좋아진 켄은 마치 꼬리를 흔드는 강아지처럼 애교를 피우며 그녀의 다리에 몸을 비볐다.

"어쭈, 시종이 나한테 덤벼?"

레카가 짐짓 엄한 표정을 지으며 다가가자 켄은 서영의 품 안으로 쏙 숨어버렸다.

"이리 나와!"

"그만하세요!"

하지만 레카는 포기하지 않고 서영의 품에서 켄을 뺏으려고 했고, 서영은 켄을 보호하며 그를 피해 다녔다.

"그만하고 이리 와서 네가 아는 것이나 말해라, 레카."

시끌벅적한 상황을 정리한 건 루이였다. 루이의 말에 레카의 표정이 한순간 진지하게 바뀌었다. 레카는 루이의 맞은편에 있는 1인용 소파에 앉았다. 서영도 켄을 끌어안은 채 루이의 옆에 앉았다.

레카와 루이는 말 한마디도 하지 않은 채 고요히 서로를 응시하고 있었다. 온몸을 압박하는 분위기에서 백한은 마실 것이라도 사 오겠다며 켄과 함께 도망가듯 밖으로 나갔고, 서영 역시 아무 말도 하지 않은 채 그들의 눈치만 살폈다. 무거운 정적은 백한이 돌아올 때까지 유지됐다.

"어디까지 알고 있는 거지, 루베르이?"

한참의 침묵 끝에 먼저 말을 꺼낸 것은 레카였다. 평소에 친근하게 루이라고 부르는 그의 성정을 봐서 풀 네임을 불렀다는 것은 그만큼 진지하다는 의미였다.

평소 레카의 말을 무시했던 루이도 이번에는 상황이 상황인지라 심각한 얼굴로 레카의 말에 바로 대답했다.

"꽃이 없어진 것이 아쉘과 결합한 하프의 협회가 한 짓이라는 것. 5년 전 사건이 아쉘이 한 짓이라는 것. 또한, 꽃이 죽고 새로 개화했다는 정도?"

"그게 전부?"

레카가 작은 목소리로 "……분명 이야기했는데."라고 중얼거렸다.

"무슨 말이지?"

"아니, 아무것도 아니야. 그럼 꽃이 뱀파이어 일족의 유일한 여성이라는 사실도 알고 있겠구나."

"서영이 말해줘서 알고 있다. 그녀가 잭의 수수께끼를 풀었지."

"호오."

그 말에 레카는 느끼하게 서영을 바라봤다. 그러자 서영은 움찔거리며 루이의 등 뒤로 숨었고, 루이는 그런 서영을 감싸 안으며 '허튼짓하면 죽여버리겠다.'라는 협박의 눈빛을 레카에게 보냈다. 레카는 서운하다는 듯 어깨를 으쓱이며 말을 이었다.

"새로운 뱀파이어 꽃이 개화한 건 15년 전이야. 그러니까 이미 아쉘의 손에 넘어갔을 때 전 뱀파이어 꽃은 새로운 뱀파이어 꽃을 뱃속에 품고 있었다는 거지. 그리고 전 뱀파이어 꽃은 새로운 뱀파이어 꽃을 낳고 3년 뒤에 죽었어. 협회의 손에서 자란 새로운 뱀파이어 꽃이 탈출한 것은."

레카는 손가락을 펼쳤다.

의미하는 숫자는 5.

"아쉘은 뱀파이어 꽃이 사라지자 뱀파이어들을 먼저 의심했어. 상급 뱀파이어들은 몇 명 안 되니까 자신의 시종을 시켜 감시하라고 하면 되지만, 하급 혹은 중급 뱀파이어들은 그 수가 많아서 전부 감시를 할 수 없거든. 범인이 꽃에 대해 알고 있는 하급 혹은 중급 뱀파이어일지도 모른다는 생각을 한 아쉘은 귀찮게 일일이 그들을 감시하거나 회유하는 대신 죽이기로 결정한 것이다."

레카의 말에 루이는 손에 피가 나도록 주먹을 꽉 움켜쥐었다. 친구의 죽음이 떠올랐기 때문이었다. 만약 자신이 친구에게 뱀파이어 꽃에 대해서 말하지 않았더라면 친구가 살았을지도 모른다는 사실이 가슴에 한처럼 남아 있었다.

"하지만 레카 님, 꽃은 분명 로드만 아는 장소에 있었다고 했습니다. 한데 어떻게 아쉘과 하프들이 꽃과 만날 수 있었던 겁니까?"

날카로운 백한의 지적에 레카는 잠시 침묵을 유지했다. 그 점은 루이도 서영도 이상하게 여긴 점이었다. 꽃의 위치는 상급 뱀파이어 중에서도 서열이 높은 루이도 몰랐었다. 그런데 아쉘은 어떻게 알았을까? 설령 아쉘이 알았다고 해도, 어떻게 그는 로드만 들어갈 수 있는 방에 있던 꽃과 만날 수 있었을까?

아무리 생각해도 풀리지 않는 의문이라 셋이 눈을 껌뻑이며 얼른 대답해 달라는 듯한 시선으로 빤히 쳐다보자, 레카는 빙그레 미소를 지으며 입을 열었다.

"꽃이 원했으니까."

"꽃이 원했다니. 무슨 말이지?"

"로드는 꽃을 가지는 자가 된다고 했지? 그럼 다시 물어보지. 힘을 가지고 있는 것은 로드인가, 꽃인가?"

"꽃이겠죠."

서영이 대답했다.

"로드를 선택하고, 로드에게 힘을 실어주는 것이 꽃이니까."

"빙고! 그럼 요새의 주인은?"

뱀파이어 일족의 수장은 로드였다. 그렇기 때문에 요새의 주인은 당연히 로드라고 생각할 것이다.

'하지만 로드가 답은 아니겠지.'

그렇게 간단한 답이라면 레카가 빙 둘러서 자신들에게 물어볼 이유가 없었다.

서영은 생각을 달리했다.

뱀파이어 로드는 뱀파이어 꽃이 정하고, 꽃이 죽거나 꽃에게 버림받으면 그 힘을 다해 소멸해버린다. 그럼 당연히 뱀파이어 요새의 주인은…….

"꽃이군요."

"맞아, 레이디. 똑똑한데?"

칭찬받은 건 기뻤지만, 의문이 남아 있었다.

요새의 주인이 꽃이라면 왜 그녀는 로드에게 감금당해서 살았을까?

언제든지 탈출할 기회가 있었을 텐데 어째서 2천 년이라는 세월을 그의 손아귀에서 감금까지 당하면서 있었던 걸까?

도저히 이해가 되지 않는 부분이었다.

"이해가 되지 않는다는 표정이군, 레이디?"

"빙빙 돌리지 말고 바로 이야기해라, 레카."

말을 빙빙 돌리며 비꼬듯 이야기하는 레카의 행동이 마음에 들지 않아 루이가 그에게 핀잔을 주었다.

"꽃이 어떤 이유로 그의 손에 감금당해 살았는지는 나도 몰라. 그건 로드와 뱀파이어 꽃, 둘만 아는 이야기겠지. 하지만 마음이 변했던 거야. 꽃은 더 이상 로드의 손에 있을 수 없다고 판단했겠지."

"마음이…… 변해요?"

"사랑하는 이의 아이가 생겨서 더 이상 사랑하지 않는 이의 품에 안길 수가 없었겠지."

레카는 끔찍하다는 듯 몸을 부르르 떨며 말했다. 그가 알아본 정보에 의하면, 전 뱀파이어 꽃은 몇백 년, 아니 2천 년 가까이 로드의 손아귀에 붙잡혀 힘을 갈취당했다고 했다.

꽃이 지속적으로 로드에게 힘을 주지 않으면, 로드의 힘은 유지가 되지 않는다. 그렇기 때문에 전대 로드는 뱀파이어 꽃을 자신의 곁에 묶어두고 그녀의 몸을 계속 탐한 것이었다.

"간혹 착각하는 바보들이 있는 것 같은데, 꽃의 힘은 무한한 것이 아니야. 일반적인 뱀파이어와 다르게 꽃은 자신의 힘을 쓰면 쓸수록 수명이 줄어드나 봐."

"수명……이요?"

"그래. 본래 꽃의 수명이 일반적인 뱀파이어들보다 길기 때문에 무한하다고 느끼는 것 같은데, 실제로는 아니야. 꽃은 2천 년이라는 세월을 로드라는 작자에게 힘을 갈취당했고, 그 탓에 많은 수명을 소모하고 말았어. 거기다 아기까지 가졌으니……."

자신의 수명이 얼마 남지 않았다는 것을 알아차린 뱀파이어 꽃은 자신이 죽는다는 두려움보다 가장 먼저 자신의 뱃속에 있는 아기를 생각했으리라.

만약 자신이 아기를 낳고 죽어버린다면 이 저주받은 굴레에 사랑스러운 자신의 아이가 얽매여 살아야 한다는 것을 깨달은 뱀파이어 꽃은 자신의 아이에게만큼은 절대로 이런 운명을 주지 않으리라고 결심했을 것이다.

"하지만, 오랜 갈취로 인해 뱀파이어 꽃의 힘은 너무나 약해져 있었어. 그녀는 스스로 로드의 손에서 벗어날 수가 없었고, 때문에 그녀는 누군가 자신을 구하러 오기를 간절하게 바랐지."

"그때 꽃의 앞에 나타난 것이 아쉘과 그 협회군요."

"맞아. 그리고 뱀파이어 꽃은 그들의 손을 잡았어."

한 번쯤 의심할 법도 하건만 너무나 급박한 상황인지라 그녀는 조금의 망설임 없이 그들이 내민 손을 잡았을 것이다.

"그런데 새로운 뱀파이어 꽃은 왜 아쉘의 손에서 도망을 친 거지?"

만약 아쉘과 하프 일행이 뱀파이어 꽃에게 도움의 손길을 내밀었다면, 새로 개화한 뱀파이어 꽃이 도망갈 이유는 없었다.

"왜 그럴 것 같아?"

"안 그래도 머릿속이 복잡한데…… 쓸데없이 말을 돌리지 마라."

금방이라도 폭발할 것 같은 루이의 모습에 레카는 설핏 웃음을 지으며 멀찍이 서 있던 백한을 불렀다. 소파에 자리가 없어 옆에 서 있던 백한은 레카의 부름에 그의 옆에 다가가 섰다.

"네가 당한 주술, 뱀파이어처럼 보이는 인간에게 당한 주술이지?"

레카가 말하지도 않은 사실을 콕 집어내자, 깜짝 놀란 백한이 눈을 동그랗게 뜨며 고개를 끄덕였다.

그러자 레카는 그럴 줄 알았다는 듯 웃으며 품에서 백한의 저주를 풀었던 약과 똑같은 색의 약이 든 유리병을 꺼내 들었다.

"이게 뭘로 만들어진 줄 알아?"

"뭐지?"

"꽃의 피."

레카의 말이 끝나기도 전에 루이는 자리에서 벌떡 일어났다. 서영과 백한 역시 '꽃의 피'라는 말에 '설마 자신들이 알고 있는 꽃의 피?'라는 표정을 지었다. 그리고 레카가 또 장난치는 건 아닌가 싶어 그를 유심히 보았지만, 레카의 눈은 그 어느 때보다 진지해 보였다.

"하프들의 협회에서 가져온 것이다. 이걸 가져오느라 내 시종들이 많이 죽었지만……."

"협회가…… 꽃에게 무슨 짓을 한 건가?"

"빙고!"

뱀파이어 꽃은 뱀파이어 일족의 유일한 여성. 실질적인 요새의 주인이자, 로드를 결정하는 중요한 뱀파이어였다. 그 어떤 뱀파이어보다 존중되어야 하며 지켜져야 하는 존재인데, 아쉘과 하프들이 꽃에게 몹쓸 짓을 했을지도 모른다는 사실을 루이는 도무지 믿을 수가 없었다.

"신기하다는 생각 안 들어? 인간의 배를 빌려 태어나는 뱀파이어는 백 명 중 한 명, 아니 천 명 중 한 명이 나올까 말까 하지."

레카가 꽃의 피가 든 병을 흔들며 중얼거리듯 말했다.

"더구나 뱀파이어들은 자식 욕심이 없기 때문에 후손을 가지는 뱀파이어 도 적어. 그런데 뱀파이어 수가 계속 일정하게 유지되는 건 왜일까?"

"……하급한 것들이 번식을 많이 하러 다녀서 아닌가?"

레카는 루이의 말에 '쯧쯧' 소리를 내며 다시 생각해보라고 했다. 단 한 번도 뱀파이어의 종족 수에 관심을 가진 적이 없었던 루이는 레카의 지적을 듣고 뭔가 이상하다는 느낌을 받고 깊은 생각에 잠겼다.

능력이 저급한 하급 뱀파이어일수록 하프나 인간이 태어날 가능성이 컸다. 한데 뱀파이어들의 수가 줄지 않고 계속 유지되는 것은 대체 왜일까?

루이가 아직 갈피를 못 잡자 살짝 답답해진 레카가 힌트를 더 주었다.

"꽃은 유일하게 하프를 낳지 않는 존재. 그녀가 가진 아기는 무조건 뱀파이어로 태어나지."

레카의 힌트를 곱씹으며 왜 그런 건지 고민을 했지만, 도무지 생각이 나지 않아 루이는 머리를 싸매며 끙끙대고 있었다.

꽃이 뱀파이어를 계속 낳는다는 소리는 아닐 것이다. 꽃은 유일한 존재였고, 그녀 혼자서 수백 명이나 되는 뱀파이어를 낳을 수는 없었다.

루이가 갸웃거리는 동안 가만히 상황을 지켜보던 서영이 입을 열었다.

"인간들한테는……."

서영이 입을 열자, 레카와 루이, 그리고 백한의 시선이 그녀에게 쏠렸다.

"한 가지 전설이 내려오죠. 뱀파이어에게 물린 인간은 뱀파이어가 된다는 것."

서영의 말을 들은 루이의 머리가 빠르게 회전하기 시작했다.

하프가 아닌, 순수한 뱀파이어를 낳을 수 있는 꽃.

서영이 말한 뱀파이어 전설.

꽃의 피를 뽑아내서 무엇인가를 하려는 협회.

그리고 겉보기엔 뱀파이어처럼 보였던 인간.

드디어 모든 퍼즐 조각이 맞춰졌다.

"꽃의 피로…… 뱀파이어를 만들 수 있다는 건가."

"정확히는 하프야."

레카는 꽃의 피가 담긴 병을 탁자 위에 내려놓으며 말을 이었다.

"그들의 목적은 인간과 뱀파이어의 혼혈인 하프를 완전한 뱀파이어로 만드는 거야."

인간, 하프, 그리고 뱀파이어

　모두가 잠든 깊은 밤, 달빛조차 희미했기 때문에 온 세상은 어둠으로 가득했다. 레카와 루이는 볼일이 있다며 요새로 가버렸고, 서영은 이미 깊은 잠에 빠져들었다.

　"하아."

　고요한 정적이 감돌던 거실에 갑자기 누군가의 한숨 소리가 울려 퍼졌다.

　백한이었다.

　백한은 땅이 꺼지도록 한숨을 내쉬며 베란다 난간에 기대서서 밖을 보고 있었다.

　"뱀파이어가 될 수 있단 말이지……."

　뱀파이어 꽃의 피를 이용해서 뱀파이어에게 치명적인 독을 가진 하프를 뱀파이어로 만든다는 협회의 위험천만한 실험.

　백한은 예전에 자신을 공격했던 예령을 떠올렸다. 예령은 겉보기엔 뱀파이어처럼 붉은 눈과 창백한 눈을 가지고 있었지만 그건 뱀파이어가 아니었다.

　"그건 마치 흡귀 같았어."

　흡귀.

　이성이 존재하지 않는, 오로지 욕망에 충실하며 피를 갈구하는 괴물이었다. 백한도 흡귀를 책에서만 봤을 뿐, 실제로 보는 건 처음이었다.

후에 예령이 어떻게 됐는지 서영에게 물어보니 예령은 몸이 갈기갈기 찢어지면서 폭발했다고 했다.

"흔적이 남지 않았다고 했지."

분해된 몸 위로 흩뿌려진 피는 살덩이들을 녹였다고 했다. 뼈까지 깨끗하게 녹인 피는 제 역할을 다한 뒤 차가운 아스팔트에 스며들었고, 그 자리에는 피가 묻은 것 외에 그 어떠한 흔적도 남지 않았다고 서영이 말했다.

이런 점을 미뤄봤을 때 예령을 그렇게 만든 건 분명 협회일 것이다.

"불쌍하네."

비록 자신을 쫓아다니며 귀찮게 하긴 했지만, 그렇게 죽는 건 너무 안타까웠다. 백한은 속으로 조용히 예령의 죽음을 애도했다.

마음과 머릿속이 복잡하니 담배가 생각났다. 백한은 주머니에서 담배를 꺼내 물며 달빛이 희미한 밤하늘을 올려다봤다.

"인간과 하프, 그리고 뱀파이어……."

하프는 인간에게도 뱀파이어에게도 속하지 못하고 중간에 어정쩡하게 끼어 있었다. 그 어떤 종족에게도 환영을 받지 못했다. 그래서 백한은 하프로 사는 게 싫었다. 인간이든 뱀파이어든 되고 싶었다.

그랬던 마음은 루이를 만나고 뱀파이어가 되고 싶다는 쪽으로 기울었다. 인간보다 뱀파이어로 사는 게 더 멋져 보이기도 했지만, 자신이 뱀파이어가 되고 싶은 가장 큰 이유는…….

"뱀파이어가 되고 싶은 건가?"

"아칸?"

백한은 갑자기 뒤에서 아칸의 목소리가 들려오자 의아해하며 그를 돌아봤다.

"너, 형님의 명령으로 협회를 조사하러 나간 거 아니었어?"

"……"

"그래, 그래. 네가 언제 내 질문에 제대로 대답해준 적이 있냐."

백한은 픽 웃으며 반쯤 탄 담배를 재떨이에 비벼 껐다. 아칸은 조용히 백한의 옆으로 다가와 섰다.

"하프를 뱀파이어로 만드는 것 자체가 이미 기적에 가까운 일이다. 예령이라는 인간처럼 죽을지도 몰라. 그래도 뱀파이어가 되고 싶은가?"

"글쎄……"

백한은 말꼬리를 흐리며 쓰게 웃었다. 그 역시 협회가 하는 짓이 위험하고 미친 짓이라는 건 잘 알고 있었다. 하지만 어떻게든 뱀파이어가 되고 싶은 마음이 컸기에, 협회가 하는 실험은 백한에겐 너무 매력적으로 다가왔다. 달콤한 유혹이었다.

"아니라고 부정하지 않는군."

"그야 예전부터 뱀파이어가 되고 싶었으니까. 어느 종족에게도 환영받지 못하는 이런 어정쩡한 모습, 하루라도 빨리 탈피하고 싶어."

인간의 모습을 하고 있지만, 인간이 가질 수 없는 우월한 능력을 가지고 있는 하프. 백한은 제 손을 내려다보며 설핏 웃었다.

"철없는 어린 시절에는 내가 아주 대단한 사람인 줄 알았어."

100m를 10초 만에 돌파하고 다른 체육 과목에서도 전부 좋은 성적을 거뒀다. 머리도 뛰어나서 초등학교에 들어가기도 전에 고등학교 공부 과정을 전부 수료했다.

사람들은 그런 백한을 향해 엄지를 치켜들며 최고라고 말했다. 부모도 백한을 몹시 아끼고 사랑했다. 그래서 어린 백한은 자신이 잘하고 있는 줄 알고 능력을 마구 과시하며 다녔다.

"……그래선 안 되는 거였어."

백한이 비범하다 못해 괴물 같은 능력을 가지고 있다는 걸 알게 된 사람들은 일제히 그에게서 등을 돌렸다. 손가락질하고 비난하며 백한을 욕했다. 그를 가장 멸시하고 욕했던 건 다름 아닌 그의 가족들이었다.

"하루도 매가 끊이지 않는 날이 없었어. 아버지는 손에 잡히는 것을 모두 나한테 던지며 나를 집에서 내쫓으려고 했고, 하나 있던 형은 나를 없는 사람 취급하며 쳐다보지도 않았어. 어머니는 정신병원까지 갔다고 하더라고."

"백한……."

"그 시절에 나는 내가 뱀파이어의 피를 이어받은 하프라는 걸 몰랐기 때문에 가족들이 나에게 왜 이러는지 알 수가 없어 그저 그들을 미워했어."

백한은 그들에게 소리치고 싶었다. 자신은 괴물이 아니라고. 그저 그들의 사랑을 받고 싶었을 뿐이라고.

집이 더 이상 자신에게 안락한 보금자리가 아니라는 걸 깨달은 백한은 어린 나이에 집을 뛰쳐나와 거리를 이곳저곳 떠돌아다녔다.

세상은 냉혹했다. 어린 백한에게 따스한 손을 내미는 사람은 아무도 없었다. 때문에 백한은 골목을 헤매고 쓰레기통을 뒤지는 등 하루하루를 힘겹게 보냈다.

『아직까지 살아 있는 하프가 있다니.』

그러던 어느 날, 백한의 앞에 붉은 눈에 창백한 피부를 가진 남자가 나타났다. 남자는 백한을 보자마자 죽이려고 했다. 백한은 그런 남자에게서 도망치기 위해 안간힘을 썼지만 도망칠 수 없었다.

"그때 얼마나 비참한 기분이 들었는지 알아? 난 아직도 그날의 일을 잊을 수가 없어."

남들이 괴물이라고 부르는 달리기 실력으로 아무리 뛰어도, 그 남자의 손아귀에서 벗어날 수가 없었다.

『죽고 싶지 않아!』

이렇게 죽으려고 집을 뛰쳐나온 것이 아니었다. 백한은 사력을 다해 발버

등을 쳤다. 하지만 끝내 붉은 눈의 남자에게 붙잡혔다.

'꼼짝없이 죽겠구나.'

모든 것을 포기한 백한이 눈을 감았을 때, 루이가 등장했다.

『네가 유백한인가.』

"처음 형님을 봤을 때, 솔직히 말하면 난 그 남자보다 형님이 더 무서웠어."

겉보기엔 제 또래로 보였지만, 그가 내뿜는 기백과 위용은 어린 백한을 주눅 들게 했다. 죽음이 코앞에 다가왔을 때도 느껴본 적 없는 짙은 공포감이 몸을 휩쓸었다. 동시에 안도감이 찾아오니 아이러니했다.

루이는 꼴사납게 바닥에 주저앉아 있는 백한에게 손을 내밀었다.

『어떤 일이 있어도 내가 너를 지켜주겠다. 나와 같이 가자.』

태어나서 처음 듣는 이야기였다. 그를 속이는 말일 수도 있었지만, 당시 어렸던 백한은 거기까지 생각하지 못하고 루이가 내민 손을 덥석 잡았다.

그렇게 백한은 거의 30년 가까이 루이의 곁을 지키며 그의 뒤치다꺼리를 했다. 하프가 뱀파이어의 시종 노릇을 한다는 자체가 웃긴 일이었기에, 수많은 뱀파이어들이 백한을 멸시하고 루이에게 백한을 버리라는 말을 했다.

그럴 때마다 루이는 코웃음을 치며 자신이 한 선택에 너희들이 뭔데 간섭하냐는 말을 했다.

그는 백한과 처음 했던 약속을 충실히 지키고 있었다. 어떠한 일이 있더라도 백한을 지켜주겠다는 말을.

"형님의 시종이 된 걸 후회한 적은 한 번도 없어. 사실 하프인 것도 감사하게 여겼어. 내가 하프이기 때문에 형님이 날 거둬주신 거니까. 하프가 아니었다면 형님을 만날 수 없었겠지."

백한은 주먹을 꽉 움켜쥐었다.

"그래도 난 뱀파이어가 되고 싶어. 이런 어정쩡한 상태로 있는 것보다 완전한 뱀파이어가 되고 싶어."

"백한."

"그래야 더는 다른 이들에게 무시 받지 않을 테니까. 형님의 곁을 좀 더 오래 지킬 수 있을 테니까."

아칸이나 켄은 요괴이기 때문에 루이와 비슷한 수명을 가지고 있지만, 백한은 아니었다. 인간과 마찬가지로 100년도 채 안 되는 짧은 수명을 가지고 있기 때문에 루이의 곁을 얼마 지키지 못하고 죽게 될 것이다.

"……."

늘 밝게 웃으며 장난치던 백한이었기에, 이런 우울한 모습의 그는 아칸의 입장에선 몹시 낯설었다.

솔직히 말하자면 아칸은 백한이 마음에 들지 않았다. 그가 뱀파이어인 루이에게 치명적인 독을 가지고 있는 하프이기 때문이었다. 그래서 아칸은 백한이 루이의 시종이 되는 걸 반대했지만, 루이의 뜻이 워낙 확고했기 때문에 어쩔 수 없이 받아들였다.

그동안 그에게 심술을 부렸던 것도 그가 마음에 들지 않았기 때문이었다. 이러면 알아서 떨어져 나갈 거라고 생각했는데 백한은 웃으며 전부 다 받아주었다.

그렇게 30년 넘게 몸을 부대끼다 보니 아칸은 어느덧 백한을 동료로 인정했다. 그만큼 백한의 마음이 이해가 돼서 아칸은 안타까운 시선으로 백한을 바라봤다.

"솔직히 말하면 난 협회가 한 짓이 이해가 돼. 이렇게 동료가 있고, 나를 지켜주는 형님이 있는데도 뱀파이어가 되고 싶다고 생각하는데 그들은 어떻겠어?"

당연히 완벽한 존재가 되고 싶을 것이다. 주변의 손가락질을 받고, 언제 죽을지 몰라 전전긍긍하는 불완전한 하프가 아닌 완전한 뱀파이어가 되고 싶은 건 당연했다.

"이게 욕심인 걸까? 뱀파이어가 되고 싶다고 생각하는 게 잘못된 걸까? 난 그저 오래오래 형님의 곁을 지키고 싶을 뿐인데, 이런 생각을 하면 안 되는 걸까?"

끝내 백한의 눈가에 눈물이 맺혔다. 백한이 두 손으로 얼굴을 가리자 아칸은 말없이 그의 등을 토닥여주었다.

"난…… 뱀파이어가 되고 싶어. 형님에게 잊히고 싶지 않아."

"그렇게 뱀파이어가 되고 싶다면, 뱀파이어 꽃을 찾아라."

갑작스러운 루이의 등장에 백한은 화들짝 놀라며 눈물을 닦았다. 아칸도 약간 놀라며 그를 돌아봤다.

"어, 언제부터 그, 그곳에……."

"네가 형님 어쩌고 할 때부터."

"제가 형님이라고 말한 부분이 좀 많은데요."

루이에게 제 속마음이 들킨 게 부끄러워 백한은 어색하게 웃으며 머리를 긁적였다. 루이는 그런 백한을 물끄러미 바라보며 담담하게 말했다.

"뭔가 착각하고 있는 것 같은데, 난 내 시종들을 단 한 번도 잊은 적이 없다. 짧든 길든, 내 옆을 지켰던 놈들은 전부 다 기억하고 있어."

백한의 눈동자가 크게 흔들렸다. 미처 닦아내지 못한 눈물이 뺨을 타고 흘러내렸다.

"난 네가 하프든 뱀파이어든 상관없지만, 그렇게 뱀파이어가 되고 싶다면 내가 너를 뱀파이어로 만들어주겠다."

"형님……."

"그러니까 뱀파이어 꽃을 찾아. 지금은 다른 건 신경 쓰지 말고, 꽃을 찾는데 집중하도록 해."

루이는 그 말을 남기고 안으로 들어갔다. 자신을 뱀파이어로 만들어주겠다니.

다소 충격적인 말에 백한은 멍하니 루이의 자취만 쫓았다. 아칸이 그런 백한의 머리를 세게 후려쳤다.

"야⋯⋯!"

"이제 정신이 든 건가?"

아칸이 퉁명스럽게 대답했다. 그제야 백한은 자신이 들은 말이 사실이라는 걸 실감했다. 루이가 그런 말을 해주다니.

"흑, 흐으윽⋯⋯."

무척 감동한 백한은 눈물 콧물 질질 흘리며 울었다.

"저리 가. 더러워."

백한이 눈물 콧물 다 흘리며 안기려고 하자 아칸은 질색하며 뒤로 물러났다. 백한은 섭섭하다는 눈으로 아칸을 쳐다봤다.

"너무한다. 위로해주지는 못할망정 도망가는 거야?"

"이미 충분히 위로 받아놓고 무슨."

아칸은 어처구니없다는 듯 웃으며 팔짱을 꼈다.

"주인님께서 그리 말씀하셨으니, 더는 이상한 생각하지 말고 지금 맡은 일에 최선을 다하도록 해."

아칸은 잠시 침묵했다가 다시 말을 이었다.

"넌 내 소중한 동료니까. 나도 최선을 다해서 도와주겠다."

동료. 듣기만 해도 마음이 따스해지는 단어에 백한은 눈물과 콧물을 소매로 닦은 뒤, 씨익 웃었다.

───◆───

루이가 거실을 지나 자신의 방으로 가고 있을 때였다.

"수고했어, 루이."

주방 쪽에서 서영의 목소리가 들리자 루이는 우뚝 멈춰 섰다. 눈이 마주친 서영이 컵을 흔들며 웃었다.

"백한 오빠가 우울해하는 것 같아서, 같이 따뜻한 거 마시며 이야기 나누려고 했지."

"쓸데없는 걱정을 하는군."

퉁명스러운 목소리와 차가운 표정만 보면 루이가 백한을 소중이 여기지 않는 것처럼 보였지만, 그들의 대화를 전부 다 들은 서영은 그가 백한을 얼마나 아끼는지 잘 알고 있었다.

'솔직하지 못하긴.'

서영은 설핏 웃으며 컵을 식탁 위에 내려놓았다.

땡—.

거대한 괘종시계가 자신의 존재를 알리며 세 번 울었다.

새벽 3시라는 의미였다.

"시간이 늦었다. 얼른 들어가서 자."

"잠깐만 이야기하자."

서영이 식탁 의자에 앉으며 말했다. 루이는 그녀의 맞은편에 앉았다.

"백한 오빠를 뱀파이어로 만들 거야?"

뭘 물어보려는 건가 싶었는데 저거였나. 루이는 고개를 끄덕였다.

"가능하다면. 그리고 백한이 원한다면."

"그럼……."

서영은 잠시 머뭇거리더니 조심스럽게 말을 이었다.

"나도…… 뱀파이어가 될 수 있을까?"

갑작스러운 말에 당황한 루이는 서영을 쳐다봤다. 서영의 표정은 더없이 진지했다.

"진심인가? 한 번 뱀파이어가 되면 다시 인간으로 돌아올 수 없을지도 모르는데?"

루이의 질문에 서영은 손을 꼼지락거리며 고개를 숙였다.

"사실…… 뱀파이어가 되고 싶은지는 잘 모르겠어. 내가 원하는 건 너한테 도움이 되는 거야."

"나한테 도움이 되고 싶다고?"

"응. 인간의 몸으론 널 도와줄 수 없으니까……."

루이는 동등한 계약자 관계라고 했지만 서영이 보기엔 전혀 동등하지 않았다. 자신이 일방적으로 루이에게 보호를 받고 있었다. 서영은 그 사실이 몹시 마음에 걸렸다.

"나도 뱀파이어라면 좋을 텐데, 라는 생각을 종종 했어."

그랬는데 오늘, 레카에게 뱀파이어 꽃의 피가 있으면 하프가 뱀파이어가 될 수 있다는 이야기를 듣고 혹시 나도 되면 어떨까, 하는 생각을 하게 됐다.

그러면 지금처럼 루이에게 마냥 보호만 받지 않아도 되니까. 백한이 말한 것처럼 오래오래 루이의 곁에 있을 수 있을 테니까.

"그래서 뱀파이어가 되고 싶다고 생각했는데……그러면 안 되는 걸까?"

말없이 서영의 이야기를 듣던 루이가 긴 한숨과 함께 입을 열었다.

"미안하지만 난 네가 뱀파이어가 되는 걸 반대한다."

"어째서? 내가 여자라서 그런 거야?"

"그렇다기보다 뱀파이어는 네가 생각한 것 이상으로 고독한 존재라서 그렇다."

루이가 자조적으로 웃으며 말을 이었다.

"늘 자신의 자리를 빼앗길까 봐 전전긍긍해야 하고, 힘이 약한 뱀파이어들은 저보다 강한 뱀파이어에게 괴롭힘을 당해도 아무 말도 할 수가 없다."

철저하게 약육강식이 존재하는 세계가 바로 뱀파이어 세계였다. 그건 뱀파이어 로드도 막지 못했다.

"나는 이 더러운 세계에 네가 속하는 걸 원하지 않는다. 그리고……."

루이는 식탁 위에 고이 놓인 서영을 손을 가볍게 잡았다. 잡기만 해도 따뜻한 온기가 확 전해졌다.

"난 이 따뜻한 온기가 더 좋아. 네가 가진 이 온기가 말이지."

그가 좋다고 말한 건 자신이 아닌 자신의 체온이었지만 왠지 부끄러워 서영은 그에게 잡힌 손을 슬쩍 뺐다.

"이것 말곤 좋은 게 하나도 없잖아. 너한테 도움도 안 되고."

"누가 도움이 안 된다고 했지?"

루이가 다시 서영의 손을 잡았다.

"넌 지금도 충분히 도움이 되고 있다. 그러니 그런 생각하지 마."

"도움이 되긴 뭐가 돼. 매번 네 도움을 받는데."

서영이 입을 삐죽이자 루이가 작게 웃었다.

"어리구나."

"뭐?"

"넌 늘 나보다 나이가 많은 사람처럼 굴지만, 역시 넌 나보다 어려."

당연한 이야기였지만, 겉보기엔 저보다 어려 보이는 루이가 저런 말을 하니 기분이 썩 좋지 않아 서영은 팔짱을 끼며 뾰로통한 얼굴로 말했다.

"날 어린애 취급하지 말아줘!"

어린애처럼 굴면서 어린애 취급하지 말라는 게 재미있어서 루이는 웃으며 일어섰다.

"밤이 늦었어. 이만 들어가서 자도록 해."

"루이, 난……."

"어라, 서영 씨? 형님?"

밤마실을 끝내고 돌아온 백한이 서영과 루이를 발견하고 고개를 갸웃거렸다.

"서영 씨, 벌써 새벽 4시가 다 되어가는데 아직 안 잔 거예요?"

"지, 지금 자러 가려고요."

서영이 놀라며 자리에서 일어섰다. 루이는 서영에게 잘 자라고 인사한 뒤, 그의 방으로 향했다.

녹색 이끼가 잔뜩 끼어 있는 어두운 지하 감옥.

벌레가 득실거리는 가운데, 은발의 소녀가 우두커니 앉아 있었다. 소녀의 얼굴엔 생기가 전혀 보이지 않았다. 예쁘장하게 생긴 외모와 달리 소녀의 머리는 산발이었다. 소녀가 입고 있던 옷 역시 이곳저곳이 찢어져 있었고, 그 사이로 붉은 상흔들이 간간이 보였다.

타박— 타박—.

조용한 복도에 발자국 소리가 울려 퍼지자 멍하게 허공을 응시하고 있던 소녀의 눈에 초점이 돌아왔다. 소녀의 얼굴이 창백하게 질렸다.

"흐……흐윽……."

구석으로 도망간 소녀는 몸을 최대한 둥글게 말며 손톱을 잘근잘근 깨물었다. 작게 흐느끼는 소리와 함께 가녀린 몸이 파들파들 떨렸다. 온몸에 긴장한 기색이 역력했다.

타악—.

발자국 소리는 소녀가 있는 철창 앞에서 멈췄다.

달그락, 육중한 철창 문이 열리면서 검은 머리의 남자가 안으로 들어왔다. 남자의 얼굴은 창백했고, 그의 눈은 시커먼 어둠 속에서도 붉게 빛이 났다.

"아직도 말할 생각이 없는 거야?"

"흑……."

"이런, 나는 울라고 한 것이 아닌데?"

남자는 소녀가 울음을 터뜨리자 인상을 팍 쓰며 소녀의 배를 구둣발로 거칠게 찼다.

"억!"

외마디의 비명과 함께 바닥에 엎어진 소녀는 고통이 느껴지는 복부를 두 손으로 움켜쥐며 최대한 몸을 웅크렸고, 신음을 삼키기 위해 입 안을 피 나도록 깨물고 있었다.

"꽃이 어디 있는지 넌 알고 있잖아."

"알아도…… 안 알려줘."

소녀가 이를 악물며 대답했다. 독한 년. 남자는 눈살을 찌푸리며 호주머니에서 담배를 꺼내 물었다. 그리고 다른 손으로 소녀의 머리채를 거칠게 움켜쥐었다.

"왜 그런 멍청한 꽃한테 계속 충성하는 거지? 응? 고문을 그렇게 당하면서도 그년을 감싸는 이유가 도대체 뭔데!"

"……."

남자가 윽박을 질러도 소녀는 입을 꾹 다물고 한마디도 하지 않았다. 그런 소녀를 바라보는 남자의 눈동자에 불꽃이 튀었다.

"좋아."

남자가 손을 들어 올리자 여러 명의 남자들이 감옥 안으로 들어왔다.

"누가 이기나 한번 해보지."

그것을 신호로 여러 명의 남자들은 소녀에게 달려들었다. 소녀는 온몸에 느껴지는 끔찍한 감각에 피가 날 정도로 입술을 꾹 깨물었다.

그렇게 얼마나 시간이 흘렀을까.

제일 처음 들어왔던 남자가 다시 신호를 보내자 소녀에게 달라붙었던 남자들이 전부 떨어져 나갔다. 만신창이가 된 소녀는 손가락 하나 까딱하지도 못하고 가만히 누워 있었다.

"이제 말할 생각이 좀 생긴 건가?"

"……."

"하, 이런……."

이만큼 험한 꼴을 당하고도 소녀가 계속 입을 열지 않자 남자는 소녀의 턱을 잡고 으르렁거렸다.

"인간이 아니라 동물한테라도 당할래? 그래야 정신을 차리겠……!"

퉤—.

소녀가 남자의 얼굴에 대고 침을 뱉었다. 소녀의 침을 고스란히 맞은 남자의 얼굴이 무섭게 일그러졌다.

"네가 아무리 이런다고 해도 내가 그분을 배신할 것 같아?"

소녀가 입술을 비틀었다.

"어림도 없……."

짜악—. 남자가 소녀의 뺨을 세게 내리쳤다. 소녀는 힘없이 옆으로 쓰러졌다. 그래도 분이 안 풀리는지 남자는 발로 그녀의 몸을 무자비하게 밟았다.

"주인님, 아쉘 님께서 오셨습니다."

그 말에 남자는 긴 한숨을 내쉬며 머리를 거칠게 쓸어 올렸다. 남자가 감옥 밖으로 나오자 대기하고 있던 시종이 그의 얼굴에 묻은 것을 닦아내며 그에게 망토를 걸쳐주었다. 남자는 시중을 받으면서 소식을 전한 자를 쳐다보며 말했다.

"헤브는?"

"대기 중이십니다."

"헤브한테 알아서 하라고 해. 그리고……."

남자는 철창 안에 힘없이 쓰러져 있는 소녀를 흘끗 보곤 차갑게 말했다.

"실험체 중에 제정신이 아닌 놈, 그리고 사람 형태를 하지 않은 요괴들 다 데리고 와. 이 요괴에게 제대로 된 지옥을 보여주도록 하지."

◆━━◆◆◇◆◆━━◆

다시 부산으로 내려가는 건 의미가 없을 것 같아 서영은 백한의 집에서 머물기로 했다. 백한은 아무것도 하지 않아도 된다고 했지만, 그러면 너무 민폐를 끼치는 것 같아 서영은 자진해서 집안일을 했다.

그날도 마찬가지였다. 서영은 환기를 시키기 위해 창문을 전부 열고 부지런히 청소했다. 모처럼 쉬는 날인 백한도 도와주겠다면서 두 팔을 걷어붙였다.

"어라, 오늘 백화점 세일 마지막 날이네."

분리수거를 하던 백한은 백화점 세일 광고 전단지를 발견했다. 곧 백화점에 볼일이 있다는 게 떠오른 그는 빨래를 개고 있는 서영을 쳐다봤다.

"백화점 안 갈래요, 서영 씨?"

"백화점이요?"

"네. 백화점에 볼일이 있어서 가야 하는데 가는 김에 서영 씨도 옷을 사는 게 좋을 것 같아서요."

"아, 전 괜찮아요. 옷 안 사도 돼요."

사고 싶은 마음은 있었지만, 그러기엔 백화점 옷은 너무 비쌌다. 백화점에서 티셔츠 하나 살 돈이면 보세 가게에서 못해도 두 개는 살 수 있으니 그러는 편이 훨씬 이득이었다.

"어라, 정말 괜찮아요? 전에 옷이 필요하다고 하지 않았어요?"

전에 스쳐 지나가듯 말한 적이 있긴 했는데 그걸 기억하고 있는 건가.

"나중에 제가 알아서 살게요."

"혹시 백화점에서 사는 게 비싸서 그래요?"

결국 정곡이 찔린 서영이 어색하게 웃었다. 백한이 웃으며 손을 휘휘 내저었다.

"그거라면 걱정하지 말아요. 형님이 사줄 테니까."

"네? 아니요. 괜찮……."

"형님! 서영 씨 옷 사줄 수 있죠?!"

거절하려는데 백한이 먼저 소리를 쳤다. 소파에 앉아서 책을 읽던 루이는 당황하는 서영을 흘끗 보고 고개를 끄덕였다.

"그럼 백화점에 갈까요?"

"저, 정말 괜찮은데……."

서영이 거듭 괜찮다고 말하며 백한을 말렸지만, 그는 듣지 않았다. 오히려 어서 가자며 부추기니 서영은 어쩔 수 없이 외출 준비를 했다.

"어디 가는 거야?"

그렇게 외출 준비가 거의 끝났을 무렵, 레카가 왔다.

"백화점에 가요."

"백화점? 아, 그 옷이나 보석 같은 게 많은 곳?"

"네, 맞아요. 한 번도 가본 적 없어요?"

"응. 요 100년간은 거의 요새에만 처박혀 있었거든. 가끔 사냥하러 오긴 했지만, 어딜 가거나 한 적은 없어."

100년. 까마득한 시간관념에 헛웃음이 나왔다. 그러고 보니 레카는 몇 살일까. 문득 궁금해진 서영은 그에게 물었다.

"레카 씨는 올해 몇 살이에요?"

"나? 글쎄. 태어난 연도는 기억하지 못하지만 내가 태어났을 때 잔 다르크

였나? 그 여자를 마녀 화형할 거라고 인간들이 한참 난리를 쳤었어."

잔 다르크라면 역사책에 나온 사람이 아니던가. 그런 사람을 실제로 본 자가 눈앞에 있다는 사실이 몹시 신기하고 이상해서 서영은 빤히 레카를 쳐다봤다. 그 사이 모든 준비를 마치고 나온 백한이 말했다.

"그럼 저희는 백화점에 다녀올게요, 레카 님. 가요, 서영 씨."

"잠깐. 나도 간다."

"……네?"

레카의 말에 서영도, 백한도 당황하며 그를 쳐다봤다.

"왜? 나는 가면 안 돼?"

"아니, 그건 아닌데…… 정말 가시게요? 밖에 해가 쨍쨍한데요?"

"이 정도는 괜찮아. 문제없다고."

제가 문제 있는데요. 백한은 차마 입 밖으로 말을 뱉지 못하고 말을 삼켰다.

레카는 기어코 따라왔다. 레카가 가겠다고 하니 루이도 간다며 따라왔고, 그렇게 서영과 단둘이 오붓하게 쇼핑하려던 백한의 계획은 순식간에 물거품이 됐다.

백화점은 차로 20분 정도 거리에 있었다. 평일이라서 그런지 비교적 한적한 주차장에 차를 대자마자 레카는 품에서 선글라스를 꺼내 썼다.

"루이, 너도 줄까?"

"됐다."

"하지만 눈동자가…… 아, 색 바꿨네."

루이의 눈동자 색이 푸른색으로 바뀐 걸 확인한 레카는 어깨를 으쓱였다.

주차장은 한적했지만, 내부에는 사람들이 제법 있었다. 루이 일행이 나타나자 사람들의 이목이 단번에 집중됐다.

"야, 야. 저기 봐."

"와, 진짜 잘생겼다."

"붉은 머리 남자, 완전 내 취향이야."

"저기 꼬맹이도 귀여운데?"

"난, 난 안경 쓴 남자가 좋아!"

쏟아지는 칭찬에 레카는 우쭐하며 턱을 치켜들었다. 백한은 쑥스러운 듯 머리를 긁적였고, 루이는 만사가 귀찮다는 표정을 지었다.

"근데 중간에 있는 저 여자는 뭐야?"

"글쎄, 동생인가?"

"안 어울리게 왜 저기 있는 거지?"

사람들은 이물질처럼 끼어 있는 서영을 보며 수군거렸다. 그런 사람들의 시선이 부담스러운 서영은 슬쩍 뒤로 몸을 뺐다. 그러자 루이가 그녀의 팔을 잡았다.

"왜 그러지?"

"아니, 아무것도……."

차마 이곳에 자신이 끼면 안 될 것 같아 그렇다고 말하지 못하고 서영은 어색하게 웃었다. 그 사이 백화점 안내판을 확인한 백한이 말했다.

"저는 가전제품이 있는 5층에 가야 해요. 숙녀복은 3층이니, 서영 씨는 그쪽으로 가면 될 것 같아요."

"같이 갔다가 가요."

"괜찮아요. 전 조금 오래 걸려서 그러니 형님이랑 레카 님 데리고 먼저 숙녀복 매장 가서 보고 계세요."

"아니, 괜찮……."

"그럼 나중에 봐요!"

백한은 서영의 말이 채 끝나기도 전에 잽싸게 사라졌다. 서영은 백한이 루이와 레카를 자신에게 떠넘기고 도망갔다는 것에 전 재산을 걸 수 있었다.

서영은 자신에게 남겨진 두 뱀파이어를 보고 한숨을 쉬었다.

루이는 괜찮았다. 문제는 레카였다.

"어디로 가면 돼? 얼른 가자고."

"이쪽이에요."

부디 레카가 사고 치지 않기를 간절히 바라며 서영은 루이와 레카를 데리고 3층 숙녀복 매장으로 향했다.

다소 어두웠던 서영의 표정은 숙녀복 매장에 도착하자마자 밝아졌다. 눈이 휘둥그레질 만큼 화려한 옷과 예쁜 액세서리. 여자라면 누구나 흐뭇한 미소가 나오기 마련이었다. 서영은 무척 행복해하며 숙녀복 매장을 휘젓고 다녔다.

"왜 저러는 거지?"

그런 서영이 이해가 안 된다는 듯 루이가 고개를 갸웃거렸다. 레카가 웃으며 루이의 어깨를 툭툭 두드렸다.

"아직 어리구나, 루이."

그보다 어린 건 사실이었지만, 그에게 저런 취급을 받는 건 기분이 나빴다. 루이는 레카의 손을 뿌리치고 서영의 뒤를 따라갔다.

"여자들은 자고로 예쁜 옷과 액세서리에 환장하는 법이지."

레카가 그 뒤를 쫓으며 주절주절 말을 뱉었다.

"그건 레이디도 마찬가지일 거야. 그러니까 레이디의 환심을 사고 싶으면, 예쁜 옷을 선물해 봐. 무척 좋아할걸? 환하게 웃으며 안아줄지도 몰라."

계속 레카의 말을 무시하던 루이는 서영이 환하게 웃으며 안아준다는 말에 멈칫했다. 루이의 반응을 본 레카가 웃으며 서영에게로 다가갔다.

"레이디, 내가 옷 사줄까?"

"아니에요. 괜찮아요."

"사양하지 않아도 돼. 내가 사주고 싶어서 그러는 거니까. 음, 보자, 뭐가 레이디랑 어울리려나."

레카는 주변을 크게 둘러보더니 근처 매장으로 들어갔다. 엉겁결에 서영도 따라 들어갔다.

"어서 오세요."

매장 직원이 환하게 웃으며 레카와 서영을 맞이했다. 제법 예쁘장하게 생긴 직원의 얼굴을 본 레카가 작게 휘파람을 불었다. 적당히 볼륨 있는 몸매까지. 완벽하게 그의 취향이었다.

"여자 친구에게 선물할 옷을 보러 온 것인가요?"

"여자 친구가 아니라 당신이요."

레카는 선글라스를 벗고 직원에게 윙크를 날렸다. 웬만한 배우 뺨치게 잘생긴 레카를 본 직원이 얼굴을 살짝 붉혔다.

"당신에게 반해버렸어요."

레카는 직원의 손을 부드럽게 잡고 그윽하게 내려다봤다. 지금 뭐하는 거지. 서영은 기함하며 레카를 바라봤다. 레카의 행동도 당황스러웠지만, 더 황당한 건 직원이 싫어하지 않는다는 것이었다. 직원은 얼굴을 붉히며 황홀한 눈으로 레카를 바라봤다.

"언제 마쳐요?"

"저, 저는 오늘 마감까지 해서 저녁 9시에……."

"딱 좋은 시간이네요. 그때 나랑 같이 저녁 먹을래요?"

이걸 말려야 하나? 아니면 그냥 지켜봐야 하나. 어찌하면 좋을지 몰라 고민하고 있는데 루이가 인상을 팍 쓰며 서영의 옆으로 다가왔다.

"저 자식, 또 저러는군."

"레카 씨 자주 저러서?"

"그래. 100년 전에도, 200년 전에도 저러고 있었다. 심지어 자기 아버지가 죽는 날도 기생을 끼고 놀았어."

루이는 몹시 한심하다는 듯 혀를 내차며 서영의 손을 잡았다.

"여기 더 있어봤자 좋은 꼴 못 보니, 이만 가지."

"어딜?"

"인간이 없는 곳이라면 어디든."

백화점에 그런 곳이 있었던가. 곰곰이 생각하던 서영은 곧 괜찮은 장소를 떠올렸다.

"하늘 정원으로 가자."

"하늘 정원?"

"응. 백화점 옥상에 있는 건데, 겨울이라서 사람들이 거의 없을 거야."

"그곳으로 가지."

루이가 서영의 손을 잡아끌었다.

"앗, 그런데 레카 씨는 정말 두고 가도 돼?"

"상관없어."

정말 괜찮은 거 맞는 거겠지? 서영은 여전히 직원에게 작업을 걸고 있는 레카를 한 번 흘겨보고, 루이의 뒤를 따라갔다.

예상했던 대로 하늘 정원은 한적했다. 날씨가 춥기도 하고 회전목마와 바이킹이 운행하지 않기 때문이기도 했다.

"그래도 관람 차는 하네."

"관람 차?"

"저거야."

루이는 서영이 가리킨 기괴한 기구를 보고 인상을 찌푸렸다. 이상하고 커다란 철봉에 동글동글한 것이 포도 알처럼 대롱대롱 달려 있었다.

"저게 뭐지?"

"놀이 기구야. 한번 타볼래?"

"저걸 탄다고? 위험해 보이는데."

"보기보다 괜찮아. 한번 타보자."

서영은 매표소에서 표를 산 뒤, 루이와 함께 관람 차로 향했다.

"조심해서 타세요!"

직원의 친절한 안내를 받으며 그들은 관람 차에 올라탔다. 히터가 가동되고 있는지 관람 차 안은 따뜻했다. 서영은 외투를 벗고 의자에 앉았다. 루이는 그 맞은편에 앉았다.

관람 차가 천천히 올라가면서 사람들과 건물들이 점점 작게 보였다. 예쁘다. 서영은 연신 감탄을 뱉으며 풍경을 구경했다.

"뭐가 그리 좋지?"

"응? 그냥 좋은데?"

서영이 해맑게 웃으며 대답했다. 살면서 인간의 미소가 예쁘다고 생각해 본 적이 없는데, 이상하게도 서영의 미소는 예뻤다. 마음에 들기도 했고.

계속 보고 싶어 루이는 서영의 얼굴을 빤히 쳐다봤다.

"왜 그렇게 봐? 내 얼굴에 뭐 묻었어?"

"아니."

아니라면서 계속 쳐다보니 이상한 느낌이 든 서영은 손거울을 꺼내 얼굴을 확인했다. 묻은 건 아무것도 없었다.

'그런데 왜 자꾸 보는 거지?'

루이의 시선이 약간 부담스러워진 서영은 다시 창밖을 쳐다봤다. 그러자 바로 뒤에서 따라오는 관람 차에 타고 있는 아이가 보였다. 서영과 눈이 마주친 아기가 배시시 웃으며 손을 흔들었다.

"꺅, 귀여워. 루이, 저기 봐. 귀여운 아기가 있어."

"그러게."

루이의 반응은 영 시큰둥했다.

"뭐야, 루이. 아기 싫어해?"

"딱히 싫어하지도, 좋아하지도 않아. 뭐, 귀찮다고 생각하긴 해."

대부분의 뱀파이어들은 제 피를 이은 후손일지라도 아기를 귀찮게 생각했다. 정확히는 자신이 그 아기를 돌봐주는 걸 귀찮아하는 것이다.

설상가상 태어난 아기가 인간도 뱀파이어도 아닌 하프라면 제 손으로 죽어야 했고, 원칙상 그 하프를 낳은 인간도 죽어야 했다. 루이는 그 모든 과정이 귀찮고 성가셨다.

"그럼 결혼해도 아기 안 낳을 거야?"

"글쎄. 내가 결혼을 할지부터 의문인데."

"응? 독신주의야?"

"그게 아니라 뱀파이어 세계에선 결혼이라는 개념이 없다. 아이를 낳아줄 수 있는 종족은 인간뿐인데 인간은 우리보다 수명이 한참 짧으니, 결혼 같은 걸 하지 않지."

"하지만 신부는 들이잖아."

"그것도 상징적인 의미다."

루이가 팔짱을 끼고 말을 이었다.

"그 인간이 내 아이를 낳아주니 그에 대한 예우로 신부라고 부르는 것뿐이야. 그 외에 다른 의미는 없어."

"그렇구나."

뭔가 씁쓸한 이야기였다. 그다지 알고 싶지 않은 사실을 알게 된 서영은 손을 꼼지락거리며 루이에게 다시 물었다.

"그럼 루이는 언제 신부를 맞이할 건데?"

"글쎄. 일단 지금은 전혀 생각이 없는데. 로드가 사라져서 뱀파이어 사회가 불안한데 인간 신부를 들이면 지켜야 할 존재가 하나 더 생기는 거니까.

그런 귀찮은 일은 하고 싶지 않아."

"그래도 좋아하는 인간이 생기면 곁에 두고……."

"글쎄, 인간은 약하기만 하고 후손을 가질 때 말곤 쓸모없는 존재라 딱히 곁에 두고 싶은 마음이 없군."

"……그렇구나."

그가 뱉은 말들이 사정없이 가슴을 후벼 팠다. 아니라고 대꾸하고 싶었지만, 루이의 입장에서 보면 구구절절 맞는 말이었기에 서영은 그러지 못하고 고개를 푹 숙였다.

그녀의 우울한 표정을 본 루이가 재빨리 말을 덧붙였다.

"네가 약하다는 건 아니다. 그저 통상적인 인간을 이야기했을 뿐이야."

"알아……."

"근데 왜 그렇게 우울해하는 거지?"

서영은 차마 '네가 날 신부로 맞이할 마음이 없다는 게 슬퍼서.'라는 말은 하지 못하고 어색하게 웃었다. 같은 미소일지라도 환하게 웃는 것과 어색한 미소는 느낌이 달랐다.

지금 서영이 웃는 모습은 바늘처럼 가슴을 쿡쿡 찔렀다. 태어나서 경험해 본 적 없는 낯선 통증에 루이는 눈살을 찌푸리며 가슴을 움켜쥐었다. 서영의 환한 미소를 보고 싶었다.

'그럼 왜 우울해하는지부터 알아야겠지.'

보아하니 물어봤자 말해주지 않을 것 같아 루이는 서영의 마음을 읽었다. 가장 먼저 떠오르는 단어는 '아기'였다. 뒤따라 '결혼'이라는 단어가 떠올랐다.

"얼른 결혼해서 아기를 낳고 싶은 건가?"

"응? 아니, 꼭 그런 건 아니고……."

"그럼 뭐 때문에 그러는 거지?"

"그건······."

이번에도 서영은 말을 다 하지 못하고 어색하게 웃기만 했다. 그러면서 문득 루이와 자신 사이에 태어난 아이를 떠올렸다. 딸이든 아들이든 루이를 닮았으면 굉장히 예쁜 아이가 태어날 것이다. 서영은 어른이 된 루이와 그를 닮은 아기, 그리고 그 아기를 품에 안은 채 루이의 곁에 있는 제 모습을 상상하며 흐뭇하게 웃었다.

루이는 그때도 계속 서영의 마음을 들여다보고 있었다. '루이', '어른', '성장', 이 세 단어를 본 루이의 눈이 한순간 커졌다.

'그 모습을······ 알고 있는 건가?'

자신의 거짓되고 비참한 모습을 그녀가 알고 있다는 사실에 루이의 눈동자가 크게 흔들렸다. 대체 서영이 어떻게 그 모습을 알고 있는지 궁금했지만, 그보다 루이의 머릿속을 가득 채운 건 서영이 그 모습을 마주했을 때 보일 반응이었다.

─죽어! 이 괴물!

"큭······!"

"루이 괜찮아?"

루이가 갑자기 신음을 흘리며 머리를 싸매자 서영은 당황하며 그에게 손을 뻗었다. 하지만 루이는 서영의 손길을 차갑게 쳐내고는 온몸을 둥글게 만 채 관람 차 구석에 웅크려 앉아 덜덜 떨었다.

그 와중에도 살벌한 기운을 내뿜고 있으니, 서영은 루이가 걱정됐지만 선뜻 다가가지 못하고 지켜볼 수밖에 없었다. 그러면서 루이가 왜 저러는 건지 곰곰이 생각해봤지만, 아무리 생각해도 떠오르는 건 없었다. 이유를 모르니 해결책을 고민할 수도 없었다.

서영과 루이 사이에는 무거운 침묵이 흘렀다. 그 침묵은 관람 차가 출구에 도착할 때까지 계속됐다.

"내리세요, 손님."

출구에 도착하자 직원이 안전장치를 풀고 문을 열어주었다. 루이는 기다렸다는 듯 관람 차에서 내렸다. 그리고 뒤따라 내리는 서영 쪽으론 시선 한 번 주지 않고 성큼성큼 걸어갔다.

"루이, 같이 가!"

어찌나 빨리 가는지 쫓아가기에 너무 벅차서 서영은 숨을 헐떡이며 소리쳤다. 그러자 루이가 우뚝 멈춰 서서 서영을 돌아봤다. 푸른색이었던 눈동자가 다시 붉게 물들었다. 그 안에 섬뜩한 공포가 서려 있었다.

"루이, 왜……."

"……난 역시 인간이 싫다."

영문을 알 수 없는 말이었다. 의아해하던 서영은 갑자기 위압적이면서도 거대한 무언가가 제 몸을 강하게 짓누르는 듯한 느낌이 들자 그대로 바닥에 주저앉았다.

"으윽, 루, 루이……."

'뭔가 이상해, 루이. 도와줘.'

그렇게 말하려던 서영은 루이의 등 뒤로 검은 기운이 요동치는 걸 발견하고 말을 삼켰다. 안개처럼 보였던 검은 기운은 곧 누군가의 실루엣으로 보였다. 새카만 실루엣 중 눈동자 부위만 섬뜩한 붉은빛으로 반짝였다.

'무서워. 두려워. 도망치고 싶어. 살려줘.'

온갖 부정적인 감정들이 휘몰아쳤다. 너무 소름 끼치고 무서워서 서영은 앉은 채 뒷걸음질 치며 저도 모르게 중얼거렸다.

"괴물……."

그 말을 들은 루이의 눈동자가 먹먹하게 젖어 들어갔다. 금방이라도 눈물을 쏟아낼 것 같으면서도 분노에 잠식된 눈동자는 새하얗게 질린 서영의 얼굴을 담고 있었다.

"너도 나를 그렇게 생각하고 있는 건가?"

"······루이."

"역시 뱀파이어와 인간은 함께할 수 없어."

굉장히 상처받은 눈이었다. 그 눈이 너무나 아파 보여서 서영은 그의 곁에 다가가 그를 위로해주고 싶었지만 그럴 수가 없었다. 그의 등 뒤에 있는 검은 실루엣이 자신을 향해 비웃음을 짓고 있었기 때문에, 그리고 그 기운이 너무나도 무서웠기 때문에 서영은 옴짝달싹도 할 수가 없었다.

"결국 인간들은 다 똑같아. 너도 결국은····· 도망쳐버리겠지."

루이는 처량하게 웃으면서 검은 날개를 펼쳤다. 그의 날개가 모습을 드러내는 순간, 몇 안 되는 사람들의 시선이 한 번에 집중됐다.

루이가 날개를 펄럭이며 하늘로 날아오르는 순간 세상은 비명으로 물들기 시작했다.

"꺄악! 뱀파이어!"

"괴물이다!"

이런 대낮에 사람들 앞에서 날개를 펼친다는 것은 자신이 뱀파이어라는 사실을 알리는 꼴밖에 되지 않는다. 그 사실을 모를 리가 없는 루이가 날개를 펼쳤다는 것은 그만큼 뭔가 일이 있다는 것.

"루이!"

왠지 그 일에 자신이 연관되어 있다는 것을 눈치챈 서영은 목청껏 루이의 이름을 불렀다.

하지만 루이는 대답 없이 그저 서영을 한 번 내려다본 후 슬픈 표정을 지으며 힘찬 날갯짓과 함께 백화점을 빠르게 벗어났다.

두 개의 모습

벌건 대낮에 난데없이 등장한 뱀파이어 때문에 사람들은 혼비백산하며 도망치기 시작했다.

"살려줘!"

"난 죽고 싶지 않아!"

루이가 떠난 뒤, 계속 정신을 놓고 있던 서영은 사람들의 비명을 듣고 나서야 정신을 차렸다.

'루이를 찾아야 해.'

빠르게 판단을 내린 서영은 우선 1층으로 내려가기 위해 엘리베이터 버튼을 눌렀다.

"왜 안 오는 거야!"

하지만 엘리베이터는 좀처럼 올라올 생각을 하지 않았다. 발을 동동 구르던 서영은 어쩔 수 없이 비상구 계단을 이용했다. 옥상 정원은 15층으로 두 발로 뛰어 내려간다면 한참 걸리겠지만 어쩔 수가 없었다.

"하아, 하아."

한참 내려가던 서영은 숨이 벅차오르자 벽을 짚고 잠시 숨을 골랐다. 머릿속으론 루이가 왜 그런 반응을 보였는지에 대해 계속 생각했다.

'내가 괴물이라고 해서 그런 걸까?'

만약 그런 거라면 오해를 풀어야 했다. 그건 루이에게 한 말이 아니었으니까.

'루이는 어디로 갔을까?'

제일 처음 생각나는 곳은 뱀파이어 요새였고, 그다음으로 백한의 집이 떠올랐다. 만약 뱀파이어 요새로 갔다면, 그를 만날 수가 없었다. 그러니 부디 백한의 집으로 갔길 바라며 서영은 다시 계단을 내려갔다.

'백한 오빠랑 레카 씨랑도 만나야 하는데.'

그들도 갑작스러운 뱀파이어 소동에 놀랐을 테니 만나서 무슨 일인지 설명해줘야 했다. 레카에겐 연락할 방법이 없었지만, 백한의 연락처는 알고 있었다.

서영은 잠시 멈춰 서서 핸드폰을 꺼냈다.

"안 터져!"

비상구라서 그런지 핸드폰에 전파가 잡히지 않았다.

'어쩔 수 없지.'

안으로 들어가고자 비상구 문손잡이를 잡았다.

"앗, 차가워!"

어떻게 된 건지 문손잡이는 얼음 덩어리보다 차가웠다. 지금 보니 문손잡이 주변에 서리가 잔뜩 껴 있었다. 그뿐일까. 주변 온도가 영하라도 되는 것처럼 추웠다. 처음에는 겨울이라서 그런가 보다 했는데, 단순히 겨울이기 때문에 그런 건 아닌 것 같았다.

그제야 이상하다는 걸 눈치챈 서영은 주변을 크게 둘러봤다. 천장과 바닥에 서리가 잔뜩 껴 있었다. 심지어 창문에는 고드름이 잔뜩 맺혀 있었다.

"이건 설마…… 뱀파이어의 짓?"

'뱀파이어가 아니면 요괴겠지. 평범한 인간이 이런 짓을 했을 리가 없으니까.'

어쨌거나 정체불명의 적이 등장했다는 사실에 서영은 바짝 긴장하며 비상구 문에 몸을 바짝 붙였다. 그러면서 문을 열려고 노력했지만, 완전히 얼어붙은 건지 문이 열리지 않았다.

"하아, 하아."

뱉는 숨이 전부 하얀 입김이 돼서 허공에 퍼졌다. 이대로 얼어 죽는 게 아닌가 싶을 정도로 몹시 추웠다. 서영은 체온을 유지하기 위해 최대한 몸을 웅크렸다.

"안녕하세요?"

그때, 천장에서 웬 남자가 귀신처럼 목만 쑥 내밀었다.

남자의 눈동자는 붉었다.

'뱀파이어구나.'

정체불명의 요괴가 아니라는 사실에 약간 긴장이 풀렸고, 이런 것에 긴장이 풀린다는 게 아이러니해서 서영은 픽 웃었다.

"와, 이런 상황에도 웃다니. 역시 루베르이 님의 조력자답네요."

남자가 박수를 짝짝 치며 천장에서 빠져 나왔다. 가볍게 땅에 착지한 남자가 한쪽 손을 가슴 위에 올리고 우스꽝스럽게 인사했다.

"반갑습니다. 저는 테런. 보시다시피 얼음을 쓰는 뱀파이어입니다."

"나한테, 무슨 볼일이야?"

강한 추위에 입이 얼어붙어서 말이 잘 나오지 않았다. 애써 입술을 떼며 더듬더듬 물어보자 테런이 입술을 길게 찢으며 웃었다.

"많이 추운 모양이네요. 저런, 가엽게도."

"날 죽이러, 온 거야?"

"글쎄요. 당신이 어떤 선택을 하냐에 따라 달라지겠죠."

테런이 서영의 눈높이에 맞춰 쭈그려 앉았다. 서영은 바짝 긴장하며 몸을 최대한 문에 붙였다.

"저런. 너무 긴장하지 마세요. 저는 루베르이 님의 편이니까요."

"거짓말."

루이의 편이라면 그의 계약자인 자신에게 이런 짓을 할 리가 없었다. 서영이 바로 부정하자 테런은 한쪽 입꼬리를 씨익 올리면서 웃었다.

"정말입니다. 당신도 아는지 모르겠지만, 뱀파이어 중엔 저처럼 루베르이 님을 따르는 이들이 꽤 됩니다. 당신 같은 인간이 넘볼 수 있는 분이 아닙니다."

"그런데 왜…… 이런 짓을 하는 거야?"

"그야 당신 같은 인간이 루베르이 님의 곁에 있는 게 싫으니까."

테런은 서영의 머리카락에 맺힌 서리를 천천히 쓸어내렸다.

"루베르이 님은 장차 뱀파이어 로드가 되실 고귀하신 분. 그런 분의 곁에 당신 같은 인간이 있는 건 아무리 생각해도 말이 안 됩니다."

제 머리카락을 만지는 손길이 너무 차가워서 서영은 더욱 몸을 웅크렸다. 매서운 추위에 금방이라도 정신을 놓을 것 같았지만 서영은 이를 악물고 버텼다. 지금 기절한다면 꼼짝없이 죽을 테니까. 절대 정신을 잃어선 안 됐다.

"뱀파이어 꽃처럼 고귀하신 분만 그분의 곁에 있을 자격이 있어."

"뱀파이어 꽃을…… 알아?"

"그럼요. 잘 알고 있죠. 루베르이 님을 위해 열심히 찾고 있기도 하고요."

테런이 웃으며 서영의 얼굴 위로 흘러내린 머리카락을 넘겨주었다.

"당신이 그분 곁에서 떨어진다고 약조하신다면 무사히 돌려보내드리겠습니다. 좋은 게 좋은 거라고 어차피 그분은 당신이 바라보지 못할 만큼 높은데 있으신 분. 저와 약조만 해주시면 됩니다."

테런의 말이 끝나자마자 그와 그녀의 주변에 푸른색 문양이 어지럽게 그려졌다. 서영은 이것들과 비슷한 문양을 본 적이 있었다.

루이를 처음 본 날, 그와 계약을 할 때 생긴 문양이었다.

색은 다르지만 틀림없었다.

"계약……하자는 거야?"

서영의 말에 테런이 눈을 크게 떴다. 그는 서영이 뱀파이어 계약의 문양을 알고 있는 것에 대해 심히 놀란 모양이었다.

"뱀파이어 계약 문양을 아십니까?"

"그래. 루이와 계약을 했으니까."

"이런. 단순한 조력자가 아니라 계약자였나."

그제야 그 사실을 깨달은 테런이 콧잔등을 찌푸렸다. 뱀파이어 계약은 다른 계약이 되어 있는 상태에서 중복으로 할 수 없었다. 한참 고민하던 테런은 아무래도 좋다는 듯 어깨를 으쓱였다.

"뭐 상관없습니다. 떨어지시겠습니까?"

"싫은데."

서영이 칼같이 거절하자 테런이 눈을 치켜떴다. 서영이 작게 실소하며 말을 이었다.

"내가 루이의 곁에 남아도…… 그는 날 신부로 들일 생각이 없어."

그리고 자신이 루이의 곁에 있는 건, 그의 신부가 되어 그의 아이를 낳기 위해서가 아닌 뱀파이어 꽃을 찾는 걸 도와주기 위해서였다.

"루이가 날 필요로 한다면, 난 그의 곁에 있을 거야. 무슨 일이 있더라도……."

하고 싶은 말은 많았지만 정신이 점점 아득해진 탓에 그럴 수가 없었다. 돌이라도 얹은 것처럼 눈꺼풀이 점점 감겼다.

'안 돼. 정신을 잃으면 안 돼.'

서영은 입 안의 연한 살을 사정없이 깨물며 어떻게든 정신줄을 붙잡으려고 했지만, 노력이 무색할 정도로 그녀의 몸은 점점 차가운 바닥으로 향했다.

─내가 괴물을 낳았어!

─죽어! 너 따위는 죽어버리란 말이야!

금발의 화려한 외모를 가진 여자가 어린아이의 위에 올라타 아이의 목을 졸랐다. 여자의 다른 손에는 날카로운 단도가 있었다. 어린아이를 바라보는 눈빛에는 독기가 가득했다.

─너 따위를 낳아서 루젠 님이 오시지 않는 거야!

여자가 들고 있던 단도는 곧 아이의 심장으로 빠르게 떨어졌다. 곧 날카로운 통증이 심장을 중심으로 온몸에 퍼졌다.

"……!"

단순한 상상이었지만 그 고통이 너무 생생해서 루이는 인상을 쓰며 가슴을 움켜쥐었다. 이렇게 고통이 선명한 건 그 상상이 경험을 바탕으로 만들어졌기 때문이었다.

'이래서 인간을 가까이 두려고 하지 않았는데.'

인간과 뱀파이어가 서로를 가까이하면 남는 건 차가운 아픔뿐이었다. 인간과 뱀파이어는 물과 기름처럼 절대 섞일 수 없는 존재였으니까.

그런데 어째서 자신은 서영과 계약을 한 걸까. 그녀를 멀리할 기회가 있었음에도 그러지 않았던 걸까. 지금 생각해보니 이상한 점투성이었다.

게다가 서영이 자신의 또 다른 모습을 알고 있다는 사실에 입 안이 바짝 바짝 말랐다. 그 모습을 알게 됐으니 서영도 그 여자처럼 자신을 멸시하며 도망칠 게 분명했다.

'그럼 난…… 그녀를 보내줘야 하는 건가?'

싫어. 보내주고 싶지 않아. 서영과 떨어진다는 걸 생각하는 것만으로도 심장이 미칠 듯이 아려왔다. 서영이 싫다고, 가고 싶다고 발버둥 쳐도 옆에 붙잡고 싶은 욕망이 마구 치솟으면서도 한편으로는 상황이 더 악화되기 전에 그녀를 보내줘야 한다는 생각이 들었다.

"난 어떻게 하면 좋지……?"

앞으로 어떻게 해야 하는 걸까. 머리를 싸매고 끙끙 앓던 루이는 갑자기 강한 힘의 파동이 느껴지자 자리에서 벌떡 일어섰다.

이렇게 강하다면 뱀파이어의 힘이 분명했다. 또 적이 등장한 건가 싶어 주변을 경계하던 루이는 그 힘이 서영이 있는 백화점에서 느껴진다는 사실에 당황하며 서둘러 백화점 쪽으로 날아갔다.

"꺄악!"

"도망쳐!"

백화점에선 사람들이 정신없이 나오고 있었다. 루이는 그 사람들을 유심히 살펴봤지만, 그 어디에도 서영은 없었다. 아직 백화점 안에 있다는 의미였다.

"서영, 대답해라! 어디에 있지?!"

루이는 서영을 찾기 위해 백화점을 샅샅이 뒤졌다. 그러면서 거대한 힘의 파동의 근원지가 어딘지 찾으려고 했지만, 그마저도 찾기가 어려웠다.

"서영, 서영!"

"루이!"

사람들 사이를 헤치며 애타게 서영을 찾고 있는데 누군가 루이의 팔목을 덜컥 잡았다.

레카였다. 그 역시 힘의 파동을 느낀 것인지 당황한 표정이었다. 그는 루이의 주변에 서영이 없다는 것을 확인하고 물었다.

"레이디는?

"나도 몰라."

"그게 무슨 말이야!"

무책임한 대답에 레카가 당황하며 소리쳤다. 평소라면 자신에게 소리치는 레카에게 한 소리했겠지만, 지금은 그럴 여력이 없었다. 지금은 서영을 찾는 게 우선이었다.

"서영을 찾아야 해."

"젠장! 나는 지하부터 찾아볼 테니 넌 레이디랑 헤어진 곳부터 찾아봐!"

레카는 그렇게 말하고 사람들 사이를 헤치며 사라졌다. 루이는 레카의 말대로 그녀와 헤어진 옥상으로 가기 위해 엘리베이터로 향했지만 이미 엘리베이터는 정지된 상태였다.

이럴 땐 날아가는 게 빠르긴 하지만, 사람들이 이렇게 많은데 또 날개를 펼치는 건 미친 짓이었다.

'어쩔 수 없지.'

루이는 낮게 욕설을 뱉으면서 그 옆에 있는 비상구의 문을 열었다.

"……하?"

하지만 그것이 오히려 서영을 찾는 실마리가 되었다. 비상구 계단의 위에서 짙게 느껴지는 뱀파이어의 힘. 그리고 그 사이로 희미하게 느껴지는 인간의 기운.

그 기운이 서영의 것이라는 확신은 없었지만 일단 확인은 해봐야겠다는 생각에 루이는 단번에 계단을 뛰어 올라갔다.

'끝이 없군.'

한참을 올라온 것 같은데 이상하게도 계단의 끝이 보이지 않았다. 뭔가 이상하다는 걸 느낀 루이는 멈춰 서서 주변을 둘러봤다. 근처에서 뱀파이어의 기운이 짙게 느껴지기는 하는데 뱀파이어의 모습은 보이지 않았다. 그 이유는 아무리 생각해도 한 가지밖에 없었다.

'결계인가.'

다른 이가 접근하지 못하도록 결계를 쳐놓은 것이 분명했다. 공격에 특화된 종족인 뱀파이어들은 방어에 약했지만, 간혹 방어에 특화된 뱀파이어들이 태어나기도 했다.

한마디로 결계를 친 놈도 방어에 특화된 뱀파이어라는 의미였다.

성가신 놈이 걸렸어. 루이는 인상을 찌푸리며 벽에 손을 짚고 눈을 감았다.

결계가 쳐졌다면 분명 경계가 있을 테고, 그 경계에 자신의 힘이 닿으면 상성이 다른 기운은 부딪힐 것이 분명했다. 루이는 벽을 통해 건물 전체에 자신의 기운을 퍼뜨렸다.

그렇게 잠깐의 시간이 흐른 후, 루이는 벽에서 손을 떼며 천천히 눈을 떴다.

"찾았다."

기운이 부딪히는 곳. 자신의 회색 기운에 반하는 푸른 기운이 존재하는 곳.

콰아앙—.

단숨에 그곳으로 달려간 루이는 꽉 쥔 주먹에 힘을 실어 그 경계에 손을 내찔렀다. 그 순간 '와장창' 하는 소리와 함께 결계가 산산조각이 나면서 차가운 바람이 불어 나왔다.

"이런, 역시 루베르이 님은 제 결계를 쉽게 뚫고 들어오시는군요."

그곳에는 차가운 얼음 바닥에 쓰러진 서영과 그런 서영의 몸 위에 한쪽 발을 올리고 있는 테런이 있었다. 테런은 루이가 나타나자 싱긋 웃으며 고개를 숙여 서열이 높은 뱀파이어에 대한 예를 갖췄다.

"집어치워라!"

"이런, 제 인사를 받아주지 않으시다니. 너무 슬픕니다, 루베르이 님."

'도대체 뭘 믿고 저렇게 여유가 넘치는 거지?'

루이는 테런의 행동이 이해가 되지 않았지만, 깊게 생각하지 않았다. 그보다 서영을 구하는 게 우선이었기 때문이었다. 루이는 서영을 구하기 위해 테런 쪽으로 걸어갔다.

"오지 마십시오. 거기서 더 다가오신다면 이 인간은 죽을 겁니다."

하지만 테런의 협박에 몇 걸음 가지 못하고 멈춰 서야 했다. 테런이 날카로운 얼음 조각들을 생성해서 서영을 겨냥하며 루이를 협박했다. 한 발짝이라도 더 움직이면 저 서늘한 얼음 조각들이 서영의 몸을 관통할 것 같아 루이는 섣불리 움직이지 못했다.

하지만 이대로 시간을 끌어도 서영은 얼어 죽는다. 루이는 이 상황을 어떻게 해결하면 좋을지 고민했다. 테런은 그런 루이를 보며 슬픈 얼굴을 했다.

"이런 인간 때문에 루베르이 님께서 고민하는 모습을 보다니. 이 테런, 정말 가슴이 아픕니다."

"……그 입 닥쳐."

"전에는 쓸모없는 하급 뱀파이어를 곁에 두시더니, 이번에는 더 쓸모없는 인간을 곁에 두시는 겁니까?"

테런의 말이 끝나기 무섭게 루이의 주변에 검은 기운이 아지랑이처럼 피어올랐다. 그걸 발견한 테런은 저도 모르게 뒷걸음질 쳤다. 하지만 바로 뒤가 벽이었기 때문에 그는 더 이상 도망가지 못하고 벽을 타고 주저앉았다.

"쓸데없는?"

"루, 루이 님?"

'네가 무슨 자격으로 그런 말을 하는 거지?'

파직─.

루이가 발을 내디딜 때마다 그의 주변에 있는 얼음들이 서서히 녹았다. 위압적인 검은 기운들이 스파크를 일으키며 루이의 주변에 맴돌았다. 테런을 바라보는 루이의 붉은 눈동자엔 섬뜩한 살기가 서렸다.

"오, 오지 마! 오면 이 인간은 죽을 거야!"

테런은 서영을 겨냥하고 있던 얼음 조각들을 그녀의 몸에 더욱 바짝 가져가며 소리쳤다. 루이가 이 인간을 소중히 여기는 이상, 그리고 이 인간이 자신의 손에 있는 이상 그가 자신을 공격할 수 없을 거라고 생각한 테런은 서영을 자신의 방패막이로 삼았다.

"해봐."

"뭐?"

"해보라고."

테런은 순간 자신이 잘못 들은 것은 아닌지 귀를 의심했다. 하지만 뱀파이어가 잘못 들을 리는 없다. 그렇다면 정말 해보라는 말이었다. 테런은 그의 말이 진심인가 싶어 재차 물었다.

"지금 뭐라고……."

"귀까지 먹은 건가? 안됐군."

루이의 주변에 있던 공기들이 불안정하게 요동치기 시작했다. 테런은 겁에 질린 눈으로 루이를 바라봤다.

루이는 현존하는 뱀파이어 중 가장 강한 힘을 가지고 있긴 하지만, 그래 봤자 유년기 뱀파이어였다 성년식을 치르지 않은 뱀파이어들은 제아무리 힘이 강하다고 해도 그 힘들을 온전하게 다 쓸 수가 없었다.

"그런데…… 이건 뭐지."

루이에게서 느껴지는 건 상급 뱀파이어의 기운이 아니었다. 그보다 더 심오하고 깊은 기운이었다. 깊이를 알 수 없을 만큼 깊어서 테런은 절로 몸이 움츠러들었다.

"루, 루베르이 님."

"왜 날 그렇게 애타게 부르지? 하던 일이 있는 것 아닌가?"

날카롭게 날이 선 칼처럼 루이의 말이 테런에게 꽂혔다. 그제야 잘못 건드렸다는 걸 깨달은 테런은 어깨를 움츠렸다.

"이건…… 루베르이 님이 아니야!"

호기롭게 루이를 협박하던 모습은 온데간데없고 테런은 벌벌 떨면서 소리쳤다. 루이는 그런 테런을 비웃으며 다가왔다.

"저, 저리 가!"

이대로 당할 수는 없었다. 어떻게든 루이에게서 벗어나기 위해 테런은 가지고 있던 모든 힘을 모두 쏟아부어 루이를 공격했다. 허공에 생성된 얼음 송곳들이 일제히 루이를 공격했다. 곧 루이는 얼음 송곳에 파묻혀 보이지 않았다.

"하, 하하."

루이가 아무리 강하다고 해도 그건 공격에 한정된 것이었다. 방어만 따지면 자신이 한 수 위라고 테런은 자신하고 있었다.

그러니 제아무리 루이일지라도 자신의 모든 힘을 쏟아부은 이 공격에서 쉽게 빠져나오지 못할 것이다.

'그러니 그 틈에 도망치자.'

그렇게 생각한 테런이 몸을 돌리는 그때…….

"끝?"

귓가에 낮고 음침한 목소리가 울려 퍼졌다. 어깨를 짓누르는 무시무시한 위압감에 그대로 굳어버린 테런은 뻣뻣한 목만 겨우 돌려 목소리가 들리는 쪽을 쳐다봤다.

그러자 생전 처음 보는 남자가 보였다. 루베르이를 닮은 것 같았지만 루베르일 리가 없었다. 그도 그럴 것이 루베르이는 소년이었으니까. 성인식을 완벽하게 마친 듯한 이런 성인 남자가 아니었다.

'그럼 이 남자는 누구지?'

테런은 멍하니 남자를 바라봤다. 테런보다 한참 큰 남자는 서릿발처럼 차가운 눈으로 그를 내려다보고 있었다. 그의 시선이 닿는 곳마다 동상이 걸릴 것처럼 몸이 으스스 떨려왔다.

테런의 눈에는 공포감이 서렸고 그는 본능적으로 살기 위해 뒷걸음질을 쳤다. 그러자 남자의 붉은 입술이 한쪽으로 매끄럽게 올라갔다.

"끝났냐고 물었는데."

테런은 남자의 질문에 아무런 대답도 할 수가 없었다. 존재하는 것만으로도 압도되어 테런은 축축하게 젖은 두 손을 꼭 쥐며 마른침을 삼켰다.

"약하네."

테런이 자신했던 얼음 송곳은 한순간 녹아내리면서 수증기가 돼서 사라졌다. 말도 안 돼. 확연하게 드러나는 힘의 차이에 다리가 후들후들 떨려와 테런은 똑바로 서지도 못하고 그대로 자리에 주저앉고 말았다.

얼음이 사라지자 가만히 서 있던 남자가 서서히 움직였다. 남자의 움직임은 우아하고 부드러웠지만, 마치 사냥감을 노리는 육식 동물처럼 고요하고 날카로우면서도 절도가 있었다. 그 사냥감이 된 테런은 꼼짝도 할 수 없었다.

"그럼 이제 내가 해도 되겠지?"

말투는 허락을 구하는 것 같았지만 실상 명령과 다름없었다. 엄습하는 공포에 테런은 두 눈을 꼭 감고 두 손을 부들부들 떨었다.

하지만 남자는 그런 테런의 모습은 안중에도 없다는 듯 무심하게 스쳐 지나갔다. 그가 향한 곳은 바로 서영이 있는 곳이었다. 남자는 귀중한 보물 다루듯 서영을 들어 안았다.

"다행이다."

걱정한 것치고 그녀의 상태는 심각하지 않았다. 차가운 공기 중에 계속 노출되어 있어 체온이 약간 떨어진 것 외엔 큰 부상이 없다는 것을 안 남자는 안도에 가까운 한숨을 쉬었다.

　서영이 무사하다는 것을 확인하고 나서야 테런을 처리해야 한다는 것이 생각난 남자는 주변을 휙 둘러봤지만, 어느새 테런은 도망치고 없었다.

　"약한 놈이."

　힘은 쥐뿔도 없는 것이 도망치는 것 하나는 일품이었다. 쫓으려면 충분히 쫓을 수 있겠지만 지금은 서영을 구하는 게 더욱 중요했다. 남자는 서영을 한 팔로 가뿐하게 안고 비상구 문을 열었다.

　"루……이?"

　문이 열리는 것과 동시에 정신을 차린 건지 서영이 작은 목소리로 그를 불렀다. 물에 젖은 나비처럼 미약한 움직임을 보이던 그녀는 천천히 고개를 들어 난감한 표정을 짓고 있는 남자의 얼굴을 물끄러미 쳐다봤다.

　"루이 맞는…… 거지?"

　입을 떼는 것조차 힘든지 서영은 숨을 길게 들이쉬며 말을 천천히 뱉었다. 난감했다. 지금 모습은 그녀에게 절대로 보이고 싶지 않은 모습이었다.

　루이는 고개를 황급히 돌려 서영이 자신의 얼굴을 보지 못하도록 했지만, 자신의 뺨에 닿는 미약한 손길에 고개를 다시 돌릴 수밖에 없었다.

　"지금의 루이도…… 내가 알던 루이가 맞지? 그렇지?"

　루이는 아무런 대답도 하지 않고 슬픔에 가득 찬 눈으로 서영을 가만히 내려다봤다. 그런 루이의 눈빛을 읽은 건지 서영은 희미한 미소를 지으며 그에게 사과했다.

　"미안해…… 루이."

　"왜 사과하는 거지."

　그녀가 자신에게 사과할 이유는 조금도 없었다. 모든 것은 자신 때문이었다. 그녀가 자신을 무서워서 피하는 것도 자신이 뱀파이어이기 때문이고, 그녀가 이렇게 다친 것도 자신 때문이었다.

"아……."

루이는 고개를 약하게 저으며 아니라는 말을 하려고 했지만, 그 말을 끝내기도 전에 목이 메어와 그 어떠한 말도 할 수가 없었다.

이런 기분은 태어나서 처음이었다. 한 번도 느끼지 못한 낯선 감정이 온몸을 지배하면서 마치 자신의 몸이 아닌 것처럼 삐거덕거리면서 제멋대로 움직이기 시작했다.

"어린 루이보다…… 어른 루이가 울보네."

서영은 루이의 눈가에 촉촉하게 맺힌 물방울을 손끝으로 부드럽게 닦아주었다. 무엇 때문에 그가 울고 있는지는 모른다. 하지만 그가 우는 것만으로도 심장이 먹먹해져서, 서영 역시 살짝 슬픈 미소를 지었다.

"네가 뭐 때문에 그렇게 아파하는지…… 왜 그렇게 도망갔는지 난 모르지만……."

말을 하는 것이 힘겨운지 서영은 가쁜 숨을 내쉬고 있었다. 말을 할 때마다 폐가 찢어지는 기분이었고, 머리가 어질어질했지만 전해야만 했다. 자신의 진심을 그에게 전해야만 했다.

"난 어떤 네 모습이라도 다 좋으니까 나한테서 제발……."

'떠나가지 마…….'

서영의 몸은 말을 채 잇지도 못한 채 그대로 축 늘어졌다. 그녀의 눈은 맥없이 감겼고 루이의 뺨에 닿았던 손은 힘없이 밑으로 떨어졌다.

기절할 정도로 몸 상태가 좋지 않았음에도 불구하고, 루이의 품에 안겨 있는 서영의 얼굴에는 미소가 살짝 서려 있었다.

펄럭—.

루이의 등에서 새카만 검은 날개가 불쑥 나와 루이와 서영을 감싸 안았다. 검은 깃털이 허공에 펄럭이면서 땅에 떨어질 즈음 그들을 감싼 날개는 사라졌고, 그 자리에는 어린 루이가 서영을 안은 채 씁쓸한 미소를 짓고 있었다.

"서영, 정말로 네가 나에 대해 모든 것을 알아도…… 그래도 날 좋아한다고 말할 수 있을까?"

아주 슬픈 듯, 애잔한 눈빛으로 루이는 서영을 바라보고 있었다.

한 치 앞도 내다볼 수 없을 만큼 칠흑 같은 어둠 속에 그 어둠보다 더 짙은 색의 검은 머리를 한 소년이 서 있었다.

─이 괴물!

갑자기 어둠 속에서 금발의 여성이 소년의 앞에 칼을 들고 나타났다. 여성의 손에 들린 은색 단도는 금방이라도 소년을 찌를 것 같았고, 겁에 질린 소년은 비명을 지르며 여자에게서 도망을 치려고 바삐 발을 움직였다.

『어머니! 살려주세요!』

소년은 금발의 여성을 어머니라고 부르면서 간절하게 빌었다. 그러자 시커먼 어둠이 금발의 여성을 집어삼켰고, 여성은 비명을 지르며 어둠 속으로 사라졌다. 다리에 힘이 풀린 소년은 바닥에 주저앉았다.

『흑…….』

소년은 구슬프게 울면서 무릎 사이에 얼굴을 묻었다. 소년의 눈물이 어둠에 떨어질 때마다 어둠은 일렁이면서 소년을 잡아먹으려는 듯 시커먼 손길을 내밀었다.

『비켜라.』

소년의 머리 위로 검은 그림자가 드리워지면서 남자의 낮은 목소리가 들려왔다. 남자의 등장에 어둠은 주춤거리면서 뒤로 물러섰고, 소년은 자신을 덮치는 어둠을 물리친 남자가 누구인지 궁금해서 붉은 눈동자를 들어 올려 자신 앞에 드리워진 그림자의 주인을 물끄러미 올려다봤다.

『너는…… 누구야?』

갑자기 등장한 인물에 소년은 고양이처럼 잔뜩 털을 세우며 그림자의 주인인 남자를 경계했다. 그것도 잠시, 남자에게서 느껴지는 기운이 자신의 기운과 똑같다는 사실에 소녀는 당황하며 남자를 쳐다봤다.

『훗.』

그런 소년의 반응에 남자는 자조적인 미소를 지었다. 소년과 똑같은 검은 머리에 붉은 눈을 가진 남자 역시 귀공자같이 수려한 외모를 하고 있었다. 그는 자신의 가슴팍 정도밖에 오지 않는 소년을 내려다보며 천천히 입을 열었다.

『나는 너. 그리고 너는 나.』

『뭐?』

영문을 알 수 없는 말에 소년이 인상을 찌푸렸다. 자신은 아직 이렇게 작은 소년인데 그 남자는 그가 자신이라고 말했다. 믿을 수 없는 사실을 말하는 남자를 소년이 노려보자 남자는 붉은 입술을 매끄럽게 올리며 미소를 지었다.

『언젠가 만날 수 있을 거다, 루베르이.』

"다행히도 체온이 떨어진 것 외에는 큰 이상이 없어요."

백한은 서영의 목까지 이불을 덮어주며 말했다. 그의 말에 루이와 레카는 안도의 한숨을 쉬었다. 레카는 서영이 무사한 것을 확인하자마자, 루이를 향해 매섭게 눈을 빛냈다.

"테런이라고?"

"그래."

서영을 덮친 괴한의 이름을 재차 확인한 레카는 인상을 찌푸렸다. 테런이라면 서열이 높은 뱀파이어는 아니었지만, 얼음을 이용한 방어 처세술이 뛰어난 뱀파이어로 알려져 있었다.

불을 쓰는 자신도 테런의 얼음을 깨기 힘든데, 그런 자를 아직 성년기가 되지 않아 힘을 제대로 다 사용하지 못하는 루이가 이겼다면…….

"너, 설마……."

레카가 설마 하는 눈으로 루이를 쳐다보자, 루이는 고개를 살짝 저으며 검지를 입으로 가져갔다. 조용히 해달라는 의미였다. 루이의 제스처에 레카는 입을 꾹 다물었다.

"설마, 뭔데요?"

하지만 백한의 존재를 둘은 잊고 있었다. 둘이서만 뭔가 비밀 이야기를 하듯 눈빛으로 대화하자 소외감을 느낀 백한이 불쑥 그들 사이에 끼어들었다.

"아, 아무것도 아니다. 그보다 하프."

"예?"

"레이디 좀 돌보고 있어. 루이 넌 따라 나오고."

자신을 빼고 뭔가를 이야기하려는 그들의 행동에 백한의 얼굴에 불만이 서렸지만, 레카가 단호한 표정으로 말했기 때문에 고개를 끄덕였다.

달칵―.

레카와 루이는 서영과 백한을 방에 둔 채 거실로 나왔다. 거실로 나오자마자 레카는 심각한 얼굴로 루이의 어깨를 잡고 그의 몸 이곳저곳을 살폈다.

"너 괜찮은 거지?"

"내가 안 괜찮길 바라고 있는 거냐?"

루이가 자신의 어깨에 있는 레카의 손을 쳐내며 퉁명스레 대답하자, 그제야 안심이 된 건지 레카는 조금은 편해진 얼굴로 그에게 말을 건넸다.

"그냥 받아들여. 왜 그렇게 고생을 해?"

"뭐?"

"이래저래 네 힘이야. 그가 너한테 준……!"

쾅―.

루이가 주먹으로 벽을 내려치자 돌가루가 우수수 떨어지면서 집이 울렸다. 깜짝 놀란 백한이 밖으로 나오려고 했지만, 레카가 문손잡이를 잡으며 백한이 나오지 못하도록 막았다.

"웃기는 소리 하지 마."

"루이, 어차피 넌 그 모습으로 변해!"

답답하다는 듯 레카가 소리쳤다.

루이 나이가 이제 500살 초반. 조금만 있으면 성년기가 되고, 성년식을 치르면 어차피 변할 몸이었다.

그런데도 그가 굳이 그 모습을 거부하는 이유를 모르겠다는 듯 레카가 말하자, 루이는 붉은 입술을 삐뚤게 올리며 말했다.

"누가 변한다고?"

"뭐?"

"치르지 않을 거다, 성년식 따위."

"말이 되는 소리를 해!"

뱀파이어라면 누구나 성년식을 치러야만 했다. 그렇지 않으면 유년기의 몸이 완전히 각성한 힘을 이기지 못하고 터져버릴 테니까. 레카는 이해가 안 된다는 표정으로 소리를 쳤지만, 루이는 콧방귀를 뀌며 긴 속눈썹을 내리깔 뿐이었다.

"너한테 이해를 바란 적 없다."

"루이! 아직도 네 부모의 일이 마음에 걸리는 거야? 그건 어쩔 수가 없어! 인간이라면 누구나 다 그런 반응을 보인다고! 뱀파이어를 낳은 인간이라면……!"

"그 이야기는 그만하지."

루이는 냉혹하게 말을 잘라낸 뒤 고개를 획 돌렸다. 더 이상 말하고 싶지 않다는 의미였다. 어린애 같은 투정에 레카는 어쩔 수 없다는 듯 한숨을 내쉬었다.

"근데 테런이 왜 서영을 공격한 거야? 테런은 네 편이잖아?"

뱀파이어 로드가 소멸한 지금, 뱀파이어 사회는 두 개로 나뉘었다고 해도 과언이 아니었다.

아쉘을 로드로 미는 무리와 루이를 로드로 미는 무리였다. 그 사이에서 중립을 지키고 있는 무리도 있었지만, 그들은 극소수였기 때문에 아무도 신경을 쓰지 않았다.

루이를 로드로 미는 무리 중에서 테런은 가장 눈에 띄는 놈이었다. 루이는 그에게 신경도 쓰지 않았지만, 그는 언제나 루이의 뒤를 졸졸 쫓아다니며 그의 눈에 들고 싶어 했다. 그렇기 때문에 레카 역시 그를 똑똑히 기억하고 있었다.

"아무래도 인간이 내 옆에 있는 걸 탐탁지 않게 여기는 거 같아."

자신보다 약한 주제에 설교하듯 말하는 테런의 모습이 떠오르자 어이가 없어 루이는 픽 하고 웃음을 흘렸다.

"내 옆에 누굴 두던 내 마음인데……."

"뭔 소리야."

"아니다. 그리고 테런이 왜 내 편이지?"

루이는 레카의 말에 타박을 두었다. 그들이 자신을 로드로 미는 것은 알고 있었지만 단 한 번도 그들에게 로드로 밀어달라고 부탁한 적이 없었다.

그들 마음대로 생쇼를 부리는 건데 거기에 자신이 얽매여 있다는 사실이 영 달갑지 않아 루이는 입술을 비틀며 말했다.

"쓸데없는 짓을 말라고 했거늘."

"하하. 그래도 그들이 있어서 아쉘이 함부로 못 날뛰는 거잖아."

레카의 말도 틀리진 않았다. 루이의 강한 힘도 한몫하고 있긴 하지만, 루이를 지지하는 뱀파이어 무리가 있기에 아쉘은 함부로 루이를 건들지 못하는 것이었다. 만약 그 무리가 없었다면 아쉘은 자신을 지지하는 무리를 등에 업고 당장이라도 루이를 잡아먹으려고 시키면 아귀를 벌렸을지도 모른다.

"그건 그렇고 테런이 그렇게 나선 거 보면 그들이 서영을 매우 못마땅해 하는 거 같은데?"

레카의 중얼거림에 루이는 아무 말도 하지 않았다. 그 역시 서영에게 자신의 각인을 찍어 요새에 데려갈 때부터 이미 이렇게 될지도 모른다고 예측하고 있었다.

뱀파이어에게 인간은 하찮은 존재였다. 거기다 현존하는 뱀파이어 중에서 가장 강한 힘을 가진 루이는 모든 뱀파이어들의 존경의 대상이었다. 그런 그가 아무 힘이 없는 인간을 단지 자신의 아이를 낳는 용도로 쓰고 버리지 않고 계속 옆에 둔다는 것을 그들은 절대로 용납할 수 없는 것이다.

"계속해서 태클이 걸려올 거야."

"그렇겠지."

'네 힘 때문에 정면 돌파하려고 하지는 않겠지만, 아마 수단과 방법을 가리지 않고 서영을 네 곁에서 떼어놓으려고 하겠지."

테런처럼 무식하게 들이대는 경우도 있겠지만, 그건 테런이 머리가 모자라서 그런 것이다. 보통 제정신인 뱀파이어는 루이에게 대놓고 덤비지는 않는다. 레카는 멍청한 테런을 향해 작게 욕지거를 하면서 혀를 찼다.

"뱀파이어 꽃을 찾아야 하는데 문제가 하나 더 생겨버리다니⋯⋯. 이래서 힘없는 인간이 싫다니까."

레카는 서영이 있는 방을 흘끗 보면서 말했다. 적어도 서영이 하프였다면 조금은 자신의 몸을 지킬 수 있을 텐데 불행히도 그녀는 평범한 인간이었다. 인간치고는 영특하고 제법 예쁘장하게 생기긴 했지만, 무능력한 인간이라는 사실은 변함이 없었기에 레카는 아쉽다는 듯 입맛을 다셨다.

"근데 난 아직 네가 하는 행동이 이해가 안 돼."

"항상 말하지만 내 행동에 대해 너에게 이해를 바란 적이 없다."

루이가 레카의 말에 차갑게 대꾸하며 더 이상 질문을 받지 않겠다는 의미로 고개를 돌렸지만, 레카는 개의치 않았다.

"왜 인간을 계약자로 들인 거야? 꼭 인간이 아니어도 되잖아?"

루이는 뱀파이어 사회에서 인지도가 높은 뱀파이어 중 하나였다. 그가 도와달라는 말을 한마디만 뱉어도 도와주겠다고 나서는 뱀파이어들이 한 트럭은 될 것이다.

거기다 뱀파이어 종족은 요괴 먹이 사슬 중 최상위에 존재하는 요괴였다. 켄이나 아칸 같은 요괴들과 계약을 하는 것이 뱀파이어 꽃을 찾는 데 더 도움이 될 텐데, 어째서 루이가 서영과 같은 인간과 계약을 했는지 이해가 되지 않아 레카는 그에게 물었다.

"그리고 너, 인간 싫어했잖아."

간혹 인간과 사랑에 빠지는 뱀파이어가 있기는 했다. 루이 역시 남자이기 때문에 인간과 사랑에 빠졌다고 생각할 수도 있을 것이다.

하지만 루이는 인간을 싫어했다. 특히나 인간 여자를 싫어했다. 인간 여자라면 피를 빨지도 않을 정도로 싫어하던 그가 돌연 인간 여자와 계약을 한 것이 아이러니하기만 했다.

"나도 몰라."

"뭐? 네가 계약했는데 네가 모르면 누가 알아?"

"그냥 처음 봤을 때부터 저 아이라면 나를 도와줄 수 있을 거라는 생각이 들었다."

"뭐야 그게."

이해가 안 되는 말이었다. 인간이 뱀파이어에게 도움이 되는 것은 아이를 낳는 것과 피를 주는 것밖에 없었다. 실질적으로도 서영이 하는 일은 없었다. 늘 루이에게 보호를 받는 존재인데…….

"그리고 서영은 달라. 그녀라면, 나를 이해해줄지도 모른다고 생각했어."

"아……."

덧붙인 말에 레카는 말을 잇지 못했다.

루이의 눈에 서린 외로움. 어린 시절 사랑을 제대로 받지 못하고 자라온 그는 늘 애정에 목말라 했으며 자신을 이렇게 만든 자들을 증오했다.

하지만 그것은 그들을 사랑했다는 말도 된다. 증오는 늘 사랑과 등을 맞대고 있으니까.

사랑이 없다면 증오도 있을 수가 없다. 증오심을 가지고 있다는 것은 그 상대에게 관심이 있다는 의미니까.

뱀파이어는 생각 이상으로 고독한 존재였다. 같은 종족끼리도 믿을 수 없는, 질투와 의심이 끊이지 않는 곳이 바로 뱀파이어 사회였다. 그래서 대부분의 뱀파이어는 혼자 지내는 것에 익숙했지만, 그렇다고 외로움을 느끼지 않는 건 아니었다.

하물며 루이는 보통의 뱀파이어보다 외로움을 더 잘 느꼈다. 끊임없이 사랑을 받기 원했지만, 아무도 믿을 수 없었기 때문에 그 누구에게도 자신의 외로움을 털어놓지 못했다. 그래서 그는 더욱더 서영이라는 인간에게 끌리고 있는지도 모른다.

"하지만 루이, 레이디는 우리와 다른 인간이야. 인간이 우리 곁에서 견딜 수 없다는 건 너도 잘 알고 있지?"

"견딜 수 없다."

"그래. 너는 결국 그녀를 놔줘야 해. 그것이 그녀를 살릴 수 있는 유일한 길이니까."

인간과 뱀파이어는 함께할 수 없다. 둘은 사는 세계가 너무나 달랐고, 사고방식 역시 너무나 달랐다. 루이도 그 사실을 알고 있는 듯했다. 하지만 그의 흔들리는 붉은 눈동자는 그가 쉽사리 결정하지 못한다는 것을 역력하게 보여주고 있었다.

"뱀파이어와 인간이 깊게 엮여서 좋았던 적은 단 한 번도 없었다. 그건 너도 알고 있지?"

루이는 답을 하지 않았지만, 그가 충분히 알아들었을 거라고 생각한 레카는 더 말을 보태지 않고 그의 어깨를 토닥였다.

"저기, 이야기 끝났으면 나가도 될까요?"

백한이 방문을 살짝 두드리며 말했다. 루이가 그래, 라고 짤막하게 대답하자 백한은 서둘러 방에서 나와 화장실로 뛰어갔다.

"우아, 살았다."

잠시 후, 시원하게 볼일을 본 백한은 몹시 개운하다는 표정을 지으며 화장실을 나왔다.

"으억, 내 벽! 리모델링한 지 1년밖에 안 됐는데!"

곧 부서진 벽을 발견한 백한은 절규하며 바닥에 주저앉았다. 레카가 그런 백한을 보며 고개를 절레절레 저었다.

"아무리 생각해도 말이야, 저 하프는 제정신이 아닌 거 같아."

레카의 말에 발끈한 백한이 그를 노려봤다. 레카는 어디 한 번 덤벼보라는 듯 거만한 포즈를 취하며 백한의 시선을 받아쳤다. 뱀파이어에게 덤비는 무모한 짓을 할 만큼 바보는 아닌지라 백한은 눈물을 머금고 고개를 휙돌렸다.

"주인님."

갑자기 집 안의 공간이 일그러지더니 소녀가 툭 튀어나왔다. 레이첼이었다. 레이첼은 레카의 옆에 서 있는 루이를 발견하고 흠칫 놀라며 뒤로 물러섰다. 루이를 바라보는 레이첼의 눈동자에 선명한 두려움이 서렸다. 레카가픽 웃으며 루이의 어깨를 툭 쳤다.

"네가 애를 얼마나 팼으면 저래."

"네놈이 그딴 짓만 하지 않았어도 나도 안 그랬어."

"음, 그런가?"

레카는 어깨를 가볍게 으쓱이고 레이첼에게 손짓했다.

"괜찮아. 와서 말해."

레이첼은 루이의 눈치를 살피며 천천히 레카에게 다가가 보고했다.

"그들이 움직였습니다."

그 말에 레카의 표정이 냉랭해졌다. 레카는 이를 바득바득 갈며 잇샌 소리로 말했다.

"쓰레기들이……."

"쓰레기라면 하프를 말하는 건가?"

뱀파이어들은 암묵적으로 하프를 '쓰레기'라고 불렀다. 레카는 루이의 말에 고개를 저었다.

"하프들도 안 좋아하기는 하는데, 내가 말한 쓰레기는 그것들이 아냐."

"그럼 누굴 말하는 거지?"

"인조 뱀파이어. 협회의 실험으로 인간들이 뱀파이어화가 된 걸 말한다."

백한이 혼잣말로 중얼거렸다.

"그 말은 예령과 같은……?"

"예령? 그게 누구지?"

"예전에 만났던 이상한 인간이에요."

백한은 레카에게 예령과 있었던 일을 설명해주었다. 모든 이야기를 들은 레카가 고개를 끄덕였다.

"아아, 맞을 거야. 같은 쓰레기."

분명히 예령에게서 나온 기운은 뱀파이어의 것도, 하프의 것도, 인간의 것도 아닌 매우 불쾌한 기운이었다. 그때 일을 떠올린 루이가 인상을 썼다.

"그 더러운 것들이…… 당장 없애러 가겠다."

"호오, 직접?"

자신의 일이 아니면 좀처럼 움직이지 않는 루이가 직접 움직인다는 사실에 레카는 신기해하며 루이를 쳐다봤다. 루이가 미간을 찌푸리며 말했다.

"그런 것들은 빨리 죽여야 해. 존재한다는 것 자체가 뱀파이어의 수치다."

"역시. 우린 역시 마음이 너무 잘 맞…… 컥……."

루이에게 복부를 얻어맞은 레카는 배를 움켜쥐고 바닥에 굴렀다. 백한은 쌤통이라는 얼굴로 레카를 바라봤다.

"나 죽어, 나 죽네……!"

레카가 바닥을 굴러다니며 소리쳤지만, 루이는 귓등으로도 듣지 않았다. 오히려 그를 사뿐히 지르밟고 문 쪽으로 향했다.

"형님 저도 같이 갈래요!"

"안 돼. 백한, 넌 여기 남아서 서영을 지켜라."

"하지만……!"

"마지막으로 말한다. 넌 여기 남아서 서영을 지켜."

단호한 명령에 백한은 그러겠다고 대답할 수밖에 없었다. 그사이 다시 일어선 레카가 날개를 펼쳤다. 레이첼은 어둠 속으로 모습을 감췄다.

"그럼 나 먼저 간다."

말릴 틈도 없이 레카는 베란다로 뛰어내렸다. 저게 빠르겠네. 루이도 날개를 펼쳐 레카의 뒤를 따라갔다. 거실에 혼자 남은 백한은 바닥에 수북하게 쌓인 검은 깃털들을 보고 고개를 절레절레 저었다.

"이걸 언제 다 청소하지."

생각만 해도 눈앞이 캄캄했다. 루이가 걱정되기도 했고. 예전처럼 다쳐서 돌아오는 건 아닌지 신경이 쓰였지만, 이미 끝난 일이었다.

"어휴, 할 수 없지 뭐."

아무 힘이 없는 서영을 혼자 집에 놔두고 가는 것도 꺼림칙했기 때문에 백한은 한숨을 푹 쉬고 서영이 있는 방으로 향했다. 백한이 문을 열기도 전에 안쪽에서부터 문이 열렸다.

"서영 씨! 일어났네요!"

그녀는 테런에게 당해 기절한 상태였다. 저체온증으로 안색이 파리했었는데 치료를 잘한 덕분에 혈색이 제법 돌아왔다.

"몸은 좀 어때요? 안색은 제법 좋아 보이는데. 어디 아프거나 한 곳 없어요?"

"괜찮아요. 걱정해줘서 고마워요."

파리한 미소는 그녀를 아픈 사람처럼 보이게 만들었다. 백한은 이마에 손을 짚는 등 서영의 상태를 이리저리 살폈다.

"정말 괜찮은 거 맞아요?"

"괜찮아요."

"표정이 별로인데요. 안 되겠다. 영양제 맞춰줄 테니까 좀 더 쉬어요. 환자는 푹 쉬어야 해요."

백한은 서영을 다시 침대에 눕히고, 이불을 목 끝까지 덮어주었다. 백한이 자신을 무척 걱정한다는 걸 아는 서영은 군말 없이 백한이 시키는 대로 했다.

"그런데 루이는요?"

뒤늦게 루이가 보이지 않는다는 것을 깨달은 서영은 눈으로 그를 찾으면서 백한에게 물었다.

"일이 있어서 잠시 나가셨어요. 레카 님과 함께요."

둘이 함께 움직일 만한 일은 뱀파이어 꽃에 관련된 일밖에 없었다. 뱀파이어 꽃. 유일한 여성 뱀파이어.

—뱀파이어 꽃처럼 고귀하신 분만 그분의 곁에 있을 자격이 있어.

뱀파이어 꽃에 대해서 생각하니 테런의 말이 떠올랐다. 심장이 따끔거리고 눈앞이 뿌옇게 흐려졌다. 눈물을 흘리는 모습을 백한에게 보여주고 싶지 않아 서영은 이불을 머리끝까지 덮었다. 그런 그녀의 행동을 이상하게 느낀 백한이 걱정스럽게 물었다.

"갑자기 왜 그래요, 서영 씨?"

"아무것도 아니에요."

"목소리가 별로 안 좋은데 아무것도 아니긴요. 얼굴 좀 봐요."

백한이 이불을 잡아 내리려고 했지만, 서영은 이불 자락을 꼭 쥐고 버텼다. 억지로 잡아당긴다면 빼앗을 수 있지만 그럼 서영이 다칠 수도 있으니 백한은 그러지 않았다.

"서영 씨, 왜 이러는지 제게 말 안 해줄 거예요?"

"……."

"저 서영 씨가 무척 걱정돼서 아무것도 못 할 것 같은데."

거듭되는 백한의 말에 그제야 서영은 머리끝까지 쓰고 있던 이불을 조심스럽게 내렸다. 그녀의 눈시울이 약간 붉었다. 울었던 건가.

백한은 서영의 손을 부드럽게 잡았다. 서영은 우물쭈물하다가 조심스럽게 입을 열었다.

"있잖아요. 오빠……. 제가 루이의 곁에 있으면 폐가 되는 건가요?"

"네? 갑자기 그게 무슨 말이에요?"

"그 남자가 그랬어요. 저는 루이의 곁에 있을 자격이 안 된다고."

그 남자라면 서영을 공격했다는 뱀파이어를 말하는 건가.

백한은 한숨을 내쉬었다. 서영에게 뭐라고 대답하면 좋을지 모르겠다. 냉정하게 말해서 서영이 루이의 곁에 있는 건 민폐였으니까. 그걸 사실대로 말하자니 서영이 상처 받게 분명해서 백한은 고민하다가 물었다.

"서영 씨는 형님이 왜 좋으신 겁니까?"

서영이 움찔하며 백한의 눈치를 살폈다.

"네. 엄청나게 티가 많이 납니다."

서영이 루이에게 마음이 있다는 것은 루이 빼고 모두가 다 안다고 해도 과언이 아니었다. 심지어 안 지 며칠 안 된 레카까지 서영이 루이에게 마음이 있다는 것을 알고 있었다. 백한에게 부가적인 설명을 들은 서영이 길게 한숨을 내쉬었다.

"그런데 왜 루이는 모를까요."

"형님은 기본적으로 눈치가 없는 편이니까요. 둔하기도 하고요."

백한이 보기에 루이 역시 서영에게 마음이 있었다. 그렇지 않고서야 인간을 끔찍하게 싫어하는 그가 그녀를 가까이 둘 리가 없었다. 하지만 그 사실을 서영에게 알려주지는 않았다.

"서영씨, 형님은 뱀파이어예요."

아무리 루이가 그녀에게 마음이 있다고 하더라도 그건 분명 한때일 터.

기본적으로 뱀파이어는 인간을 먹이나 자신의 아이를 낳아줄 도구로밖에 보지 않는다. 그건 제아무리 루이라도 마찬가지였다.

물론 진심일수도 있지만 그건 그것대로 문제였다. 뱀파이어와 인간은 서로를 이해할 수 없는 종족. 게다가 치열한 경쟁이 존재하는 뱀파이어 사회에서 루이를 노리는 자들에게 인간 신부는 보기 좋은 미끼가 될 뿐이었다.

그러니 백한은 서영이 루이와 이뤄지는 걸 반대했다.

"마음 접으세요."

이것이 그녀에게 해줄 수 있는 최선의 조언이기에, 그녀에게 상처가 된다는 것을 알면서도 백한은 말했다.

루이는 자각을 못하고 있으니 서영만 마음을 접는다면 둘 사이에는 아무 일이 일어나지 않을 것이다.

"더 마음 줘봤자 다치는 건 서영 씨예요."

투툭―.

"서, 서영 씨."

갑자기 서영의 뺨을 타고 눈물이 흐르자, 당황한 백한이 서둘러 그녀의 뺨에 흐르는 눈물을 닦아주었다. 하지만 서영은 얼굴을 베개에 파묻으며 백한의 손길을 거부했다. 서영이 아예 등을 돌리고 누워버리자 백한은 한숨을 내쉬며 자리에서 일어섰다.

"쉬세요."

백한이 나가고, 혼자 남은 서영은 두 손으로 입을 틀어막은 채 이불 속에서 최대한 몸을 웅크렸다.

'루이.'

서영은 속으로 나지막하게 자신의 마음속을 차지한 자의 이름을 불렀다.

자신의 마음속에는 두 명의 루이가 있었다.

저보다 어린 소년의 모습을 가진 루이.

그리고 자신보다 성숙한 남자의 모습을 가진 루이.

소년과 남자는 닮은 것 같았지만 전혀 다른 분위기를 풍기고 있었다. 그래서 더욱 그를 매력적으로 보이도록 만드는지도 모른다.

'차라리 몰랐더라면, 차라리 그를 알지 못했더라면, 아니 그의 어린 모습만 알았더라면!'

달빛 아래의 남자에게 마음을 뺏기지 않았더라면 이렇게 아프지는 않았을 것이다.

하지만 생각할수록 루이를 향한 마음이 더 뚜렷해져 계속해서 자신을 괴롭히고 있었다.

"울지 마, 강서영. 안 된다는 거…… 희망이 없다는 거 잘 알고 있잖아."

서영은 손등으로 눈물을 거칠게 닦으며 중얼거렸다. 머리는 울지 말라고, 고작 이런 일로 우냐고 뭐라고 하고 있었지만, 마음이 말을 듣지 않았다. 눈물은 끊임없이 흘러내렸고, 심장은 계속해서 아팠다.

"흑……."

고작 남자 하나 때문에, 사랑 하나 때문에 이렇게 아파하는 자신이 비참하게 느껴져 서영은 아무에게도 이 슬픔을 들키지 않으려고 최대한 입을 틀어막으며 조용히 울음을 터뜨렸다.

'비참해. 너무나 비참해!'

안 된다는 것은 오래전에 알고 있었다. 그런데도 루이를 포기 못 하는 자신이 너무 비참했다. 무엇보다 가장 그녀를 비참하게 하는 것은 누군지 알지도 못하는 뱀파이어 꽃보다 자신이 나은 점이 없다는 것이었다.

테런에게 당당하게 그의 곁에 있겠다고 말하긴 했지만, 그건 순전히 자신의 이기심이었다. 이렇게 나약하고 아무것도 할 줄 모르는 몸을 가지고 있으면서도 그의 곁에 있고 싶다는 마음 하나로 꿋꿋이 그의 곁에서 민폐만 끼치는 지독한 이기심.

"우욱……."

서영은 무릎을 가슴께로 가져와 끌어안으며 얼굴을 묻었다. 루이에게 민폐만 끼친다는 사실에 마음이 갈기갈기 찢어졌다. 차라리 처음부터 루이에게 마음을 주지 않았더라면 나았을 것을.

그에 대한 마음은 이미 깊숙이 뿌리를 내려 쉽게 뽑히지도 않아 더욱 서영을 아프게 만들고 있었다.

새로운 꽃의 등장

레이첼을 따라 복잡한 빌딩이 가득한 도심을 지나 한국에 이런 곳이 존재했었나 싶을 정도로 울창한 숲에 도착한 그들은 바람을 타고 느껴지는 불쾌한 기운에 인상을 찌푸렸다.

"여기군."

온몸에 닿는 기운들이 매우 불쾌하여 구겨진 인상이 펴지지 않았다. 그런 것들이 존재한다는 것 자체가 불쾌해서 빨리 없애고 싶었다.

루이는 생각한 걸 실행하기 위해 손을 뻗었다. 손을 중심으로 회색 안개가 아지랑이처럼 피어올랐다.

"잠시만."

곧바로 공격하려는데 레카가 루이를 만류했다.

"왜 방해하는 거지?"

"인간이 있다. 이상한 기운도 느껴져."

그 말에 루이는 다시 그곳에 모인 기운을 집중하여 훑어보았다. 쓰레기들 사이에서 적어도 한 명 이상의 인간의 기운이 느껴졌고, 또 다른 기운도 느껴졌다.

이게 바로 레카가 말한 이상한 기운인 것 같았다.

인간의 것도, 요괴의 것도 아닌 특이한 기운. 그렇다고 쓰레기들의 기운처럼 불쾌하지도 않았다.

"이 기운은 뭐지?"

"나도 몰라. 일단 지켜보는 게 좋을 것 같은데."

섣불리 공격했다가 일을 그르치기라도 하면 큰일이니 루이는 레카의 말대로 하기로 했다. 그들은 기운을 최대한 숨기고 쓰레기들이 모여 있는 곳과 그리 멀지 않은 나무에 착지했다. 커다란 나무는 루이와 레카를 완벽하게 가려주었다.

오합지졸처럼 모여 있는 쓰레기들은 어딘가를 응시하고 있었다. 그 시선을 따라가 보니 한 무리의 인간들이 보였다. 정체를 알 수 없는 기운은 그 무리의 중심에 있었다.

두 무리는 서로를 노려보며 대치했고, 그들 사이엔 묘한 긴장감이 흘렀다.

"끄아아악!"

잠시 후, 쓰레기들이 좀비처럼 흐느적거리며 인간들에게 달려들었다. 아무리 쓰레기라고 하지만 뱀파이어의 피를 주입받은 그들이기 때문에 인간들보다 강했다. 인간들이 쓰레기들에게 이기는 것은 무리라고 생각한 레카는 속으로 쓰레기들에게 희생될 인간들의 명복을 빌면서 혀를 찼다.

하지만 레카의 예상은 아주 정확하게 빗나갔다.

"……뭐야, 이게."

인간에게 달려들던 쓰레기 무리가 갑자기 서로 싸우기 시작한 것이다. 인간들이 적으니까 먹이를 얻기 위한 싸움이라고 생각하기엔 서로 너무 격렬하게 싸웠다.

서로 목을 물고 팔을 자르고 다리를 물어뜯자 피가 사방으로 튀었다. 피가 튄 나무와 땅은 서서히 썩어 들어갔고, 고약한 악취까지 풍겼다.

한바탕 잔인한 싸움이 벌어진 후, 쓰레기들은 전부 죽은 건지 바닥에 쓰러진 채 움직이지 않았다. 그제야 쓰레기들에게 가려 보이지 않던 자들이 눈에 들어왔다. 인간 남자 둘이서 쓰레기들의 피를 고스란히 받으며 누군가를 보호하고 있었다.

인간들이 보호하고 있는 대상 쪽에서 처음 느껴보는 생소하고 이상한 기운이 느껴졌다. 루이와 레카는 눈으로 서로 대화했다.

'저 기운의 주인이 누군지 확인해야겠다.'

레카와 루이는 날렵하게 몸을 움직여 최대한 그들의 근처로 다가갔다.

남자들은 자신들을 공격한 괴물들이 전부 죽어버리자 자신들이 보호하고 있던 자들에게 고개를 숙였다. 남자들의 뒤에는 한 소녀와 소녀를 감싸 안고 있는 여자가 있었다.

"무사하셔서 다행입니다, 에리샤 님."

남자들의 말에 에리샤라는 이름을 가진 소녀가 자신을 감싸고 있는 여자의 품에서 빠져나왔다. 소녀는 잔인한 살육 현장을 쓱 보더니 고운 미간을 찌푸리며 붉은 입술을 열었다.

"흥, 어차피 저 쓰레기들이 나를 공격할 수는 없으니까."

홍염보다 붉은 눈동자와 창백한 피부.

"더러워. 내 피로 이런 것들이 만들어졌다니."

이 세상 사람 같지 않은 천상의 미를 가진 소녀였다.

"일단은 저희 팀과 합류를 하겠습니다."

"아니. 손님이 온 거 같으니……."

남자들이 안내하겠다고 내민 손을 거절한 에리샤는 어딘가를 노려보며 말했다.

"나와. 숨어 있지 말고."

그녀의 말에 루이와 레카가 모습을 보였다. 둘은 에리샤가 자신들의 기운을 눈치챘다는 사실에 놀랐고, 그녀의 생김새가 뱀파이어의 기준에 들어간다는 사실에 또 한 번 놀랐다.

"여자 뱀파이어……?"

특히 레카는 소녀에게서 눈을 떼지 못했다. 처음에 소녀를 봤을 땐 협회의 실험으로 만들어진 인조 뱀파이어인 줄 알았지만 소녀가 내뿜는 기운은 쓰레기들의 기운과 완전히 달랐다. 청아하고 맑은 기운은 불쾌한 기운들을 정화시켜주었다. 이런 기운을 가진 뱀파이어는 아무리 생각해도 한 명밖에 떠오르지 않았다.

뱀파이어 꽃.

그토록 찾던 뱀파이어 꽃을 발견했건만 뭘 어떻게 해야 할지 몰라 레카는 루이를 힐끗 쳐다봤다. 루이 역시 소녀에게서 눈을 떼지 못하고 있었다.

"……네가 뱀파이어 꽃이야?"

"무례하네?"

레카가 반말을 하자 에리샤가 인상을 찌푸렸다. 직접적으로 대답하진 않았지만, 그녀가 뱀파이어 꽃이라는 걸 확인하기엔 충분했다.

'좀 더 가까이 다가가고 싶어. 옆에 있고 싶어.'

알 수 없는 욕망이 치솟으면서 레카는 자신도 모르게 한 발짝 에리샤에게 다가섰다.

"다가오지 마라!"

"에리샤 님에게 접근하지 마!"

인간 남자들이 레카의 앞을 막아섰고, 여자는 에리샤를 보호하듯 품에 껴안았다. 뭔가 이상하다. 너무나도 아이러니한 상황에 레카는 의문을 가득 담은 목소리로 물었다.

"왜지?"

"뭐?"

"왜 뱀파이어 꽃이 인간의 보호를 받고 있는 거지? 로드에게 힘을 줄 수 있을 만큼 강한 힘을 가진 뱀파이어 꽃이 어째서 약한 인간의 보호를 받고 있는 거지?"

레카의 질문에 에리샤의 몸이 미약하게 떨렸다. 그녀의 반응을 본 레카는 역시 뭔가 있다는 사실을 깨닫고 입술을 삐뚤게 끌어올리며 일부러 에리샤를 도발했다.

"겨우 이게 뱀파이어 꽃? 쓸모없군."

레카의 도발이 정확하게 먹힌 건지 에리샤가 주먹을 부르르 떨면서 레카를 노려봤다. 에리샤의 눈에는 독기가 잔뜩 서려 있었다.

"그렇게 원하면…… 내 힘을 보여주지."

퍼억—!

에리샤의 단 한마디에 레카의 무릎이 절로 굽혀졌다. 레카는 당황하며 일어서려고 했지만, 몸이 마음대로 움직여지지 않았다. 거대한 무언가가 어깨를 짓누르며 그를 옴짝달싹도 하지 못하게 만들었다.

"에리샤 님! 아직 그렇게 힘을 쓰시면 안 됩니다!"

여자가 다급하게 소리를 치며 에리샤를 끌어안았다. 이에 에리샤는 한숨을 푹 내쉬며 힘을 거뒀다. 에리샤의 이마에는 식은땀이 송골송골 맺혀 있었다. 여자는 손수건을 꺼내 식은땀을 닦아주었다.

그제야 몸을 움직일 수 있게 된 레카는 자리에 주저앉아 에리샤를 주시했다. 방금 그 힘, 강력하긴 했지만 뱀파이어 꽃의 힘이라고 생각하기엔 너무 약했다. 로드, 아니 7인의 고위 뱀파이어보다 더 약한 것 같았다.

'저렇게 약한 뱀파이어 꽃이 로드에게 힘을 준다고?'

말도 안 되는 소리였다. 뭔가 잘못됐다는 걸 느낀 레카는 계속 에리샤를 쳐다봤고, 그건 루이 역시 마찬가지였다.

"이제 괜찮아."

약간 거칠어진 숨을 고르던 에리샤가 루이와 레카를 쳐다봤다. 특히 그녀와 나이가 비슷해 보이는 루이를 신기하게 바라봤다.

"아. 네가 바로 소문의 그 애구나!"

문득 생각났다는 듯 에리샤가 손뼉을 짝 쳤다. 그녀의 눈이 초승달처럼 휘면서 입술이 한쪽으로 삐뚤게 올라갔다.

"태어날 때부터 어머니의 손에 죽임을 당할 뻔하고, 아버지를 잡아먹고 겨우 살아난 뱀파이어. 맞지?"

루이의 표정은 삽시간에 굳어졌다. 그 표정을 본 에리샤는 배를 붙잡고 꺄르륵, 웃음을 터뜨렸다. 루이를 바라보는 에리샤의 눈동자에는 경멸이 서려 있었다.

"아버지를 잡아먹고 살아나니까 좋아? 완전 괴물 아니야, 이거."

계속되는 에리샤의 도발에 루이는 주먹을 꽉 움켜쥐었다. 당장이라도 에리샤의 입을 틀어막고 싶었지만, 상대는 뱀파이어 꽃이었다. 그녀를 설득해서 요새로 데리고 가는 것이 우선이었기에 루이는 심호흡하며 마음을 진정시켰다.

"돌아가시죠."

"싫은데?"

에리샤는 단호하게 거절하며 팔짱을 꼈다.

"내 집은 여기고 내 편은 이들인데 내가 누구랑 돌아가?"

인간들이 그녀의 편이라고? 말도 안 되는 소리에 루이와 레카는 당황하며 에리샤를 쳐다봤다. 그러거나 말거나 에리샤는 천진난만하게 웃으며 빙그르르 몸을 돌렸다.

"아, 힘을 썼더니 배고파. 돌아가자."

"네, 에리샤 님."

아무래도 에리샤는 정말 뱀파이어 요새로 돌아갈 생각이 없는 것 같았다. 그렇다면 강제로 데리고 가는 수밖에. 이대로 그녀를 놓치면 두 번 다시 찾지 못할 것 같은 불길한 예감이 강하게 들어 루이는 다급하게 에리샤의 손을 잡았다.

하지만 그 손은 신기루가 되어 그의 손을 유유히 빠져나갔다. 그녀와 함께 있던 인간들 역시 에리샤와 함께 모습을 감추었다.

『난 돌아가지 않아. 가서 그놈과 쓰레기들한테 전해라. 네놈들이 나한테 한 짓은 반드시 복수하겠다고.』

에리샤의 목소리가 넓은 숲속에 메아리처럼 울려 퍼졌다.

『그리고 네 곁에 있는 그 여자애에게도 안부를 전해줘.』

"여자애? 그게 대체 무슨 말이지?"

누가 봐도 서영을 저격하는 말에 루이가 놀라며 소리쳤지만, 돌아오는 대답은 없었다.

"오셨습니까?"

에리샤는 자신에게 인사를 하는 자들에게 무표정하게 고개만 끄덕였다. 그녀는 뭔가 다급한 표정으로 발걸음을 바삐 움직여서 자신의 요새 중에서 가장 깊숙한 곳에 위치한 사령실로 향했다.

한참 계단을 걸어 내려간 에리샤는 가장 지하에 있는 방의 문을 활짝 열고 들어갔다. 그녀의 등장에 방 안에 있던 사람들이 모두 고개를 숙였다. 에리샤는 사람들의 인사를 받으며 주변을 살폈다. 곧 자신이 찾는 사람이 없다는 사실에 고운 미간을 찌푸리며 바로 옆에 서 있던 자에게 행적을 물었다.

"그는?"

"잠시 전화를 한다고 밖으로 나가셨습니다."

"그래?"

"안내해드리겠습니다."

눈치 빠른 한 녀석이 재빠르게 에리샤가 찾는 사람이 있는 곳으로 안내했다. 그 사람은 사령실에서 얼마 떨어지지 않은 복도의 구석에서 전화하고 있었다.

"이제 곧 네 생일이니까……."

온화하고 다정한 목소리와 표정에서 에리샤는 그가 누구랑 통화하고 있는지 바로 알아챘다. 에리샤는 인상을 팍 쓰며 남자에게로 다가갔다.

달칵—.

마침 통화를 끝내고 담배를 꺼내 물려던 그는 에리샤를 발견하고 당황하며 다시 담배를 주머니에 넣었다.

"에리샤 님."

"방금 통화한 사람, 당신 조카지?"

에리샤의 질문에 남자, 동혁은 대답하지 않았다. 하지만 그것이 긍정이라는 걸 아는 에리샤는 옅게 웃었다.

"생일이 얼마 안 남았다고? 열여덟 살 생일이었나?"

"……."

"그때……."

"에리샤 님!"

누군가 다급하게 부르는 소리에 에리샤의 말이 끊겼다. 에리샤는 인상을 쓰며 그녀를 부른 여자를 쳐다봤다. 허겁지겁 에리샤의 앞으로 다가온 여자가 무척 슬픈 표정을 지으며 그만큼 슬픈 소식을 전했다.

"에리샤 님, 란을 찾았습니다."

"……뭐?"

에리샤의 표정이 한순간 굳었다. 에리샤는 여자의 멱살을 잡고 소리쳤다.

"어디 있어? 당장 안내해!"

"이, 이쪽입니다!"

여자는 에리샤를 란이 있는 방으로 안내했다. 방의 중앙에는 커다란 관이 있었고, 그 안에 짧은 은발을 가진 소녀가 누워 있었다.

"아니야."

에리샤가 고개를 저으며 관으로 다가갔다.

"아니야. 죽었을 리가 없어. 살아 돌아온다고…… 했잖아."

부디 관에 누워 있는 소녀가 란이 아니길 간절히 바랐건만, 그녀의 바람은 얼마 지나지 않아 처참하게 무너져 내렸다. 두 손을 가지런히 모은 채 평온하게 잠들어 있는 란을 본 에리샤의 눈에서 눈물이 왈칵 쏟아져 내렸다.

"란, 란!"

이럴 수는 없었다.

왜 그녀가 죽어야만 하는가.

에리샤는 란의 이름을 연신 부르며 그 시신을 잡고 흔들었다.

"일어나. 일어나라고!"

에리샤에게 있어 란은 단순한 시종이 아닌 자매였다. 어머니께서 시종으로 쓰라고 줬지만, 에리샤는 단 한 번도 란을 단순한 시종으로 생각한 적이 없었다.

협회에 붙잡혀 끔찍한 실험대에 오를 때도 란은 자신의 곁에 있어주었다. 그런 란이 자신의 곁을 떠난 적이 딱 한 번 있었다. 바로 협회에서 도망칠 때였다.

―걱정 마세요. 에리샤 님, 반드시 당신을 지켜드릴게요.

협회에서 도망을 친 에리샤는 언제 잡힐지 몰라 전전긍긍하고 있었다. 더구나 아직 힘을 제대로 못 쓰는 상태라서 그들이 자신을 찾는다면 속수무

책으로 끌려갈 수밖에 없었다. 에리샤가 하루하루 불안에 살자 란이 웃으면서 에리샤의 손을 잡고 말했다.

―도망치세요!
―란!
―당신을 반드시 지키겠다고 미엘 님과 약속했어요. 그러니까 얼른 도망
  치세요!

란은 에리샤를 대신해서 협회를 유인했다. 그녀를 보낼 수 없어 에리샤가 안 된다고 악을 썼지만, 란은 웃으며 에리샤의 손을 잡고 말했다.

―저는 당신의 시종이니 반드시 당신에게 돌아가겠습니다.

"그런데 왜 이런 곳에 누워 있어. 일어나란 말이야!"
에리샤는 바닥에 주저앉아 가슴을 쥐어뜯고 절규했다. 보다 못한 동혁이 그녀를 달랬지만 에리샤는 좀처럼 진정할 수 없었다.
"아악, 아아악!"
에리샤의 처절한 절규에 지켜보던 사람들은 남몰래 눈물을 닦았다. 란의 시신을 붙잡고 한참 동안 울던 에리샤의 눈가에 붉은 핏방울이 맺혔다. 에리샤는 피눈물을 뚝뚝 흘리며 입술을 꾹 깨물며 다짐했다.
"복수해줄게."
'너를 죽인 자들을 절대로 용서하지 않겠어. 그놈들에게 반드시 네 복수를 해줄게, 란.'
그리고 자신이 잃은 것들을 전부 되찾으리라. 에리샤는 몇 번이고 다짐하고 또 다짐했다.

띠리링—.

갑자기 전화벨 소리가 들리자 서영은 깜짝 놀라며 소리의 근원지를 찾았다. 코트 주머니에 있는 핸드폰이었다. 서영은 핸드폰을 꺼내 누가 전화한 건지 확인했다.

삼촌.

이름을 보자마자 한숨이 나왔다. 삼촌과 통화할 때마다 안 좋은 소식을 들었기 때문이다.

'받고 싶지 않지만, 받아야겠지.'

서영은 거의 전화가 끊길 무렵 전화를 받았다.

"여보세요."

[나다.]

"알아요, 삼촌."

옆에서 빨래를 개고 있던 백한이 놀라며 서영을 쳐다봤다. 그리고 자신도 전화를 듣고 싶다며 입 모양으로 조용히 말했다.

'어떡하지.'

서영은 잠시 고민하다가 스피커 모드로 바꿨다.

"이번에는 무슨 일이에요?"

[이제 정리가 되는데…… 나는 너를 잃기 싫구나.]

영문을 알 수 없는 말이었다. 서영이 무슨 의미냐고 물었지만 동혁은 추가적인 설명은 하지 않고 계속 미안하다는 말만 했다.

[미안해…… 내가 미안해.]

"자꾸 이상한 소리만 하면 전화 끊을 거예요."

참다못한 서영이 강경하게 나가자 동혁이 작게 웃었다. 그 웃음조차 무척 힘들어 보였다.

'뭐가 그렇게 힘든 걸까. 설마 지금에서야 양심에 가책을 느꼈을 리는 없고.'

[조만간 네 생일이니, 한번 갈게.]

동혁의 말에 백한이 깜짝 놀라며 '서영 씨, 곧 생일이에요?'라고 입 모양으로 물었다.

서영은 입 모양으로 2주 정도 남았다고 알려줬다.

[뭐 가지고 싶은 거 없어?]

"됐어요. 언제부터 내 생일을 챙겼다고 그래요."

지금까지 동혁이 서영의 생일을 챙긴 적은 한 번도 없었다. 어릴 적에는 챙겼었다고 할머니가 말했지만, 서영은 전혀 기억하지 못했다.

"그럼 끊을게요."

더 통화해봤자 좋은 이야기는 못 들을 것 같아 서영은 먼저 전화를 끊었다. 전화를 끊자마자 백한이 물었다.

"정확히 생일이 언제예요?"

"크리스마스예요."

"와, 크리스마스에 태어났다니. 축복받은 사람이네요, 서영 씨는."

'그런가? 딱히 그런 생각을 해본 적은 없는데.'

"생일 선물로 가지고 싶은 거 없어요?"

'루이요.'

순간 그렇게 대답할 뻔한 서영은 애써 말을 삼키며 고개를 저었다.

"괜찮아요. 아무것도 안 주셔도 돼요."

"에이, 생일인 걸 몰랐으면 모를까 알았는데 어떻게 그냥 넘어가요. 뭐든 말해봐요. 크리스마스 선물 겸 다 줄 테니."

"정말 괜찮아요."

지금 그녀가 가지고 싶은 건 루이밖에 없었으니까. 가질 수 없다면 자주 볼 수 있길 바랐다.

하지만 루이는 그날 이후, 거의 집에 오지 않았다. 뱀파이어 꽃을 발견해서 그녀를 찾기 위해 바쁘게 돌아다니고 있었기 때문이었다.

'곧 모든 것이 끝나겠네.'

루이가 뱀파이어 꽃을 찾으면 계약은 종료되었다. 루이가 그토록 원하던 걸 이뤘으니 기뻐야 마땅하건만 기쁘긴커녕 슬펐다. 너무 슬퍼서 심장이 아려왔다.

서영은 깊은 한숨을 내쉬며 가슴을 움켜쥐었다. 루이를 생각하면 마음이 행복하면서도 한없이 우울해졌다.

서영의 표정이 좋지 않다는 걸 발견한 백한이 애써 밝게 웃으며 말했다.

"생일 파티를 할까요?"

"이 상황에 파티는 좀……."

"에이, 지금 형님 일도 잘 풀리고 있는데, 파티 해요!"

"글쎄요."

서영이 어정쩡하게 대답하자, 백한이 윙크하며 말을 이었다.

"원래 주인공은 군말하지 않고 무조건 참석하는 겁니다."

그런 백한의 행동에서 자신을 위하는 마음이 선명하게 느껴져 서영은 더는 거절하지 못하고 고개를 끄덕였다.

쾅—.

갑자기 책장이 넘어지는 소리가 들리자 서영과 백한은 깜짝 놀라며 넘어진 책장을 쳐다봤다. 책장이 있던 벽에는 커다란 포탈이 생겼다.

"레이디, 잘 지냈어?"

곧 포탈에서 레카가 나왔다. 레카는 서영을 보자마자 그녀를 껴안고, 입술을 쭉 내밀었다.

"오랜만에 만났는데 재회의 키스를 나눌까?"

"자, 잠깐만……."

"미친 소리 하고 있네."

뒤따라 나온 루이가 레카의 옆구리를 걷어찼다. 무지막지한 힘에 레카는 서영에게서 떨어져 나갔다. 그제야 서영은 안도하며 루이를 쳐다봤다.

백화점 일 이후로 이렇게 얼굴을 마주하는 건 처음이었다. 그의 모습은 예전과 똑같았지만 왠지 모르게 거리감이 느껴져 서영은 쉽게 루이에게 말을 걸 수 없었다.

"……뱀파이어의 꽃, 찾았다며?"

서영은 한참 머뭇거리다가 어렵게 말을 건넸다. 루이 역시 서영이 어색한지 그녀의 눈을 피하며 대답했다.

"그래."

뱀파이어 꽃을 찾았다면 모든 것이 해결될 텐데 루이의 표정이 너무 어두워서 서영은 조심스레 그에게 질문을 던졌다.

"무슨 일……."

"뱀파이어의 일이다. 인간인 넌 끼어들지 마라."

루이는 서영의 말을 단호하게 잘랐다. 당연한 말이었지만, 심장이 한 조각 떨어져 나간 것처럼 아파서 서영은 눈시울을 붉혔다.

"너무 차갑게 말하는 거 아냐? 레이디가 상처 받았잖아."

그런 서영의 얼굴을 본 레카가 혀를 내차며 서영을 끌어안았다. 루이가 눈에 힘을 딱 주며 레카를 노려봤다.

"네가 왜 그녀를 끌어안지? 당장 놔."

"싫은데. 레이디가 네 것도 아니잖아?"

레카는 피식 웃음을 흘리며 서영을 더욱 끌어안았다. 이에 루이가 인상을 팍 쓰며 금방이라도 한 대 칠 것처럼 주먹을 꽉 움켜쥐었다. 그 모습이 마치 달콤한 사탕을 빼앗긴 어린애 같아서 귀여웠다. 레카는 실실 웃으며 서영을 놔주었다.

"알았다, 알았어."

레카가 보기에도 루이는 서영에게 마음이 있었다. 하지만 단 한 번도 그 마음을 가진 적 없는 어린아이는 자신의 마음이 어떤지 알아차리지 못하고 있었다.

서영에겐 미안한 말이지만 레카는 그 사실을 다행으로 여겼다. 만약 루이가 서영의 마음을 알아차리고 그녀에 대한 독점욕을 드러낸다면, 지금보다 더 피곤한 상황이 올 것이 분명했기 때문이다.

"대체 무슨 일인데요? 네?"

루이가 설명을 해주지 않을 것 같자, 서영은 레카를 잡고 그에게 물었다.

자고로 남자는 예쁜 여자에게 약해야 한다는 것이 레카의 지론이었다. 레카는 자신의 지론에 충실하게 서영의 질문에 답을 해주었다.

"곧 전면전이 시작될 것 같아."

"전면……전이요? 전쟁이 일어난다는 말인가요?"

"그래. 새로운 뱀파이어 꽃이 자신만의 세력을 만들었거든. 그 세력과 아쉘, 그리고 협회가 한바탕 싸울 것 같아."

세상에 전쟁이라니. 인간들의 전쟁도 끔찍한데 요괴들의 전쟁은 얼마나 끔찍할지 상상이 되지 않았다.

"승산은 어느 쪽에 있나요?"

"내 생각인데 아쉘과 협회 쪽에 더 승산이 있는 것 같아."

뱀파이어 꽃의 힘이 어느 정도인지는 모르겠지만, 아직 태어난 지 얼마 안 된 어린 뱀파이어가 전쟁 경험이 있을 리가 만무했다. 아쉘 일행이 뱀파이어 꽃보다 힘이 약할지라도 전략이나 힘을 다루는 기술은 더 능숙했다. 거기다 하프들의 힘도 무시할 수 없었다.

"큰 전쟁이 일어날 것 같으니, 레이디도 몸 조심해."

"네? 저도요?"

"응. 아무래도 그 뱀파이어 꽃은 레이디도 알고 있는 것 같으니까."

서영이 황망하다는 듯 눈을 깜빡였다.

"뱀파이어 꽃이 저를 알고 있다고요? 어떻게요?"

"그건 나야 모르지."

'나야말로 어떻게 알고 있는지 알고 싶다고.'

레카는 혼잣말로 중얼거렸다. 그러면서 뱀파이어 꽃이 했던 말을 떠올렸다. 뱀파이어 꽃은 절대 뱀파이어 요새로 돌아가지 않겠다고 선언했다. 뱀파이어들의 상징인 뱀파이어 꽃이 요새로 돌아가지 않겠다니. 아무리 생각해도 웃겨서 레카는 픽 웃음을 흘렸다.

그토록 찾던 뱀파이어 꽃을 찾았건만, 정작 해결된 건 없었다. 오히려 골칫거리만 더욱 늘어난 것 같아 레카는 머리를 거칠게 헤집으며 깊은 한숨을 내쉬었다.

골치가 아픈 건 루이 역시 마찬가지였다. 뱀파이어 꽃과 아쉘이 전면전을 치르는 것도 걱정됐지만, 그가 지금 가장 고민하는 건 '어떻게 뱀파이어 꽃이 서영을 알고 있는가.'였다.

'내 계약자라서 아는 건가?'

그렇게 생각하기엔 그때 뱀파이어 꽃이 했던 말이 너무 의미심장했다. 안부를 전해달라니. 통상적으로 아는 사이에서 주고받을 법한 말이었다. 하지만 서영은 루이가 뱀파이어 꽃에 대해 알려주기 전까지 뱀파이어 꽃의 존재를 몰랐다.

"에리샤라는 이름을 알고 있나?"

혹시나 하는 마음에 물어봤는데, 역시 모르는지 서영이 고개를 저었다.

그럼 도대체 어떻게 아는 걸까. 서영과 뱀파이어 꽃, 둘 사이에 무슨 접점이 있는 거지?

"루이, 저기, 이야기 좀 해도 될까?"

심각하게 고민하던 루이는 서영이 말을 걸자 그녀를 쳐다봤다. 심각한 이야기가 오고 갈 것 같자 백한과 레카는 눈치껏 자리를 피했다.

"무슨 일이지?"

"그게 전에 백화점에서……."

루이의 얼굴이 삽시간에 굳었다. 루이는 고개를 휙 돌리며 차갑게 말했다.

"그 일에 대해서는 할 말이 없다."

"하지만 루이, 난……."

확인하고 싶어. 그때 날 구해준 남자가 루이가 맞는지 확인하고 싶단 말이야.

그리고 오해도 풀고 싶어 서영은 도망치려는 루이의 옷깃을 잡았다. 이에 루이가 거칠게 그녀의 손을 뿌리치며 소리쳤다.

"말하기 싫다고 했잖아!"

억센 루이의 힘을 이기지 못한 서영은 그대로 바닥에 주저앉았다. 엉덩방아를 세게 찧었는지 작게 신음을 흘렸다.

"아야……."

'내가 지금 무슨 짓을!'

서영의 신음에 잠시 가출한 이성이 돌아온 루이는 서영을 일으켜 세워주려다 문득 백화점에서 있었던 일이 떠올라 멈칫했다.

─괴물…….

서영은 자신을 보며 괴물이라고 말했었다. 그 말이 심장 깊숙이 박히면서

도저히 그녀에게 먼저 다가갈 용기를 주지 않아 루이는 바닥에 주저앉아 있는 서영을 물끄러미 바라보기만 했다.

평소였다면 그 누구보다 먼저 다가와 손을 내밀었을 루이가 지켜보기만 한다는 사실에 가슴이 시려와서 서영은 입술을 꾹 깨물었다. 눈시울이 붉어졌다.

'그녀가 운다.'

그녀가 또 자신 때문에 울고 있었다. 그 사실에 루이는 힘줄이 설 정도로 주먹을 꽉 움켜쥐었다. 서영이 눈물을 흘릴 때마다 루이는 가슴이 아팠다. 너무 쓰리고 아파서 차라리 이 심장을 떼어버리면 어떨까 하는 생각도 종종 했다.

그러면서도 서영을 보내주지 못하니, 참으로 지독한 이기심이었다. 루이는 새삼 자신이 왜 이렇게 서영에게 집착하는지에 대해 고민했다.

'온기 때문인가.'

서영의 손을 잡고, 그녀의 품에 안기면 우울했던 기분이 단번에 좋아질 정도로 몸이 따뜻해졌다. 그러니 루이는 자신이 서영을 원하는 이유를 온기 때문이라고 단정 지었다. 정말 그것 때문이라면……

"……미안."

"아, 아니야! 별로 아프지 않아."

서영은 자신이 넘어진 것 때문에 루이가 사과하는 거라고 생각하고 두 손을 내저으며 서둘러 자리에서 일어섰다. 한데 그게 이유가 아닌지 루이는 여전히 슬픈 얼굴을 하고 있었다. 흔들리는 눈동자는 금방이라도 눈물을 쏟아낼 것 같았다.

"루이?"

"정말로…… 미안해."

루이는 서영의 얼굴을 똑바로 보지 못하고 계속 사과했다.

"아무 상관이 없던 너를 이 세계에 끌어들인 것도, 그래서 네가 그렇게 끔찍한 일을 겪은 것도, 그리고……."

가장 끔찍한 괴물인 나라는 존재와 만난 것도…….

루이는 뒷말을 삼키며 붉은 입술을 피가 맺히도록 세게 깨물었다. 평범한 인간인 그녀가 자신을 만남으로써 죽을 고비를 몇 번이나 겪었다. 그것만으로도 미안한데 자신의 괴물 같은 그 모습을 보게 한 것이 더욱 미안해서 루이는 눈을 질끈 감았다.

─누가 너를 사랑해줄 거라고 믿니? 허튼 망상을 하고 있구나. 너는 사랑받지 못해. 네 곁에 머무는 자들은 전부 불행해질 것이고, 그들은 전부 너를 피할 거야!

눈을 감으면 자꾸 그 목소리가 들려왔다. 자신을 감싼 어둠에서 어김없이 들려오는 하이 톤의 여자 목소리. 그 위로 아른거리는 금발과 날카로운 단도가 자신의 심장을 난도질하는 것 같아 루이는 인상을 쓰며 고개를 돌렸다.

"밤이 늦었다. 이만 자도록 해."

"가지 마!"

계속 서영의 얼굴을 보고 이야기하는 게 괴로워서 루이는 도망치려고 했지만, 서영이 붙잡는 바람에 그러지 못했다. 서영은 루이를 뒤에서 꽉 끌어안았다. 뿌리쳐야 한다고 생각하면서도 가슴이 뻐근해질 정도로 온몸에 전해지는 따뜻한 온기에 루이는 그러지 못했다.

"놔."

놓으라고 말하는 게 전부였다. 그 말을 들을 서영이 아니었다.

"싫어."

"서영."

"그렇게 아픈 얼굴로, 그렇게 상처받았다는 얼굴을 하면서! 어디를 가겠다는 거야!"

악에 받친 듯한 서영의 목소리에 루이는 흠칫 놀라며 몸을 돌렸다. 그러자 눈물을 뚝뚝 흘리고 있는 서영이 보였다. 얼마나 운 건지 그녀의 눈동자는 뱀파이어의 눈동자보다 더 붉었다.

울지 말라고, 나 때문에 울 필요가 없다고 말해주고 싶었지만, 입은 생각과 다른 말을 뱉었다.

"……네가 신경 쓸 일이 아니다."

"그런……."

"재차 말하지만, 넌 인간이다. 뱀파이어 일에 더 이상 관여하지 마라."

"나, 나는 네 계약자야! 그런데 관여하지 말라는 게 말이 돼?"

그렇지. 계약자지. 자신은 계약이라는 명목하에 서영의 자유를 구속하고 제 곁에 옭아매고 있었다. 그 탓에 서영은 수많은 위협에 노출됐다. 수목원, 백화점, 그리고 뱀파이어 꽃까지. 앞으로 얼마나 더 많은 위험이 기다리고 있을지 벌써부터 걱정됐다.

"그러니까…… 풀어줄게."

네가 안전할 수 있도록. 평범한 인간으로 돌아갈 수 있도록. 루이는 서영의 손등에 가볍게 입을 맞추며 중얼거렸다.

"나, 루베르이는 인간 강서영과 뱀파이어 꽃을 찾기 위한 계약을 했으며……."

루이의 말에 그들의 주변에 보라색 문양이 어지럽게 그려졌다. 처음 루이와 계약했을 때도 봤던 문양이었고, 테런이라는 뱀파이어를 만났을 때도 봤던 문양이었다.

루이는 서영의 손을 잡고 한참이나 뭐라고 중얼거렸다. 그동안 보라색 문양들은 그들의 주변을 계속 맴돌았다.

"……뱀파이어 꽃을 찾았으므로 그녀와의 계약은 끝이다."

파삭一.

그의 말이 끝나자마자 서영의 손등에 보라색 문양이 떠올랐다. 문양은 손등에서 빠져나와 허공에 떠오르더니 완전히 산산조각이 나면서 사라졌다. 그제야 루이는 잡고 있던 서영의 손을 놓았다.

"이제 자유다, 강서영."

"자……유?"

"그래. 계약은 이걸로 종료됐다. 그러니 이제 뱀파이어의 일에 관여하지 않아도 돼."

서영의 얼굴이 새하얗게 질렸다. 금방이라도 무너질 것 같은 애처로운 서영의 모습에 가슴이 먹먹해졌지만, 루이는 애써 외면했다. 이제 그만 그녀를 놔줘야 하니까. 이대로 계속 있다간 서영은 계속 다치고 울게 될 것이다.

게다가 자신의 다른 모습까지 알고 있으니 그녀가 먼저 도망치기 전에 제 손으로 놓아주고 싶었다. 그녀가 도망치는 모습은 보고 싶지 않았다. 그래서 루이는 서영과의 계약을 깨고 어둠 속으로 모습을 감췄다.

"루이, 루이!"

서영은 그런 루이를 애타게 찾았지만, 루이는 끝내 돌아오지 않았다.

"흑……."

그대로 바닥에 주저앉은 서영은 굵은 눈물을 뚝뚝 흘렸다. 너무 많이 울어서 머리가 어질어질했지만, 눈물은 멈출 생각을 하지 않았다.

"거참, 너무 냉혹하네."

잠시 자리를 비켰던 레카가 다시 나타나 서영의 어깨를 다독여주었다. 서영은 빨갛게 부은 눈으로 레카를 쳐다봤다.

"레이디, 괜찮아?"

"레카 씨……."

"미안, 저놈이 아직 어려서 그래."

500살이나 먹은 루이가 어리다면 대체 자신은 얼마나 어린 걸까.

서영은 이런 심각한 상황에도 우스운 생각이 나자 어이가 없어 힘없이 웃음을 흘렸다.

"루이 대신 내가 사과할게."

"레카 씨가 사과할 문제가 아니에요."

이건 루이와 자신의 문제였으니까. 서영의 대답에 레카가 싱긋 웃으며 서영의 눈높이에 맞춰 무릎을 굽혔다.

"레이디, 루이가 왜 좋은 거야?"

"……."

"농담도 할 줄 모르고, 우직하고 그 바보 같은 녀석이 왜 좋은 건데?"

"……글쎄요."

어떻게 대답해야 자신의 마음을 제대로 표현할 수 있을지 몰라 입만 달싹이고 있는데, 레카가 다시 물었다.

"혹시, 그놈 외모에 반해서?"

"……그것만은 아닌 것 같아요."

루이의 외모가 한몫하기는 했지만, 그것만으로 루이가 좋다면 이렇게 아플 리가 없었다.

"그럼 왜? 대체 그 녀석의 어디가 좋아?"

"그건……."

그동안 자신의 마음을 숨기느라 급급해서 그가 왜 좋은지는 생각해본 적이 없었다. 레카의 질문에 서영은 새삼 루이가 왜 좋은지 생각하게 되었다.

한참이나 곰곰이 생각하던 서영은 살짝 미소를 머금은 얼굴로 천천히 입을 열었다.

"……나를 지켜준다고 해서?"

"뭐?"

"전에도 말씀드렸다시피, 외로운 저에게 손을 내밀어준 건 루이니까요. 그게 설령 협박이었더라도 저를 필요로 해주고……."

필요. 그 단어에 서영은 갑자기 감정이 울컥 치밀어 올라왔다. 서영이 눈을 껌뻑일 때마다 긴 속눈썹에 대롱대롱 매달려 있던 눈물이 그녀의 뺨을 타고 흘렀다. 레카가 깊은 한숨을 쉬며 그녀의 뺨에 흐르는 눈물을 부드럽게 닦아주었다.

"이렇게 눈물이 많아서야. 인간은 정말이지 감정적인 종족이구나?"

"죄, 죄송……."

"미안할 것 없어. 원래 여자의 무기는 눈물이라잖아."

레카는 자신의 손에 묻은 서영의 눈물을 살짝 핥으며 말했다. 그 모습이 묘하게 색정적이어서 시선을 확 끌었지만, 서영은 별 감흥 없는 눈으로 레카를 보고 있었다. 레카는 크게 웃으며 그녀의 머리를 토닥였다.

"확실히 외모 때문에 루이를 좋아하는 건 아닌가 보네."

"네?"

"아무것도 아니야. 근데 뱀파이어들이 대부분 인간을 싫어한다는 건 알고 있지?"

레카는 대뜸 서영에게 질문을 던졌다. 그의 질문을 받아줄 기분은 아니었지만, 서영은 힘없이 고개를 끄덕이며 긍정을 표했다.

"하지만 루이는 인간을 싫어하는 게 아니라 무서워하고 있어. 특히 인간 여성을."

"무서워……한다고요?"

뱀파이어가 인간을 무서워한다니? 이해 못할 말에 서영이 되묻자 레카가 쓰게 웃으며 긴 이야기를 시작했다.

"뱀파이어는 태어나자마자 약 일주일간은 아기 모습이지만, 그 이후로는 급속도로 성장을 해. 인간으로 치면 보통 12~15살 정도의 나이까지 성장하지."

뱀파이어에 따라 다르지만 보통 뱀파이어가 유년기의 모습을 갖추는 데는 1년도 채 걸리지 않는다.

"아무리 뱀파이어라 해도 태어나자마자 뱀파이어의 능력을 쓸 수 있는 건 아니야. 태어난 지 1년이 되기 전까지는 뱀파이어의 능력을 쓸 수 없는 보통 인간의 모습이지. 평범한 인간 아이랑 다른 점은 성장이 정말 빠르다는 것뿐이고."

갑자기 왜 이런 이야기를 하는 거지. 서영은 이해할 수 없었지만 일단 잠자코 레카의 이야기를 들었다.

"루이의 아버지는 루이의 어머니를 사랑했고, 그녀 역시 루이의 아버지를 사랑했어. 둘은 곧 사랑의 결실을 보았고, 루이의 어머니는 루이를 낳았지. 한데 그게 불행의 시작이었어."

한순간 레카의 얼굴에서 미소가 사라지더니, 그는 진지한 목소리로 말했다.

"보통 어머니라면 자신의 아이가 어떤 모습이든 마냥 예쁘기 마련이지만 루이의 엄마, 그 여자는 아니었나 봐. 태어난 지 일주일 정도 지난 아기가 급작스러운 성장을 하면서 인간 나이로 세 살 정도의 아이 모습을 하고 있으니 자신의 아이라도 감당할 수가 없었던 거야."

"하……?"

"더구나 루이의 아버지는 로드를 모시는 7인의 뱀파이어 중 한 명이었기 때문에 요새에서 업무를 처리하느라 그의 아들이 뱀파이어로 태어났다는 사실을 아주 뒤늦게 알아챘고, 허겁지겁 자신이 사랑하는 아내와 아이의 곁으로 갔을 땐……."

레카는 깊게 심호흡을 하더니 눈을 한 번 감았다 뜨면서 천천히 말했다.

"사랑하는 아내가, 사랑하는 아들의 심장에 은 단검을 꽂는 모습을 목격하고 말았어."

"마, 말도 안 돼요! 엄마가 어떻게 아들의 심장에 은 단검을 꽂아요!"

"믿기지 않겠지만 전부 사실이야. 때문에 루이는 사경을 헤매게 됐지."

뱀파이어에게 은은 목숨이 위태로워질 정도로 치명적인 약점이었다. 게다가 당시 루이는 힘이 온전하지 않은 어린 뱀파이어였기 때문에 더욱 은에 취약했다. 그나마 고위 뱀파이어의 핏줄인지라 루이의 목숨은 바로 끊어지지 않았지만, 루이는 언제 죽어도 이상하지 않을 만큼 위급한 상태였다.

"그럼 루이가 아기를 싫어하는 것도……."

"정확히 말하자면 아이를 싫어하는 건 아니야. 무서운 거지. 자신의 아이를 낳은 여자가 자신의 어머니처럼 미쳐버릴까 봐."

500년도 더 된 오래된 일이었지만, 그때의 상처는 루이의 마음속에 깊게 뿌리를 박고 계속 루이를 괴롭혔다.

'그런 줄도 모르고 루이에게 아기 이야기를 하다니.'

의도치 않게 루이의 상처를 후벼 팠다는 사실에 경악하며 서영은 손으로 입을 틀어막았다. 그가 자신의 말에 상처받고 아파했을 걸 생각하니 마음이 쓰리고 눈물이 앞을 가렸다.

"그래도, 천운이 따랐나 봐요. 루이가 저렇게 살아 있는 걸 보면."

"천운이라. 그것도 천운이라면 천운이지."

"무슨…… 말이에요?"

"루이가 살아난 건 그의 아버지가 치료해준 덕분이야. 그의 목숨과 바꿔서 말이지."

목숨과 바꿨다니. 엄청난 이야기에 서영은 경악하며 두 손으로 입을 가렸다. 레카는 그런 서영을 이해한다는 듯 웃으며 말을 이었다.

"다 죽어가는 아들을 살리기 위해 루이의 아버지는 사경을 헤매는 루이를 데리고 급히 요새로 돌아왔어. 나도 그때 처음 루이를 봤지. 아주 작은 아이였는데, 열이 펄펄 나면서 사경을 헤매고 있더군."

정상적인 뱀파이어라면 열꽃이 피어오를 정도로 몸에 열이 나는 경우는 잘 없었다. 그래서 루이의 모습은 더욱더 충격적이었다. 제대로 먹지 못한 건지 삐쩍 마른 몸에 온몸은 불덩이였고 옅은 숨소리를 내며 가늘게 명을 이어가고 있는 너무나 약한 아기……

"루이 아버지는 루이가 그렇게 된 것이 자신의 잘못이라며 매우 자책했어. 그렇게 아이를 사랑하는 뱀파이어도 아마 처음이었을 거야. 그는 결국 아기를 살리기 위해 최후의 수단을 썼지."

순간 감정이 북받쳐 올라와 레카는 잠시 심호흡한 뒤 말을 이었다.

"루이의 아버지는 루이에게 피를 먹이기 위해 자신의 팔을 수백 번 칼로 난도질하며 상처를 내서 루이에게 피를 주었지."

상상만 해도 끔찍한 장면이었다. 아들을 살리기 위해 희생한 아버지의 사랑은 숭고하고 아름다울지 모르나, 그 과정이 너무나 끔찍해서 마음이 먹먹해졌다.

"루이가 유년기의 뱀파이어치고 강한 힘을 가지게 된 건 순전히 아버지의 피를 먹은 덕분이야. 그래서 루이는 자신의 힘을 그렇게 좋아하지 않아."

그런 비밀이 숨겨져 있었구나. 서영은 이런 엄청난 일을 500년 넘게 품고 살았을 루이가 너무 가여웠다.

"뱀파이어의 성년기는 힘의 크기로 결정돼. 뱀파이어가 성년식을 치르는 이유는 순전히 작은 그릇에 모든 힘을 담지 못하니까, 그 힘을 전부 담기 위해 그릇의 크기를 키우는 것. 원래대로라면 루이는 진작에 성년식을 치렀어야 해."

"만약 성년식을 치르지 못하면 어떻게 되나요?"

"죽어. 유년기의 몸은 완전히 각성한 뱀파이어의 힘을 견디지 못해. 저대로 있다간 펑 하고 터질 거야."

"그럼 큰일이잖아요!"

루이가 죽는다니, 상상도 해본 적이 없는 일이었다. 아니, 상상도 하기 싫었다. 너무 놀란 서영은 우는 것도 잊은 채 새된 비명을 질렀다. 레카는 어깨를 한 번 으쓱이며 말을 이었다.

"맞아, 큰일이지. 루이 역시 죽는다는 것을 알면서도 어른이 되는 것을 계속 거부하고 있어."

"거부한다고요? 왜요?"

"루이의 어머니는 루이가 갑자기 자라는 것을 보고 괴물이라며 그를 멸시했거든. 거기다 그 모습은 자신의 아버지를 먹고 힘을 키워서 크는 것이니…… 루이는 그게 싫은 거야."

급작스럽게 성장하는 아들을 보고 괴물이라고 하며 칼을 휘두른 어머니와 죽어가는 아들을 살리기 위해 스스로 먹힌 아버지. 어두운 과거사는 지금까지도 루이를 괴롭히며 그가 자라는 것을 막고 있었다.

"그럴 수가……."

그런 줄도 모르고 어른 루이의 모습이 멋지다고 생각한 자신이 바보 같아 서영은 두 손을 꽉 움켜쥐었다.

"반응을 보건대, 레이디 너, 루이의 어른 모습을 본 적이 있구나?"

"어, 그게……."

"솔직하게 말해도 괜찮아. 어른 루이도 귀엽지만 큰 루이도 매력적이지?"

"……네."

어린 루이가 귀여우며 동생 같은 느낌이 든다면, 어른이 된 루이는 관능적이면서도 성숙하고 보기만 해도 마음이 설레었다. 갈팡질팡했던 서영의 마음이 송두리째 흔들린 것도 어른이 된 루이를 본 뒤였다.

"그런데 저한테 그 이야기를 해주시는 이유가 뭔가요?"

레카는 평소에 자신이 루이의 곁에 있는 것을 탐탁지 않게 여기며 인간이라고 무시했었다. 그런데 이런 중요한 이야기를 자신에게 해주는 것이 이해가 되지 않아 물어보자 레카가 살짝 웃었다.

"솔직히 말해서 나는 레이디와 루이가 잘 어울린다고 생각해. 레이디만큼 이해심이 깊은 인간은 솔직히 처음 보거든."

그것도 잠시, 레카는 차갑고 냉혹하게 서영을 바라보며 말을 이었다.

"하지만 말이야, 난 지금 루이가 한 짓도 잘했다고 생각해."

방금까지는 잘 어울린다고 해놓고 손등 뒤집듯 쉽게 말을 바꾸는 레카가 적응이 안 되어 서영이 멍하니 있자 레카가 그녀의 뺨을 부드럽게 매만지며 말을 이었다.

"넌 루이의 주변 일을 모두 감당할 수 있을 만큼 그를 사랑해? 루이의 어머니처럼 미치지 않을 자신이 있어? 그를 아프게 하지 않을 수 있어?"

사랑만으로 그 사람의 모든 것을 다 덮을 수는 없었다. 그 대표적인 예가 루이의 어머니였다. 루이의 어머니는 루이의 아버지를 매우 사랑했지만, 그 아들까지 사랑할 수는 없었던 모양이었다. 자신이 낳은 아들이 괴물이라는 사실에 루이의 어머니는 점점 미쳐갔고, 결국 그녀는 자신의 친아들인 루이를 죽이려고 칼까지 꺼내 들었다.

"뱀파이어 사회는 인간들이 알고 있는 것보다 더 음침하고 살벌해. 그곳에서 인간인 네가 살아남을 가능성은 제로. 제아무리 루이가 지켜준다고 해도 한계가 있지."

"……."

"뱀파이어는 자식 욕심이 없는 종족이야. 굳이 루이가 자식을 가져야 할 이유는 없기 때문에, 그가 인간과 관계를 맺을 필요도 없지."

그러니 레카는 구태여 루이가 서영과 짝을 이뤄서 지금보다 더 상처를 받는 걸 원하지 않았다.

"만약 루이가 모든 것을 감수하고 널 신부로 맞이했다고 치자. 그 뒤는 어쩔 테지? 넌 인간이다. 고작 100년도 살지 못하는 인간. 하지만 루이는 앞으로 400년은 더 살 수 있지."

레카의 말에 서영은 쉽사리 대답하지 못하고 입만 달싹였다. 그런 것까지 생각해본 적이 없었다. 지금 눈앞의 상황에 너무 급급해서, 그가 자신의 마음을 알아주지 못하는 것이 야속하고 미워서 서영은 뒷날까지 생각하고 있지 않았다.

"네가 죽고 난 뒤에 루이가 감당해야 할 아픔은 생각해본 적 있나?"

"……."

"사랑하는 사람의 죽음을 곁에서 지켜봐야 하는 루이의 아픔을 생각해본 적 있냐고."

사랑하는 사람의 죽음. 서영은 고개를 힘없이 떨어뜨렸다. 자신도 사랑하는 사람을 떠나보내는 아픔을 겪은 적이 있었다. 할머니가 죽은 뒤 서영은 몇 날 며칠을 울음으로 밤을 지새웠고 만약 그때 루이가 나타나지 않았더라면, 아직도 할머니를 그리워하며 살았을 것이다.

"루이에게 물은 적이 있어. 인간인 널 왜 곁에 두고 있냐고. 그랬더니 뭐라고 대답했는 줄 알아?"

"뭐라고…… 했는데요?"

"너라면 자신을 이해해줄 수 있을지 모르기 때문에 곁에 두는 거라고 이야기하더군."

레카는 처음에는 루이의 말을 이해하지 못했지만, 서영의 속사정을 알고 이해했다. 루이와 서영에겐 일찍 부모를 여의고, 외롭다는 공통점이 있었다. 그래서 서로의 외로움을 그 누구보다 잘 이해하고 보듬어준 것이다.

"하지만 그건 모두 한때지. 넌 루이보다 무조건 일찍 죽을 테고, 그럼 루이는 또 사랑하는 이를 잃은 아픔을 품에 안고 살아가야 할 거야."

뱀파이어는 원래 홀로 고독하게 사는 존재였다. 본디 외로움이라는 것을 모르기 때문에 곁에서 누군가 죽어도 별 감흥을 느끼지 못했다.

하지만 루이는 아니었다. 그는 특이하게도 외로움에 익숙하지 않은 뱀파이어였다. 누군가에게 정을 쉽게 주지도 않지만, 한 번 정을 주면 쉽사리 떼지도 못했다.

"네가 왜 루이에게 끌렸는지 이해는 가. 외로움. 맞아. 고독함 속에 홀로 남겨진다면, 그 누가 자신에게 손을 뻗든 그 사람에게 매료될 수밖에 없겠지. 루이는 그만큼 매력적인 남자야. 그건 나도 인정해. 하지만 지금 네 마음은 루이가 아프든 말든 그를 옆에 두고 싶다는 이기심이잖아. 지독하게 너만 생각하는 이기심."

레카의 차가운 독설이 심장을 비집고 들어오자, 서영은 아무 말도 할 수가 없었다. 레카는 그런 그녀의 머리에 손을 올리고 토닥이며 말을 이었다.

"넌 인간이고, 루이는 뱀파이어야. 처음부터 이어질 수 없었다고 생각하고 마음을 접어."

서영에게 차갑게 말을 했지만 레카 역시 마음이 편치 않았다. 루이를 향한 서영의 마음이 너무 순수하고 애틋해서 이뤄주고 싶었으니까.

하지만 그건 생각으로 끝내야 할 일이었다. 루이를 위해서라도, 그리고 서영을 위해서라도 그편이 좋다고 생각한 레카는 차갑게 말했다.

"끝내. 여기서 모든 것을 정리하고 루이에게 더 이상 접근하지 마라."

성년식

콰앙—!

백발의 남자가 책장에 강하게 부딪히면서 책장들이 모두 엎어졌다. 그 바람에 책들이 바닥에 볼품없이 나뒹굴었고, 방 안을 밝히던 촛대마저 쓰러지면서 한 줌 남았던 빛조차 사라져버렸다.

"커억."

책장에 부딪혔던 백발의 남자는 잭이었다. 그는 이를 악물고 자리에서 일어나 자신과 대적하고 있는 검은 로브를 쓴 놈을 노려봤다.

"정말로…… 살아 있었다니."

레카에게 살아 있다는 이야기를 듣긴 했지만 반신반의했었다. 한데 그가 직접 눈앞에 나타난 것이다. 잭은 두 눈으로 보고도 믿기지 않아 검은 로브를 쓴 남자를 노려봤다.

"어떻게 살아 있는 거지? 그때 넌 분명……."

"천하의 현자라도 그것까지는 모르는 모양이군요."

남자가 실소하며 손을 휘저었다. 쾅, 순간적으로 몸을 강타하는 어마어마한 통증에 잭의 몸이 활처럼 휘었다. 그대로 바닥에 쓰러진 잭이 주먹을 움켜쥐었다. 그의 눈동자가 부질없이 떨렸다.

"네, 네놈이 어떻게 이런 힘을……."

"당신이 거기까지 알 필요는 없습니다."

남자가 품에서 단검을 꺼냈다. 은색 단검에는 이상한 것이 묻어 있었다.

"이렇게까진 안 하려고 했는데, 저에 대해서 알고 있는 이상 당신을 살려 두면 안 될 것 같네요."

남자가 제게 달려들자 잭은 황급히 보호 결계를 펼쳤다. 하급 뱀파이어인 잭이 자신을 지킬 수 있게 전대 뱀파이어 로드가 준 결계였다. 방금은 너무 갑작스러워서 당한 거였지만 이번에는 절대 당하지 않으리라.

'저 녀석은 절대 이 결계를 뚫을 수⋯⋯.'

푹―.

"⋯⋯어?"

뚫을 수 없어야 정상인데, 이상하게도 남자는 결계를 뚫고 들어왔다. 아니, 남자가 결계를 뚫은 게 아니라 결계가 남자의 침입을 환영하며 길을 열어주었다.

"쿨럭."

때문에 심장에 칼을 맞은 잭은 비틀거리며 뒤로 물러났다. 그러다 발에 책이 걸려 넘어졌다. 일어서고 싶어도 몸이 뻣뻣하게 굳어서 일어설 수가 없었다. 설상가상 혀까지 마비됐다.

뱀파이어에게 은이 치명적이긴 하지만 이렇게까진 아니었다. 심장에 정통으로 맞았다는 걸 감안해도 중독 속도가 너무 빨랐다. 뭔가 이상하다는 걸 느낀 잭은 단검을 타고 흐르는 피가 굳어 결정이 된 걸 보고 눈을 크게 떴다.

"너, 너, 하프랑⋯⋯!"

잭은 결국 하고 싶은 말을 다 하지 못하고 맥없이 쓰러졌다. 갑작스러운 죽음이 몹시 억울하다는 듯 잭은 눈을 부릅뜨고 있었다.

남자는 잭이 완전히 죽은 걸 확인한 후에야 그의 심장에 꽂힌 단도를 뽑아 품에 갈무리했다.

"로드의 결계도 뱀파이어 꽃의 힘으로 만들어진 것이죠."

그리고 잭의 두 눈을 살포시 감겨주며 씁쓸한 목소리로 말했다.

"저도 이렇게까지 하고 싶지는 않았습니다, 잭 경."

죽은 자는 그의 말에 대답할 수가 없었다. 그는 죽은 잭에게 허리를 숙여 인사한 뒤 정말 안타깝다는 어조로 말을 이었다.

"당신이 제 정체를 몰랐다면 좀 더 살 수 있었을 텐데……."

마지막 인사까지 마친 남자는 천천히 뒷걸음질 치며 어둠 속으로 사라졌다.

그날 이후로 집 안의 분위기는 더욱 냉랭해졌다. 루이와의 계약이 끝난 서영은 더 이상 백한의 집에 있을 필요가 없었지만, 백한은 그녀에게 떠나라는 말을 하지 않았다.

루이와 레카는 그날 서영과 이야기를 한 뒤로 곧바로 사라졌고, 이틀째 돌아오지 않았다. 루이가 어디로 간 건지 알고 싶었지만, 백한은 더 이상 서영에게 루이의 위치를 알려주지 않았다. 서영도 그런 백한에게 묻지 않았다. 루이와 계약이 끝난 이상, 자신이 루이의 위치를 물어볼 이유는 없으니까. 그 사실에 소태를 문 것처럼 입 안이 썼다.

"서영 씨, 식사하세요."

식탁에 정갈하게 차려진 반찬들은 먹기 좋은 빛깔을 내고 있었다. 기운이 없는 서영을 걱정해서 고기와 나물 등을 준비한 것 같았지만, 몸과 마음이 너무 무겁고 힘들어서 서영은 음식을 먹을 여력마저 없었다.

"서영 씨, 이것도 먹어보고, 그리고……."

백한은 그런 서영의 밥그릇에 고기반찬을 비롯해 이것저것을 올리며 그녀를 챙겨주었다. 서영은 백한이 올려준 반찬들을 물끄러미 바라보다가 느릿느릿하게 수저를 들었다. 평소 좋아하는 고기와 향기만 맡아도 식욕이 도는 나물인데도 입 안에 들어가니 모래알처럼 서걱서걱 씹혔다.

"욱……!"

"서영 씨! 괜찮아요?"

"괘, 괜찮아요."

사실은 괜찮지 않았다. 지금 당장이라도 화장실로 뛰어가 변기를 잡고 입 안에 넣은 모든 것들을 뱉고 싶었지만 차마 그럴 수가 없었다. 백한이 자신을 위해 애써 만든 음식인데 뱉는 것은 예의가 아니라고 생각한 서영은 꾸역꾸역 씹어 삼켰다. 그런 서영을 물끄러미 바라보던 백한이 갑자기 젓가락을 뺏었다.

"왜 이렇게 미련한 짓을 하는 거예요?"

"네……?"

"서영 씨 언제부터 이렇게 바보였어요? 먹기 싫으면 싫다는 말도 못 할 정도로 바보였냐고요!"

버럭 내지르는 소리에 서영이 눈을 크게 뜨고 백한을 쳐다봤다. 그제야 자신이 너무 과했다는 걸 깨달은 백한은 주춤하며 빼앗은 젓가락을 서영의 앞에 내려놓았다.

"흥분해서 미안해요."

"……아니에요."

백한의 말은 틀린 게 없었으니까. 그래서 괜찮다고 말했는데 그마저도 답답하다는 듯 백한은 그녀를 바라보더니 물었다.

"집으로 돌아갈래요?"

드디어 올 게 온 건가. 서영은 입술을 꾹 깨물었다. 루이와 계약이 끝난 지금, 백한의 집에서 계속 신세를 지는 건 말도 안 되는 일이었다.

하지만 돌아가고 싶지 않아 서영은 말없이 가만히 앉아 있었다. 백한은 그런 서영을 안쓰럽게 쳐다보며 말을 이었다.

"서영 씨를 집으로 돌려보내라는 형님의 명령이 내려왔어요."

"……."

"그래서 묻는 거예요. 집으로 돌아갈래요?"

"……제게 선택권이 있나요?"

"있으니까 물어보는 거죠."

그렇구나. 선택권이 있구나. 그 사실에 마냥 무거웠던 마음이 조금이나마 편안해졌다. 서영은 두 손을 꼭 움켜쥐고 무릎 위에 올려두었다.

"저는, 저는……."

속 시원하게 말하고 싶은 마음은 굴뚝같았지만. 입이 잘 떨어지지 않아 한참을 머뭇거렸다. 그런 서영이 답답할 법도 한데 백한은 인내심 있게 서영의 대답을 기다려주었다.

"가고 싶지…… 않아요."

결국 서영은 속에 담아두었던 진심을 꺼냈다. 무릎 위에 올려둔 그녀의 손등 위로 눈물이 툭툭 떨어졌다.

"집으로, 아무도 없는 집으로 가고 싶지 않아요……!"

고작 두 달이었다. 루이와 만난 지 고작 두 달밖에 되지 않는데 서영은 지금 생활에 완전히 적응해버렸다. 그래서 그 전의 생활을, 온기가 차갑게 식어버린 집에서 혼자 밥 먹고, 혼자 눈을 뜨고, 이야기할 사람도 없이 혼자 우두커니 앉아 있는 생활을 하고 싶지 않았다.

"이기적인 거 알아요! 뱀파이어인 루이나 레카 씨처럼 강한 힘이 있는 것도 아니고, 그렇다고 백한 오빠처럼 자신의 몸을 지킬 힘이 있는 것도 아니죠. 보잘것없는 인간이면서, 다른 이들의 보호가 없으면 나 자신조차 지킬 수 없는 쓸모없는 존재이면서 루이의 곁에 있고 싶다는 거 욕심인 거 알아요!"

악에 받친 듯 서영은 소리를 질렀다. 그녀가 이렇게 큰 소리를 내는 것은 거의 처음 보는지라 백한은 살짝 놀란 눈을 했지만, 이내 검은 눈동자를 차분하게 가라앉히며 서영을 가만히 쳐다봤다.

"하지만 전 많은 걸 바라지 않아요. 그저, 그저 곁에 있고 싶어요. 그게 그렇게 큰 욕심인가요? 단지 곁에 있고 싶다는 게 그렇게 잘못된 건가요?"

루이와 잘되는 것까지는 바라지 않았다. 이 짧은 인생, 뱀파이어인 루이에 비하면 너무나도 짧은 이 인생을 그의 곁을 지키면서 살고 싶었다.

"다칠지 몰라요."

묵묵히 서영의 이야기를 듣던 백한이 말했다.

"형님이나 레카 님이 이미 한 번 경고하셨겠지만, 서영 씨가 계속 형님의 곁에 있다면, 원하든 원치 않든 계속해서 다른 뱀파이어들과 부딪쳐야 할 거예요. 형님은 강하고 서열이 높은 뱀파이어니까요."

"……."

"그분을 추앙하는 세력도 많고, 질투하는 세력도 많죠. 그만큼 위험하고 아슬아슬한 줄 타기가 계속되는 생활을 해야 할 겁니다. 쥐도 새도 모르게 죽을지도 모르죠."

다정한 목소리였지만 내용은 살벌하기 그지없었다. 백한은 서영의 얼굴이 서서히 굳는 것을 보고 슬쩍 한숨을 쉬었다. 이 정도 말했으면 알아들었을 것이다. 인간이라는 종족은 자신의 목숨을 최우선으로 여기니까.

제아무리 서영이 루이를 좋아한다고 해도 자신의 목숨을 거는 미친 짓은 하지 않을 거라고 생각한 백한은 자리에서 일어나 서영의 어깨를 토닥이며 재차 입을 열었다.

"알아들었으면 일어나요. 짐 정리해야 하니까."

백한이 방에 있는 그녀의 짐을 가지러 가기 위해 자리에서 일어섰을 때였다.

"그런 게 무서웠다면…… 시작하지도 않았어요."

서영이 단호한 목소리로 말했다. 백한을 바라보는 눈동자는 조금도 흔들리지 않았다.

"저는 오히려 루이의 곁에 있는 것이 더 행복해요. 죽는 것이 전혀 두렵지 않을 정도로."

"지금 뭐라고……."

죽는 것이 무섭지 않다니, 백한은 서영이 루이의 곁을 떠나고 싶지 않아서 거짓말하는 거라고 생각했다.

"정말로 죽는 게 두렵지 않아요?"

백한이 되묻자, 서영은 살짝 미소를 머금은 얼굴로 말을 이었다.

"네. 그리고 전 지금이 너무 행복해요. 루이의 곁에 있는 것이, 백한 오빠랑 레카 씨와 함께 있는 이 시간이…… 모든 것을 극복할 수 있을 정도로 행복하고 좋아요."

"진심이에요?"

"제가 거짓말하는 것 같나요?"

전혀 믿지 못하겠다는 표정을 하는 백한에게 서영은 싱긋 웃으며 고개를 끄덕였다.

조금의 거짓도 없어 보이는 밝은 얼굴.

백한은 헛웃음을 지으며 허공을 바라봤다.

"어쩌죠, 형님? 서영 씨가 싫다는데."

형님이라니. 그 말은 루이가 여기 있다는 거잖아!

서영은 루이가 자신이 한 말을 전부 들었을지도 모른다는 생각에 얼굴을 붉혔다. 너무 부끄러웠다. 쥐구멍이 있다면 숨고 싶은 생각이 들 정도였다.

그런데 루이는 어디 있는 거지. 서영은 볼을 감싸며 슬쩍 주변을 둘러봤다. 하지만 그 어디에도 루이는 보이지 않았다.

'그럼 백한이 혼잣말한 건가?'

의아해하면서도 안도의 한숨을 내쉬는데, 그녀의 뒤에서 루이가 불쑥 튀어나왔다.

"루, 루이!"

정말로 루이가 있다는 사실에 당황한 서영은 자리에서 벌떡 일어섰다. 그 반동으로 의자가 쿵, 넘어졌다. 하지만 그 누구도 넘어진 의자에 시선을 주지 않았다.

"정말로 내 곁에 있고 싶은 건가?"

루이는 서영이 왜 그렇게 제 곁에 있고 싶어 하는지 이해할 수가 없었다. 더 이해가 안 되는 건 그런 서영의 이야기를 듣고 있으니 차갑게 얼어붙었던 마음이 눈처럼 녹아내린다는 것이었다. 거칠게 뛰는 심장 소리가 낯설었다. 루이는 주먹을 꽉 움켜쥐고 서영에게 말했다.

"계속 내 곁에 머물면 위험할 수 있다. 아니, 위험해질 수밖에 없어. 발을 빼려면 지금밖에 없어."

솔직히 보내고 싶지 않았다. 하지만 그녀가 다치는 것보다, 자신에 대한 모든 것을 다 알고 도망치는 것보다 스스로 가게 하는 편이 낫다고 생각한 루이는 최대한 감정을 억제하며 차갑게 말을 뱉었다.

루이를 멍하니 바라보던 서영은 이내 흐리게 웃으며 루이의 손을 꼭 잡았다.

"정말로 내가 갔으면 좋겠어?"

"그래."

"거짓말. 그렇게 상처받은 눈을 하면서, 나보고 가라고?"

루이의 어머니는 루이를 낳고 그에게 괴물이라고 손가락질을 했다고 한다. 이해가 되지 않았다.

'이렇게 예쁜 아이인데, 이렇게 착한 아이인데 어떻게 이런 아이에게 괴물이라고 손가락질을 하며 그의 심장에 칼을 꽂을 수 있었을까.'

"곁에 있어줄게. 무슨 일이 있어도."

설령 루이가 괴물이 된다고 해도 그의 곁을 지킬 것이다. 그리 다짐하며 서영은 마주 잡은 손에 힘을 꽉 주었다. 그런 서영을 바라보는 루이의 붉은 눈동자가 흔들렸다.

"거짓말."

인간은 거짓말쟁이었다. 그들은 처음에는 그를 향해 달콤한 미소를 지으며 곁에 있어주겠다는 다정한 말을 속삭이지만, 그의 본모습을 조금이라도 알고 나면 모두 질색을 하며 도망갔다. 그 모든 것이 그가 뱀파이어이고, 그들이 인간이기 때문에 일어나는 일이었다.

"거짓말이야."

서영 역시 인간이기 때문에 루이는 그녀의 말을 믿지 못했다. 오랜 시간 인간들을 향해 쌓아온 불신이라는 밧줄이 루이의 마음을 꽁꽁 묶고 있었기 때문에 루이는 서영의 손을 뿌리치고 뒷걸음질 쳤다.

"루……."

"루이!"

서영이 그런 루이를 붙잡기 전에 누군가 그의 팔을 낚아챘다.

레카였다.

그의 얼굴엔 충격과 혼란이 서려 있었다. 슬픔이 엿보였다.

"중요한 이야기를 나누는데 갑자기 등장해서 미안하지만, 그보다 더 중요한 일이 생겼다."

"무슨 일이지?"

레카의 표정이 드물게 어둡다는 걸 알아챈 루이가 물었다. 레카는 긴 한숨과 함께 엄청난 소식을 전했다.

"잭 경이…… 죽었다."

◈

뱀파이어는 수명을 다해 소멸이라는 죽음을 맞게 되면 그 시체가 남지 않고 모래가 되어 흩어졌다. 한데 잭은 시체가 남았고, 그렇다면 그가 수명을 다해 죽은 것이 아닌 누군가에게 살해당했다는 의미였다.

"잭 경!"

그 사실에 대부분의 뱀파이어들이 충격을 받았지만 가장 큰 충격을 받은 것은 역시 루이였다.

레카에게 잭이 죽었다는 소식을 듣자마자 루이는 허겁지겁 요새로 돌아왔다. 잭의 장례식은 이미 진행 중이었다. 평소 잭과 친했던 자들이 곁을 지켰다. 제복으로 갈아입은 루이는 가장 앞에서 잭의 장례식을 지켜봤다.

'도대체 누가 죽인 거지?'

레카는 루이의 뒤에 서서 잭의 장례식을 지켜보며 생각했다. 잭에게는 전 뱀파이어 로드의 보호 결계가 있었다. 그건 현존하는 뱀파이어 중 가장 강한 루이조차 깨지 못하는 아주 강력한 결계였다.

'그런데 누가 그 결계를 깨고 잭을 죽인 걸까.'

아무리 생각해봐도 떠오르는 자가 없었다.

콰아앙—!

"크어억."

"말해. 누구야."

루이가 음산한 기운을 풀풀 풍기며 잭의 시종의 멱살을 잡았다. 시종은 눈물콧물 다 흘리며 아무것도 모른다고, 제발 살려달라고 애원했다.

"그딴 거 말고 누가 잭 경을 죽였는지 말해!"

"그만해라, 루이. 잭 경이 가는 길에 피를 뿌릴 셈이냐?"

이러다 애먼 시종만 잡을 것 같아 레카는 루이를 말렸다. 루이는 잭을 쳐다봤다. 싸늘하게 식은 잭의 시신을 바라보는 루이의 눈동자가 크게 흔들렸다. 시종의 멱살을 잡은 루이의 손에 힘이 빠졌다. 시종은 그 틈을 놓치지 않고 냅다 도망쳤다.

루이는 그대로 바닥에 주저앉았다. 허무함과 공허함이 몸을 휘감았다. 장례식 내내 눈물을 보이지 않던 루이는 끝내 눈물을 흘렸다.

루이에게 있어서 잭은 단순한 뱀파이어가 아니었다. 죽은 아버지 대신이었다. 그런 그가 죽었다니. 그것도 자연사가 아닌 살해라니.

도저히 믿기 힘든 사실에 루이는 피가 날 정도로 주먹을 꽉 움켜쥐었다. 마음속 깊숙한 곳에서부터 슬픔과 분노가 끓어올랐다.

"왜 다들 나를 버리고 가버리는 건데……."

처음에는 루이를 살리기 위해 아버지가 목숨을 버렸다. 너무 어리기도 했고, 사경을 헤매고 있을 때라 뚜렷하게 기억나지는 않지만, 아버지가 자신을 살리기 위해 팔을 난도질한 모습은 이상하게도 확실하게 기억났다.

두 번째는 하나밖에 없는 친구가 자신이 꽃에 대해 알려주는 바람에 아셀의 손에 죽임을 당하고 말았다.

그리고 세 번째는…….

"잭 경. 잭, 잭……."

루이는 그를 수없이 불렀지만, 이미 세상을 등진 이름의 주인은 대답이 없었다.

"잭 경도…… 저랑 연관돼서 이렇게 되신 겁니까?"

만약 그런 거라면 어떻게 해야 할지 모르겠다. 자신과 연관된 자들이 하나둘씩 죽는다는 사실에 루이는 울분을 토하듯 고함을 지르며 가슴을 쥐어뜯었다.

"아아악!"

"그만해, 루이!"

"루베르이 님!"

그런 루이의 행동에 레카를 비롯한 다른 뱀파이어들이 깜짝 놀라며 말렸지만, 루이는 듣지 않았다.

속이 무척 아팠다. 너무 화가 난 탓인지 온몸에 열이 오르는 것 같았다. 루이는 그를 말리는 뱀파이어들의 손을 뿌리치고 바닥에 엎드려서 오열했다. 레카는 깊은 한숨을 내쉬며 떨리는 루이의 등을 토닥여주었다.

루이는 어릴 적부터 상처가 많은 아이였다. 그래서 이렇게 아파하는 일이 두 번 다시 없기를 바랐는데 또 이런 일이 일어나다니. 레카는 루이에게 어떤 위로의 말을 건네야 할지 몰라 입을 꾹 다물었다.

루이의 슬픔은 충분히 이해하지만 서열 1위라는 자가 이렇게 넋을 놓고 통탄만 한다면 다른 뱀파이어들의 놀림감밖에 되지 않을 것이었다. 슬슬 말리는 게 좋을 것 같아 레카는 루이의 어깨를 크게 흔들었다.

"일어나라."

레카의 말에도 루이의 초점 없는 눈동자는 돌아오지 않았다. 아예 넋을 놓은 듯한 그의 표정에 레카는 혀를 작게 차며 말했다.

"잭 경을 죽인 범인이 누군지 네가 찾아야지. 잭 경에게는 다른 자식도 없고. 네가 유일한 자식이잖아."

그 말에 비로소 루이의 눈동자에 초점이 돌아왔다. 돌아오다 못해 분노로 이글거리는 눈동자가 허공을 응시했다.

"……아셀일까?"

아셀은 뱀파이어 꽃에 대한 비밀을 지키기 위해 동족을 대량 학살한 잔인한 놈이었다. 게다가 아셀은 잭을 무척 못마땅하게 여기고 있었다. 그러니 아쉘이 잭을 죽일 이유는 충분했다.

"그건 아닐걸. 아쉘이 강하긴 하지만 잭 경에게는 로드의 보호 결계가 있으니까."

그건 루이도 깨지 못하는 절대 결계였다. 그런데 어떻게 아쉘 따위가 로드의 보호막을 깨고 그에게 공격을 가한단 말인가? 가당치도 않은 소리였다.

"그럼 누가……!"

루이의 목소리에 물기가 가득했다. 그의 보드라운 뺨을 타고 흐르는 눈물은 마르지 않았다. 손톱이 살갗을 파고들어 핏물이 흘렀고, 온몸에서 살기가 흘러나왔다. 상급 뱀파이어가 내뿜는 살기에 힘이 약한 하급 뱀파이어나 시종들은 루이의 근처로 다가올 생각도 하지 못하고 있었다.

쿠웅―.

결국 루이가 내뿜는 살기 때문에 방이 조금씩 무너졌다. 천장에서 돌조각들이 떨어져 시종들이 깔려 죽는 일도 발생했다. 아수라장이 된 방은 시종들의 비명으로 가득 찼지만, 루이는 꿈적도 하지 않았다. 그는 그저 믿기 힘들다는 눈으로 잭의 시신을 바라보고 있을 뿐이었다.

레카 역시 로드의 결계를 깨고 잭을 죽일 수 있을 정도의 실력자가 있다는 사실이 믿기지 않아 짙은 한숨을 쉬었다. 지금 아쉘 일행만으로도 벅찬데, 의문의 존재까지 등장하는 바람에 머릿속이 엉망이 되었다.

'도대체 누가 잭을 죽인 걸까.'

곰곰이 생각하며 잭의 시신을 살펴보던 레카의 시선이 그의 심장 부근에 난 상처에서 멈췄다.

"……."

상처만 봤을 땐 날카로운 물건에 찔린 듯했다. 난도질당한 게 아니라 깔끔한 걸로 보아 한 번 찔린 것 같은데…….

"……어째서 치료가 되지 않은 거지?"

잭이 힘이 약하다고 해도 뱀파이어였다. 뱀파이어의 재생 능력으로 저 정도의 상처를 치료 못 한다는 것은 말이 안 됐다. 단순히 은에 중독돼서 그렇다고 생각하기에도 이상해서 레카는 잭의 시신을 좀 더 면밀하게 살펴봤다.

"뭘 하는 거지?"

루이가 그 곁으로 다가와 물었다. 레카는 대답 대신 흰색 장갑을 끼고 조심스럽게 잭의 상처를 쓰다듬었다. 처음에는 레카가 뭘 하려는 건지 몰라 지켜보던 루이는 그가 잭의 상처를 헤집자 거세게 밀어냈다. 엄청난 힘에 밀려난 레카는 벽에 부딪혔다. 뿌연 먼지와 함께 벽이 우르르 무너져 내렸다.

"윽! 뭐 하는 거야, 루이."

"너야말로 뭐 하는 거지? 왜 잭 경의 시신을 모독하는 거냐."

루이가 낮게 으르렁거리며 물었다. 그 모습이 마치 어미를 지키는 새끼 사자처럼 귀여워서 픽 웃음을 흘리던 레카는 장갑에 빨간 고체 덩어리가 묻어 있는 걸 보고 웃음을 삼켰다. 이 빨간 고체 덩어리는 잭의 상처를 헤집고 가져온 것이었다.

"이게 뭔지 알아?"

레카는 루이에게 빨간 고체 덩어리를 보여주었다. 루이가 잇샌 소리로 대답했다.

"내가 알게 뭐야."

"이거 잭의 몸에서 나온 거야."

"뭐?"

그 말에 루이는 잭의 심장 부근에 있는 상처를 쳐다봤다. 아무리 죽었다곤 하지만 상처를 헤집었음에도 피가 한 방울도 나오지 않았다. 그 주변에 빨간 고체 덩어리가 묻어 있을 뿐이었다.

"이거, 본 적 있어. 백한의 손에 결박된 주술에, 잭의 피를 뿌렸을 때……
이렇게 변했었다."

"하프들의 피로 만든 주술 말이지?"

루이가 고개를 끄덕이자 레카가 미간을 찌푸렸다.

"그럼 하프가 잭 경을 죽였다는 건가?"

"가능성은 있지."

로드의 결계는 단순히 뱀파이어의 힘을 막아줄 뿐 하프들의 힘을 막아주
는 능력은 없었다.

"하급 뱀파이어라도 뱀파이어인데 하프에게 어떻게…… 아니, 그것보다
하프들이 요새에 어떻게 들어와?"

뱀파이어 요새에 오려면 무조건 뱀파이어와 동행해야 했다. 그렇지 않으
면 다른 종족이라도, 제아무리 뱀파이어의 후손인 하프라도 들어올 수 없
었다.

이에 의문을 품던 레카는 곧 누군가를 떠올리고 작게 탄성을 뱉었다. 루
이가 레카가 생각한 인물을 말했다.

"아쉘이…… 데리고 왔겠지."

루이의 분노가 극에 달하면서 살기가 무섭게 사방으로 뻗어나갔다. 살기
와 함께 뻗어나간 검은 안개에 닿은 물건은 무엇이든 간에 사정없이 부서
졌다.

"루이, 진정해!"

레카가 다급하게 불렀지만, 듣지 못한 건지 루이는 대답하지 않았다. 그
의 붉은 눈동자에는 초점이 없었고, 그의 몸에서 뿜어져 나온 안개가 지나
가는 곳은 검게 그을리면서 푸른 불꽃이 타올랐다.

단순히 그것뿐이라면 화가 나서 그런 거라고 여기며 진정될 때까지 기다

렸을 텐데, 문제는 저 힘이 아무리 봐도 루이의 힘으로 보이지 않는다는 점이었다.

"설마……."

루이보다 오래 살아온 레카는 루이의 아버지가 힘을 쓰는 것을 딱 한 번본 적이 있었다. 아주 어렸을 때의 일이라 희미하기는 했지만, 지금 루이를 감싸고 있는 검은 안개는 그때 봤던 루이의 아버지의 기운과 상당히 비슷했다.

"폭주인가."

루이가 이성을 잃음으로써 그의 깊숙한 곳에 잠자고 있던 루이의 아버지의 힘이 폭주한 모양이었다. 이대로 가다간 루이가 그 힘에 잡아먹힐 것 같아 레카는 재빠르게 루이의 뒤로 다가가 그의 뒷목을 세게 내리쳤다.

"……!"

평소의 그라면 레카에게 이렇게 쉽게 등을 내주지 않았겠지만, 폭주한 힘으로 인해 몸 상태가 좋지 않았는지 그는 생각보다 쉽게 레카에게 당했다. 루이가 정신을 잃고 쓰러지자, 그를 감싸고 있던 검은 안개가 사라졌다.

여기 더 있는 건 위험해. 그리 판단한 레카는 루이를 어깨에 둘러멘 후서둘러 인간 세상으로 가는 포탈을 열었다.

사방에 보이는 건 짙은 어둠뿐이었다. 너무 캄캄해서 뱀파이어의 눈으로도 볼 수 있는 게 없었다. 보이는 건 아무것도 없었지만, 이곳에 있는 자가저 혼자라는 건 확실하게 알 수 있었다.

『이 괴물 녀석! 네놈은 결국 모두를 잡아먹고 말 거야!』

이렇게 짙은 어둠이 찾아올 때면 어김없이 금발의 여성도 찾아왔다. 여자를 보자마자 루이의 얼굴이 희게 질렸다. 루이는 조금씩 뒷걸음질을 치며 어머니에게서 멀어졌다.

『네놈이 나를 죽였어! 그리고 그이도 죽여버렸어!』

여자가 뱉은 말이 비수가 되어 심장에 날카롭게 꽂혔다.

『친구도 죽이고 이제는 네놈을 키워준 분까지 죽이다니!』

듣고 싶지 않았다. 루이는 귀를 틀어막고 고개를 저으며 여자의 말을 부정했다.

『봐라! 이것이 괴물이 된 네 모습이다!』

'아니야, 아니야, 아니야!'

루이는 어둠 속에서 어른이 된 자신이 등장하자 질색을 하며 소리를 질렀다.

괴물. 저 모습은 괴물이었다. 자신의 아버지를 잡아먹고 만들어진 괴물!

'으아악!'

루이는 비명을 지르며 어른이 된 자신을 마구 공격했다. 다행히도 환상이었는지 금방 산산조각이 나서 어둠 속으로 사라졌다. 그런데도 좀처럼 진정이 되지 않아 루이는 바닥에 주저앉은 채 숨을 헐떡였다. 그의 몸에서 끊임없이 살기가 뿜어져 나왔다.

『네 본모습을 알면 모두가 다 도망가겠지.』

금발의 여성은 좌절하는 루이를 보며 희열에 찬 목소리로 말을 이었다.

『특히 그 서영이라는 인간은 네 본모습을 알고 있다지? 그 여자애가 울며불며 도망칠 날도 멀지 않았구나!』

금발의 여성은 풍성한 치맛자락을 들고 춤을 추듯 우아하게 빙그르르 돌았다. 그녀는 지금 상황이 몹시 기쁜 듯했다.

『그냥 죽는 것이 어때? 그것이 모두를 위해서, 그리고 너를 위해서 좋을 것 같은데?』

어느새 은색 단도를 손에 쥔 여자가 천천히 루이 쪽으로 다가왔다.

『너 따위는 낳지 말았어야 했어. 이 괴물 자식. 죽어! 죽으란 말이야!』

여자가 매섭게 단도를 휘둘렀지만, 루이는 도망칠 생각도 막을 생각도 하지 않고 우두커니 앉아 있었다.

『더 이상 내 아들을 괴롭히지 마라!』

그때, 어디선가 어둠을 밝히는 환한 빛이 등장했다. 환한 빛은 곧 누군가의 실루엣이 되어 루이의 앞을 가로막았다. 눈이 멀어버릴 것 같은 환한 빛에 여자는 들고 있던 칼을 떨어뜨리고 주춤 뒤로 물러났다. 맥없이 고개를 숙이고 있던 루이는 실루엣의 얼굴을 확인하고 눈을 크게 떴다.

'잭 경?'

루이는 자신이 환상을 보는 거라고 생각했다. 그도 그럴 것이 뱀파이어는 이렇게 따뜻한 온기를 내뿜을 수 없을뿐더러 죽은 잭이 제 눈앞에 나타나는 게 말이 되지 않았기 때문이었다.

아니, 저 여자도 나타났는데 잭이라고 나타나지 못할 이유는 없지. 루이는 매서운 눈으로 자신들을 노려보고 있는 금발의 여자를 쳐다봤다. 그건 잭 역시 마찬가지였다.

『저 괴물 녀석이 네 아들이라고?』

『이놈을 네년이 낳았을지는 모르지만, 지금은 내 아들이다. 네년이 내 아들에게 해를 끼치는 것을 내가 가만히 보고 있을 것 같으냐!』

잭 경이 나를 아들이라고 불렀어. 그 사실에 감동한 루이는 눈물을 펑펑 흘렸다. 그걸 본 잭이 혀를 내찼다.

『다 큰 놈이 눈물을 흘리기는.』

'잭 경, 정말로 저를 아들이라고 생각하는 겁니까?'

『그럼 네 녀석은 여태까지 나를 아버지로 생각하지 않은 것이냐? 배은망덕한 놈이로세.』

퉁명스러운 핀잔과 달리 루이를 바라보는 시선은 한없이 부드럽고 따뜻했다.

루이는 고개를 세차게 저으면서 그의 말을 부정하고, 따스한 빛을 내뿜고 있는 잭의 소맷자락을 움켜쥐었다.

『잭 경…… 잭, 아버지, 아, 아버지……. 흑…….』

아버지. 평생 말할 일이 없을 거라고 생각한 단어였다. 꼴사납게 루이의 눈에서 눈물이 펑펑 흘러내리자, 잭은 혀를 '쯧' 차며 루이의 눈가에 흐르는 눈물을 부드럽게 닦아주었다.

『저년은 내가 막을 터이니, 넌 어서 네가 할 일을 하러 가거라.』

『누가 보내줄 것 같으냐!』

여자가 볼썽사납게 얼굴을 일그러뜨리며 잭과 루이에게 달려들었다. 잭은 그런 여자를 막으면서 주저앉아 있는 루이에게 소리쳤다.

『가라!』

'제가 어찌……!'

차마 잭을 혼자 두고 갈 수 없었던 루이는 고개를 저으며 잭의 소맷자락을 잡은 손에 더욱 힘을 주었다. 그러자 잭은 희미하게 웃으며 루이를 밀쳐냈다.

『사랑한다, 내 하나뿐인 아들아.』

"잭 경!"

루이는 잭의 이름을 힘차게 부르며 자리에서 벌떡 일어났다. 조금 전만해도 눈앞에 잭과 금발의 여자가 있었는데, 지금은 서영이 있었다. 루이는 다른 의미로 놀라며 서영을 바라봤다.

"네가 왜 요새에……."

뒤늦게 루이는 이곳이 요새가 아닌 백한의 집이라는 걸 깨닫고 입을 다물었다. 그게 아니더라도 순간 심장이 타들어가는 듯한 고통이 느껴져 가슴을 움켜쥐며 상체를 앞으로 숙였다.

"루이!"

서영이 당황하며 루이를 부축했다.

"괜찮아, 루이?"

당연히 괜찮다고, 걱정하지 말라고 말하고 싶은데 심장이 너무 아파서 말이 나오지 않았다. 지금 그가 할 수 있는 건 거친 숨을 몰아 내쉬는 것뿐이었다.

이상하리만큼 몸이, 아니 정확히는 속이 뜨거웠다. 주체할 수 없을 만큼의 뜨거운 열기가 몸 안을 휘젓고 다니면서 금방이라도 저를 태울 것만 같아 루이는 가쁜 숨을 내쉬었다. 답답했다. 차가운 물에 들어가고 싶은 마음에 일어서려는데, 서영이 만류했다.

"안 돼! 지금 너 아프단 말야!"

서영은 루이를 억지로 침대에 다시 눕히고 이불을 꼭 덮어주었다. 그러면서 이불 밖으로 살짝 나온 루이의 손을 살포시 잡았다.

"아무것도 하지 말고 제발 푹 쉬어, 루이."

온몸이 뜨거운데, 너무 뜨거워서 차가운 게 절실한데 이상하게도 서영의 손은 싫지 않았다. 루이는 서영의 손을 뿌리치는 대신 눈을 감고 지금까지 일어난 상황들을 머릿속으로 정리했다.

마지막으로 기억나는 건 레카와 잭을 죽인 범인이 아쉘인 것 같다고 이야기를 나눈 것이었다. 그 뒤는 안개가 낀 것처럼 뿌옇게 흐렸다. 아무것도 떠오르지 않았다.

"내가 왜……."

"네 아버지의 힘에 의식이 잡아먹혔었다."

조용히 벽에 기대서서 상황을 지켜보던 레카가 대답했다. 그제야 레카를 발견한 루이가 그를 쳐다봤다.

"……아버지의 힘?"

"그래. 네 아버지의 기운이 너를 잡아먹으려고 기어 나온 거야. 다행히 완전히 잡아먹히기 전에 내가 막았지만."

그런 일이 있었나. 그제야 상황이 이해가 된 루이는 무거운 눈꺼풀을 깜빡이며 레카에게 감사의 인사를 보냈다. 그가 아니었다면 자신은 아버지의 힘에 잡아먹혀서 괴물이 되었을 것이다.

"……혼자 있고 싶다."

그 사실이 충격적이기도 했지만 잭의 죽음 등 혼자서 생각을 정리할 시간이 필요했다.

루이의 말에 모두 자리를 비키기 위해 움직였지만, 서영은 계속 자리에 앉아 있었다. 백한이 그런 서영에게 말했다.

"서영 씨, 나가요."

"루이가 잠들 때까지만 곁에 있고 싶어요."

"하지만……."

"루이, 그래도 되지?"

서영의 질문에 루이는 미간을 찌푸릴 뿐, 안 된다고 말하지 않았다. 마주 잡은 서영의 손을 뿌리치지도 않았다. 암묵적으로 허락한 것이다. 그 사실을 눈치챈 백한은 희미하게 웃으며 서영의 어깨를 두드렸다.

"그럼 형님을 잘 부탁드릴게요."

모두가 나가고, 방에는 정적이 감돌았다. 루이에게 묻고 싶은 건 많았지만 지금은 편히 쉬어야 할 시간이었기 때문에 서영은 아무것도 묻지 않고 묵묵히 그의 곁을 지켰다.

루이의 심장을 중심으로 뿜어져 나온 열기는 시간이 지나도 좀처럼 사그라지지 않았다. 오히려 점점 커지면서 영역을 확장했다.

처음에는 심장 부위에서 맴돌던 열기가 혈관을 타고 빠르게 퍼지면서 온몸을 장악했다. 루이는 가슴을 움켜쥐고 뜨거운 숨을 뱉었다.

"큭……."

루이의 손을 잡은 채 꾸벅꾸벅 졸고 있던 서영은 루이의 신음을 듣고 눈을 떴다. 곧 루이가 가슴을 움켜쥔 채 식은땀을 흘리고 있는 모습을 발견하고 화들짝 놀라며 자리에서 일어섰다.

"루이! 루이! 대답해봐!"

아무리 불러도 루이는 대답하지 않았다. 애초에 말이 들리지 않는 사람처럼 그는 계속해서 고통에 찬 신음만 뱉을 뿐이었다.

"루이, 루이!"

밖에서 서영의 비명을 들은 백한과 아칸이 서둘러 방 안으로 들어왔다.

"정신 차리세요, 형님!"

"주인님!"

순식간에 방 안이 소란스러워졌다. 이런 소란스러운 상황에서도 루이는 눈을 감은 채 몸을 벌벌 떨고 있었다. 단 한 번도 본 적이 없는 루이의 모습에 모두 어떻게 해야 할지 몰라 발만 동동 구르며 애달파하고 있는데 갑자기 문 쪽에서 차가운 목소리가 들려왔다.

레카였다.

"놔둬."

"이렇게 괴로워하는데 놔두라니. 그게 루이를 아낀다는 사람이 할 말인가요!"

흥분한 서영이 자리에서 벌떡 일어나 소리쳤다. 이에 레카의 표정이 살짝 일그러졌다. 인간 따위가 감히 제게 소리를 지르냐는 표정이었다.

평소의 서영이라면 겁에 질려 입을 다물었겠지만, 지금은 아니었다. 너무 흥분해서 눈에 보이는 것이 없었기에 서영은 겁도 없이 레카를 향해 삿대질을 하며 고래고래 소리를 질렀다.

"말해봐요! 당신이 그러고도 루이를 아낀다고 말할 수 있어요?!"

"서영 씨."

"서영 님."

점점 도를 지나치는 서영의 행동에 백한과 아칸이 서둘러 그녀를 말렸다.

"놔!"

그러나 서영은 좀처럼 진정하지 않았다. 계속되는 서영의 발악에 레카는 혀를 내차며 고개를 절레절레 흔들었다.

"무지한 인간은 이래서 안 된다는 거다."

"뭐라고요?"

"이건 뱀파이어라면 누구나 겪는 일이다. 그런데 그렇게 흥분하다니."

"……누구나 겪는 일?"

그 말에 가출했던 이성이 돌아온 서영은 한층 진정된 목소리로 말했다. 레카의 말을 듣고 뭔가 떠오른 게 있는지 아칸이 작게 탄성을 뱉었다.

"설마 성년식입니까?"

"맞아."

"하지만 주인님은 이제 537년을 사셨습니다! 600살도 되지 않았는데……."

"오, 너, 루이의 나이를 너무 정확하게 알고 있다. 설마 루이를 사랑한다거나……."

"장난치지 마십시오."

심각한 상황인데 장난질을 하는 레카가 마음에 들지 않아 아칸이 단호하게 말했다.

"재미없는 녀석."

레카는 혀를 내차며 말을 덧붙였다.

"아칸 네놈은 이미 알고 있잖아. 원래 그는 오래전에 성년식을 치러야만 했다는 거. 이때까지 루이가 억누르고 있어서 진행이 안 된 거였지만, 이번엔 확실하게 유년기의 모습을 벗을 거야."

'그러니까 루이가 이렇게 아픈 게 성년식 때문이라는 거지.'

그제야 안심이 된 서영은 레카를 향해 허리 숙여 사과했다. 아무리 몰랐다고는 하나, 앞뒤 분간 없이 레카에게 삿대질을 한 건 잘못했으니 진심으로 사과했다.

"죄송합니다."

"알면 됐어."

그렇게 화가 난 건 아닌지 레카는 비교적 간단하게 넘어갔다. 레카는 벽에 포탈을 만든 뒤, 백한에게 말했다.

"이봐, 하프. 루이를 잘 돌보고 있어. 난 요새에 가서 약을 가져올 테니까."

"성년식 때도 약을 먹는 건가요?"

"보통은 안 먹는데, 루이는 특별해서 말이지."

뱀파이어의 성년식은 가진 힘을 모두 깨우치는 과정이었다. 원래 자신의 힘이었기 때문에 그렇게 힘들어하지는 않지만, 루이의 경우에는 자신의 힘뿐만 아니라 그의 아버지 힘까지 깨우쳐야 하기에 저렇게 고통스러워하는 것이었다.

그 고통을 전부 잠재울 수는 없지만, 약으로 어느 정도 진정은 시킬 수 있었기 때문에 레카는 서둘러 요새로 향했다.

레카가 떠나고 백한은 그가 당부한 대로 루이를 보살폈다. 서영도 함께였다.

"서영 씨, 가서 좀 쉬세요."

"하지만……."

"저랑 아칸이 곁에 있을 겁니다. 쉬다가 오세요. 그러다가 서영 씨가 먼저 쓰러지겠어요."

서영은 괜찮다고 했지만, 말과 달리 그녀의 안색은 너무 파리했다. 당장 쓰러진다고 해도 이상할 것이 없어 보였다.

"자, 자, 쉬러 갑시다."

이에 백한은 서영의 팔을 잡아끌었다. 백한이 스스로 일어나지 않으면 강제로라도 일으키겠다는 의지를 보인 탓에 서영은 어쩔 수 없이 일어섰다.

"가지 마……."

그때, 루이가 희미한 목소리로 말했다.

"가지 마. 나를 혼자 두고 가지 마……."

루이는 의식이 없는 와중에도 서영이 제 곁을 떠난다는 사실을 자각하고 서영을 붙잡은 것이다.

꽉 마주 잡은 손에 절대 놓지 않겠다는 의지가 보였다.

"이런, 이런."

백한은 그런 루이를 보며 고개를 절레절레 저었다. 서영은 다시 의자에 엉덩이를 붙이며 루이의 손을 꼭 잡았다.

"응. 안 갈게."

그리고 다른 손으로 헝클어진 루이의 머리를 쓰다듬었다. 그 모습이 온화하고 평화로웠다. 백한과 아칸은 이 평화를 깨고 싶지 않아 조용히 방을 빠져나왔다.

"루이, 이렇게 누워 있지 마."

그가 아픈 모습을 보니 가슴이 너무 아팠다. 서영은 식은땀으로 젖은 루이의 이마를 수건으로 닦아주며 혼잣말하듯 중얼거렸다.

"빨리 일어나야 해. 루이……."

"잭이 살해당했다고 하더군."

"대체 누가 로드의 보호막을 깬 거지?"

"설마 로드께서 살아 계시는 건……."

"분명 로드는 그때 가루가 되어 사라지셨네. 살아 계실 리가 없지!"

회의실로 보이는 작은 방 안.

타원 모양의 긴 탁자에는 여러 명의 뱀파이어들이 앉아 있었다.

탁자 위에 있는 촛불이 이 방의 유일한 불빛이었다. 그 불빛조차 흐릿해서 뱀파이어들의 얼굴이 뚜렷하게 보이지는 않았지만, 가장 상석에 앉아 있는 금발을 가진 뱀파이어의 구겨진 얼굴은 너무나도 뚜렷하게 보였다.

탁— 탁—.

일정하게 울려 퍼지는 소리에 순식간에 방 안에는 정적이 찾아왔다. 금발의 뱀파이어의 심기가 안 좋다는 것을 알아챈 뱀파이어들은 입을 다물었다.

그러거나 말거나 금발의 뱀파이어는 눈을 내리깐 채 손끝으로 탁자를 두드리고 있었다. 그의 손끝이 탁자에 닿을 때마다 뱀파이어들은 몸을 움찔거렸고, 하나같이 금발을 가진 뱀파이어의 눈치를 살피고 있었다.

"저, 아쉘 님."

탁—.

어색한 분위기가 계속되자 한 뱀파이어가 용기 있게 말을 꺼냈다. 아쉘의 손가락이 멈췄다. 그의 붉은 눈이 날카롭게 꽂히자 말을 꺼낸 뱀파이어는 주춤거리면서 그의 시선을 피했다.

"아, 아닙니다."

"쯧."

소심한 뱀파이어의 행동이 마음에 들지 않는지 아쉘은 혀를 내차며 고개를 절레절레 흔들었다.

"헤브에게서 온 연락은 없었나?"

"아직 없습니다."

"쓸모없는 것들."

아쉘은 얼굴을 일그러뜨리며 낮게 욕지기를 뱉었다. 뱀파이어 꽃의 행방이 묘연한 상태에서 잭까지 죽었다. 잭이 평범한 뱀파이어였다면 그가 죽든 말든 신경을 쓰지 않았겠지만, 문제는 그가 로드의 보호막을 가지고 있다는 것. 현존하는 뱀파이어 중 가장 강한 힘을 가지고 있다는 루이조차 그의 보호막을 깰 수 없다.

'도대체 누가 잭을 죽인 거지?'

상황이 묘하게 흘러가자 아쉘은 약간 불안해하며 팔걸이를 손톱으로 계속 두드렸다. 신경질적인 그의 행동에 혹여나 자신에게 불똥이 튀지는 않을까 싶어 모두 숨을 죽인 채 아쉘의 눈치만 조심스레 살폈다.

"……하프?"

"예?"

"로드의 보호막, 하프는 깰 수 있는 거지?"

"아, 예."

그의 가장 측근에 앉아 있던 뱀파이어는 대뜸 자신에게 들어오는 질문에 고개를 끄덕였다.

"아쉘 님, 혹시 하프가 보호막을 깼다고 생각하시는 겁니까?"

"말도 안 됩니다. 잭이 아무리 힘이 약하다고는 하나 그 역시 뱀파이어입니다. 뱀파이어가 하프에게 당할……."

말을 하던 뱀파이어는 뭔가 석연치 않은지 말꼬리를 길게 늘어뜨렸다. 그의 말에 조용했던 방 안은 순식간에 시끄러워졌고, 모두들 웅성거리면서 설마 하는 말만 뱉고 있었다.

"설마, 협회에 관련된 자가?"

"가능성이 있지."

"하지만 하프는 뱀파이어 요새에 마음대로 드나들 수 없을 텐데요. 누가 데리고 들어오지 않는 이상……."

"그래, 누군가 데리고 들어온다면 그를 죽일 수 있겠지."

아쉘은 붉은 눈을 잔혹하게 빛내며 자신의 앞에 앉아 있는 뱀파이어들을 쓱 하고 훑었다.

"협회의 실험물이 잭을 죽인 건가!"

"누가 말도 없이 그런 짓을!"

"아쉘 님! 누군가 우리를 배신한 것이 틀림없습니다!"

기본적으로 하프는 뱀파이어보다 힘이 약하다. 하프의 피가 뱀파이어에게 치명적이기는 하나, 하프의 피가 자신의 몸 안으로 들어오는 것을 가만히 두고 볼 뱀파이어는 아무도 없었다. 하프들이 뱀파이어를 공격하기도 전에 그들은 뱀파이어의 손에 죽임을 당할 것이다.

"그래, 배신한 거지. 그것도 아주 강한 놈이."

아쉘은 이를 부득부득 갈며 말을 이었다. 가끔 고위 뱀파이어같이 강한 뱀파이어들의 후손들 중 강한 힘을 가진 하프가 태어나곤 했다. 그들은 하급 뱀파이어에 웃도는 힘을 가지고 있었고, 그 때문에 상대하기가 더 까다로웠다.

"당장 이놈들을!"

뱀파이어들은 당장이라도 하프들을 죽일 것처럼 흉흉한 기색을 내뿜으며 자리에서 벌떡 일어섰다. 그들은 입을 모아 말했다.

"하프들을 죽여야 합니다!"

"애초에 쓰레기들과 손을 잡는 것이 아니었습니다!"

"그놈들은 뱀파이어 꽃도 놓치지 않았습니까!"

잭도 당해버린 지금 상황에서 언제 자신들이 하프에게 당할지도 모른다는 사실이 그들을 이토록 저돌적으로 만드는 것이었다.

이럴 때만은 쓸데없이 용감해진다는 생각을 하며 아쉘은 일단 그들을 진정시켰다.

"일단 진정하시게."

"아쉘 님! 이건 진정해야 할 문제가 아닙니다!"

"협회가 없으면, 루베르이가 우리를 칠 텐데. 자네들은 협회의 도움 없이 루베르이를 상대할 자신이 있는 건가?"

지금 루이가 쉽사리 움직이지 못하는 것은 아쉘의 등 뒤에 있는 의문의 세력인 협회 때문이었다. 만약 자신이 협회의 손을 놓는다면 당장이라도 루이는 자신을 치려고 들 것이다.

"흠……."

"그, 그건."

루이의 이야기가 나오자마자 모두들 주춤거리면서 헛기침을 뱉더니 하나둘씩 다시 자리에 앉기 시작했다.

"일단 사태를 지켜보세. 아직 우리 협회의 소행이라는 증거도 없으니 말이야."

"아쉘 님의 뜻이 그러시다면야……."

"저희는 아쉘 님만 믿고 가는 거 아니겠습니까."

루이를 이길 자신이 없으니 꼬리를 감추며 다시 넙죽 엎드리는 뱀파이어들에게 아쉘은 차가운 눈길을 보내며 비웃음을 지었다.

"아, 아쉘 님!"

"무슨 일이지?"

잭의 장례식에 보냈던 시종이 다급한 목소리로 자신을 찾자, 아쉘은 무슨 일이 있는 건가 싶어 자신의 발치에 엎드린 시종을 쳐다봤다. 그러자 시종은 목소리를 덜덜 떨면서 말을 이었다.

"루, 루베르이 님께서 서, 성년식에 들어가셨습니다!"

"뭣이!"

자신의 내면에 감춰져 있던 모든 힘을 깨닫는 과정인 성년식. 지금도 충분히 강한 루이가 성년식을 온전하게 치른다면 더 강해질 게 분명했다.

아쉘은 기함하며 자리에서 벌떡 일어났다.

"그 말이 사실인가?"

"네, 네! 방금 확인된 사실입니다."

"하, 이런……."

인간들의 말 중에는 '산 넘어 산'이라는 말이 있었다. 아쉘은 지금 자신의 처지가 딱 그 짝이라는 생각을 하며 지끈거리는 머리를 짚었다.

이대로는 안 된다. 루이가 온전하게 각성을 하게 된다면 더 큰 장애물이 생기게 된다.

뭔가 대책이 필요했다.

하지만 루이가 성년식을 하는 것을 막을 수는 없었다. 그건 뱀파이어라면 누구나 겪는 과정이기 때문에 억지로 막는다고 막을 수 있는 것이 아니었다. 그렇다면 그가 각성을 한 뒤를 대비할 대책이 필요했다.

아쉘은 노기가 가득 담긴 얼굴로 자신의 발치에 엎드려 있는 시종의 몸을 거칠게 일으켜 세우고는 그에게 명령을 내렸다.

"당장, 당장 헤브를 불러와라!"

『여긴 어디지.』

정신을 잃기 전에는 백한의 집이었는데, 정신을 차리니 다른 곳에 있었다. 고급스러워 보이는 붉은 카펫과 중세 양식으로 보이는 장식들. 그리고 천장에 달린 샹들리에와 비싸 보이는 가구들.

낯선 듯하면서도 익숙했다. 어디서 본 기억이 나서 루이는 천천히 기억을 되짚었다.

『어?』

그러던 와중 루이는 자신의 몸이 투명하다는 사실을 깨달았다.

'이게 도대체 어떻게 된 일이지?'

영문 모를 일에 고개를 갸웃거리던 루이의 눈에 들어온 건 방 한가운데 엉켜 있는 남녀였다.

"루젠 님."

루젠이라면 아버지의 이름이었다.

'설마, 그럴 리가. 이름만 같은 다른 사람이겠지.'

그렇게 생각했는데 아무리 봐도 검은머리에 붉은 눈을 가진 남자는 자신의 아버지였다.

"이자벨."

그리고 아버지의 품에 안겨 있는 금발의 여성은 항상 꿈에 나와 자신을 괴롭히던 어머니였다. 제 심장에 단검을 꽂은 여자이기도 했고.

"루젠, 간지러워요."

어머니가 저렇게 환하게 웃을 줄도 아는구나. 태어나서 처음 보는 모습에 루이는 이자벨에게서 시선을 떼지 못했다.

루이가 지켜보고 있는 걸 모르는 듯 이자벨과 루젠은 진한 키스를 나눴다. 곧 옷이 벗겨지고, 남사스러운 장면이 펼쳐졌다.

황급히 고개를 돌린 루이는 그제야 이곳이 어디인지 알아챘다. 어쩐지 눈에 익은 장소라고 생각했는데 자신이 태어난 곳이었다. 또한 이자벨이 자신을 죽이려고 한 집이기도 했다.

루이는 가만히 서 있었지만, 그의 주변 풍경은 계속 바뀌었다. 이자벨과 루젠의 연애 시절이 한 편의 영화처럼 상영되었고, 그 연애 시절을 지켜보던 루이는 한 가지는 확실하게 알 수 있었다. 이자벨과 루젠은 서로를 진심으로 사랑했다.

계속 바뀌던 풍경은 어느새 이자벨이 아이를 낳는 장면까지 넘어왔다. 하지만 아이를 낳는 이자벨의 곁에 루젠은 없었다. 이자벨은 남편 없이 하녀들에게 둘러싸여 침대에서 고군분투했다.

"아악—!"

그렇게 얼마나 지났을까. 단말마의 비명과 함께 환희에 찬 하녀들의 축하 소리가 들렸다. 자신이 태어난 것이다.

"건강한 아들입니다, 마님!"

하녀의 보고에 이자벨은 힘없이 웃었다. 이자벨은 강보에 싸인 루이를 끌어안으면서도 사랑하는 연인을 찾았다.

"루젠, 당신 어디 있나요. 내가 당신의 아이를 낳았어요."

하지만 주인공이 없는 이름은 허공을 맴돌 뿐이었다. 이자벨은 자신이 낳은 아이를 쳐다보았다. 사랑하는 남자를 닮은 새카만 머리카락이 너무 예뻤다. 이자벨은 부드럽게 미소를 지으며 루이를 꼭 끌어안았다.

『……어머니.』

어머니가 나한테 저렇게 웃어준 적도 있었구나. 처음 알았다. 루이가 기억하고 있는 어머니는 하루가 멀다 하고 손찌검을 했으며, 늘 독설을 했다. 너 같은 건 없어져야 한다고. 죽어야 한다면서.

그러다 결국 이자벨은 루이의 심장에 은 단검을 꽂았다. 루이는 그때 당시의 끔찍한 감각을 500년이 지난 지금도 잊지 못했다.

풍경은 계속 변화했다. 계속 아기인 자신과 이자벨만 비추던 풍경은 요새로 바뀌면서 아버지의 모습을 비췄다.

"뭐? 이자벨이 뱀파이어를 낳았다고?"

루젠에게 루이의 탄생을 알린 것은 아칸이었다. 루이의 명에 따라 복면을 쓰고 있는 현재의 아칸과 다르게 루젠의 시종 시절의 그는 자신의 얼굴을 훤히 드러내고 있었다. 그림자 일족이기 때문에 그의 얼굴은 루젠과 똑같아서 마치 쌍둥이를 보고 있는 듯한 느낌이 들었다.

인간이 뱀파이어를 낳을 확률은 극히 낮았기 때문에 뱀파이어를 낳을 거란 기대는 하지 않고 있었다. 그런데 자신이 사랑하는 아내가 자신의 후손을 낳았다는 사실에 루젠은 당장이라도 달려가고 싶은지 엉덩이를 달싹이며 안절부절못했지만, 그는 고위 뱀파이어였기 때문에 함부로 요새를 비울 수가 없었다.

루젠은 그날부터 잠을 줄이고 휴식 시간을 줄이며 업무를 처리했다. 그렇게 일주일, 마치 1년과 같은 일주일이 흐른 후 루젠은 드디어 요새를 벗어나 자신의 아내와 아들이 있는 집으로 갈 수가 있었다.

화르륵―.

하지만 그가 도착했을 땐 사랑하는 가족이 사는 집은 불타고 있었다. 사람들이 우왕좌왕하며 집에서 뛰쳐나왔다. 루젠은 모여 있는 사람들 틈에 이자벨이 보이지 않자 황급히 불타는 집 안으로 뛰어 들어갔다.

"이자벨!"

루젠은 이자벨을 애타게 찾으며 불 속을 헤매고 다녔다. 뱀파이어에게 이런 불 따위는 아무것도 아니었기 때문에 그의 행동은 거침이 없었다. 그렇게 한참을 헤매던 그는 미약한 아기의 울음소리를 듣고 그쪽으로 달려갔다.

"죽어!"

그곳에서 루젠이 본 것은 너무나 끔찍한 광경이었다. 머리가 산발이 된 이자벨은 광기에 젖어 단검으로 배 아파 낳은 아들을 마구잡이로 찌르고 있었다.

"그만해, 이자벨!"

루젠은 기겁하며 이자벨을 밀쳐냈다. 그리고 피투성이가 된 아들을 고이 품에 안았다.

"루젠 님······?"

루젠을 본 이자벨은 환하게 웃으며 단검을 버렸다. 그리고 루젠을 향해 달려왔지만 루젠은 이자벨을 외면했다. 다친 아들을 챙겨야 했기 때문이었다.

"역시 저 괴물 때문에······!"

이자벨은 마녀처럼 손톱을 세우며 루젠의 품에서 아들을 빼앗으려고 했다. 루젠은 그런 이자벨로부터 아들을 지키기 위해 어쩔 수 없이 이자벨을 밀었다. 그대로 바닥에 쓰러진 이자벨이 피눈물을 뚝뚝 흘렸다.

"괴물, 내가 괴물을 낳았어······."

제 배로 낳은 아들에게 괴물이라니. 물론 이자벨은 루젠이 뱀파이어라는 사실을 모르니 그럴 수도 있겠지만, 그래도 너무 가슴이 아팠다. 루젠은 눈을 질끈 감고 돌아섰다. 이자벨이 루젠의 앞을 가로막았다.

"가지 마세요, 루젠 님!"

"비키게, 이자벨."

"싫어요."

"이자벨."

"그런 괴물이 아니라 저를 안아주세요, 루젠 님!"

도대체 어디까지 망가질 생각인지. 한때 너무 사랑했던 여자였지만, 지금은 자신의 소중한 아들을 죽이려는 마녀로밖에 보이지 않았다. 루젠은 이자벨의 애타는 손길을 뿌리치고 방을 나왔다.

"아악―! 루젠 님!"

이자벨이 찢어질 듯한 목소리로 소리치며 애타게 루젠을 찾았다. 가슴이 찢어질 듯 아팠지만, 지금은 아들을 살리는 게 우선이었다. 루젠은 두 눈을 질끈 감고 요새로 향하는 포탈로 몸을 던졌다.

콰앙―!

"네놈은, 절대로 변하지 않을게야? 응?"

또다시 장면이 바뀌면서 등장한 곳은 잭의 방이었다. 정확히는 로드가 책을 좋아하는 잭을 위해 하사한 방이었다. 보통의 뱀파이어 요새의 방과 다르게 이 방은 방문이 벽에 고정되어 있었기 때문에 루젠은 어렵지 않게 그 방에 침입할 수 있었다.

아직 유년기의 모습을 가지고 있는 잭은 지금의 루이와 비슷한 또래로 보였다.

"뭐야? 그 다 죽어가는 놈은."

잭은 루젠의 품에 안겨 있는 아기를 보고 눈을 동그랗게 떴다. 루젠은 그런 잭의 말을 무시하고 방의 가장 안쪽에 있는 침대로 향했다.

"내 말을 계속 무시하는군."

잭은 툴툴거리면서도 루젠이 데려온 아기의 정체가 궁금했는지 보고 있던 책을 탁자 위에 올려두고 그의 옆으로 왔다.

"생긴 게 너랑 붕어빵이네. 네 아들이야?"

"그래."

"어쩌다가 이 지경이 된 거야?"

태어난 지 일주일밖에 되지 않은 뱀파이어 아기는 그 힘이 미약해서 뱀파이어의 재생 능력도 쓸 수가 없었다. 적어도 일주일만 더 살았더라면 재생 능력이라도 깨어나 자신의 몸에 퍼진 은의 기운을 내쫓을 수 있었을 텐데 그러기엔 이 아기는 너무 어렸다.

"재생 능력만 있었어도 살았을 것을……."

잭이 안타깝다는 듯 혀를 내찼다. 루젠도 잭의 말에 동의하며 안타까운 눈으로 죽어가는 아들을 쳐다봤다.

아들이 이렇게 된 건 순전히 자신의 실수였다. 그러니 살리고 싶었다. 만약 이대로 아들이 죽는다면 평생 괴로워하며 살 것 같았기 때문에 어떻게든 아들을 살리고 싶었다.

하지만 어떻게? 어떻게 하면 아들을 살릴 수가 있지?

순간 루젠의 머릿속에 뱀파이어 꽃이 떠올랐지만 이내 고개를 저었다. 뱀파이어 꽃을 그 무엇보다 소중하게 여기는 로드가 한낱 뱀파이어를 살리기 위해 뱀파이어 꽃의 힘을 쓸 리가 없었다.

다른 방법을 찾아야 해. 루젠은 방법을 찾으면서도 지극정성으로 아들을 간호했다.

7인의 자리에 있는 고위 뱀파이어의 아들이 죽어간다는 소문은 금방 요새를 가득 채웠다. 다 죽어가는 루젠의 아들을 구경하기 위해 찾아오는 자들로 잭의 방은 문전성시를 이루었고, 그중에는 로드도 있었다.

로드가 온 날 루젠은 혹시나 하는 희망을 가지고 로드를 쳐다봤지만, 로드는 루젠의 어깨를 토닥이며 "안됐군."이라는 말만 하고 어떠한 조치도 취해주지 않았다.

루젠의 지극한 간호에도 아들의 상태는 좀처럼 나아지지 않았다. 미약했던 기운마저 바람 앞에 놓인 등불처럼 희미해졌다.

"루젠, 네 아들이!"

잭의 다급한 부름에 자료를 찾던 루젠은 황급히 아들의 곁으로 달려갔다. 아들의 상태는 척 보기에도 좋지 않았다. 금방이라도 숨이 넘어갈 것처럼 보였다.

"안 돼, 안 돼……!"

아들의 손을 꼭 붙잡고 절규하던 루젠은 문득 한 가지 방법을 떠올렸다. 어린 뱀파이어가 능력을 깨우치는 걸 도와주기 위해 아비인 뱀파이어가 자식인 뱀파이어에게 자신의 피를 먹이는 방법.

효과가 있을지는 모르겠지만 모 아니면 도였다. 다른 방법이 없으니 루젠은 망설임 없이 허리춤에서 칼을 꺼내 자신의 팔을 세게 찔렀다.

얼마나 깊게 찌른 건지 루젠의 팔에서는 피가 분수처럼 뿜어져 나왔다. 하나 고위 뱀파이어의 치유 능력 때문인지 그 팔의 상처는 금방 아물었고, 루젠은 팔의 상처가 아물 때마다 그 상처 부위를 계속해서 찔렀다. 너무나도 잔인한 광경에 잭이 아연실색하며 루젠의 팔을 잡아챘다.

"너…… 너, 뭐 하려고!"

"잭, 내가 너 대신 7인의 자리 수락한 거 알지?"

루젠의 자리는 원래 잭의 자리였다. 로드가 잭에게 고위 뱀파이어가 되라고 권했지만, 잭은 어리다는 핑계로 그 자리를 거부했다. 로드는 자신의 제안을 거부하는 잭을 매우 못마땅하게 여겼지만, 그에게 뭐라 하기보단 그 옆에 있는 루젠에게 그럼 네가 고위 뱀파이어가 되라고 말했다. 얼떨결에 대답한 루젠은 그날부터 고위 뱀파이어가 되어 로드를 보좌한 것이었다.

"설마, 너……."

"내가 사라지면, 네가 내 아들…… 루베르이의 편이 되어줘……."

본디 뱀파이어들은 서로를 잘 믿지 않는 종족이었다. 이런 삭막한 곳에 아들을 혼자 두고 간다는 것이 마음에 걸렸지만, 다른 방법이 없었다. 이 방법 말고는 아들을 살릴 길이 없었다.

루젠은 자신의 팔에 흐르는 피를 아들의 입가에 대었다. 사경을 헤매면서도 뱀파이어의 본능은 사라지지 않았는지, 어린 아기는 자신의 입 안에 들어오는 피를 계속해서 빨았다.

"그래, 마셔라."

루젠은 눈앞이 아찔해지는 것을 느꼈지만 꿋꿋이 참으며 상처가 나을 때마다 자신의 팔을 칼로 계속 찌르며 아들에게 피를 공급했다.

"이 미친 녀석아!"

잭은 루젠을 말리려고 침대로 달려갔다. 하지만 그는 루젠의 곁에 가지도 못하고 의문의 힘에 의해 침대 밖으로 튕겨나가 바닥에 꼴사납게 엎어졌다. 루젠이 결계를 쳐서 잭의 침입을 막은 것이다.

"하아……."

흡혈이 효과가 있었는지 희미했던 아들의 기운이 조금씩 돌아왔다. 은 중독으로 파리하기만 했던 아들의 얼굴에 살짝 혈색이 돌자 루젠은 미소를 지으며 아들의 얼굴을 부드럽게 쓰다듬었다.

"살아야 한다. 꼭 살아…… 내 아들……."

루젠은 더 이상 말을 이을 수가 없었다. 그의 손에 쥐어져 있던 검이 땅에 요란한 소리를 내면서 떨어졌고, 그와 동시에 루젠의 눈도 서서히 감겼다. 루젠은 그토록 바라던 아들의 목숨을 구하고 세상을 등진 것이다.

『아버지……, 흑…… 아……버지.』

듣기만 했던 일을 직접 눈으로 보게 된 루이는 눈물을 뚝뚝 흘리며 바닥에 주저앉았다.

『아버지, 어째서 저 같은 것 때문에 이런 바보 같은 짓을 하셨습니까.』

『그러게 말이야. 모두 너 때문이지.』

또 어둠 속에서 그 여자의 목소리가 들려왔다. 어머니, 이자벨이었다.

『어때? 너 때문에 죽은 네 아버지의 모습을 직접 눈으로 보니.』

이자벨은 바닥에 주저앉아 있는 루이에게 천천히 다가가며 말했다

『너라는 존재를 낳는 바람에 나도, 그리고 내 사랑 그이도 모두 죽고 말았지.』

그녀의 입에서 나온 말들은 전부 날카로운 비수가 되어 루이를 사정없이 찔렀다.

『그뿐만이 아니지. 네 곁에 있던 네놈의 친구도, 그리고 너를 키워준 뱀파이어도 모두 죽고 말았어.』

『그만…….』

『넌 존재 자체가 재앙 덩어리야. 내가 너 같은 걸 왜 낳았는지 모르겠어!』

『그만! 제발 그만하세요, 어머니!』

더 이상 참을 수 없었던 루이는 자리에서 벌떡 일어나 이자벨을 향해 소리쳤다. 그러자 이자벨은 눈을 동글게 말더니 깔깔거리면서 웃기 시작했다. 뭐가 그리 웃긴지, 그녀는 배까지 움켜쥐며 한참을 웃어댔다.

『네가 지금 나한테 화를 내는 거니?』

『……저는.』

『너 따위 괴물이 나한테 화를 내는 거냐고! 누구 때문에 내가 이렇게 됐는데!』

그녀는 바락바락 악을 쓰며 소리를 질렀다. 이자벨의 고함에 맞춰 주변은 시커멓게 어둠으로 물들었고, 얼마 지나지 않아 주변에 존재하는 빛을 모두 삼켜버렸다.

『너 따위는 낳지 말았어야 했어! 너를 낳는 바람에 그가 나를 버렸어!』

『어머니.』

『부르지 마! 난 네 어머니가 아니야! 이 괴물아!』

이자벨은 귀를 막으며 고개를 세차게 저었다. 자신의 존재를 끝까지 부정하는 이자벨의 모습에 심장이 시큰하게 아려왔다. 그녀에게 따스한 사랑을 바란 적은 없었다. 사랑하는 자신의 아이가 괴물의 아이라는 사실을, 평범한 다른 아이들과 다르다는 사실을 인정하고 싶지 않은 그녀의 마음을 루이는 이해할 수 있었다.

『제발 그만하세요.』

그런 그녀에게 단 한 가지 바라는 점이 있다면, 더 이상 자신의 존재를 부정하지 않았으면 하는 것이었다. 사랑받지 못하는 아들이라도 좋으니, 그저 자신을 그녀의 아들로 인정해주었으면 했다.

『그동안 네 곁에 인간이 있으니 네가 어떤 존재인지 잊은 것 같구나, 루베르이.』

이자벨의 말이 끝나자마자 시커먼 어둠들이 아귀를 벌리며 그에게 달려들었다. 순식간에 어둠에 잡아먹힌 루이는 벗어나려고 마구 발버둥을 쳤다. 루이는 격렬하게 사투를 벌인 끝에 겨우 어둠의 손아귀에서 벗어날 수 있었다.

『봐라, 네 괴물 같은 모습을.』

왜 그녀의 말을 듣고 그녀의 얼굴을 처다본 걸까. 루이는 이자벨의 눈동자에 비친 자신의 모습을 보고 소리를 질렀다. 그녀의 눈동자에 비친 그는 어린 유년기의 뱀파이어가 아니었다. 좀 더 성숙하고, 좀 더 매혹적인 외모를 가진 남자였다.

괴물의 모습. 원하지 않는 모습이 된 루이는 자신의 머리를 손으로 쥐어뜯으며 바닥에 털썩 주저앉았다. 그의 절규가 공허한 어둠을 가르고 지나갈 때마다 이자벨의 웃음소리는 점점 높아졌다.

『깔깔, 보기 좋구나. 괴물. 아버지를 잡아먹고 성장하니까 기분이 어때?』

이자벨의 높은 굽이 바닥에 엎드려서 절규하는 루이의 등 위로 올라왔다. 그녀는 루이의 등을 꾹꾹 밟으면서 흐느끼는 루이를 향해 말했다.

『이 괴물 같은 모습을 본 후에도 네 곁에 있는 인간이 계속 널 사랑해줄 까? 뱀파이어의 외모는 인간을 유혹하니 처음에는 사랑해줄지 모르지! 하 지만 이 모습을 어떻게 가지게 됐는지 알게 된 후에도 너를 사랑해줄까? 그 인간이?』

그녀가 정확하게 누구라고 지칭하지는 않았지만, 그녀가 지칭하는 자가 누구인지 단번에 감이 왔기 때문에 루이는 슬픈 미소를 지었다.

『아니! 절대로 아니야! 모두 널 경멸하며 너를 버리고 다 떠날 것이다!』

이자벨의 말이 심장을 후벼 파다 못해 넝마가 된 심장을 꽉 움켜쥐고 쥐 어짜는 것 같아 루이는 눈을 질끈 감았다. 그녀가 자신을 괴물이라고 지칭 해서 가슴이 아픈 것이 아니라, 그녀가 말한 인간이라는 자가 자신을 떠날 거라는 말이 간신히 잡고 있던 정신을 놓을 정도로 충격적이었다.

『서영…….』

자신을 향해 비웃음을 날리고 있는 이자벨의 옆에 서영의 모습이 흐릿하 게 보였다. 그녀는 아무것도 모른다는 듯 어린 루이를 향해 환한 웃음을 짓 고 있었다.

『그녀 역시 나를 괴물이라고 생각할까?』

서영 역시 인간이었다. 이자벨과 같은 인간이라는 종족이었다. 만약 이대 로 자신이 성장해버리면 서영 역시 이자벨처럼 자신을 괴물이라 부르며 자 신의 곁을 떠날 것이다. 그렇게 생각하니 너무 끔찍해서 루이는 고개를 푹 숙였다.

『돌아가고 싶지 않아.』

그런 모습을 볼 바엔 차라리 이곳에 영원히 혼자 있는 편이 나았다. 그렇 게 생각한 루이는 더는 반항하지 않고 그를 집어 삼키려는 어둠에 몸을 맡 겼다.

이자벨의 모습을 한 어둠을 필두로 다른 어둠들이 시커먼 아귀를 벌리며 루이를 집어 삼켰다. 루이의 몸은 점차 어둠으로 물들어갔다.

그렇게 루이가 어둠에 거의 잠식됐을 때였다.

『그만하게, 이자벨!』

익숙한 목소리와 함께 루이를 둘러싼 어둠을 단번에 물리칠 정도로 따뜻한 기운이 그를 감싸 안았다. 루이는 고개를 들어 자신을 안은 사람을 쳐다봤다. 또 잭인가 싶었는데, 아니었다.

『아버……지?』

루이를 껴안고 있는 것은 루젠이었다. 루젠은 바닥에 주저앉아 있는 루이를 일으키면서 그의 뺨을 어루만졌다. 단 한 번도 느낀 적 없는 그의 따스한 손길에 눈물이 샘솟았다. 루이가 꼴사납게 눈물을 펑펑 쏟자 루젠은 부드러운 미소를 지으며 루이의 눈물을 쓱 닦아주었다.

『이제야 이렇게 우리 아들을 만나는구나.』

『못난 저 때문에…… 죄송합니다. 죄송해요, 아버지.』

『뭐가 미안하다는 것이냐.』

『저 같은 걸 살리느라 아버지께서…….』

『내가 한 결정을 왜 네가 미안해하는 거냐. 나는 단 한 번도 너를 살린 것을 후회한 적이 없다.』

그 한마디가 너덜너덜하게 걸레 조각이 되어버린 루이의 심장에 새살을 돋게 했다. 루젠은 울고 있는 루이를 품에 안고 한참이나 토닥인 후, 이자벨을 돌아봤다.

『내 사랑.』

『루젠 님…….』

루젠은 가늘게 몸을 떨고 있는, 자신의 아들을 낳아준 여자이자 사랑하는 자신의 아내를 가여운 눈으로 쳐다봤다.

『모든 것은 이 아이의 탓이 아니라 내 탓이오. 내가 제대로 설명하지 않아 이런 사태가 벌어진 것이오. 정말 미안하오, 이자벨.』

『흑…… 저는 당신이 저에게 오지 않길래 제가 괴물을 낳아서 저를 버린 줄 알았어요.』

루이를 낳을 당시 이자벨은 루젠이 뱀파이어라는 사실을 알지 못했다. 그런 상태에서 뱀파이어를 낳아버린 이자벨. 뱀파이어에 대해 전혀 모르고 있던 그녀가 자신의 아기가 다른 아이들과 확연하게 다르다는 사실을 깨닫고 짙은 공포감에 잠식된 건 당연한 일이었다.

『말을 해주시지 그러셨어요! 단 한마디만 하셨더라면, 당신이 뱀파이어라고 단 한마디만 해주셨더라도!』

이자벨은 바닥에 털썩 주저앉아 울기 시작했다. 루젠은 말없이 이자벨을 꼭 안아주었다. 이자벨은 작은 주먹으로 루젠의 가슴을 마구 치며 원망을 토해냈다.

『미웠습니다. 오지 않는 당신이 미웠고, 그 때문에 저 아이가 더 미워졌습니다. 그래도 언젠가 당신이 오겠지 하는 생각으로 견디려고 했는데, 당신을 닮은 아이가 다른 아이들과 다른 모습을 보이니 저는 저런 아이를 낳아서 당신이 저를 버린 줄 알았습니다.』

루젠은 묵묵히 이자벨의 울분을 받아주었다. 한참을 울부짖던 이자벨은 비로소 진정됐는지 루젠의 어깨에 얼굴을 묻고 훌쩍거렸다.

『조금 더 일찍 말해주시지 그러셨습니까. 그럼 제가 저 아이에게 이런 몹쓸 짓을 하지 않았을 텐데요!』

『이자벨…….』

『이제 와서 저에게 그리 말씀하시면 저는 어떡하란 말입니까! 제가 낳은 아들을 이렇게 괴롭힌 저는 도대체 어떻게 해야 한단 말입니까.』

평생 루이를 원망하고 루젠을 원망하고 살아간다면, 마음에 무거운 짐을 짊어지지는 않았을 것이다.

하지만 이미 모든 것을 알아버린 그녀의 마음은 돌덩이처럼 무겁기만 했다. 자신이 한 짓이 밀물이 밀려오듯이 전부 기억나서 가슴이 미어질 것만 같았다.

『괜찮습니다.』

그런 그녀에게 먼저 화해의 손길을 내민 것은 루이였다. 그는 부드럽게 웃으며 어머니를 향해 손을 내밀었다.

『어머니께서 계속 그것을 마음에 두고 계셨다면, 계속해서 저와 아버지를 생각했다는 거겠지요.』

『루이…….』

『비록 삐뚤어진 애정이었지만 계속 저를 신경 쓰셨다는 것과, 어머니께서 저를 진심으로 미워하지는 않았다는 걸 알았으니 그것으로 만족합니다.』

누군가 말했었다. 사랑의 반대말은 미움이 아니라 무관심이라고. 그녀가 만약 자신을 안중에도 없는 애 취급하며 무관심으로 대했다면 그건 마음이 아픈 정도가 아니라 갈기갈기 찢어져 회복할 수 없었을 것이다. 하지만 그녀는 500년 넘게 자신을 계속 신경 쓰고 있었다. 비록 그것이 삐뚤어진 애정이었을지라도.

더구나 이 모든 것은 그녀의 진심이 아니었다. 루젠이 뱀파이어라는 사실을 뒤늦게 알았지만 이미 자신의 손으로 모든 것을 망쳐놓은 상태였다. 이자벨은 그 현실을 인정할 수 없었던 것이다. 인간이라면 누구나 자신의 잘못을 회피하기 마련이었고, 이자벨도 그 잘못을 회피하기 위해 계속 루이를 괴롭혔던 것이었다.

'이것으로 된 거야.'

이자벨이 내려놓았던 짐을 500년 동안 짊어지고 있었던 그였다. 더 이상은 그럴 필요가 없었기 때문에 루이는 그 짐을 홀가분하게 내려놓았다.

그녀가 자신을 정말로 미워한 것이 아니라는 사실에 마음 한구석이 따스해지면서 루이의 입가에 저절로 미소가 그려졌다.

『흑……』

이자벨은 루이의 손을 잡고 눈물을 터뜨렸다.

그녀의 울음을 시작으로 어둠에 물들어 있던 그들의 주변이 서서히 환한 빛으로 물들어가고 있었다.

눈이 부실 정도로 밝고 따스한 빛에 한참이나 정신을 놓고 있던 루이는 빛이 루젠과 이자벨을 감싸면서 그들의 모습이 점차 옅어지자 화들짝 놀라 소리를 지르며 부모님을 향해 손을 뻗었다.

『어머니! 아버지!』

『시간이 다 된 모양이구나.』

『저도, 저도 데려가주세요!』

더 이상 혼자는 싫었다. 루이는 사라지는 루젠의 팔을 다급하게 잡으며 말했다. 그러자 루젠은 고개를 살며시 저으며 어딘가를 가리켰다.

『넌 가야 할 곳이 있지 않느냐.』

『저는, 저는 갈 곳이 없습니다.』

『정말로?』

루젠의 되물음에 루이는 순간적으로 자신을 기다리는 사람들을 생각했다. 심술궂고 장난을 좋아하는 레카, 자신을 끝까지 모시겠다고 한 아칸, 백한, 켄, 그리고…….

『루이…… 돌아와.』

차가운 마음을 녹일 정도로 따스한 목소리가 빛을 타고 울려 퍼지자, 루이의 몸이 가늘게 떨렸다.

그러자 루젠은 부드러운 미소를 지으며 루이의 손에서 자신의 팔을 살며시 빼내며 그에게 말을 건넸다.

『너를 기다리는 사람이 있지 않느냐.』

『저는 무섭습니다.』

루이는 두려움이 짙은 눈동자를 떨면서 말했다. 그의 말대로 자신의 곁에는 많은 이들이 있었다. 하지만 그들이 언제 자신을 배신할지 모른다는 생각에, 언제 자신을 떠날지 모른다는 생각에 루이는 좀처럼 발걸음을 뗄 수가 없었다.

'무서워.'

또다시 홀로 남겨지는 것이 두려워 루이는 애절하게 루젠을 쳐다봤다.

『정말로 그들이 널 떠날 거라고 생각하느냐?』

루젠의 말에 루이는 바로 대답하지 못했다.

그가 대답을 망설이면서 우물쭈물하는 사이, 따스한 목소리는 빛을 타고 한 번 더 울려 퍼졌다.

『이제 그만 일어나, 루이…….』

루젠과 이자벨을 감싼 빛보다 더 따스한 빛이 루이를 향해 손을 내밀고 있었다.

너무나 환한 빛에 저도 모르게 루이는 그곳을 향해 손을 뻗었고, 빛과 손이 맞닿자마자 머릿속에 서영의 음성이 가득 울려 퍼졌다.

『나는 네가 어떤 모습이든…… 네 곁에 있을 거니까.』

아, 난 왜 그런 생각을 했던 걸까. 서영이 날 떠날 리가 없는데, 날 괴물이라고 손가락질할 리가 없는데 왜 그런 못된 생각을 했던 거지?

『가고 싶어.』

루이의 말에 빛이 요동치면서 마치 자신을 잡으라는 듯 신호를 보냈다. 하지만 루이는 그 빛을 곧바로 잡지 않았다. 부모님에 대한 미련이 남았기 때문이었다. 이대로 간다면 더는 부모님을 볼 수 없을지도 모른다는 사실이 자꾸만 발목을 잡았다.

루이가 망설이자 작고 보드라운 손이 그의 등을 밀었다.

『가세요.』

『어머니……?』

『당신을 사랑해주는 그들에게, 그리고 당신이 사랑하는 그들에게 가세요.』

이자벨은 부드러운 미소를 지으며 루이에게 말했다.

단 한 번도 직접 본 적 없는 미소에 루이의 붉은 눈동자가 옅게 흔들리자, 이자벨은 미안함에 물든 얼굴로 루이를 향해 고개를 살짝 숙였다.

『미안합니다. 저는 당신을 낳는 바람에 루젠 님이 저를 버린 줄 알았어요. 그래서 당신이 밉고, 당신의 존재를 부정했지요.』

『어머니…….』

『하지만 그런 것이 아니더군요.』

이자벨은 루젠의 품을 파고들었다. 이자벨의 몸은 곧 소멸할 것처럼 흐릿했지만, 그녀의 얼굴에 피어난 미소는 너무나 아름다웠고 짙었다.

『뱀파이어이신 당신들은 어떨지 모르겠지만, 인간은 말을 해주지 않으면, 그리고 곁에 있어주지 않으면 상대의 마음을 알 수 없어 한없이 의심하게 됩니다.』

이런 날이 올 줄 몰랐다.

어머니가 자신을 경멸하는 눈이 아닌, 저렇게 따스한 눈으로 봐줄 날이 올 줄은 몰랐기 때문에 콧잔등이 시큰해져 루이는 눈시울을 붉히며 이자벨을 바라봤다.

『가서 당신을 사랑하는 사람들 곁에 있어주세요.』

『흐, 흐윽.』

『그동안 정말로 미안했습니다. 그리고…… 정말로 고맙습니다. 이런 못난 어미에게 태어났음에도 불구하고 이렇게 잘 커주셔서.』

"꺄아악—!"

찢어지는 비명에 거실에서 대기하고 있던 백한과 아칸이 다급하게 방문을 열었다. 그러자 부들부들 떨며 검은 안개에 둘러싸여 있는 루이와 그런 그를 흔들고 있는 서영이 보였다.

"루, 루이. 정신 차려, 루이!"

서영은 눈물을 펑펑 쏟아내며 계속 루이를 흔들었지만, 루이는 좀처럼 정신을 차리지 못했다. 루이를 집어 삼키려는 검은 안개를 떼어내려고 해도, 떼어낼 수가 없었다.

"이럴 땐 뭘 어떻게 해야 하죠, 아칸? 아칸은 요괴이니 뭔가 알고 있을 거 아니에요!"

"……죄송합니다."

애석하지만 아칸 역시 아는 바가 전혀 없었다. 그의 대답에 서영이 세상이 무너진 듯한 얼굴을 하며 바닥에 주저앉았다.

"서영 씨!"

백한은 다급하게 서영을 부축했다. 루이의 상태도 심각했지만, 서영도 만만치 않았다. 이대로 쓰러진다고 해도 이상할 것이 없어 보였다.

"안 되겠어요, 서영 씨. 우선 나가서 쉬어요."

"싫어요! 루이가 저런 상황인데 어떻게 내가 쉬어요!"

"왜 이렇게 소란스러워?"

그때, 구세주처럼 레카의 목소리가 들렸다. 막 요새에서 돌아온 건지 레카는 포탈에서 나오고 있었다. 서영은 레카를 보자마자 달려가 그의 팔에 매달렸다.

"루이가, 루이가 이상해요……!"

"일단 진정해, 레이디."

레카는 서영을 진정시킨 뒤, 루이의 상태를 살폈다. 생각보다 상황이 심각했다. 성년식은 뱀파이어라면 누구나 겪는 단계였지만, 루이는 자신의 힘을 깨우치는 것이 아니라 아버지인 루젠의 힘까지 깨우쳐야 하기 때문에 더욱더 그의 몸이 견디지 못하는 것이었다. 루이가 조금이라도 약한 마음을 먹는다면, 그 틈을 놓치지 않고 루젠의 힘이 루이를 잡아먹고 말 것이다.

'서둘러야겠군.'

레카는 황급히 가지고 온 약병을 열었다. 폭주하는 힘을 잠깐 진정시켜 주는 효과밖에 없었지만, 지금은 없는 것보다 나았다.

레카는 조심스레 약병을 기울여 루이의 입 안으로 약을 흘려 넣었다. 하지만 검은 기운이 루이의 입을 틀어막으며 약이 루이의 입 안으로 들어가는 걸 방해했다. 몇 번을 시도해도 마찬가지였다.

"젠장……!"

"왜 그래요? 루이가 약을 먹지 않나요?"

"검은 기운이 막고 있어. 어떻게든 먹여야 할 텐데."

어떻게 하면 좋지. 레카가 긴 한숨을 내쉬며 머리를 쓸어 올렸다. 서영은 레카가 들고 있는 약병과 루이를 번갈아 쳐다봤다. 검은 안개의 방해 때문에 루이가 스스로 먹지 못한다면 억지로라도 먹이면 되는 일이었다.

"그거 이리 주세요."

약병을 빼앗듯이 가져간 서영은 크게 심호흡을 한 뒤, 약을 전부 입 안에 털어 넣었다.

"미친……!"

레카가 기함하며 약병을 다시 빼앗았다. 그러나 이미 약병은 텅 빈 후였다.

"죽고 싶어? 지금 죽고 싶어서 환장한 거냐! 인간! 이 약은 인간이 잘못

먹으면 죽을 수도 있다고!"

레카가 다그치듯 소리를 쳤지만, 입 안에 머금은 약 때문에 정신이 아찔해서 서영은 그의 말을 제대로 들을 수가 없었다. 혀가 마비되고 헛구역질이 나왔다. 당장이라도 뱉고 싶었지만, 루이를 위해서 꾹 참았다.

'루이, 난 네가 이대로 죽게 내버려두지 않을 거야.'

서영은 점점 희미해지는 의식을 가까스로 붙잡으며 루이의 곁에 앉았다. 그리고 너무나도 창백한 얼굴을 쓰다듬으며 핏기를 잃은 그의 입술 위로 자신의 입술을 포갰다.

다들 그런 서영의 행동에 놀라면서도 막지 못했다. 서영의 행동이 너무 애절해 보였기 때문이었다. 서영은 작게 벌어진 틈 사이로 약을 넣으려고 했지만 역시나 검은 기운이 약을 밀어냈다.

'이런다고 내가 포기할 줄 알아?'

절대 포기하지 않을 거야. 서영은 안간힘을 써서 약을 억지로 루이의 입안에 넣었다. 그 덕분에 약을 먹이는 것까진 성공했지만, 약은 그의 입속만 맴돌 뿐, 목 뒤로 넘어가지 않았다.

'안 돼, 루이. 제발 조금이라도 마셔.'

서영의 간절한 바람에도 불구하고 루이는 좀처럼 약을 마시지 못했다. 설상가상으로 루이의 몸을 지배하고 있던 검은 기운은 그 영역을 확장하면서 서영의 몸까지 퍼져나갔다.

검은 기운이 루이뿐만 아니라 서영까지 잡아먹을 기세로 흉흉하게 퍼져나가자, 레카와 백한이 다급하게 서영을 루이에게서 떼어놓으려고 했지만 너무나도 강한 기운 때문에 그들은 접근조차 불가능했다.

『비켜라, 인간.』

어둠은 그녀에게 낮은 목소리로 협박했다.

『안 비키면 너도 죽을 것이다.』

'못 비켜. 나는 절대로 비킬 수 없어!'

『이대로 네놈까지 나한테 잡아먹힐 것이냐?』

그 말에 서영은 픽 웃었다. 만약 루이가 죽는다면, 자신 역시 같이 죽는 게 서로에게 덜 외롭지 않을까? 물론 루이는 원하지 않겠지만, 루이가 죽는 걸 지켜보는 것보다 같이 죽는 편이 서영의 입장에선 훨씬 나았다.

『그와 함께 죽을 것이냐?』

'아니. 안 죽을 거야.'

『그렇다면 떨어져라.』

어둠은 서영을 밀어내려고 했지만, 서영의 고집도 만만치는 않았다. 서영은 루이를 잡은 손에 더욱 힘을 주며 버텼다.

『너도 죽일 것이다!』

그녀가 끝끝내 떨어지지 않자 어둠은 흉흉한 기세를 뿜으며 그녀를 괴롭혔다. 온몸이 타는 것 같기도 하고, 바늘 수천 개가 온몸을 찌르는 듯한 고통이 느껴졌다. 너무 아파서 죽을 것만 같았지만 서영은 그래도 포기하지 않았다.

『어째서 그를 살리려는 거지?』

그런 서영이 이해가 되지 않는다는 듯 어둠이 물었다.

『이자는 자신의 아버지를 먹고 괴물이 됐어! 거기다 자신의 친구와 자신을 키워준 아버지까지 죽음으로 이끈 괴물이지! 그런데도 넌 무섭지 않나?』

'어째서 그들이 죽은 것이 루이 때문이라는 거죠?'

『모두들 그의 곁에 있었기 때문에 죽었으니까!』

웃긴 소리였다. 잭 경도, 루이의 친구도, 그리고 루이의 아버지도 루이 때문에 죽은 것이 아니었다. 루이는 그렇게 생각하고 있을지 몰라도 자신은 조금도 그렇게 생각하지 않기 때문에 서영은 어둠의 말에 반박했다.

'그 누구도 루이 때문에 죽지 않았어! 거기다 루이의 아버지를 죽인 건 오히려 너잖아!'

『뭐?』

서영이 역공할 거라고는 예상치 못했는지 어둠이 주춤했다. 서영은 그 틈을 놓치지 않고 파고들었다.

'루이의 아버지는 당신이 죽였어. 당신이 루이를 죽이려고 들었기 때문에, 루이의 아버지가 루이를 살리기 위해 죽은 거야!'

『말도 안 되는 개소리를 지껄이는군! 그딴 소리로 날 현혹시킬 수 있을 거라고 생각한 건가!』

금세 정신을 차린 어둠이 맹렬하게 소리쳤다. 그만큼 고통이 심해졌지만 서영은 이를 악물고 버텼다.

『이 아이는 괴물이야! 그러니까 죽어야 해. 죽어야 한다고!』

어린애 같은 투정이었다. 웃음이 절로 나와 서영이 픽 웃자 어둠이 일렁이면서 흉흉한 기운을 내뿜었다.

『뭐가 웃긴 거지?』

'당신이 웃겨서요. 당신이 그렇게 생각한다고 해서 세상 모든 사람들도 루이를 괴물이라 칭하며 도망갈 거라고 생각하는 당신이 웃겨서 웃어요.'

루이가 태어나자마자 가장 먼저 본 인간은 이자벨, 자신의 어머니였다. 그렇기 때문에 그는 자신을 괴물이라고 부른 이자벨의 영향을 받아 모든 인간, 특히 여자들을 두려워하며 피해 다녔다.

하지만 그건 잘못된 생각이었다. 이자벨 말고는 그 누구도 루이를 괴물이라고 생각하지 않았다. 백한도, 아칸도, 레카도 루이를 정말 좋아했다.

'당신도 실은 루이를 괴물이라고 생각하고 있지 않잖아요.'

『……뭐?』

'세상 그 어떤 어머니도 자신의 아들을 진심으로 미워하는 사람은 없어.

그리고 당신은 루이의 어머니가 아니잖아.'

이자벨은 죽었다. 500년도 더 전에 살았던 사람이 지금까지 살아 있을 리가 없었다. 그렇다면 루이를 괴롭히고 있는 것은 루이 자신이었고, 그 힘의 원천은 루이의 아버지였다.

이래서는 안 된다. 자신의 아들을 살리기 위해 희생했던 아버지가, 아들의 목숨을 노리고 있다는 것은 말도 안 되는 일이었다.

'당신의 손으로 살린 아들을, 당신의 손으로 죽이려고 하는 건가요?'

『……내 아들?』

'네. 당신의 아들. 당신이 사랑한 아내가 낳은 유일한 당신의 아들. 그리고 당신이 목숨을 바치면서까지 살리려고 했던 루베르이!'

움찔―.

서영의 생각이 전해진 건지 흉흉하기만 했던 검은 기운이 조금씩 사그라졌다.

서영과 루이를 덮치고 있던 검은 기운이 조금씩 옅어지자 레카와 백한, 그리고 아칸이 놀란 눈으로 그 둘을 보았다.

"대체 저 인간이 뭔 짓을 했기에……."

레카는 눈을 휘둥그레 뜨고 서영을 쳐다봤다. 자신이 만든 약으로는 저 힘을 조금 진정시킬 수 있을지는 몰라도 사라지게 할 수는 없었다. 약을 먹인 후 루이 스스로 검은 기운을 이겨내길 빌어야 했는데 기운이 사라졌다는 건 서영이 무슨 짓을 했다는 의미였다.

"말도 안 돼."

인간이 고위 뱀파이어의 힘을 이겼다는 사실을 도무지 믿을 수가 없는 레카는 서영에게서 눈을 떼지 못했다.

검은 안개가 거의 사그라졌을 무렵, 서영이 입술을 뗐다. 어둠이 사라진 만큼 루이의 얼굴은 한결 편안해 보였다. 반면 서영의 얼굴은 뱀파이어보다 더 창백하게 질렸다.

"루이…… 이제 돌아올 때도 됐잖아."

서영은 루이의 뺨을 부드럽게 쓸어내리며 말했다.

"나는 네가 어떤 모습이든…… 네 곁에 있을 거니까."

그러니까 제발 돌아와. 서영은 끝내 말을 잇지 못하고 정신을 잃었다. 초조하게 대기하고 있던 백한이 냉큼 서영을 부축했다.

"서영 씨, 정신 차려 봐요. 서영 씨!"

백한이 애타게 불렀지만, 이미 의식을 잃은 서영은 좀처럼 눈을 뜨지 못했다. 백한이 다급하게 레카에게 물었다.

"서영 씨는 괜찮은 거죠?"

"괜찮을 거야. 한 이틀 정도는 정신을 못 차리겠지만."

레카가 만든 약은 뱀파이어에겐 약이지만, 인간에겐 독약이었다. 그런데 그 약을 무모하게 먹었으니, 이틀 정도 정신을 차리지 못하는 건 약과였다.

"진짜 무모한 인간이야."

뱀파이어를 살리려고 정체불명의 약을 마시다니. 레카는 살면서 서영처럼 정신 나간 인간은 처음 봤다. 하지만…….

"루이를 살려준 것에 대한 보답은 하지."

그게 무엇이든 간에 서영이 원한다면, 그리고 자신이 들어줄 수 있다면 반드시 보답하리라고 다짐하며 레카는 서영의 손등에 입을 맞췄다.

의식을 차렸지만, 너무 긴 꿈을 꾼 탓에 아직 정신이 몽롱해서 루이는 눈을 여러 번 깜빡거렸다. 자신이 꾸던 꿈은 항상 악몽이었고, 늘 고통으로 가득했지만, 이번만큼은 이상하다는 생각이 들 정도로 개운해서 루이는 기분

좋은 미소를 지으며 찌뿌듯한 몸을 일으켜 기지개를 켰다.

"어라."

한데 평소와는 뭔가 다른 느낌이 들었다. 목소리도 한층 허스키해진 것 같고 자신의 몸뿐만 아니라 손과 발이 모두 커진 것 같았다. 아니, 같은 것이 아니라 확실하게 변해 있었다.

"꿈이 아니었군."

루이는 어색한 미소를 지으며 자라버린 자신의 몸을 쳐다봤다. 그토록 싫어해서 억눌렀던 모습이었는데 그 모습을 당당하게 세상에 보인다는 것이 어색해서 루이는 어설픈 얼굴로 커져버린 제 손을 물끄러미 쳐다봤다.

"일어나셨습니까, 주인님."

귀신같이 루이가 깨어난 걸 눈치챈 아칸이 나타나 인사를 건넸다. 늘 올려다보던 아칸의 얼굴이 코앞에서 보이자 기분이 오묘해졌다. 루이는 미묘한 표정을 지으며 아칸에게 물었다.

"넌 내 아버지를 모셨던 시종이지?"

"네."

"그럼, 내 어머니에 대해서도 잘 알겠구나."

루이가 자신의 어머니에 대해 묻는 것은 처음이었기 때문에 아칸은 놀랐지만 겉으론 내색하지 않고 그렇다고 대답했다.

"내 어머니는 어떤 분이셨지?"

"그 누구보다 루젠 님을 사랑하셨습니다. 물론 그분이 뱀파이어라는 사실은 꿈에도 모르셨고요. 인간과 뱀파이어 사이에 태어난 아이가 뱀파이어일 확률은 극악의 확률입니다. 그렇기 때문에 루젠 님은 괜히 자신이 뱀파이어라는 사실을 알려 이자벨 님에게 혼란을 주는 것보다 인간인 척하면서 그분의 곁에 머무는 것을 택했지요."

루젠은 이자벨을 배려한다고 한 선택이었지만, 그 선택은 잘못된 것이었다. 이자벨이 낳은 아이는 뱀파이어였고, 그 때문에 모든 것이 틀어지고 말았다.

"아시다시피 태어난 지 얼마 안 된 뱀파이어는 그 힘이 미약해 보통의 인간과 다를 것이 없습니다. 그렇기 때문에 저는 주인님이 태어난 지 일주일이 지나 성장을 할 때까지 주인님이 뱀파이어라는 사실을 알아차리지 못했습니다."

아칸은 루이가 뱀파이어라는 사실을 뒤늦게 알아차리고 서둘러 루젠에게 그 사실을 전했지만, 이미 때는 늦었다.

최악의 상황은 벌어졌고, 그 일로 인해 아칸은 모시던 주인을 잃었으며 루이는 평생 마음의 상처를 지니고 살아야만 했다.

"꿈에서……."

루이는 아련한 추억에 젖은 얼굴로 천천히 입술을 떼었다.

"어머니와 아버지를 봤다. 두 분은 서로 종족이 달랐음에도 불구하고, 진실로 서로를 사랑하는 것 같더라. 나도, 그리 행복해질 수 있을까? 이 괴물 같은 모습을 가지고?"

이자벨과 루젠은 괜찮다고 말했지만, 루이는 자신이 아버지를 잡아먹고 살아남았다는 사실을 좀처럼 잊을 수가 없었다. 특히 성장한 제 모습을 볼 때마다 그 일이 더 선명하게 떠올라 가슴이 먹먹해졌다.

"충분히 가능하십니다."

"……정말 가능할까?"

"네. 제 주인님이라서 하는 말이 아니라, 정말로 루베르이 님은 제가 봐왔던 어떤 뱀파이어보다 가장 위엄 있고 늠름하십니다. 괴물 따위의 호칭은 절대로 어울리지 않습니다."

아칸은 방 한구석에 있던 전신 거울을 가져와 루이의 모습을 비춰주며 말했다.

침대에 앉아 있는 남자는 더 이상 어린 소년의 모습이 아니었다. 뱀파이어 특유의 창백한 피부를 가진 루이의 얼굴은 고된 성년식으로 인해 지친 기색이 역력해 얼핏 보면 연약한 느낌을 주었지만, 존재 자체만으로 감히 범접할 수 없는 위엄이 느껴졌다.

루이가 침대 밖으로 나오자 탄탄한 상체를 타고 새하얀 실크 이불이 사르륵 떨어졌다. 이윽고 적나라하게 드러난 그의 상체는 탄성이 나올 만큼 아름다웠다. 대리석으로 조각해도 그의 몸보다 더 섬세하게 조각할 수는 없을 거라는 생각이 들 정도로 드넓은 가슴과 탄탄한 복근이 루이의 상체를 차지했다.

"입으십시오."

성년식으로 인해 자라버린 몸 때문에, 유년기의 루이가 입고 있던 옷은 갈기갈기 찢어져 걸레 조각이 되어 침대에 널브러져 있었다. 아칸이 다가와 루이에게 가운을 입혀주었다. 앞이 벌어진 가운을 입은 루이의 복근은 얇은 가운 사이로 고스란히 드러났고, 그 탓에 루이의 섹시함이 부각됐다. 루이는 허리띠를 조이며 아칸에게 물었다.

"서영은?"

"그게……."

아칸은 말을 흐리며 루이의 시선을 피했다. 그의 심상치 않은 대답에 루이는 눈살을 찌푸리며 성큼성큼 거실로 나왔다. 나오자마자 그를 반긴 것은 그가 찾던 서영이 아닌 레카와 백한이었다. 백한은 루이의 모습을 보더니 웃음을 터뜨렸다.

"이제 진짜 형님이네요! 역시 형님 잘생기셨습니다."

"실없는 소리 말고."

거실에도 서영이 보이지 않았다. 루이가 누굴 찾는지 바로 눈치챈 백한이 가장 안쪽 방을 가리켰다. 루이는 망설임 없이 백한이 가리킨 방으로 향했다.

서영은 죽은 듯이 자고 있었다. 어찌나 깊게 자는지 루이가 다가와도 전혀 일어날 기미를 보이지 않았다.

루이는 이불 위에 고이 놓인 서영의 손을 잡았다. 유년기 때는 그녀와 손 크기가 비슷해서 한 번에 잡을 수 없었는데, 지금은 한 손안에 꼭 들어왔다. 그 사실이 몹시 만족스러워 루이는 옅게 웃었다.

'그런데 왜 이렇게 안 움직이는 거지?'

작은 뒤척임조차 없었다. 게다가 서영의 숨소리가 평소보다 옅었다. 어디 아픈 건가. 걱정이 된 루이는 서영의 상태를 살폈다. 그때, 뒤에서 레카의 목소리가 들렸다.

"널 살리려다 저렇게 된 거야."

뒤를 돌아보자 문기둥에 기대 서 있는 레카가 보였다.

"나 때문이라니, 무슨 말이지?"

"레이디, 널 집어삼키려는 네 아버지의 기운을 직접 막으려다 저렇게 된 거라고."

"뭐?"

서영이 그런 일을 했단 말인가. 아니, 그것보다 그걸 인간인 서영이 할 수 있는 일이었던가?

이해가 되지 않아 루이는 눈살을 찌푸렸다. 레카는 그런 루이의 심정을 이해한다는 듯 어깨를 으쓱였다.

"큰 이상은 없지만 아마 이틀 정도는 못 깨어날 거야. 아, 하루가 지났으니 이제 하루인가."

"……."

"정말 미련한 인간이야. 뱀파이어를 살리기 위해 제 목숨을 걸다니."

레카는 황당하다는 듯 혀를 내찼지만, 루이는 그렇게 생각하지 않았다.

그녀가 자신을 살리기 위해 목숨까지 걸었다는 사실이 무척 기분이 좋으면서도 안타까웠다. 그러다 죽으면 어쩌려고 무모한 짓을 하는 건지. 이 부분에 대해선 서영이 일어나면 따끔하게 한 소리 해야 할 듯싶었다.

'고맙다는 인사도 해야지.'

그녀 덕분에 정신을 차릴 수 있었으니까. 서영이 없었으면 자신은 영원히 그 어둠 속에서 빠져나오지 못했을 것이다.

"정말 고맙다, 서영."

나중에도 인사하겠지만, 지금도 하고 싶어 루이는 그녀의 손을 잡고 진심을 다해 인사했다. 의식이 없는 와중에도 루이의 목소리를 들은 건지 서영의 얼굴에 잔잔한 미소가 번졌다.

"루이."

성큼 루이의 곁으로 다가온 레카가 그의 어깨를 잡으며 물었다.

"너, 레이디를 계속 옆에 둘 거야?"

순간 그럴 거라고 말할 뻔한 루이는 말을 삼키며 서영을 쳐다봤다. 그녀를 곁에 두고 싶은 마음은 굴뚝같았지만 그러기엔 여러 문제들이 마음에 걸렸다.

우선 서영과의 계약이 끝났기 때문에 그녀를 곁에 둘 명분이 없었다. 다시 계약하자니 계약은 한 인간당 한 번밖에 하지 못하기 때문에 그조차도 불가능했다.

물론 계약을 하지 않아도 서영을 곁에 둘 방법이 있긴 했다.

신부. 서영을 공식적으로 신부로 맞이하면 됐다.

"너, 레이디를 신부로 맞이할 거야?"

루이의 마음을 꿰뚫어 본 레카가 물었다.

"로드의 자리를 포기하고?"

이건 또 무슨 소리지. 영문을 알 수 없는 말에 루이는 다시 레카를 쳐다봤다.

"서영을 신부로 맞이하면 로드의 자리를 포기해야 한다니. 그게 무슨 소리지?"

"말 그대로야. 뱀파이어 로드가 되려면 뱀파이어 꽃을 신부로 맞이해야 해."

처음 듣는 소리였다. 충격적이었지만, 레카는 루이가 충격에 허우적거릴 시간을 주지 않고 몰아세웠다.

"어떻게 할 거야? 뱀파이어 꽃을 신부로 맞이해서 로드가 될 거야, 아니면 레이디를 신부로 맞이할 거야?"

'서영과 뱀파이어 로드 중 한 가지를 선택해야 한다면 당연히……'

"……나는 로드가 되어야 한다."

루이의 대답에 레카는 그럴 줄 알았다는 듯 어깨를 으쓱이며 말했다.

"그럼 내가 로드 자리를 포기하지."

레카 역시 로드가 되고 싶어 했던 뱀파이어 중 한 명이었다. 그런데 난데없이 로드의 자리를 포기한다고 하니 루이는 미심쩍은 눈으로 레카를 바라봤다. 레카가 싱긋 웃으며 말을 이었다.

"대신 내가 레이디를 신부로 맞이하겠어."

쾅ㅡ.

레카의 말이 끝나기 무섭게 루이가 그의 멱살을 잡고 벽으로 몰아세웠다. 유년기 때는 레카를 한참이나 올려다봐야 했지만, 성장한 루이는 레카와 키 차이가 거의 나지 않았다. 루이는 레카의 얼굴을 정면에서 마주하며 살벌하게 쳐다보았다.

"헛소리하지 마라. 그녀가 인간이기 때문에 보내야 한다고 말한 것은 너다."

"맞아. 나는 그녀가 인간이기 때문에 필요가 없다고 생각했어. 하지만 지금은 아니야."

"뭐?"

"그녀의 힘이 뭔지는 잘 모르지만, 그녀는 그 누구도 이기지 못한, 심지어 너조차도 휘둘렀던 고위 뱀파이어의 힘인 네 아버지의 힘을 눌렀어. 단 한 번도 유례가 없던 일이야. 인간이 고위 뱀파이어의 힘을 이기는 건. 곁에 두고 연구할 가치가 있어."

"서영은 실험체가 아니야!"

루이가 매섭게 소리치자 레카는 어이없다는 듯 고개를 갸우뚱거렸다.

"넌 로드가 된다고 했잖아. 근데 왜 서영에게까지 소유욕을 드러내는 거지?"

"그, 그건……."

"네 말대로 레이디는 실험체가 아니지. 하지만 그녀는 네 소유물도 아니야. 계약 중일 땐 계약자로서 그녀에게 간섭할 수 있겠지만, 이제는 아니잖아? 거기다 넌 로드의 자리를 선택했지. 네 선택을 번복할 생각이야?"

분하지만 레카의 말이 틀린 것이 없었기 때문에 루이는 입술을 꾹 깨물며 레카를 노려봤다.

"선택을 번복하는 건 바보 같은 짓이지만 난 인자하니 다시 한 번 기회를 주도록 하지."

레카는 묘한 웃음을 지으며 그의 멱살을 잡은 루이의 손을 잡았다.

"선택해. 로드의 자리인지, 아니면 레이디를 신부로 맞이할 건지."

뱀파이어 신부

서영은 정신이 들었지만, 머리를 한 대 얻어맞은 것처럼 멍했다. 게다가 눈꺼풀은 돌을 올려놓은 것처럼 무거워 눈을 뜨는 데 한참 걸렸다.

"괜찮아?"

"우와……."

눈을 뜨자마자 웬 남자가 보였다.

'잘생겼다.'

그 말로는 다 표현되지 않는 수려한 외모에 서영은 저도 모르게 감탄사를 흘렸다. 그러자 남자가 걱정스러운 표정을 지으며 고개를 살짝 기울였다. 그의 고갯짓에 따라 새카만 머리카락들이 부드럽게 흩날렸다.

"왜 그러지?"

"아니, 아무것도…… 윽."

무심코 움직이려던 서영은 온몸을 얻어맞은 것처럼 극심한 고통이 느껴지자 신음을 뱉으며 몸을 움츠렸다. 차라리 정신을 잃는 게 낫다는 생각이 들 정도로 지독한 통증이었다.

"하아, 하아."

게다가 몸 안이 용광로처럼 뜨거웠다. 너무 뜨거워서 더운 숨이 자꾸만 터져 나왔다.

"아직 움직이면 안 돼."

겨우 의식만 붙잡으며 통증 속에서 허덕이고 있는데, 머리 위로 남자의 커다란 손이 올라왔다. 부글부글 끓는 몸 안의 열기를 단번에 식혀줄 정도로 차가운 손이었다.

남자는 서영을 똑바로 눕혀준 뒤, 살짝 내려간 이불을 조심스럽게 올려주었다. 서영은 푹신한 베개에 얼굴을 묻고 남자를 쳐다봤다.

"루이…… 맞지?"

예전에 루이가 성인이 된 모습을 본 적이 있어, 서영은 어렵지 않게 루이라는 걸 알아봤다. 아니, 이 모습을 본 적이 없더라도 알아볼 수 있었을 것이다. 가슴을 파고드는 향기와 따스한 음성, 그리고 부드러운 손짓에 이렇게 심장이 뛰는데 못 알아보는 게 이상했다.

"왜 그런 미련한 짓을 했지?"

사랑하는 남자의 목소리는 지독하게 허스키했다.

"죽고 싶었던 거냐? 네가 마신 게 뭔지는 알고 있는 거야?"

루이가 원망하듯 물으니 서영은 심장이 먹먹해지는 걸 느꼈다. 그를 위해 한 일인데, 오히려 그에게 걱정을 끼치고 말았다.

"미안해."

이럴 땐 바로 사과하는 게 맞는 것 같아 서영은 입을 뗐다. 잔뜩 갈라진 입술 사이로 그보다 더 갈라진 목소리가 흘러나왔다.

"정말로…… 미안해."

계속되는 사과에 루이는 긴 한숨을 내쉬며 마른세수를 했다. 따지고 보면 전부 제 잘못인데 누굴 원망하고 있는 건지.

"난 괜찮아, 루이. 걱정할 필요 없어."

루이의 얼굴에 서린 죄책감을 본 서영이 그의 손을 꼭 잡았다.

"괜찮으니까, 아무런 걱정하지 않아도 돼."

"정말이지, 넌……."

루이는 성가시다는 듯 혀를 차더니 서영의 손을 꼭 잡아주었다. 서영은 배시시 웃으며 잘난 얼굴을 물끄러미 쳐다봤다.

서늘한 긴 눈매와 선명한 붉은 눈동자, 이마를 살짝 덮은 머리카락, 그리고 창백하지만 절대로 허약해 보이지 않는 얼굴.

어릴 때의 귀여웠던 모습이 거의 남아 있지 않은 매혹적이고 수려한 얼굴이었지만, 지친 기색이 역력해서 약간 안쓰러웠다.

"서영."

"응?"

"전에 내 곁에 있고 싶다고 했지?"

서영은 고개를 끄덕였다.

분명 그렇게 말했었다.

뱀파이어 꽃을 찾은 이상, 자신의 존재는 더 이상 루이에게 도움이 되지 않았지만 그래도 루이의 곁에 있고 싶었다.

"그건 나에 대한 동정인 거냐, 아니면……."

루이는 말꼬리를 길게 늘어뜨리며 숨을 크게 들이마시더니, 대단한 결심을 한 얼굴로 말을 이었다.

"나를 좋아해서냐."

갑작스러운 질문에 서영은 숨 쉬는 것도 잊은 채 멍하니 루이를 바라봤다. 갑자기 왜 저런 걸 물어보는 거지? 혹시 자신의 마음을 눈치챈 걸까? 그도 아니면 그냥 한 번 떠보는 걸까? 그의 마음이 가늠되지 않아 무슨 말을 어떻게 해야 할지 모르겠다.

"난 로드가 되어야 해."

서영이 우물쭈물하며 입술만 달싹이자 루이가 말을 이었다.

"네가 날 좋아하더라도 난 널 곁에 두기 힘들다. 계약자가 아닌 인간을,

그것도 여자를 내 옆에 두겠다는 건 신부로 맞이하겠다는 뜻. 하지만 로드가 되려면 뱀파이어 꽃을 신부로 맞이해야 돼."

알고 있었던 일이다. 너무나도 잘 아는 사실이었지만 알고 있는 것과 실제로 겪는 것은 너무나 큰 차이가 있었다. 그의 말 한 마디 한 마디가 비수가 되어 심장을 마구 난도질했다.

"나……도 알아. 하, 하지만 그냥 곁에 있는 것도 안 돼?"

자존심이건 뭐건 이미 다 버린 지 오래였다. 그런 것을 일일이 챙기다간 결국엔 아무것도 갖지 못할 테니까. 실낱같은 희망에 매달리다시피 물어봤지만 돌아오는 대답은 없었다.

"여, 역시 안 되겠지?"

서영은 머쓱하게 웃으며 돌아누웠다. 눈물이 왈칵 쏟아질 것 같았다. 아니, 눈가가 촉촉해지는 걸 봐서 이미 눈물을 흘리고 있는 건지도 모른다. 하여간 간절히 바라던 걸 이룰 수 없다는 사실에 감정이 북받쳐 올랐다.

"역시 이상해."

루이는 가늘게 떨리는 서영의 등을 보며 서늘한 음성으로 말했다.

"로드가 되기 위해선 널 놔줘야 하는데, 그래야 하는 걸 잘 알고 있는데…… 그런데 놔주기가 싫어."

받아주지도 않을 거면서 놔주지도 않겠다니. 이 얼마나 이기적인 소리란 말인가.

하지만 실낱같았던 희망이 바람을 넣은 풍선처럼 부풀어 올랐다. 설마 하는 마음에 서영은 기대감을 품고 다시 루이를 돌아봤다.

"그럼 로드가 안 되면 되는 거 아니야?"

그 말에 루이의 얼굴이 순식간에 어두워졌다. 그제야 서영은 자신이 얼마나 위험한 소리를 했는지 깨달았다.

루이가 로드가 되지 않는다면 아쉘이 로드가 될 가능성이 컸다. 만약 그런 일이 벌어진다면, 아쉘은 분명 그의 뜻에 반하는 루이를 제거하려고 들 것이다.

"미안. 미안해, 루이."

그러니 그에게 로드가 되지 말라고 말하는 건 그냥 죽으라는 것과 다름 없었다.

'그걸 잘 알면서도 이딴 소리를 하다니.'

서영은 진심으로 루이에게 사과했다.

"내가 잘못했어."

"괜찮아. 사과하지 않아도 돼."

루이가 고개를 저으며 그녀의 머리를 부드럽게 쓰다듬어주었다.

"흑……."

그 다정한 손길에 마음이 따뜻해지면서도 아렸다. 차라리 그가 다정하게 대해주지 않았더라면 좀 더 쉽게 보내줄 수 있었을 텐데, 이미 그의 다정함을, 그가 곁에 있음으로 인해 생기는 따스함을 알아버려서 서영은 좀처럼 그를 놔줄 수가 없었다.

"역시 뭔가 이상해."

루이가 몹시 꺼림칙하다는 듯 낮게 중얼거렸다. 서영의 머리를 쓰다듬던 루이의 손은 어느새 밑으로 내려와 젖은 눈가를 부드럽게 닦아주었다.

"……네가 울면, 난 여기가 아파."

루이는 다른 손으로 그의 심장을 가리켰다.

"지금까지 인간이 우는 걸 보고 이렇게 아팠던 적은 없는데…… 왜 널 보면 이렇게 가슴이 아픈 거지? 역시 널 좋아하기 때문인가?"

"어?"

"이런 것이 인간들이 말하는 사랑이라는 감정인 거냐."

루이의 입에서 '사랑'이라는 단어가 나오다니. 생각지도 못한 일에 서영은 당황하며 루이를 바라봤다.

"너도, 내가 울면 가슴이 아픈가?"

그러자 루이가 마주 잡은 손에 힘을 주며 물었다.

"너도 내가 곁에 없으면 보고 싶고, 잡고 싶고, 곁에 있고 싶고…… 그런 감정이 들어?"

보고 싶다. 곁에 있고 싶다.

이런 단순한 문장만으로 루이를 향한 자신의 마음을 다 설명할 수는 없었다. 더 확실한 말로 마음을 표현하고 싶었지만 적당한 말을 찾지 못한 서영은 어쩔 수 없이 고개를 끄덕였다.

"이게 정말 사랑이라면……."

루이가 눈물로 얼룩진 서영의 뺨을 부드럽게 쓸어내리며 말을 이었다.

"그 누구도 너를 감히 건들지 못하도록 끝까지 지켜주겠다."

인간은 약한 종족이었다. 조금만 힘 조절을 못해도 죽어버리는, 허약하기 짝이 없는 종족. 그래서 루이는 서영과 계약했을 때, 그녀가 인간이라서 지켜줘야 한다고 생각했었다. 다른 특별한 이유는 없었다.

하지만 이제는 아니었다. 그녀가 인간이기 때문이 아니라 소중한 존재이기 때문에 루이는 반드시 그녀를 지켜주겠다고 맹세했다.

"정말로 날 지켜줄 거야?"

"그래."

루이를 포기하려고 했다. 모두가 하나같이 뱀파이어와 인간은 이뤄질 수 없다고 했기 때문에 마음을 접으려고 했지만, 한 번 커진 마음은 그녀의 마음대로 되지 않았다.

그래서 어찌하면 좋을지 몰라 전전긍긍하고 있었는데, 이런 이야기를 듣다니. 꿈만 같았다. 자신이 들은 게 맞는지 확인하고 싶어 서영은 재차 루이에게 물었다.

"정말로 나, 널 포기하지 않아도……."

확실하게 물어봐야 하는데 잠이 쏟아지는 바람에 말이 조금씩 흐려졌다. 눈이 점점 감겼다.

'안 돼. 루이의 대답을 들어야 해.'

서영은 멀어지는 의식을 붙잡으려고 했지만, 불가능했다.

"그래."

루이는 결국 다시 잠이 든 서영을 따스한 눈으로 바라보며 대답했다.

"널 언제까지나 지켜주겠다."

창백하게 질린 얼굴은 볼품없었지만, 루이의 눈에는 지금까지 그를 유혹했던 그 어떤 여자보다 예뻤다. 그 사실이 우습고 어처구니가 없으면서도 좀 더 만지고 싶다는 생각이 들었다. 입을 맞추고 싶기도 했고. 욕망에 충실한 손이 자연스럽게 벌어진 서영의 입술을 만졌다.

"거기까지 하지 그래? 그러다 덮치겠네."

그때 뒤에서 퉁명스러운 목소리가 들렸다. 분위기를 깨는 목소리에 루이는 미간을 찌푸리며 뒤를 돌아봤다. 레카가 벽에 몸을 기댄 채 불만스러운 얼굴로 서영과 루이를 보고 있었다.

"슬슬 요새에 갈 시간이야, 루이. 성년식을 치른 상급 뱀파이어는 요새의 방에 이름을 남기는 게 법칙인 거, 알고 있겠지?"

벌써 시간이 그렇게 됐나. 루이는 한숨을 내쉬며 자리에서 일어섰다. 레카도 키가 큰 편이었지만, 루이는 그보다 좀 더 컸다. 레카는 루이를 올려다보며 휘파람을 불었다.

"이제 진짜 서열 1위네. 아쉘도 더는 깝치지 못하겠어."

"쓸데없는 소리 하지 말고. 문이나 열어."

"네, 네."

레카가 곧바로 벽에 요새로 향하는 포탈을 만들었다. 루이는 포탈에 들어가기 전, 곤히 자고 있는 서영을 돌아보며 작게 속삭였다.

"금방 다녀올게."

루이와 레카가 포탈을 넘어 요새의 복도에 발을 내딛자마자 보이는 건 한 무리의 뱀파이어였다. 무리의 가장 앞에 서 있는 백금발의 남자를 발견한 루이의 미간이 좁아졌다.

"아쉘 경."

"성년식을 무사히 치른 걸 축하하네, 루이 경."

이제 성년식을 치렀으니 '경'이라는 호칭을 붙여주는 건 맞았지만, 문제는 '루베르이'가 아닌, 애칭인 '루이'를 불렀다는 것이었다. 아쉘이 자신의 애칭을 부른 게 몹시 못마땅한 루베르이는 입매를 비틀었다.

"유쾌하지 못한 환대, 감사하게 여기지요."

"그렇게 생각했다면 유감이네. 난 의회장으로서 우리 일족의 훌륭한 전사인 루이 경이 성년식을 치른 걸 순수하게 축하해주고 싶었을 뿐이니까."

아쉘은 매우 유감이라는 듯한 얼굴로 말했다. 며칠 전만 해도 루이를 죽이려고 안간힘을 쓰던 그가 갑자기 가면을 쓰고 친근한 척하자 루이는 눈썹을 꿈틀거리며 중얼거렸다.

"능구렁이 같은 자식."

"풉!"

워낙 작은 소리인지라 다른 이들은 듣지 못했지만 바로 옆에 있던 레카에겐 뚜렷하게 들렸다.

"푸하하하!"

루이의 말에 빵 터진 레카는 배를 잡고 땅을 굴러다니며 웃어댔다. 체통

없는 레카의 행동에 아쉘이 불편하다는 듯 인상을 구겼다.

"레카 경을 말릴 생각은 없나?"

"제가 왜 말려야 합니까."

"자네와 같이 붙어 다니는 뱀파이어가 아닌가?"

"저런 놈과 저를 엮지 말아주셨으면 좋겠군요."

"헐, 무슨 말을 그렇게 하냐, 루이."

레카가 너무하다며 앙탈을 부렸지만, 루이는 신경도 쓰지 않았다.

"아쉘 경, 정말로 절 환대하기 위해 이곳에 나온 건 아니겠지요."

루이가 '설마 그런 건 아니겠지.'라는 눈빛으로 쳐다보자, 아쉘이 헛기침을 하며 천천히 입을 열었다.

"몇 달 뒤 요괴 전쟁이 있는 건 알고 있겠지?"

요괴 전쟁. 요괴의 숲에서 열리는 가장 큰 행사 중 하나이자, 가장 큰 전쟁이기도 했다. 요괴 일족들 간에는 서열이 있었는데 이 서열은 수십 년에 한 번씩 열리는 요괴 전쟁의 결과에 따라 바뀌곤 했다.

현재 서열 1위는 뱀파이어 일족이었지만 어디까지나 로드가 살아 있을 때의 이야기였다. 뱀파이어 로드의 힘은 감히 다른 요괴 일족들이 덤빌 수 없을 만큼 강했고, 그 덕분에 뱀파이어들은 2천 년이 넘는 세월 동안 서열 1위라는 자리를 유지할 수 있었다.

그런데 갑자기 로드가 소멸하면서 뱀파이어 사회에는 혼란이 찾아왔다. 거기다 몇 년 전 하급 뱀파이어들이 대량으로 학살당하는 바람에 일족의 수도 많이 줄어들어 뱀파이어들은 이번 요괴 전쟁에서 어떻게 하면 좋을지 고민에 휩싸였다.

"이번 기회에 어떻게든 우리 뱀파이어 일족을 끌어내리려고 하찮은 놈들이 합심하기 시작했어. 로드가 없어도 그런 놈들은 한 주먹거리도 안 되는데 정말이지 주제를 모르는 놈들이라니까."

"그 얘기를 왜 제게 하는 겁니까."

루이가 퉁명스럽게 대꾸하자 아쉘이 환하게 웃으며 양팔을 벌렸다.

"그야 루이 경이 이런 일에 제격이니까. 안 그런가, 모두들."

"맞습니다."

"지당하신 말씀입니다."

뭔 말도 안 되는 헛소린지. 더는 들을 필요가 없다고 판단한 루이는 무시하고 돌아섰지만, 레카는 호기심을 가지고 아쉘에게 물었다.

"루이가 이런 일에 제격이라는 건 무슨 의미입니까, 아쉘 경?"

"루이 경은 전대 로드가 살아 있을 때 뱀파이어 일족에게 덤비는 놈들을 처단하는 행동 대장이었네. 그만큼 실력도 뛰어나고. 그러니 이번 일에는 루이 경이 적합하지."

루이의 실력이 뛰어난 건 모두가 알고 있는 사실이었지만, 아쉘이 그걸 인정하니 꺼림칙했다. 뭔가 있는 게 분명했다.

게다가 만약 이번 요괴 전쟁에서 루이가 뛰어난 활약을 보인다면 그의 인지도는 더욱 높아지고, 아쉘이 로드가 될 가능성은 줄어든다. 아쉘이 그 사실을 모를 리가 없는데 루이의 등을 떠미는 게 아무리 생각해도 이상했다.

"일족을 위해서 하겠나, 루이 경?"

"글쎄요. 그런데 아쉘 경이 무슨 자격으로 제게 그런 걸 요구하는 겁니까? 아쉘 경은 단순한 의회장이지, 뱀파이어 로드가 아닐 텐데요?"

루이가 대놓고 비아냥거리자 아쉘이 주먹을 꽉 움켜쥐었다. 그는 화를 삭이려는 듯 주먹을 쥐었다 펴며 크게 심호흡했다.

"그건 그렇군. 그럼 들어가서 회의를 하도록 할까."

"루베르이 경은 그 전에 해야 할 일이 있습니다."

푸른 머리에 안경을 쓰고 사서 같은 분위기를 풍기고 있는 남자가 불쑥 끼어들었다. 아쉘은 남자를 보고 미간을 찌푸렸다.

"지스 경."

서열 5위 뱀파이어, 지스. 그는 요새의 방에서 뱀파이어의 기록을 관리하고 있었다. 원래 고위 뱀파이어들이 해야 할 일이었지만, 아버지인 고위 뱀파이어가 갑자기 소멸하면서 그 아들인 지스가 요새의 방을 대신 관리하고 있었다.

"루이 경은 이름을 기록하기 위해 요새의 방에 가야 합니다."

"회의를 하고 나서 가도 되지 않나?"

"아쉘 경도 아실 텐데요. 뱀파이어 요새가 그렇게 인내심이 많지 않다는 걸."

지스가 들고 있던 책을 무심하게 넘기며 말했다.

"뱀파이어 요새가 정한 규칙을 어긴 자는 로드라고 할지라도 요새에서 추방당한다는 사실을 설마 모른다고 말하진 않으시겠죠?"

"지스 경, 말이……!"

지스의 비판에 아쉘을 따르던 뱀파이어들이 항의하려고 했지만, 아쉘은 손을 들어 그들을 저지했다.

"내가 생각이 짧았군."

"이해해주셔서 감사합니다. 그럼 전 이만 루이 경을 데리고 물러가겠습니다.

"한데, 지스 경. 자네는 루이가 마음에 드는 모양이군."

아쉘은 곧바로 돌아서는 지스의 등을 보며 툭 말을 뱉었다. 이에 잠시 멈칫한 지스가 작게 실소하며 등을 돌린 채 대답했다.

"마음에 들지요, 적어도 루이 경은 아쉘 경처럼 이상한 짓은 하지 않으니까요."

"그게 무슨 말이지?"

아쉘이 인상을 팍 쓰며 되물었지만 지스는 대답하지 않고 뚜벅뚜벅 걸어갔다. 레카와 루이가 그 뒤를 따라갔다.

한참을 걷던 지스는 아쉘 일행이 보이지 않자 그제야 걸음을 멈추고 벽에 문을 만들었다.

"들어가게나."

루이는 군말 없이 안으로 들어갔다. 레카도 들어가려고 하자 지스가 손으로 막았다.

"자네는 여기 있게나. 요새의 방에 들어갈 수 있는 건 관리자와 방에 이름을 기록할 뱀파이어뿐이네."

"저런, 괜히 따라왔네요."

레카는 이럴 줄 알았으면 그냥 방으로 돌아갔을 거라고 중얼거리며 돌아섰다. 먼저 방에 들어간 루이는 방을 둘러봤다. 돌로 된 벽에는 지금까지 성년식을 치른 뱀파이어의 이름들이 빼곡하게 기록되어 있었다. 아는 이름도 있었고, 처음 보는 이름도 있었다.

"어떤가, 뱀파이어 요새의 방에 들어온 것이?"

"특이하군요."

"이곳엔 뱀파이어 일족의 역사가 고스란히 담겨 있지. 여기 있는 이름의 주인들은 전부 상급 뱀파이어나 고위 뱀파이어, 그리고 로드의 이름이지."

지스의 말대로 벽에는 로드의 이름도 새겨져 있었다. 루이는 벽에 새겨진 이름들을 손으로 훑었다. 손끝에 오돌토돌한 감각이 묘했다.

"저기 붉은색으로 빛나는 이름들이 보이나?"

루이는 지스가 가리키는 곳을 쳐다봤다.

"저 붉은 이름들은 전부 뱀파이어의 신부가 된 인간들의 이름이네."

그 말은 인간이라는 소리인데, 인간의 이름이 요새의 방에 새겨져 있다니. 신기하면서도 믿기지가 않아 루이는 멍하니 붉게 빛나는 이름들을 쳐다봤다.

'지스 경의 말이 사실이라면 저곳에 어머니의 이름도 있겠지.'

루이는 어머니의 이름을 찾으려고 했지만, 붉게 빛나는 이름 중에 이자벨이라는 이름은 없었다. 몇 번을 확인해도 마찬가지였다.

"찾는 이름이 있는 모양이지?"

"어머니의 이름을 찾고 있습니다."

"이름이 어찌 되지?"

"이자벨. 이자벨 윌리엄스."

'이자벨'이라는 이름을 되뇌며 붉게 빛나는 이름을 쭉 훑어본 지스가 고개를 저었다.

"네 어머니의 이름은 여기 없군. 아무래도 네 아버지, 루젠 경은 네 어머니를 신부로 맞이하지 않은 모양이야."

그럴 리가 없다. 어머니를 그렇게 사랑한 아버지가 그녀를 신부로 맞이하지 않았을 리가 없다고 부정했지만, 아무리 살펴봐도 붉게 빛나는 이름 중에 '이자벨 윌리엄스'라는 이름은 없었다.

"말도 안 돼……."

충격받은 루이가 한 손으로 얼굴을 감싸며 중얼거리자 지스가 안타까워하며 어깨를 토닥여주었다.

"그렇게 절망하지 말게. 모든 뱀파이어가 자신의 아이를 가진 인간을 신부로 맞이하지는 않으니까."

"하지만 아버지는 어머니를 진심으로 사랑하셨습니다!"

"그럼 더더욱 신부로 맞이할 수 없었겠군."

'이건 무슨 말이지? 사랑하는 여자라면 당연히 신부로 맞이해야 하는 거 아닌가?'

그의 말을 이해하지 못한 루이는 초점이 흐린 눈으로 지스를 쳐다봤다. 지스는 이해한다는 듯 어깨를 으쓱였다.

"여기엔 대부분의 뱀파이어들이 모르는 사실이 있지."

"무슨 말씀입니까?"

"인간을 신부로 맞이하기 위해선 뱀파이어가 자신의 신부에게 자신의 피를 먹여야 한다는 건 알고 있겠지?"

당연히 알고 있었다. 인간이 뱀파이어의 피를 소량 먹으면 몸에 각인이 생겼지만, 다량의 피를 먹으면 뱀파이어 신부가 됐다. 루이가 고개를 끄덕이자 지스가 문득 생각났다는 듯 말했다.

"그러고 보니 루이 경은 이미 신부를 맞이했었지."

"전에 인간 여자를 요새에 데리고 온 걸 말하는 거라면 신부는 아닙니다. 그저 잠시 요새에 데리고 오기 위해 일시적으로 각인을 찍었을 뿐입니다."

"그래도 네 피를 소량은 먹었을 텐데. 혹시 그 인간, 아직 살아 있나?"

"멀쩡합니다."

"그래? 소량이라서 아직 작용하지 않은 건가."

의미심장한 말에 루이의 미간이 좁아졌다.

"그게 무슨 소리입니까. 인간이 뱀파이어의 피를 마시면 무슨 문제가 생기는 겁니까?"

"문제야 아주 많지."

지스가 콧잔등을 찌푸리며 말을 이었다.

"인간 몸속에 들어간 뱀파이어의 피는 인간의 피를 모두 먹어치우거든. 그래서 대부분의 뱀파이어 신부들은 신부가 된 지 얼마 되지 않아 죽지."

"……!"

"그래도 가끔 체내로 들어간 뱀파이어의 피가 무슨 이유 때문인지 활동을 하지 않아 기적적으로 살아나는 애들이 있어. 그런 애들이 여기 기록되는 거야."

지스가 붉게 빛나는 이름들이 기록된 벽을 툭툭 치며 말했다.

"그럼 아버지가 어머니를 신부로 맞이하지 않은 건……."

"그래. 네 모친이 죽을 수도 있으니 신부로 들이지 않은 것 같아."

충격적인 사실에 루이는 말을 이을 수가 없었다. 뱀파이어의 신부라는 것이 그렇게 끔찍한 자리일 줄은 꿈에도 상상하지 못했다.

"그런데 네 피를 먹은 그 아이가 아직 무사하다니, 아이러니하군."

멍하니 뱀파이어 신부들의 이름이 적혀 있는 벽을 보고 있던 루이는 지스의 말에 자신이 한 짓을 떠올리고 한 손으로 얼굴을 가렸다.

"내가 도대체 무슨 짓을 한 거지?"

문득 서영이 잭처럼 차가운 주검이 되어 관에 누워 있는 모습을 상상한 루이는 눈을 질끈 감았다.

생각만 해도 끔찍했다.

그녀가 살아서 천만다행이었다.

"하지만 여기 적혀 있는 신부들도 뱀파이어 피에 잡아먹혀 죽었지."

안심하기 무섭게 지스가 무서운 말을 했다.

"즉, 당장은 기적적으로 뱀파이어의 피가 활동하지 않더라도 계속 인간의 체내에 남아 있다가 언젠가는 활동을 한다는 의미지."

지스의 말이 계속될수록 루이의 안색은 점점 창백해졌다. 그러니까 지스의 말을 그대로 해석하자면 서영은 결국 자신의 피 때문에 죽게 된다는 의미였다. 그녀를 지켜주려고 했는데, 자신 때문에 오히려 위험해졌다는 사실에 루이는 손톱이 파고들어 피가 날 정도로 주먹을 꽉 움켜쥐었다.

살려야 해. 어떻게든 서영을 살려야 했다. 그녀가 자신 때문에 죽게 내버려둘 수는 없었다.

"뱀파이어의 피를 먹은 인간이 죽지 않게 막을 방법은 없습니까?"

"일시적이긴 하지만 막을 방법이 있긴 해."

"뭐죠, 그게?"

"자네의 아이를 가지는 것. 아이를 가진다면 체내로 들어간 뱀파이어의 피는 활동하지 않아. 아이가 태어날 때까지 말이지."

정말 일시적이고 단편적인 방법이었다. 게다가 아이라니. 그 말인즉 서영과 관계를 해야 한다는 의미인데, 그건 있을 수 없는 일이었다. 서영은 이제 18살이었으니까.

"다른 방법은 없습니까?"

"있긴 하지만, 이건 불확실해서 말이야."

"상관없습니다. 말씀해주세요."

루이가 재촉하자 지스가 어쩔 수 없다는 듯 어깨를 으쓱였다.

"거리를 두면 된다네. 나도 정확한 이유는 모르겠지만, 뱀파이어 피를 먹은 인간과 그 피의 주인인 뱀파이어가 서로를 가까이하지 않으면 인간이 오래 살더군."

그러니까 서영의 곁을 떠나야 한다는 건가. 참담하면서도 어처구니가 없어 루이는 실소를 터뜨렸다. 서영을 보낼지 말지 끊임없이 고민하다가 끝내 보내지 않기로 했는데, 또 보내야 하는 상황이 오고 말았다.

자신이 떠나야만 서영이 살 수 있다면 마음이 무너져 내리고 피눈물이 나와도 그러겠지만, 문제는 확실하지 않은 방법이라는 거였다. 자신이 떠나도 서영은 죽을 수 있었다.

'그래도 내가 곁에 있는 것보단 낫겠지.'

그래, 그것보단 나을 거야. 확률이긴 하지만 떨어져 있는 편이 죽을 확률이 현저하게 줄어들었으니까.

그러니 서영의 곁을 떠나자. 그렇게 생각하니 어쩐지 숨이 막혀오는 것 같아 루이는 눈을 질끈 감고 깊게 심호흡했다.

"그럼 이제 자네가 이 방에 온 목적을 달성해볼까?"

지스의 말에 루이는 다시 눈을 뜨고 그를 쳐다봤다. 지스는 루이에게 날카로운 단도를 건네준 뒤, 그가 이름을 새길 벽을 가리켰다.

"단도로 자네 손가락을 그어 피를 낸 다음 그 피로 여기에 자네의 이름을 적게."

루이는 군말 없이 지스가 시키는 대로 했다, 단도로 피를 내고 벽에 이름을 그리자, 핏자국이 서서히 벽에 흡수되면서 그의 이름이 선명하게 새겨졌다.

"이것으로 끝이네."

이름을 새기는 방법은 생각보다 간단했다. 1분도 채 지나지 않아 모든 것이 끝났고, 지스는 루이에게 단도를 받아 품 안에 챙겨 넣은 뒤 벽에 문을 생성했다.

"이제 나가세."

"지스 경, 한 가지만 더 묻겠습니다."

"뭘 말인가?"

"저기 적혀 있는 열 명의 신부 중, 죽은 신부는 몇이나 됩니까?"

자신의 피를 먹고도 서영은 한 달 가까이 아무 탈 없이 살아 있었다. 루이는 혹시나 서영의 체내에 있는 뱀파이어의 피가 아무런 영향도 끼치지 않을지도 모른다는 희망을 가지고 지스에게 물었다.

"전부."

"······!"

"얼마 못 가 전부 죽었어. 제일 오래 버틴 인간이 1년 정도였다고 들었네."

희망은 그 어느 곳에도 존재하지 않았다.

뱀파이어 요새가 있는 요괴의 숲에도 겨울이 있었다. 짧은 기간이지만 요

괴의 숲을 새하얗게 바꿔놓을 정도로 많은 양의 눈이 내렸고, 지금이 딱 그 시기였다.

루이는 요새의 탑에 앉아 새하얗게 변해버린 요괴의 숲을 보고 있었다. 눈앞에 요괴의 숲 전경이 훤히 보였지만, 마음이 답답했다. 서영이 자신 때문에 죽을지도 모른다는 사실 때문이었다.

게다가 그녀를 살리기 위해서 그녀의 곁을 떠나야 한다는 사실도 무겁게 마음을 짓눌렀다. 이럴 줄 알았다면 계속 곁에 두며 지켜준다는 말을 하지 말걸. 아니, 애초에 그녀에게 자신의 피를 먹이지 말걸. 후회가 또 다른 후회를 낳으며 절망감이 깊어졌다.

"후우."

루이는 깊은 한숨을 내쉬며 병을 입가에 가져갔다. 인간들은 모든 걸 잊고 싶을 때 술이라는 쓴 액체를 마신다고 했다. 그래서 루이는 술을 연거푸 마셨지만, 이상하게도 술을 마실수록 잊기는커녕 기억이 또렷해졌다.

'뭐가 문제지?'

루이는 들고 있는 술병을 쳐다봤다. 한 상자 가지곤 부족한 건가 싶어 새로운 술병을 입가로 가져가는데 뒤에서 손이 불쑥 튀어나와 루이가 들고 있던 술병을 가져갔다.

"뭐 하는 짓이야!"

바로 레카였다. 레카는 인상을 팍 쓰며 빼앗은 술병을 탑 아래로 집어던졌다.

"아무리 뱀파이어가 술에 취하지 않는다지만 이런 짓을 하면 네 몸이 견디지 못해!"

그리고 루이를 향해 버럭 소리를 질렀다.

"뱀파이어는 피를 마시는 종족이지 술을 마시는 종족이 아니라고! 대체 얼마나 마셨기에 아칸이 나한테 도와달라고 오냐!"

"윽."

루이는 대답 대신 입을 틀어막았다. 레카는 그럴 줄 알았다는 듯 혀를 내차며 루이의 등을 토닥였다.

"거봐. 무리해서 잔뜩 먹으니까 반응이 오잖아."

원래 뱀파이어의 몸은 인간의 피 외엔 모든 걸 거부했다. 그러나 모든 생물이 환경에 적응하여 조금씩 진화하듯 뱀파이어의 몸도 피 외에 다른 것에 조금씩 적응하기 시작했고, 그 덕분에 인간의 음식도 먹을 수 있게 됐지만 그건 아주 소량에 한해서였다. 이렇게 과도하게 먹으면 이상 반응이 왔다.

"그러기에 누가 술을 한 궤짝 들이마시래?"

"시끄러워. 윽……."

"네, 네. 알겠으니까 그냥 토해. 그럼 한결 나아질 거야."

속에 있는 것을 비우면 한결 편할 텐데 루이는 한사코 거부했다.

한참을 헛구역질한 후에야 비로소 편안해진 루이는 머리를 짚으며 지붕 위에 드러누웠다.

"괜찮냐?"

"……조금은."

"그러기에 누가 무식하게 마시래?"

레카가 계속 잔소리하자 루이는 귀를 틀어막고 아예 고개를 돌렸다. 레카는 작게 웃으며 루이의 곁에 앉았다.

"무슨 일인데 그래? 지스 경이랑 싸웠어?"

루이가 이상 행동을 보인 건 요새의 방에 다녀온 후부터였다. 그러니 레카는 루이가 지스와 무슨 충돌이 있었을 거라고 어렵지 않게 예상할 수 있었다.

"말 안 해줄 거냐?"

"……."

"그래, 마음대로 해라. 네가 언제 나한테 먼저 이야기를 털어놓은 적 있냐."

루이가 끝까지 벙어리처럼 입을 다물고 있자 레카는 어깨를 으쓱이며 일어섰다. 날개를 펼쳐 날아가려는데 루이가 작은 목소리로 불렀다.

"레카."

"왜."

"뱀파이어 신부에 대해 잘 알고 있나?"

생뚱맞은 소리에 레카는 허공에 내디뎠던 발을 다시 거두고 루이를 돌아봤다.

"갑자기 웬 뱀파이어 신부?"

"뱀파이어의 피를 먹은 자가 뱀파이어 신부가 되는 건 알고 있겠지."

"알고 있긴 한데, 그게 왜?"

"내가 서영에게 내 피를 먹였던 거, 기억하고 있나?"

"아아, 그 일 말하는 건가? 그거 그냥 각인 아니었어? 신부로 맞이하려고 했던 거야?"

레카가 몹시 흥미롭다는 듯 휘파람을 불자 루이가 미간을 찌푸리며 고개를 저었다.

"신부로 맞이할 생각은 아니었다. 그땐……."

"그때라는 말은 지금은 맞이할 생각이 있다는 거네."

"……."

루이는 자꾸 제 말을 자르며 이상한 소리를 해대는 레카를 노려봤다. 살벌한 시선에 레카는 흠칫 어깨를 굳히며 손을 내저었다.

"알았어. 그래서, 그게 왜?"

"서영이 죽을지도 몰라."

"뭐?"

"나 때문에…… 그녀가 죽을 수도 있다."

의미를 알 수 없는 말에 레카는 눈을 크게 껌뻑였다.

"무슨 소리야, 그게. 알아들을 수 있게 설명해."

"뱀파이어 요새의 방에 뱀파이어 신부의 이름이 새겨져 있었어. 그리고 지스 경이 말하길 그 신부들은 전부 죽었다는군."

"그래서?"

"이렇게까지 말했는데도 감이 오지 않은 건가?"

"대체 뭔 감! 좀 알아듣게 이야기해!"

레카가 여전히 눈치채지 못하자 루이는 한심하다는 듯 한숨을 깊게 내쉬었다.

"지스 경이 말하길 뱀파이어의 피는 인간의 피를 잡아먹기 때문에 인간의 체내에 들어가면 피를 모조리 집어삼키고 결국 그 인간을 죽음으로 내몬다고 하더군."

"……뭐?"

그제야 루이가 무슨 말을 하려는 건지 눈치챈 레카는 가늘게 떨리는 목소리로 되물었다.

"사……실이야?"

루이는 천천히 고개를 끄덕였다.

"하."

도저히 믿기지 않는 사실에 레카는 헛바람을 삼키며 손으로 머리를 짚었다.

"그럼 도대체 왜 뱀파이어 신부라는 제도가 존재하는 건데!"

뱀파이어의 반려자로서 좀 더 편안한 삶을 제공해주기 위해 존재한다고 믿었던 뱀파이어 신부 제도가 그녀들을 죽음으로 이끄는 제도였다니! 게다가 루이의 말이 사실이라면 그의 피를 마신 서영의 목숨도 위험했다. 루이처럼 서영에게 애틋한 정은 없었지만, 그래도 모처럼 루이가 마음을 준 인간이 죽는다는 게 석연치 않았다.

"살릴 방법은 없는 거야?"

"불확실하긴 하지만 피의 주인인 내가 그녀와 거리를 두면 살 가능성이 커진다고 하더군."

루이는 일부러 아기에 대한 부분은 빼고 이야기했다. 아기를 가지면 확실하게 살 수 있지만, 아기를 낳은 뒤에는 어떻게 한단 말인가. 그녀의 뱃속에 평생 아기를 넣어둘 수도 없는 노릇이기에 루이는 그 점은 아예 배제하고 있었다.

"이건 뭐 운명의 장난도 아니고, 너한테는 선택권이 아예 없는 거네?"

레카는 몹시 어이없다는 듯 웃었다.

"로드의 자리와 레이디 중에서 뭘 선택할지 고민하는 게 아니라, 레이디를 살릴 건지 말 건지 고민했어야 했네."

성년식을 무사히 치른 그날, 루이는 서영을 향한 그의 마음을 조금이나마 깨달았지만, 운명의 여신은 그 마음이 제대로 피어나기도 전에 그들을 갈라놓으려 하고 있었다.

"그래서 어떻게 할 거야? 레이디를 보낼 거야?"

"보내야……겠지."

루이는 지스의 말을 듣고 계속 고민해봤지만, 아무리 고민해도 그녀를 보내는 방법 말고는 답이 없었다.

"레카, 나 대신 그녀를 보내줘."

지켜준다고 약속한지 얼마 되지도 않았는데, 서영에게 이만 헤어져야겠다는 말을 도저히 직접 할 수가 없었다. 게다가 서영의 얼굴을 보면 기껏 결심한 마음이 흔들릴 것 같아 레카에게 부탁했다.

"싫어. 네가 직접 해. 그것이 상대에 대한 최소한의 배려야."

하지만 레카는 단호하게 거절했다. 레카의 대답이 끝나기 무섭게 루이의 주변 공기가 강하게 일렁이며 날카롭게 레카를 짓누르기 시작했다.

한기를 느낄 수 없는 뱀파이어임에도 불구하고 루이의 기운은 싸늘하다 못해 무겁기까지 했다. 살짝만 건드려도 폭발할 것처럼 아슬아슬했지만, 레카는 조금도 굴복하지 않고 루이를 똑바로 쳐다봤다.

"아이처럼 굴지 마, 루베르이. 넌 더 이상 유년기 뱀파이어가 아니야. 더 이상 나한테 네 뒤치다꺼리를 맡기지 마."

인정하고 싶지 않지만 전부 맞는 말이었다. 레카의 따끔한 일침에 잠시 끊어졌던 정신이 돌아온 루이는 숨을 크게 뱉으며 기운을 거뒀다.

"알았다."

겉으로 내색하진 않았지만 내심 긴장하고 있던 레카는 그제야 바짝 조이고 있던 긴장의 끈을 풀고 바닥에 주저앉았다.

"루이."

그리고 날개를 펼쳐 탑 밖으로 나가려는 루이를 불렀다. 개미가 기어가는 것처럼 굉장히 작은 목소리였지만 용케 들은 루이가 그를 돌아봤다.

"레이디 일은 정말로 유감이다."

진심 어린 말에 차갑게 굳어 있던 루이의 얼굴이 조금 풀리면서 희미한 미소가 떠올랐다.

"고맙다."

겨울치고는 따사로운 햇살이 베란다를 통해 거실로 들어왔다. 팔을 길게 뻗은 햇살이 소파에서 잠든 서영의 머리칼을 부드럽게 어루만졌다.

끙끙ー.

서영과 놀고 싶은 켄은 그녀가 누운 소파 밑에서 끙끙대며 울었다. 그래도 서영이 일어날 기미를 보이지 않자, 켄은 높은 점프력을 자랑하며 소파 위로 가뿐하게 올라갔다.

『서영, 서영.』

켄은 인간은 들을 수 없는 소리로 말하며 짧은 앞발로 서영을 흔들었다. 막 주방에서 나온 백한은 그런 켄을 발견하고 성큼 다가와 안아 들었다.

"이러면 안 돼, 켄. 서영 씨는 아직 환자란 말이야."

『놔, 놔.』

켄이 말하는 언어는 백한도 알아듣지 못했다. 백한은 끝내 켄을 서영에게서 떼어놓았다.

"자, 자, 가서 혼자 놀아."

『나쁜 하프!』

백한에게 불만이 생긴 켄이 고슴도치처럼 털을 빳빳하게 세우며 사정없이 백한의 손을 찔렀다.

"아, 아, 아파!"

생각보다 아파서 백한은 펄펄 뛰며 켄을 집어던지다시피 내려놓았다. 네 발로 가볍게 착지한 켄이 다시 백한을 공격하려던 그때, 벽에 포탈이 생겼다.

"형님 오시나 보다."

백한은 냉큼 포탈 앞으로 달려갔다. 켄도 가시처럼 세웠던 털을 정돈하고 백한의 옆에 섰다.

잠시 후, 예상했던 대로 루이가 포탈에서 나왔다. 백한과 켄이 살갑게 인사했지만 루이는 인사를 받는 둥 마는 둥 하며 주변을 살펴봤다.

"서영 씨는 소파에서 자고 있어요."

루이가 뭘 찾는지 바로 알아챈 백한이 웃으며 말했다. 루이는 그런 백한을 한 번 흘겨본 뒤, 서영이 있는 거실로 걸음을 옮겼다.

여전히 미동도 없이 소파에 누워 자고 있는 서영의 주변으로 따사로운 햇살이 부드럽게 녹아들고 있었다. 그 모습이 너무 아름다워서 루이는 숨죽이고 그녀를 바라봤다.

'그녀를 보내야 해.'

그 사실이 가슴에 사무쳤다. 곤히 잠든 서영의 곁에 앉은 루이는 그녀의 보드라운 뺨에 손을 가져다댔다. 말랑한 뺨의 감촉과 인간 특유의 온기가 손끝을 통해 전해졌다. 그 온기에 루이는 저도 모르게 부드러운 미소를 지었다.

"으음."

작게 뒤척이며 눈을 뜬 서영은 곧 루이를 발견하고 환하게 웃었다. 눈동자가 밤하늘의 별처럼 반짝거렸다.

"언제 왔어, 루이?"

"방금. 몸은 어떻지?"

"이젠 아무렇지도 않아."

서영은 정말 괜찮다는 걸 보여주기라도 하듯 상체를 벌떡 일으켰다. 루이는 그런 서영을 보며 웃었다. 그 미소가 너무 눈이 부셔서 서영은 눈을 지그시 감았다가 떴다. 루이는 어린아이일 때도 매력적이었지만, 어른이 된 뒤에는 매력이 넘쳐흘렀다. 한 여자의 마음을 송두리째 흔들어놓기에 충분할 정도로.

"근데 무슨 걱정 있어?"

서영은 루이의 눈동자 속에 숨겨진 아픔을 발견하고 걱정스럽게 물었다.

"혹시 어디 아픈 건 아니지?"

"괜찮아."

사실 괜찮지 않았다. 누군가 바늘로 찌르는 것처럼 심장이 욱신거리고 속이 울렁거렸지만 내색하지 않았다. 아픈 내색을 하면 서영은 분명 무슨 일이 있냐고 물어볼 테고, 그 질문에 자신은 아무런 대답도 해줄 수 없었으니까.

"괜찮은 것치고 표정이 많이 안 좋은데."

하지만 서영은 귀신같이 루이가 숨기려는 걸 알아채고 물었다.

"요새에서 무슨 일 있었어?"

루이는 대답하지 않았지만, 침묵은 곧 긍정이 됐다. 역시 무슨 일이 있었구나. 서영은 루이의 손을 꼭 붙잡고 물었다.

"혹시 또 아셀이 뭐라고 한 거야?"

그건 아닌지 루이가 고개를 저었다. 그럼 다른 일이 있다는 건데, 무슨 일이려나. 궁금했지만, 루이의 기색을 봤을 때 물어봐도 대답해주지 않을 것 같아 말을 아꼈다.

긴 수명과 아름다운 외모, 강한 힘 등 겉보기에 뱀파이어는 굉장히 부러운 존재였지만, 그들이 사는 세계를 들여다보면 마냥 부러운 존재만은 아니었다.

개개인의 성격에 따라 조금씩 다르겠지만 기본적으로 뱀파이어는 날카롭고 예민하며 남을 잘 믿지 못했다. 게다가 자신보다 강한 자를 동경하는 것과 동시에 시기하고 짓밟고 위로 올라가려는 성향이 있어 온갖 술수와 음모가 난무했다. 친구라고 생각했던 자가 다음 날 등에 칼을 꽂는 경우도 허다했다.

서영은 루이가 그런 곳에서 줄곧 살았다는 게 너무 안타까웠다.

"무슨 일인지 모르겠지만, 너무 심각하게 고민하지 마. 다 잘될 거야."

루이와 좀 더 이야기를 나누고 싶은데 졸음이 쏟아졌다. 아직 몸이 다 회복되지 않은 탓이었다.

"후암."

"졸리면 자."

서영이 하품하자 루이는 그녀를 소파에 눕혔다. 담요까지 꼭 덮어주고 서영의 머리를 쓰다듬었다.

"좋다……."

다정한 손길에 서영은 서서히 깊은 잠에 빠져들었다. 새근거리는 숨소리가 고르게 울려 퍼졌다. 서영이 완전히 잠든 걸 확인한 후에야 루이는 자리에서 일어섰다. 그리고 그의 뒤로 다가온 백한에게 물었다.

"서영의 몸 상태는?"

"많이 나아지긴 했는데 아직은 조심해야 해요. 그래서 말인데, 레카 님이 서영 씨를 한번 봐주셨으면 합니다."

"레카는 왜?"

"그야 서영 씨가 먹은 약을 만든 뱀파이어가 바로 레카 님이니까요. 저보단 레카 님이 약의 부작용에 대해 잘 아시지 않겠어요?"

그건 그랬다. 루이는 그러겠다는 의미로 고개를 끄덕인 뒤, 무겁게 입을 열었다.

"백한, 서영의 몸이 다 나으면…… 그땐 그녀를 보내라."

〈2권에 계속〉

초판 1쇄 발행 2013년 12월 25일
개정판 1쇄 발행 2022년 3월 10일

지은이 신지은 ㅣ 펴낸이 강성욱 ㅣ 책임 기획 전주예 ㅣ 기획 편집 송진아 정종건 최예림 이상학
디자인 이선영 박찬솔 정민주 디자인그룹 헌드레드 ㅣ 일러스트 Cierra
마케팅 손주영 ㅣ 로고 김미현 ㅣ 교정 서진영, 안진숙, 류혜선
펴낸곳 테라스북 ㅣ 등록 제2021-000006호
주소 (05020) 서울특별시 광진구 동일로 116 제일빌딩 4층 403호 (화양동)
전화 070-4794-5826 ㅣ 팩스 0505-911-5826
블로그 https://blog.naver.com/terracebook ㅣ 전자우편 terracebook@naver.com
ISBN 979-11-6728-107-4 (04810)
ISBN 979-11-6728-106-7 (SET)